Beck'sche Reihe
BsR 469

Schließen sich die „Wahrheiten", von denen Physiker und Biologen einerseits, Philosophen und Theologen andererseits sprechen, gegenseitig aus, oder ergänzen sie sich? Das Buch zeigt die historische Entwicklung dieser Problematik seit der Aufklärung wie auch die gegenwärtige Diskussion – von der These eines Physikers, es sei vernünftig, einen Glauben zu haben, bis zu der eines Philosophen, religiöse Weltauffassungen seien illusionär.

*Jürgen Audretsch*, Professor für Theoretische Physik an der Universität Konstanz, hat als Autoren versammelt Hans Albert, Günter Altner, Hermann Dembowski, Carl-Friedrich Geyer, Hermann Lübbe, Günther Ludwig, Klaus Mainzer, Jürgen Moltmann, Johannes Thiele und Hans Weder. Weitere Informationen über die Autoren s. S. 253.

# Die andere Hälfte der Wahrheit

*Naturwissenschaft,*
*Philosophie, Religion*

Herausgegeben
von
Jürgen Audretsch

VERLAG C.H. BECK MÜNCHEN

Die Deutsche Bibliothek – CIP-Einheitsaufnahme

*Die andere Hälfte der Wahrheit* :
Naturwissenschaft, Philosophie, Religion / hrsg. von
Jürgen Audretsch. – Orig.-Ausg. – München :
Beck, 1992
  (Beck'sche Reihe ; 469)
  ISBN 3 406 35991 4

NE: Audretsch, Jürgen [Hrsg.]; GT

Originalausgabe
ISBN 3 406 35991 4

Umschlagentwurf: Uwe Göbel, München
C. H. Beck'sche Verlagsbuchhandlung (Oscar Beck), München 1992
Gesamtherstellung: Appl, Wemding
Printed in Germany

# Inhalt

# Vorwort

Die Auseinandersetzung zwischen Naturwissenschaften und christlicher Theologie hat eine lange Geschichte. Eine große Rolle für die Sicht von außen spielt heute die Beobachtung, daß die Länder, in denen die Technologie am weitesten entwickelt ist, zumeist auch diejenigen sind, in denen das Christentum die vorherrschende Religion ist bzw. gewesen ist. Dieses Zusammentreffen wird häufig als Ausdruck einer inneren Entsprechung aufgefaßt, mit der Folge, daß man zusammen mit dem Christentum auch die auf einer Hochtechnologie beruhende Zivilisation ablehnt und umgekehrt. Viele nicht-christliche fundamentalistische Strömungen und darauf aufbauende politische Systeme haben das bis in die allerjüngste Zeit immer wieder vor Augen geführt.

Um so bemerkenswerter ist, daß entgegen dieser Außensicht tatsächlich heute ein inneres Wechselverhältnis zwischen Christentum und Technologie sowie den sie begründeten Naturwissenschaften besteht, das durch wechselseitige Nichtbeachtung, ja völlige Gleichgültigkeit charakterisiert ist. Für viele Theologen sind Technik und Naturwissenschaften nur noch unter ethischen Aspekten im Hinblick auf mögliche Folgewirkungen von Interesse. Andererseits war es für die Naturwissenschaftler noch in der ersten Hälfte dieses Jahrhunderts charakteristisch, daß sie mit nahezu missionarischem Eifer immer wieder herausgestellt haben, wie entscheidend ihre Wissenschaften und nicht mehr die christliche Religion das Weltbild prägen. Hiervon ist aber heute nur noch wenig zu spüren. Der Grund mag darin liegen, daß das Denken eines durchschnittlich gebildeten und informierten Mitteleuropäers ohnehin zu einem großen Teil dem naturwissenschaftlichen Denken entspricht. Je mehr der Mensch in einer durch Technik bestimmten Welt lebt, scheint er das Denken, auf dem Technik letztlich beruht, als selbstverständlich zu empfinden.

Daß Menschen jedoch auch heute die Erfahrung machen, wie wenig in aller Regel die sie wirklich existentiell bedrängenden Probleme mit dieser Form des Denkens gelöst werden können und daß sie sich noch etwas anderes „zurechtlegen" müssen, ist der Ausgangspunkt für noch bestehende Konflikte zwischen Naturwissenschaften und christlichem Glauben. Diese Konflikte werden nicht in den Seminaren der Theologen und schon gar nicht in denen der Naturwissenschaftler ausgetragen, sondern in den einzelnen, die sich eine gewisse Freiheit des geistigen Blicks bewahrt haben und auf Wahrhaftigkeit in ihrem Denken Wert legen.

Hier setzt dieses Buch an. Es enthält die Vorträge einer Vortragsfolge, die an der Universität Konstanz im Wintersemester 1990/91 im Rahmen des Studium generale gehalten wurde und viele Hörer auch aus dem außeruniversitäten Bereich angezogen hat.

Mit dem Titel „Die andere Hälfte der Wahrheit" soll nicht die These aufgestellt werden, daß es nur eine Wahrheit gibt und diese in zwei Hälften zerfällt, um die sich dann jeweils Naturwissenschaftler und Theologen bemühen. Vielmehr sollte damit den Vortragenden die Anregung gegeben werden, von ihrem Fachgebiet aus den Rest mit zu bedenken, sich auch der Wahrheit der anderen zuzuwenden. „Wahrheit" ist ein vieldeutiger Begriff, mit dem mathematische Fehlerlosigkeit und bloße Richtigkeit, aber auch „letzte" Wahrheiten verknüpft werden können.

So wird eine Vielfalt sehr unterschiedlicher Aspekte der Wahrheit von Fachleuten – mit Blick über die Grenzen ihrer Wissenschaft – für Nicht-Fachleute dargestellt. Die jeweilige Sachkompetenz der Autoren stellt die exakte Information als Ausgangspunkt für eine kompetente Diskussion sicher.

Da die Artikel zum Nachdenken über Naturwissenschaften, über christlichen Glauben und das Verhältnis zueinander ermuntern wollen, enthalten sie in einigen Fällen auch eine philosophische Rückbesinnung auf das eigene Fach. Dabei kommen bei den Naturwissenschaftlern mehr wissenschaftstheoretische und bei den Theologen eher religionsphilosophische Fragestellungen in den Blick. Deshalb und weil einige Autoren als Philosophen zum Thema Naturwissenschaft und Religion Stellung nehmen, steht auch „Philosophie" im Untertitel dieses Buches.

Die Vortragsreihe im Studium generale wurde ermöglicht durch eine Stiftung des Ehrensenators der Universität Konstanz, Herrn Theopond Diez, Oberbürgermeister a.D. der Stadt Singen. Für diese Unterstützung möchte ich Herrn Diez an dieser Stelle herzlich danken.

Konstanz, im Dezember 1991                    *Jürgen Audretsch*

*Jürgen Audretsch*
# Physikalische und andere Aspekte der Wirklichkeit

> „Der Laie meint gewöhnlich, wenn er
> ‚Wirklichkeit' sagt, spreche er von etwas
> Selbstverständlich-Bekanntem; während
> es mir gerade die wichtigste und überaus
> schwierige Aufgabe unserer Zeit zu sein
> scheint, daran zu arbeiten, eine neue Idee
> der Wirklichkeit auszubauen. Dies ist es
> auch, was ich meine, wenn ich immer beto-
> ne, daß Wissenschaft und Religion etwas
> miteinander zu tun haben *müssen.*"
> *Wolfgang Pauli*, Brief an Markus Fierz
> vom 12. August 1948[1]

## 1. Wahrheit und Erfahrung

Ich möchte ein Zitat aus dem Evangelium des Johannes an den Anfang stellen: „Da sprach Pilatus zu ihm: So bist du dennoch ein König? Jesus antwortete: Du sagsts, ich bin ein König. Ich bin dazu geboren und in die Welt gekommen, daß ich für die Wahrheit zeugen soll. Wer aus der Wahrheit ist, der höret meine Stimme. Spricht Pilatus zu ihm: Was ist Wahrheit? Und da er das gesaget, ging er wieder hinaus zu den Juden, und spricht zu ihnen: Ich finde keine Schuld an ihm."[2] Bemerkenswert ist, daß Pilatus hinausging, ohne eine Antwort abgewartet zu haben. Pilatus war offenbar ein Skeptiker. Er hat auch von Christus keine befriedigende Antwort auf die Frage „Was ist Wahrheit?" erwartet.

Auch in diesem Beitrag kann die berühmte Pilatus-Frage nicht abschließend beantwortet werden. Dennoch scheint mir die Wahrheitsfrage ein brauchbarer Ausgangspunkt zu sein, wenn man das Verhältnis von Naturwissenschaften und christlichem Glauben diskutieren will. Naturwissenschaftler und Theologen wären die Fachleute für die beiden Gebiete. Aber nicht nur sie treten hierfür in einen Dialog; tatsächlich findet ein solches Gespräch mehr oder weniger intensiv in jedem einzelnen statt, die interessierten Nichtgläubigen eingeschlossen.

## Adäquatheitsdefinition der Wahrheit

Im folgenden sollen „Physikalische und andere Aspekte der Wirklichkeit" beschrieben und der Umgang mit ihnen verglichen werden. Als Ausgangspunkt und als übergreifendes zentrales Thema wähle ich eine Grundbeobachtung: Der Mensch macht ein ganzes Spektrum von *Erfahrungen* mit sich und dem Rest der Welt. Um leben zu können, muß er sich in der Welt zurechtfinden. Er muß lernen, mit seinen Erfahrungen umzugehen. Er braucht Orientierung. Hierzu strebt er nach möglichst verläßlichem Wissen über die Welt. Er sucht also aus ganz praktischen Gründen Wahrheit.

Damit ist bereits die Adäquatheitsdefinition der Wahrheit, die ich zur vorläufigen Orientierung verwenden will, angedeutet: Wahrheit ist die Übereinstimmung von dem, was ist (d. h. von Sein beziehungsweise von Wirklichkeit), und Wissen. In Kapitel 2 wird das für die Physik näher ausgeführt. Ich will dabei allgemein die unter Physikern übliche Grundannahme machen, daß Erfahrungen sich auf etwas beziehen, das außerhalb unseres Denkens liegt und ihm mehr oder weniger unabhängig gegenübertritt.

Die zentralen Fragen sind: Wie ist die Wirklichkeit strukturiert? In welchem Verhältnis steht der Erkennende und Erfahrende zur Wirklichkeit? Wenn Wahrheit vorliegt, so sind im Wissen Einsichten und Erkenntnisse über die Wirklichkeit gewonnen worden. (Wirklichkeit erschließt sich auch in der Kunst, doch ist dies nicht unser Thema.) Was ist der Ausgangspunkt für die Erlangung von Wissen? Und wie prüft man am Ende die Übereinstimmung von Sein und Wissen? Durch Erfahrungen mit der Welt. Bei Wissen geht es aber um mehr als nur um das Ordnen gesammelter Erfahrungen. Das Ziel ist, die Wirklichkeit „vertieft" zu verstehen und dieses Verständnis zu begründen.

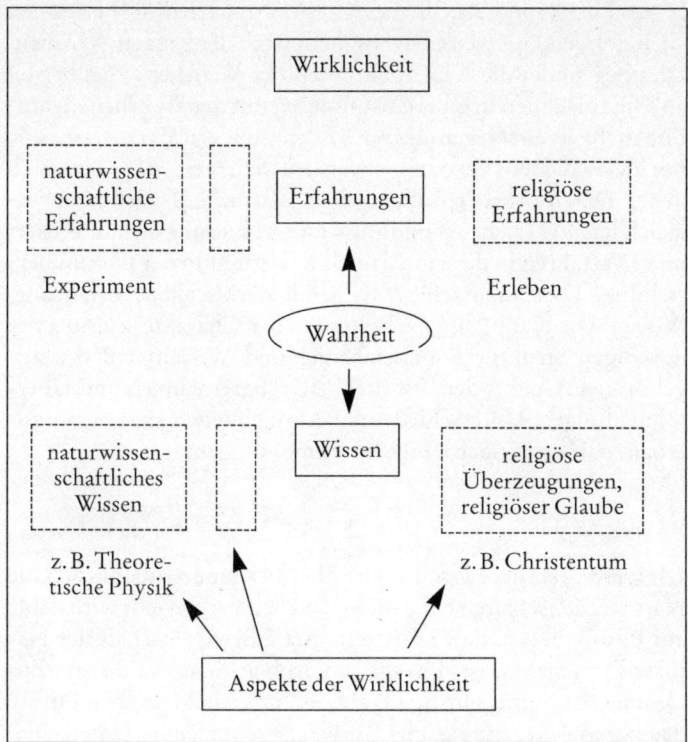

*Zwei Beispiele*

Um im Hinblick auf Naturwissenschaften und Glauben die ganze Breite von dem anzudeuten, was mit Wahrheit und den damit verknüpften Erfahrungen im folgenden gemeint ist, sollen zwei Beispiele möglicherweise wahrer Sätze gegeben werden:

    1. Ein losgelassener Stein fällt zur Erde.

    2. „Gott liebt mich."

Wer mit dem letzten Satz selber nichts anfangen kann, stelle sich eine andere Person vor, für die der Satz etwas bedeutet.

Der erste Satz gehört der Physik an, der zweite einem religiösen Glauben. Beide Sätze beschreiben Erfahrungen mit der Welt.

In der Physik und im Glauben strebt man nach Wahrheit, wenn auch notwendigerweise jeweils nicht nach der ganzen Wahrheit. Dies begründet die Aspekthaftigkeit der Wahrheit. Glaube soll also im folgenden in Übereinstimmung mit der Wahrheitsdefinition nicht als ein Gegensatz zu Wissen, sondern als eine spezielle Form des Wissens verstanden werden: „Ich weiß, daß Gott mich liebt." Dies führt auf ein allgemeines Schema und macht den Vergleich leichter (siehe Abbildung). Die Abbildung charakterisiert mein Verfahren in diesem Artikel: Es besteht in der Gegenüberstellung. Die Schlüsselbegriffe sind Wirklichkeit, Erfahrung, Wissen. Die Hauptaufgabe besteht in der Charakterisierung der jeweiligen Struktur von Erfahrung und Wissen und des zugehörigen Aspekts der Wirklichkeit. Abgrenzungen und Überschneidungen, Unterschiede und Ähnlichkeiten sind herauszuarbeiten. Hierzu noch einige Vorbemerkungen.

*Abgrenzung*

Ich werde als theoretischer Physiker besonders ausführlich die Naturwissenschaften behandeln. Das Schwergewicht wird dabei auf Physik liegen, da Physik eine Art Leitwissenschaft der Naturwissenschaften ist. Physik ist darüber hinaus in diesem Zusammenhang eine günstige Wahl, da für viele Menschen Physik der extreme Gegenpol zum Glauben zu sein scheint. Unterschiede werden hier besonders deutlich, Ähnlichkeiten wirken besonders verblüffend.

Zum Zwecke der beabsichtigten Gegenüberstellung werde ich im Hauptteil des Beitrags die Frage zu beantworten versuchen: „Was ist Physik, und wie geht sie vor?" Es geht mir dabei in erster Linie um die Methode, weniger darum, was dabei inhaltlich herauskommt, was man heute in der Physik alles worüber weiß. Daher wird der Zusammenhang zum Glauben auch nicht dadurch gegeben sein, daß aus gewissen Ergebnissen der Physik zum Beispiel auf die Größe Gottes geschlossen wird, indem etwa Kosmologie und Schöpfungslehre in Beziehung zueinander gesetzt werden. Auch solche Argumentationsketten wie die, daß die Quantenmechanik angeblich die Willensfreiheit garantiert und so ein Wirken Gottes ermöglicht, sind kein Gegenstand. Die Thematik ist daher weniger innerphysikalisch als wissenschafts-theoretisch.

Auf der anderen Seite, bei der Behandlung des christlichen Glaubens, geht es mir entsprechend nicht um spezielle Glaubens-inhalte, religiöse Überzeugungen, geoffenbarte Glaubenssätze und so weiter. Es geht auch nicht um die logische Konsistenz spezieller innertheologischer Argumentationen. Meine Thema-tik ist daher weniger theologisch-inhaltlich als vielmehr die Fra-ge nach der Struktur religiöser Erfahrungen und Wahrheit.

## Zwei Ausgangsfragen

Wichtig ist es mir, eine Antwort auf das Verträglichkeitsproblem zu bekommen: Bereitet einem mit physikalischem Denken wohlvertrauten Physiker von seinen Denkgewohnheiten her der christliche Glaube Denkschwierigkeiten? Oder: Muß ein Physi-ker eine gespaltene Persönlichkeit werden, wenn er sowohl Phy-sik betreiben als auch gläubig sein will? Muß er ein Doppelleben führen: im Labor Physik, zu Hause Glaube?

Naturwissenschaftliches Wissen setzt einen speziellen Um-gang mit Erfahrungen voraus. Dieser spezielle Umgang charak-terisiert die naturwissenschaftliche Rationalität. Das führt auf die zweite Frage: Ist es gegen die Vernunft, einen Glauben zu ha-ben bzw. mit Hilfe des Glaubens mit nicht-naturwissenschaftli-chen Erfahrungen umzugehen?

## 2. Physikalische Wirklichkeit

Ich empfehle dem Leser, sich beim Lesen dieses Kapitels parallel zur Beschreibung der Physik jeweils zu fragen: Wie verhält es sich demgegenüber mit religiösen Erfahrungen und religiösem Wissen?

*Wiederholbare Vorgänge*

Das Ziel bei der Behandlung der Wirklichkeit ist die Reduktion von Komplexität und das Aufsuchen von Zusammenhängen. Die Hoffnung ist dabei, daß sich die Welt als einfach und verstehbar erweist. Wie geht die Physik vor?

Als eine der Grunderfahrungen in der Natur stellen wir zunächst passiv beobachtend fest, daß sehr viele geeignet ausgewählte Vorgänge geordnet abzulaufen scheinen. Sie wiederholen sich. Gleiche Ausgangssituationen haben gleiche Prozesse zur Folge.

> Zum Beispiel: Äpfel fallen vom Baum auf die Erde. Daß sie über den Zaun davonfliegen, wird nicht beobachtet.

Man kann aber auch handelnd eingreifen und durch Schaffen einer speziellen Ausgangssituation ein Experiment durchführen und eine gezielte Beobachtung machen. Dies ist ein wichtiger Schritt.

> Man kann selber den Apfel fallen lassen. Man kann auch etwas anderes fallen lassen und stellt dabei allgemein fest: Wenn man irgendwelche Objekte hochhebt und losläßt, so fallen sie jeweils nach unten. Wenn man dasselbe Objekt unter gleichen Bedingungen immer wieder fallen läßt, so fällt es stets in gleicher Weise auf den Boden.

Diese Vorgänge erweisen sich also unter gleichen Bedingungen als reproduzierbar.

Physik handelt nur von den wiederholbaren Vorgängen. Sie beschränkt sich auf intersubjektiv nachprüfbare Erfahrungen. Sie stellt hierfür Gesetze auf. Gesetze charakterisieren nicht einen Einzelvorgang, sondern eine Klasse von Vorgängen. Die Wiederholbarkeit impliziert die nachprüfbare Prognose. Wir können etwas über die Zukunft wissen. Teile der Welt werden handhabbar. Sie werden dabei zugleich entzaubert. Das Wunder entschwindet, allerdings ohne daß wir aufhören, uns zu wundern.

Dieser erste Erfolg legt den nächsten Schritt nahe. Man kann das obige Experiment verfeinern.

Bei unterschiedlichen Windverhältnissen braucht ein und dieselbe Vogelfeder unterschiedlich lange, bis sie auf den Boden auftrifft. Apfel und Vogelfeder brauchen normalerweise hierfür ebenfalls verschieden lange. Aber, wenn man den Einfluß der Luft ausschaltet, indem man durch Abpumpen ein Vakuum erzeugt, fallen alle Körper stets in gleicher Weise.

Technik, hier die Ausschaltung von Luftreibung, ermöglicht eine präparierte Situation. In ihr wird gezielt eine Reduktion der Komplexität angestrebt. Im zugehörigen Experiment werden dann nur noch wenige Variablen systematisch geändert. Die präparierte Situation garantiert verbesserte Reproduzierbarkeit sowie klarere Begriffsbildung und erhöht die Exaktheit der Prognose. Sie vergrößert aber auch das Maß an Gesetzmäßigkeit, denn:

Apfel und Feder zeigen dasselbe Verhalten.

Man findet mehr Ordnung in der Welt. Physik handelt so gut wie gar nicht von der vorgefundenen, für sich seienden Natur, sondern von der Wirklichkeit in gewissen präparierten Situationen, überspitzt formuliert: von Kunstnatur.

Der Mensch tritt der Natur in der präparierten Situation manipulierend sowie erzeugend, in jedem Fall aber als Fremder distanziert gegenüber. Zur Isolation kommt die Abstraktion. Der Apfel wird zum Massenpunkt. Von seiner Farbe und von anderen Sinnesqualitäten wird abgesehen. Bezüge zum Betrachter, die in anderem Zusammenhang wichtig sind, werden unterdrückt. In einen Massenpunkt kann man nicht mehr hineinbeißen. Ohne Abstraktion wären Einmaligkeit und Wiederholbarkeit verhindert. Universalität setzt Abstraktion voraus. Die durch die Idealisierung bewirkten einfachen und überschaubaren Verhältnisse ermöglichen eine mathematische Beschreibung und daran anknüpfend eine theoretische Begründung in einer mathematisch formulierten Theorie. Die entsprechenden Schlußfolgerungen sind im Prinzip von jedermann nachvollziehbar.

Wir können ein einfaches Gesetz für den freien Fall von Massenpunkten angeben und versuchen, es in einer Theorie der Gravitation zu begründen.

Diese Theorie kann dann wieder im Experiment an der Erfahrung überprüft und möglicherweise widerlegt werden. Die mit der Idealisierung verknüpfte Präzisierung macht die Widerlegung eindeutiger.

*Wechselbeziehung zur Technik*

Physikalische Erfahrung ist eine experimentelle Erfahrung. Daher liegt zur Technik im doppelten Sinne eine Wechselbeziehung vor. Physikalische Erfahrungen ermöglichen den Aufbau einer Technik.

Anknüpfend an die Erfahrungen mit Fall und Wurf ließe sich eine Ballistik entwickeln.

Neue Physik ermöglicht neue Technik.

Präparation erfordert andererseits technischen Aufwand. Technik ist daher umgekehrt Voraussetzung für neue physikalische Erfahrungen. Neue Physik erfordert neue Technik.

Erst im Vakuum fallen Apfel und Feder in exakt gleicher Weise.

Mit Hilfe dieser Technik entsteht dann zugleich die Möglichkeit, sich in dem Experiment weit von den Alltagserfahrungen zu entfernen.

Statt geworfener Äpfel oder Federn untersucht man z. B. Elementarteilchen in Beschleunigern.

*Begründung durch eine Theorie*

Der Weg s, den ein Massenpunkt, der anfangs keine Geschwindigkeit hat, in der Zeit t in Richtung Erde zurücklegt, ist durch $s = \frac{1}{2} g t^2$ gegeben; g ist dabei die Erdbeschleunigung.

Wie schon angedeutet, bleibt aber eine physikalische Theorie bei der Beschreibung und Klassifizierung von Beobachtungen nicht stehen. In einer Theorie soll nicht nur beschrieben, sondern auch begründet werden. Mit Hilfe der Theorie versucht man Erfahrungen zu begründen, indem sie als Konsequenzen von etwas ab-geleitet werden. Es sollen Ursachen angegeben werden. Es geht also nicht nur um das Wie des Ablaufs, sondern auch um das kausale Warum, also um theoretische Erkenntnisse. Es ist daher eine schon fast bösartige Verkürzung, wenn – mit Hinweis auf das Stichwort „Technik" – physikalisches Wissen nur als ein Verfügungswissen charakterisiert wird.

Mit Hilfe einer Theorie kann zugleich eine Vereinheitlichung in der Beschreibung der Phänomene erreicht werden.

> In unserem Beispiel: Für alle Massen kann der freie Fall auf der Erde, aber auch die Planetenbewegung am Himmel einheitlich auf das Wirken von Gravitation zurückgeführt und so begründet werden.

*Freiheit in der Theorienkonstruktion*

Folgt nun aber die Theorie aus dem Experiment mehr oder weniger zwingend? Es gibt tatsächlich kein zwingendes, ja es gibt noch nicht einmal ein einigermaßen direktes Verfahren, um von Sinneseindrücken zu einer ganz speziellen physikalischen Theorie zu gelangen:

> Aus der Gesamtheit der gemessenen Atomspektren zum Beispiel läßt sich nicht auf eine Formulierung der Quantenmechanik im Hilbert-Raum und den zugehörigen dynamischen Operator schließen.

Tatsächlich bedingen Experimente nur, daß eine zu entwerfende Theorie nicht mit ihnen im Widerspruch steht. Darüber hinaus herrscht Freiheit in der Theorienkonstruktion. Physikalische Theorien sind nicht an der Erfahrung ablesbar, sie werden letztlich erraten. Selbstverständlich bleibt bei aller Freiheit der Theoretischen Physik die Richterinstanz der Experimentalphysik. Die „Natur" korrigiert.

Zur Verdeutlichung der Freiheit in der Theorienkonstruktion mag das folgende Beispiel dienen. Typischerweise führt man zur Begründung Ursachen ein. Hierzu muß man zunächst festlegen, was eine Ursache erfordern soll und was nicht. Die Ursache der Bewegung ist eine Kraft.

Was soll das genauer heißen? Hierauf hat es in der Geschichte der Physik zwei Antworten gegeben:

Wenn man aufhört, einen Karren zu ziehen, dann bleibt er stehen. In der Aristotelischen Dynamik (in moderner Umformulierung) wird daraus und aus ähnlichen Erfahrungen die Konsequenz gezogen, daß der nicht weiter auf eine Ursache zurückzuführende Bewegungszustand der Zustand der Ruhe ist. Alle Abweichungen hiervon sind auf das Vorliegen von Kräften zurückzuführen. Die Aufrechterhaltung einer konstanten Geschwindigkeit erfordert daher eine Kraft. Das Grundgesetz der Aristotelischen Dynamik für die erzwungenen Bewegungen lautet:

$$\text{Geschwindigkeit} = \frac{\text{Kraft}}{\text{Widerstand}}$$

Die Bewegung hört auf, wenn keine Kraft mehr wirkt.

Die Newtonsche Dynamik macht im Gegensatz hierzu nicht die Alltagserfahrung zum Ausgangspunkt, sondern greift auf die präparierte Situation zurück. Im Vakuum bewegen sich Körper nach Ausschalten aller Einflüsse geradlinig mit konstanter Geschwindigkeit. Dieses nun wird zu dem nicht weiter auf eine Ursache zurückführenden Bewegungszustand erklärt. Nur für Änderungen der Geschwindigkeit, also für Beschleunigungen, wird eine Kraft benötigt. Das Grundgesetz der Newtonschen Dynamik für die erzwungene Bewegung lautet daher:

$$\text{Beschleunigung} = \frac{\text{Kraft}}{\text{Masse}}$$

Beide Dynamiken lassen sich zu vollständigen Theorien ausbauen. Nur die Newtonsche Dynamik hat sich durchgesetzt, weil sie einfacher ist und insbesondere, weil sie den größeren Anwendungsbereich hat. Die Aristotelische Dynamik ist als Spezialfall für geschwindigkeitsproportionale Reibungskräfte im Grenzfall großer Zeiten enthalten. Wie schon erwähnt, konnte Newton auf seinem Zugang eine Theorie der gravitativen Kraft aufbauen, die sowohl den freien Fall des Steins als auch die Planetenbewegung erklären konnte. Physik und Himmelsphysik wurden so in einer – verglichen mit Aristoteles – vereinheitlichten Theorie beschrieben.

Die Aristotelische Dynamik spiegelt unmittelbar die Alltagserfahrungen wieder. Kinder entscheiden sich spontan für dieses Begründungsschema. In der Newtonschen Theorie ergeben sich demgegenüber die Alltagserfahrungen erst mit einigem Aufwand nach Ausbau des Begründungsschemas. Bemerkenswert ist, daß in diesem Rahmen der Alltagserfahrung kein hoher Stellenwert bei der Theorienkonstruktion eingeräumt wird. Dies ist ein mutiger Schritt. Er erfolgt im Vertrauen darauf, daß sich gewisse letztlich aus metaphysischen Argumenten gewonnene theoretische Überzeugungen davon, wie sich die Natur darstellen sollte, am Schluß auch empirisch bestätigen werden. Wir kommen auf diese Hintergrundüberzeugungen noch einmal zurück. Bei Kenntnis der Aristotelischen Alternative ist es erstaunlich, daß heute die Newtonsche Mechanik allgemein als anschaulich gilt. Dies zeigt, daß Anschaulichkeit in der Physik neben Gewöhnung möglicherweise auch mit dem Bezug auf gewisse archetypische Innenbilder verknüpft ist.

*Pluralität zeitgenössischer Theorien*

Die Freiheit in der Theorienkonstruktion reicht aber noch weiter:

> In der Einsteinschen Allgemeinen Relativitätstheorie ist die Gravitationskraft eliminiert. Punktteilchen und Lichtstrahlen werden durch die Krümmung der Raum-Zeit so geführt, daß die üblicherweise auf den Einfluß von Gravitation zurückgeführten Effekte richtig beschrieben werden.
>
> Man kann aber auch eine relativistische Theorie der Gravitation konstruieren, in der die Wirkung der Gravitation nach wie vor durch Kräfte beschrieben wird. Eine

solche Theorie geht von einer flachen Raum-Zeit aus.
Ein weiteres Beispiel: Das relativistisch verfeinerte Bohr-
sche Atommodell und die „junge" Quantenmechanik
waren eine Zeitlang konkurrierende Alternativen mit
deutlich verschiedenen Ontologien.

Es gibt Theorienpluralität. Das widerspricht nicht der Objektivität. Da mit jeder Theorie auch ontologische Aussagen verknüpft sind, gibt es in der Konsequenz sogar ontologisch eine
Pluralität. Jede Theorie bedingt – in Auseinandersetzung mit
dem, wodurch sie „draußen in der Natur" korrigiert wird, was
ihr „widersteht" – ihre eigene Wirklichkeit.

Für den Fortschritt der Physik ist Theorienpluralität aber kein
lästiges Übel, sondern im Gegenteil wichtig, da so mehrere An-
satzpunkte für künftige Fortentwicklungen zur Verfügung stehen.

Als Ausgangspunkt für eine Quantentheorie der Gravitation kann man Gravitation durch ein weiteres zu quan-
tisierendes Feld in der flachen Raum-Zeit beschreiben,
oder aber versuchen, die gekrümmte Raum-Zeit-Geo-
metrie selber zu quantisieren. Beide Wege werden zur
Zeit eingeschlagen.


*Rolle der Hintergrundüberzeugungen*

Freiheit macht außerphysikalische Einflüsse bei der Theorienbildung möglich. Der Physiker hat die Freiheit, sich zwischen
konkurrierenden Theorien zu entscheiden. Er hat die Freiheit zu
versuchen, seine speziellen metaphysischen Hintergrundüberzeugungen in der Physik wiederzufinden. Er kann sie zu heuri-
stischen Leitideen seiner Theorienkonstruktion machen.

Viele Beispiele aus der Geschichte der Physik belegen dies.
Hier eine Auswahl:

Nikolaus Kopernikus wollte an den Platonischen Prinzipien festhalten und nur gleichförmige Kreisbewegungen
als die vollkommenen Bahnen für die Planeten zulassen.
Michael Faraday und auch Hans Christian Oersted waren bei ihren Experimenten zum Elektromagnetismus

von der romantischen Naturphilosophie stark motiviert und beeinflußt. Noch die Arbeiten von Hermann von Helmholtz zum Energieerhaltungssatz standen unter dem Einfluß der romantischen Naturphilosophie, die im Wandel das Beständige suchte. Werner Heisenberg war – folgt man seinem autobiographischen Rückblick – in seiner Heuristik stark durch den Platonischen Idealismus der Symmetrien geprägt: „Am Anfang war die Symmetrie".[3] Albert Einstein hat zeit seines Lebens die Quantenmechanik abgelehnt: „Jedenfalls bin ich überzeugt, daß der Liebe Gott nicht würfelt".[4]

Physikalische Theorienbildung wird in sehr vielen Fällen durch Hintergrundüberzeugungen geleitet. Diese Hintergrundüberzeugungen spiegeln den Zeitgeist wider. Die intersubjektive Überprüfbarkeit der physikalischen Erfahrung und der physikalisch-theoretischen Schlußfolgerungen bleibt davon unberührt.

Der Entstehungszusammenhang enthält noch weitere Elemente. Der Experimentalphysik sind Grenzen gesetzt durch die zur jeweiligen Zeit verfügbaren technischen Möglichkeiten. Ähnlich geht es der Theoretischen Physik mit den Hilfsmitteln, die die Mathematik zur Verfügung stellt. Neuerdings ist auch der jeweilige Stand der Computertechnologie von Bedeutung. Schließlich ist noch der Einfluß der Vorlieben und Abneigungen der Geldgeber (Mäzene, Politiker, öffentliche Meinung) zu berücksichtigen.

Physik ist eine geschichtsgebundene Kulturleistung. Damit ist sie auch eine Wahrheit im historischen Gewand. Die Freiheit des Physikers macht die Theoriendynamik zu einem Forschungsgegenstand.

*Nachfolgetheorien und Anwendungsbereiche*

Wie schon betont, lassen sich mit der Verbesserung der experimentellen Technik neue Bereiche der physikalischen Wirklichkeit erschließen. Die Newtonsche Mechanik wird ergänzt, unter anderem durch echte Nachfolgetheorien: die immer noch (zumindest unter anderem) von der Physik der massiven Objekte handeln.

Beispiele sind die Spezielle Relativitätstheorie und die Quantenmechanik. Für die Physik des Gravitationsfeldes ist die Allgemeine Relativitätstheorie eine Nachfolgetheorie.

Die Vortheorien sind dabei jeweils als Grenzfall enthalten.

Wichtig ist, daß die Nachfolgetheorien die Vorläufer nicht aufheben. Die Vorläufer haben sich nicht als falsch erwiesen. Die Nachfolgetheorien grenzen nur ihren Anwendungsbereich ein und definieren ihn so. Eine physikalische Theorie bezieht sich immer auf einen begrenzten Wirklichkeitsbereich. Sie ist überhaupt erst dann vollständig definiert, wenn ihr Anwendungsbereich festgelegt ist, wenn also genau umrissen ist, auf welche Bereiche der Wirklichkeit sie sich mit ihren Aussagen bezieht. Am Wachsen und Hinzutreten von Anwendungsbereichen läßt sich ein stetiger Fortschritt in der Physik nachweisen.

## Erschlossene Wirklichkeit und theoretische Terme

An den soeben erwähnten Gebieten der modernen Physik läßt sich ein weiteres für das Folgende wichtiges Charakteristikum ablesen: Eine physikalische Theorie ist ein System von mit Hilfe der Mathematik formulierter Sätze. Einige, aber keineswegs alle Begriffe des Systems werden mit Hilfe von Interpretationsregeln über Abbildungen direkt mit empirischen Daten verknüpft. In der Physik wurde historisch zunächst (wie beim fallenden Apfel und der Newtonschen Mechanik) eine noch immer relativ unmittelbar gegebene Wirklichkeit zum Ausgangspunkt genommen. Bereits hier setzte im Experiment die Präparation ein.

In der Zwischenzeit hat sich die Physik weit vom Studium vorgefundener Phänomene entfernt. Moderne Physik erforscht die Wirklichkeit unter einem sehr großen Aufwand von Experimentiertechnik:

Beispielsweise erfolgt die Erforschung der Elementarteilchenphysik mit Hilfe von Beschleunigern. Es entsteht eine Physik der großen Maschinen.

In den entsprechenden Experimenten wird das Phänomen unter großer Anstrengung mit modernster Technologie überhaupt erst erzeugt. Wir erschließen ständig experimentell neue physikalische Wirklichkeit. Dabei machen wir durch experimentelle Anordnungen vermittelte Erfahrungen. Die unmittelbaren Erfahrungen beziehen sich nach wie vor nur auf die Zeigerausschläge der Meßinstrumente, auf die ausgedruckten Meßkurven und ähnliche Beobachtungsdaten.

Verschränkt mit den Experimenten entwickeln wir eine theoretische Strukturierung dieser erschlossenen Wirklichkeit.

Obwohl wir im Prinzip nur ausgedruckte Meßdaten sehen, handelt die Physik tatsächlich von Elementarteilchen. Wir sprechen zum Beispiel von Quarks als fundamentalen Teilchen, obwohl einzelne Quarks nach der Theorie gar nicht frei auftreten können.

Die meisten der zentralen Begriffe in der Theoretischen Physik sind nicht als Abstraktionen aus Meßprozeduren ableitbar.

Die fundamentalsten Objekte der Physik sind in besonders hohem Maße vermittelte physikalische Größen. Sie sind innerhalb des physikalisch-theoretischen Schemas hypothetische oder besser gesagt theoretische Terme. Diese theoretischen Terme haben nur einen sehr indirekten Zusammenhang zu den unmittelbar gegebenen Fakten, also den Beobachtungsdaten. Besonders grundlegende Theorien postulieren und beschreiben im allgemeinen die Eigenschaften von Objekten, die in besonders hohem Maße theoretisch sind. Viele deduktive Schemata (Axiomensysteme) beginnen mit Aussagen (Postulaten) über diese theoretischen Terme.

Um das soeben Gesagte zu verdeutlichen, muß man aber nicht die extreme Hochenergiephysik heranziehen:

Die Maxwellsche Theorie des elektromagnetischen Feldes ist ein Beispiel aus der Physik des 19. Jahrhunderts.[5] Elektrische und magnetische Felder manifestieren sich noch relativ direkt über Kräfte. Der Begriff des einen elektromagnetischen Feldes ist demgegenüber sehr viel theoretischer. Mit Bezug auf dieses tensorielle Feld wird üblicherweise durch Postulierung einer Lagrange-Funktion für die Maxwell-Gleichungen das axiomatische Schema formuliert. Auch die in diesem Zusammenhang auftretenden Terme Feldenergie, elektrischer Strom, elektromagnetische Strahlung und so weiter sind theoretische Terme.[6]

Wir kennen genau genommen nur ihre Auswirkungen, aber sprechen diesen theoretischen Termen in der üblichen Ontologie der Physik dennoch Realität zu. Sie gehören zum Wirklichkeitsbereich der Physik. Daß wir das anscheinend ohne jede Bedenken tun, liegt wieder an einer wohlvertrauten Wechselbeziehung zwischen Physik und Technik:

> Jedes Kind lernt, daß aus der Steckdose der sogenannte Strom kommt, und jeder Heimwerker weiß mit ihm umzugehen. Selbst Radarstrahlen sind für Autofahrer eine vertraute Realität.

Durch Technik rücken einige theoretischen Terme des neu erschlossenen Bereiches (Strom, elektromagnetische Wellen usw.) wieder in die Nähe unserer unmittelbaren alltäglichen Erfahrung (Radarfalle). Auch die Art unserer unmittelbaren Erfahrungen ändert sich daher ständig. Die Lebenswelt wird zunehmend eine wissenschaftlich konstruierte Welt. Da viele theoretische Terme einen großen Teil unserer Alltagsphysik bestimmen, sind wir mit ihren Auswirkungen vertraut und daher auch bereit, ihnen selber Realität zuzusprechen.

Es sei in diesem Zusammenhang noch einmal betont: Physik konstruiert im Experiment und mehr noch in der Theorie die Objekte, um die es ihr in ihrer Wirklichkeit geht. Das geschieht aber in einem sich ständig verfeinernden Anpassungsprozeß an eine „gegenstehende" Natur.

## Letzter Punkt: Theorienbestimmtheit von Experimenten

Nicht nur durch verbesserte experimentelle Präparation, sondern auch durch Weiterentwicklung von Theorien werden mit Hilfe der damit verknüpften Vorverständnisse neue Bereiche der Wirklichkeit erschlossen. Der Entwurf von Experimenten ist theoriegeleitet.

Infolge der großen Bedeutung der Technik ist aber auch die Auswertung von Experimenten theorieabhängig. Man muß zum Beispiel bei der Fülle der Meßdaten bei einem Beschleunigerexperiment gewissermaßen bereits wissen, was man finden will. Datenverarbeitung im Computer im Anschluß an Experimente kann nicht theoretisch neutral erfolgen. Wir sehen die physikalische Wirklichkeit immer bereits im Lichte einer Theorie. Die Erfahrung wird erst dadurch zur physikalischen Beobachtung, daß der Beobachter interpretierend eine physikalische Theorie voraussetzt.

Der Test einer Theorie besteht in der Prüfung, ob sich ein Widerspruch ergibt zwischen Aussage der Theorie und Meßergebnis. Wegen der Theoriebeladenheit der Experimente wird immer nur eine Gesamtheit von Hypothesen getestet. Genau genommen sind auch die Theorien, die zur jeweiligen Experimentiertechnik gehören, noch damit einzuschließen. Es gibt daher keinen Test einer speziellen Einzelaussage einer Theorie. Nur das Gesamtschema oder mindestens eine ganze Gesamtheit von Hypothesen kann fragwürdig werden.

Ob bei negativem Ausgang eines Tests die Ausgangstheorie nur modifiziert oder zu einer neuen Theorie übergegangen wird, ist ins Ermessen der Physiker gestellt und in nichts zwingend.

Statt zur modernen Quantenmechanik überzugehen, hätte man das Bohr'sche Atommodell über die speziell-relativistischen Korrekturen hinaus epizyklenhaft immer weiter verfeinern und so retten können.

Warum hat man das nicht gemacht? Theorien bekommen nicht durch den Ausgang von Experimenten ihren Todesstoß, sondern durch andere Theorien. Hier soll sinngemäß ein Zitat von Planck angeführt werden:[7] Forschungsprogramme werden nicht widerlegt, ihre Anhänger sterben aus.

### 3. Andere Aspekte der Wirklichkeit oder der mögliche Ort des Glaubens

Ich gehe von der Feststellung aus, daß die empirische-physikalisch erfaßte Realität nicht die ganze Wirklichkeit ist, und stelle ihr die Elemente des Glaubens, bei denen es sich ebenfalls um die Erfassung von Aspekten der Wirklichkeit handelt, gegenüber. Vielleicht kann dieser Zugang helfen, Denkschwierigkeiten insbesondere von naturwissenschaftlich geprägten Menschen im Zusammenhang mit dem religiösen Glauben abzubauen.

### Vorfrage

Zunächst ist noch eine Vorfrage zu beantworten. Müssen wir uns mit religiösen Erfahrungen und religiösem Wissen überhaupt beschäftigen? Verkürzt gefragt: Ist nicht die naturwissenschaftliche Wirklichkeit bereits die ganze Wirklichkeit? Ist nicht alles Physik bzw. mit Hilfe von Physik erklärbar?

Es ist eine simple Beobachtung, daß der Anwendungsbereich der Physik zusammen mit dem anderer Wissenschaften die Gesamtheit unserer Erfahrungen zumindest heute nicht ausschöpft. Es kann also allenfalls als Vermutung formuliert werden, daß irgendwann einmal auch die heute als nicht-naturwissenschaftlich angesehenen Teile der Erfahrung im Prinzip auf Physik zurückführbar sein werden. Dies ist aber kein Satz aus der Physik. Wenn man diese Vermutung als Überzeugung nimmt, ist sie selber ein Glaubenssatz. Als solcher mag der Satz für einzelne Menschen Bedeutung haben und soll dann hier nicht kritisiert werden. Allgemein kann er aber allenfalls als Zielsetzung für die Physik aufgefaßt werden.

Dann wäre er eine der erwähnten metaphysischen Hintergrundüberzeugungen, aus der sich ein Forschungsprogramm gewinnen ließe, mehr nicht. Es bleibt demnach sinnvoll, sich mit religiösem Wissen zu befassen.

## Unmöglichkeit von Widersprüchen

Es gibt noch eine weitere Vorfrage. Können Physik und Glaube einander widersprechen? Ein Widerspruch zur Physik ist nur dann möglich, wenn Glaubensinhalte physikalische Aussagen enthalten – das hat es historisch gegeben – oder wenn in der Physik unzulässig Aussagen über die jeweiligen Anwendungsbereiche der Theorien hinaus gemacht werden – das haben einzelne Physiker getan, dies ist ein Regelverstoß. Beides beruht also gewissermaßen auf Fehlverhalten und ist tatsächlich auch immer historisch im Laufe der Entwicklung korrigiert worden. Zusammengefaßt läßt sich daher sagen: Zu Wahrheitsschemata gehören in der Wirklichkeit Anwendungsbereiche. Wenn diese getrennt sind, können die Schemata nicht in Konflikt geraten, sie beziehen sich einfach jeweils auf etwas anderes.

Da aber ein Physiker im Umgang mit Physik gerade lernt, daß zu einer Theorie die Angabe ihres klar begrenzten Anwendungsgebietes mit dazu gehört, ist er bestens in das Denken in Anwendungsbereichen eingeübt. Ein Physiker ist zwar hinsichtlich der Methode eher ein Purist, bezüglich Theorienvielfalt praktiziert er Pluralität. Es dürfte ihm daher keine Schwierigkeiten machen, sich vorzustellen, daß es nichtwissenschaftliche Wahrheiten, insbesondere auch religiöse Wahrheiten geben kann. Die eben besprochene Abgrenzung ist wichtig, da bei fehlender Klarheit über die Anwendungsgebiete Pseudokonflikte entstehen. Im Zusammenhang dieses Beitrags sind allerdings Unterschiede und Ähnlichkeiten noch wichtiger.

## Ein Beispiel für eine Glaubenswahrheit

Religiöse Erfahrungen treten neben die naturwissenschaftliche Empirie und charakterisieren einen anderen Wirklichkeitsbereich. Dazu gehören wesentlich auch innere Erfahrungen. Religiöse Anschauungen und Gewißheiten beziehen sich auf diese Erfahrungen und stellen für gewisse Bereiche der Wirklichkeit das dar, was naturwissenschaftliche Theorien für ihren Bereich leisten. Um einen bekannten Satz abzuwandeln: Man kann keine

Religion wirklich haben, ohne die Erfahrungen zu haben, auf die sie die Antwort ist. Zur Veranschaulichung soll noch einmal das schon angeführte Beispiel dienen. Es gibt Menschen, für die eine Vielzahl von Erfahrungen mit sich und der Welt in dem Satz zusammengefaßt werden können: „Gott liebt mich."

Teile der damit verbundenen Sicht der Wirklichkeit lassen sich durch Verse eines Gedichts weiter verdeutlichen:[8]

> Von guten Mächten wunderbar geborgen
> erwarten wir getrost, was kommen mag.
> Gott ist mit uns am Abend und am Morgen
> und ganz gewiß an jedem neuen Tag.

Das Gedicht „Von guten Mächten" wurde an der Jahreswende 1944/45 im Gestapo-Gefängnis von Dietrich Bonhoeffer geschrieben, wenige Monate, bevor er im KZ Flossenbürg umgebracht wurde.

Diese Zeilen sind Ausdruck des Lebensgefühls eines Menschen, für den der Satz „Gott liebt mich" eine tiefe Bedeutung gehabt hat. Es ist charakteristisch, daß man zur Beschreibung der zugrundeliegenden religiösen Erfahrungen ein Gedicht heranziehen kann.

## 4. Unterschiede und Ähnlichkeiten

Ich werde die Struktur religiöser Wahrheiten nicht systematisch und, verglichen mit der Physik, auch sehr viel weniger ausführlich beschreiben. Das entspricht dem Umstand, daß jeder Teilnehmer an einem interdisziplinären Gespräch von seinem Gebiet ausgehend nur Schritte in das andere Gebiet hinein wagen kann. Das angeführte Beispiel muß deshalb genügen, um christlichen Glauben und Naturwissenschaften einander gegenüberzustellen.

### Unterschiede

Die oben beschriebene religiöse Wahrheit ist gerade keine naturwissenschaftliche Wahrheit. Religiöse Wahrheit handelt nicht von präparierten oder idealisierten Situationen. Ihr Gegenstand ist hochkomplex und insbesondere unverfügbar. Sie bezieht sich nicht auf „Kunstwirklichkeit", sondern auf die Lebenswirklichkeit. Religiöse Wahrheit bezieht sich insbesondere auf nicht wiederholbare Vorgänge. Sie beruht nicht auf einer geordneten Produktion wahrer Aussagen über die Welt. Religiöse Erfahrungen sind nicht planbar. Sie sind subjektiv. In der gleichen Situation machen verschiedene Menschen ganz verschiedene Erfahrungen.

Glaube ist nicht in der Form einer mathematischen Theorie oder eines vergleichbaren deduktiven Systems logisch konstruiert formulierbar und begründbar. Theologie ist keine formale Wissenschaft. Der religiöse Glaube eines Menschen beruht nicht auf theologischen Argumentationsketten, eher schon auf intuitiven Einsichten. Gott wird nicht erfaßt, es wird nur auf ihn hingewiesen. Die missionarische Wirkung der theologischen Schemata ist gering. Das Reden über Gott in religiösen Texten erfolgt in Metaphern, mit Hilfe von Gleichnissen und Bildern. Das aber sind keine wörtlich genau zu nehmende Sätze oder begrifflich präzise Aussagen. Es können sogar Paradoxien sein. Im nichtsprachlichen Bereich treten beim Glauben noch Symbole und Kulthandlungen hinzu. Durch Texte und Symbole sollen nicht nur der Verstand, sondern auch das Gefühl und das Erleben angesprochen werden.

Es handelt sich also gerade nicht um Aussagen von der Art wissenschaftlicher Aussagen. Die Aussagen sind der Struktur nach häufig mit Dichtung – insbesondere Poesie – vergleichbar.

In unserem Beispiel: Je schärfer man versucht, zum Beispiel so etwas wie „Liebe" begrifflich zu fassen und mit Hilfe dieser Zergliederungsbemühungen Lebenssituationen zu erhellen, um so weniger wird man der Liebe gerecht. Infolge der fehlenden Formalisierung lassen sich dann auch nur schwer intersubjektiv verbindliche Interpretationsschemata aufstellen. Es gibt daher kaum eine Möglichkeit, durch logische Argumentation die Richtigkeit eines Glaubens zu untermauern, nicht einmal dann, wenn geoffenbarte Texte an den Anfang gestellt werden. Die Texte sind nicht als Axiome formulierbar. Aus Paradoxien kann logisch alles gefolgert werden.

Andererseits, durch den Satz „Gott liebt mich" kann sehr wohl das Erleben und eine Fülle von Erfahrungen eines einzelnen Menschen für ihn strukturiert und gedeutet werden. Teile der Welt werden im Lichte dieses Satzes gesehen und erlebt. Mehr noch: Mit dem Satz werden nicht nur Anschauungen, sondern auch Lebenshaltungen, Einstellungen zu Vorkommnissen, zu sich selber, zum Mitmenschen, zur Natur beschrieben. Emotionale Einstellungen sind einbezogen. All dies ist aber Teil der erfahrbaren Wirklichkeit und fällt daher nicht aus unserem Schema heraus. Obwohl religiöser Glaube kein wissenschaftliches Wissen ist, geht es bei ihm ebenfalls um Wahrheit im Sinne von Übereinstimmung. Hier um Konsistenz zwischen Glaubenserfahrung und religiöser Gewißheit. Das religiöse Wissen kann also ein wahres Bild von Aspekten der Wirklichkeit eines Menschen geben.

Wie schon betont, werden dabei Erfahrungen im Lichte theoretischer Vorstellungen gemacht. Das ist in der Physik ebenso. Wirklichkeit wird nicht theorieneutral erfaßt. Erfahrungen sind immer bereits interpretierte Erfahrungen. Wer glaubt, daß Gott ihn liebt, sieht die Welt anders, und er sieht mehr.

Im Lichte des Satzes „Gott liebt mich" werden auch neue Erfahrungen gemacht, die sonst gar nicht gemacht würden. Der Erfahrungsbereich erweitert sich. Es wird neue Wirklichkeit erschlossen. Nicht anders ist es bei den theoriegeleiteten physikalischen Experimenten und ihrer theoriegeleiteten und theorieabhängigen Auswertung.

Auch von nichtreligiösen Hintergrundüberzeugungen hängen die Ausprägungen eines religiösen Glaubens ab. Der Zeitgeist ist ablesbar. Ein religiöser Glaube ist ebenfalls eine zeitgebundene Kulturleistung.

In der Physik gibt es eine Kontinuität der Konzepte bei Diskontinuität der aufeinander folgenden Theorien (zum Beispiel Masse in der Newtonschen Dynamik, Masse in der Speziellen Relativitätstheorie). Ähnlich verhält es sich mit den immer wieder neuen Ausgestaltungen des Konzeptes „Gott". Wie physikalische Theorien ist auch ein spezieller religiöser Glaube aus der Erfahrung nicht zwingend ableitbar. In beiden Fällen sind gleiche Erfahrungen durchaus unterschiedlich deutbar.

Ein religiöser Glaube muß sich genauso wie eine physikalische Theorie im Leben bewähren. Der Glaube ist falsifizierbar. Erfahrungen können den Satz „Gott liebt mich" schließlich widerlegen. Der Glaube wird in aller Regel aufgrund von Erfahrungen und nicht in der Folge einer rationalen Argumentation aufgegeben.

Wie in der Physik ist aber die Widerlegung und damit die Aufgabe des Glaubens nicht zwingend. Zumeist wird auf kritische Erfahrungen zunächst mit einer Modifikation des Glaubens reagiert. Wie bei einem physikalischen Forschungsprogramm ist in der Regel eine Gesamtheit von Erfahrungen nötig, um zu einer Entscheidung dafür oder dagegen zu kommen. Dann kann schließlich in einer bewußten Entscheidung oder durch langsame „Entfremdung" ein physikalisches Forschungsprogramm bzw. ein religiöser Glaube aufgegeben werden.

Eine weitere Ähnlichkeit ist wesentlich: In der physikalischen Theorie gibt es theoretische Terme, die etwas beschreiben, was vom Menschen nicht unmittelbar sinnlich erfahren werden kann. Ähnliches kennt auch der religiöse Glaube. Auf der einen Seite hatten wir elektrischen Strom, elektromagnetische Strahlung, Quarks als Beispiele angeführt. Auf der anderen Seite ist Gott ein solches hypothetisches Element. In der Physik wird diesen theoretischen Termen dennoch in der üblicherweise angenommenen Ontologie Realität zugesprochen. Nicht anders im Glauben. Wenn diese theoretischen Terme über ihre Auswirkungen auch Alltagserfahrungen relativ direkt bestimmen, entsteht eine Vertrautheit des Umgangs mit ihnen. Sie werden in einem naiven Sinne real. Das gilt in beiden Bereichen. In der Physik werden diese theoretischen Terme in der Regel als besonders fundamental angesehen und häufig an die Spitze eines deduktiven Systems – einer Axiomatik – gestellt. So auch Gott in den theologischen Schemata.

Ich habe im obigen besonders die Ähnlichkeiten und die Unterschiede zwischen der Naturwissenschaft und dem religiösen Glauben betont. Durch Betonung der Unterschiede wurde noch einmal herausgestellt, daß Grenzüberschreitungen leicht vermeidbar sind. Die Ähnlichkeiten belegen andererseits, daß die Ansicht falsch ist, die Naturwissenschaften versperrten bei aller Unübertragbarkeit der Methode durch ihren Umgang mit der Wahrheit den Zugang zum Glauben. Von den Inhalten der Physik und vom Umgang mit Physik her erwächst dem Physiker jedenfalls kein Problem damit, einen religiösen Glauben zu haben. Das beantwortet die erste unserer Ausgangsfragen.

In der zweiten Frage geht es darum, ob es vernünftig ist, einen religiösen Glauben zu haben? Die beschriebenen Ähnlichkeiten begründen bereits, daß die Entscheidung, einen religiösen Glauben zu haben, zumindest nicht unvernünftig ist.

Ich will das noch ohne Anspruch auf Vollständigkeit ergänzen: Bei der Typenvielfalt an Vernunft gibt es einen klaren Unterschied zwischen Physik und Glauben. In der Physik finden wir Bewährungsrationalität und über die Beschreibung hinaus Begründungsrationalität. Sie manifestiert sich in einem ausgebauten Schema mathematisch-theoretischer Begründungen. Das Verstehen von Teilen der Wirklichkeit wird ein rationales. Es ist vernünftig, eine physikalische Theorie zu akzeptieren, weil sie sich bewährt hat und weil sie zusätzlich gut begründet ist. In der Physik werden mit Experimentalphysikern und Theoretischen Physikern zwei Spezialisten für die jeweilige Rationalitätsform ausgebildet.

Demgegenüber findet sich im Zusammenhang mit einem religiösen Glauben zwar Bewährungsrationalität, aber kaum allgemein überzeugende Begründungsrationalität. Der Satz „Gott liebt mich" kann für jemanden ein wahrer Satz sein. Ich sehe aber nicht, wie man ihn halbwegs zwingend theoretisch ableiten könnte und welche klaren Prognosen sich auf seiner Grundlage machen ließen. Ich bin mir auch nicht sicher, ob Ableitbarkeit in diesem Zusammenhang überhaupt wichtig ist. Ähnlich geht es mit Gottesbeweisen: Weil dieses oder jenes so ist, muß es Gott geben. Die entsprechenden theoretischen Bemühungen sind alle gescheitert. Mit dem Satz „Gott ist tot" geht es allerdings auch nicht anders, wenn dieser Satz einen anderen Status als den einer Zusammenfassung von Erfahrungen haben soll. Die Diskussionen um das Theodizee-Problem lesen sich wie eine unendliche Geschichte. Bei aller Analogie zu theoretischen Termen in der Physik ist Gott jedenfalls kein Term einer Theorie, die den naturwissenschaftlichen Theorien vergleichbar wäre.

Mit den theologischen Bemühungen, den christlichen Glauben mit einer analogen Begründungsrationalität auszustatten, kann ein Physiker also sehr wohl Schwierigkeiten haben. Das um so mehr, als er von seinem Fach her gewohnt ist, hohe methodische Ansprüche an theoretische Begründungen und intersubjektive Überprüfungen zu stellen. Es ist umgekehrt allerdings zweifelhaft, ob eine Theologie mit einem logisch konsistenten Argumentationsschema nach Art einer naturwissenschaftlichen Theorie ihrem Gegenstand methodisch angemessen begegnet. Wer in diesem Sinne viel von Gott weiß, hat die Natur des Glaubens vermutlich nicht verstanden. Hier sollte jemand, der im naturwissenschaftlichen Denken geübt ist, sich nicht auf das Glatteis der Pseudoprobleme führen lassen.

Diese Aussagen über die Begründungsrationalität müssen allerdings ergänzt werden: Im Glauben des einzelnen werden Mensch und Welt gedeutet, nicht aber eine präparierte bzw. hoch-idealisierte Situation beschrieben. Für die sehr komplizierten komplexen Aussagen steht entsprechend ein in Ableitung und Prognose sehr viel weniger verläßlicher theoretischer Apparat zur Verfügung. Das wird aber dadurch kompensiert, daß diese Aussagen sehr viel wichtiger im Leben eines Menschen sein können als irgendwelche Ergebnisse der Theoretischen Physik. Wie Ludwig Wittgenstein formulierte: „Wir fühlen, daß selbst, wenn alle *möglichen* wissenschaftlichen Fragen beantwortet sind, unsere Lebensprobleme noch gar nicht berührt sind."[9]

Schließlich ist ein weiterer Punkt wesentlich: Der religiöse Glaube beinhaltet Sichtweisen, die ein Verständnis von Mensch,

Welt und der Beziehung zwischen Mensch und Welt vermitteln. Verknüpft mit der Erkenntnis von Wahrheit und dem Verständnis von Wahrheit sind weiterhin Haltungen bzw. Einstellungen dem eigenen Leben und der Welt gegenüber. Religiöser Glaube ist eine Lebensform. Die Religion hat über die kognitive Bedeutung hinaus auch eine existentielle Bedeutung. Die ganz große Leistung des religiösen Glaubens ist: Leben, Welt und Weltgeschehen erhalten einen Sinn. Diese Leistung kann die Physik selbstverständlich nicht erbringen. Aber auch bei dieser funktionalen Betrachtungsweise ist wieder Mißverständnissen vorzubeugen: Natürlich kann das Leben als sinnvoll und lebenswert empfunden werden ohne jeden Bezug auf einen religiösen Glauben. Die religiöse Lebenshaltung ist nur eine unter vielen, die dies bewirken kann. Dennoch bleibt dies eine große Leistung des Glaubens für den, der glaubt. Alle Argumente zusammengefaßt, ist die zweite Ausgangsfrage also ebenfalls zu bejahen: Es ist auch vernünftig, einen religiösen Glauben zu haben.

*Günther Ludwig*
# Gibt es Widersprüche zwischen Physik und Offenbarung?

Wenn wir uns die Frage stellen, ob es Widersprüche zwischen Physik und Offenbarung gibt, könnte man meinen, daß die Frage sehr einfach mit Ja zu beantworten sei, denn die Geschichte zeige dies, z. B. durch den Prozeß gegen Galilei wie durch den Widerspruch zwischen Schöpfungsgeschichte und Darwinscher Entwicklungslehre. Eine solche Antwort wäre aber sehr voreilig. Die Geschichte ist Geschichte menschlichen Handelns und Denkens und damit auch die Geschichte menschlicher Irrtümer. Ich möchte jedoch heute keine genaue Analyse historisch aufgetretener Irrtümer durchführen, sondern unsere Frage nach Widersprüchen grundsätzlicher angehen. Darum müssen wir genauer fragen, was Physik über die Welt aussagt, ja überhaupt aussagen kann.

## 1. Physik kann nicht alles erkennen

Man bedenke, daß aufgrund einer falschen Meinung über die Leistungsfähigkeit der Physik ernsthaft folgende Behauptung aufgestellt wird: Die historische Entwicklung der Physik zeige, daß die Physik mit sich selbst in Widerspruch gerät, indem eine zu einer Zeit anerkannte Theorie später als falsch verworfen und durch eine andere Theorie ersetzt wird, die zur ersten im Widerspruch steht, wie z. B. die Newtonsche Raum-Zeit-Theorie durch die Relativitätstheorie ersetzt wurde, oder die klassische Mechanik durch die Quantenmechanik. Wenn dem so wäre, wären Widersprüche das Natürlichste auf der Welt, und auch Physik könnte überhaupt keine bleibenden Aussagen machen. Aber es ist eben nicht so. Doch inwiefern kann Physik etwas Bleibendes aussagen?

Es ist also für die Beantwortung unserer am Anfang gestellten Frage entscheidend wichtig, zwischen physikalischen Aussagen und ideologischen Vorstellungen zu unterscheiden, denn daß ideologische Meinungen mit der Offenbarung in Widerspruch geraten können, ist offensichtelich kein Grund zur Aufregung.

Bevor wir analysieren, was Physik kann und nicht kann, ist es sehr vorteilhaft, von vornherein einige Erwartungen gegenüber den Leistungen der Physik zu dämpfen, damit man nicht während meines ganzen Beitrags darauf wartet, daß ich zum Schluß irgend eine, vielleicht von manchem gehegte falsche Erwartung begründen werde. Eine falsche Erwartung ist, Physik könne alles und jedes erklären. Im Gegenteil gibt es in der Welt viele Sachverhalte, die in der Physik nicht vorkommen. Nur kurz seien einige markante Beispiele angegeben.

Da ist zunächst die für unser Leben wichtige Tatsache, die wir durch Worte wie „jetzt" und „heute" und auch „Vergangenheit", „Gegenwart", „Zukunft" beschreiben. In keiner physikalischen Theorie gibt es etwas, was diesen Worten entspricht. Die physikalische Zeit kennt zwar eine ausgezeichnete Zeit*richtung*, sie kennt ein „später" bzw. „früher"; z. B. ein verbranntes Streichholz ist später als das unverbrannte Streichholz; aber daß das Streichholz gerade „jetzt" brennt, läßt sich in keiner physikalischen Theorie ausdrücken. Ob das Streichholz gerade jetzt brennt oder gestern gebrannt hat oder morgen brennen wird, ist in bezug auf physikalische Theorien vollkommen gleichgültig. Diese, von der Physik nicht beschreibbare Struktur spielt aber für unser Leben eine wichtige Rolle, z. B. ob ich jetzt ein Streichholz anzünde und ein Feuer lege oder nicht. Physikalische Zeit besteht nur in den verschiedenen Anzeigen einer Uhr, enthält aber nicht die Aussage, daß es „gerade jetzt" . . . x . . . Uhr ist.

Eine andere, durch die Physik nicht beschreibbare Tatsache ist das, was wir mir „freiem Willen" beschreiben. In keiner physikalischen Theorie tritt so etwas wie freier Wille auf. In unserem Umgang mit Physik kann unser freier Wille dagegen schon eine große Rolle spielen, z. B. bei der Frage, ob ich eine Atombombe zur Explosion bringe oder nicht.

Unser Bewußtsein kommt ebenfalls in der Physik nicht vor,

auch keine Farben oder Klänge, so wie sie für einen Maler oder Musiker entscheidend wichtig sind. In der Physik gibt es nur das, was wir als elektromagnetische Wellen bzw. Schallwellen beschreiben.

In unseren letzten Beispielen wird besonders deutlich, daß es ein Problem zwischen Physik und anderen, durch Physik nicht erfaßbaren Tatsachen gegen kann: ob diese Tatsachen mit der von uns entwickelten Physik verträglich sind, d. h. nicht in Widerspruch zur Physik stehen. Das Problem der Widerspruchsfreiheit ist nicht nur ein Problem zwischen Physik und Offenbarung bzw. Theologie, sondern auch ein Problem zwischen Physik und manchen anderen, für unser Leben wichtigen Tatsachen.

## 2. Die Methode der Physik

Aber wie kommen wir überhaupt zu physikalischen Erkenntnissen? Nicht durch Spazierengehen in der Natur und Nachdenken. Physik beginnt erst zu entstehen, wenn der Mensch anfängt, sich mit der Natur auszeinanderzusetzen, sie zu verändern, sie umzugestalten, mit modernen Begriffen ausgedrückt: wenn er anfängt zu experimentieren und Technik zu entwickeln. Physik ist daher nichts anderes als die systematische Fortsetzung dessen, was mit dem Handwerk begann.

Auch heute lassen sich physikalische Erkenntnisse nicht ohne Rückgriff auf Handwerk verstehen. Für unsere Frage nach Erkenntnis durch Physik ist entscheidend wichtig, daß der Sinn einer physikalischen Aussage nicht ohne Rückgriff auf die Sprache der Handwerker möglich ist, d. h. nicht ohne Rückgriff auf *die* Sprache, mit der ein Handwerksmeister seinem Lehrling etwas erklärt.

Um zu sagen, was in der Physik mit dem Wort „Atom" bezeichnet wird, muß man vorher wissen, was man mit festen Gegenständen, mit Aneinanderstoßen, Zerteilen, Verschieben bezeichnet. Nicht zu verstehen braucht man, was z. B. ein Wohlklang ist. Auch ein Tauber kann Physiker werden, aber wohl kaum Dirigent eines Orchesters. Es ist ein interessantes wissenschaftstheoretisches Problem, mit wie wenig Begriffen einer Handwerkssprache, einer *Anfangssprache* man auskommen kann, um Physik aufzubauen. Für unsere Fragestellung wichtig ist, daß diese Anfangssprache von objektiven Tatsachen spricht, die man jedem demonstrieren kann. Aussagen über objektive Tatsachen können niemals in Widerspruch miteinander geraten, wenn man nicht Fehler macht, d. h. falsche Aussagen macht.

Widersprüche können erst im Rahmen einer Theorie auftreten. Denn Physik ist nicht ein Datenspeicher objektiver Sachverhalte. Physik entsteht erst durch die Bildung von Theorien, mag man mit diesen auch mehr oder weniger streng umgehen, zum Leidwesen der Mathematiker. Ohne Theorien gibt es keine Möglichkeit, neue Erkenntnisse zu gewinnen, die über die in der Anfangssprache formulierten Erkenntnisse objektiver Tatsachen hinausgehen. Schon die einfache Beobachtung neuer Sachverhalte durch ein Mikroskop macht keinen Sinn ohne eine Theorie des Mikroskops.

Was ist eine physikalische Theorie? Sie besteht aus drei Teilen: aus einer mathematischen Theorie, aus einem Anwendungsbereich und aus Abbildungsprinzipien, die es uns gestatten, im Anwendungsbereich festgestellte Tatsachen in die mathematische Sprache der Theorie zu übersetzen.

Warum benutzt man mathematische Theorien? Aus drei Gründen: Erstens ist die Mathematik eine zwar einfache, aber exakte Sprache, man kann an ihr nicht herumdeuten, was gemeint ist; also das genaue Gegenteil der Sprache eines lyrischen Gedichtes. Zweitens sind nur in der Mathematik die logischen Regeln exakt definierbar, insbesondere logische Begriffe einführbar, wie „alle" und „es gibt". Die Anfangssprache der Physik enthält nur die beiden logisch einfachen Begriffe „und" und „nicht". Der Begriff „und" wird benutzt zur Aufzählung verschiedener Tatsachen, der Begriff „nicht", um zum Ausdruck zu bringen, daß ein bestimmter Sachverhalt nicht vorliegt, z. B. daß zwei Gegenstände nicht aneinander stoßen. Der dritte Grund für die Benutzung einer mathematischen Theorie ist die Tatsache, daß man durch die Formulierung der Axiome exakt ausdrücken muß, was man in die Theorie hineinsteckt. Man kann nicht *heimlich* Vorstellungen in den Beweis eines mathematischen Satzes hineinschmuggeln, man darf eben nur die eingeführten Axiome benutzen. Im Rahmen einer physikalischen Theorie werden die Axiome auch physikalische Gesetze genannt.

Auch der Fachjargon der Physiker benutzt oft eine ungenaue Sprache, wobei man aber im Hinterkopf hat, daß sich das alles auch kompliziert und korrekter mathematisch ausdrücken läßt. Auf unser Problem der Suche nach Widersprüchen angewandt, bedeutet dies, daß Widersprüche sich letztlich auf in mathematischer Sprache formulierbare Widersprüche beziehen, auch wenn man dies nicht immer mathematisch exakt vorführt.

Eine mathematische Theorie an sich sagt nichts über unsere Welt aus, da die benutzten Begriffe und Axiome willkürlich sind und keinen anschaulichen Inhalt haben, was eben manchem den Zugang zur Mathematik erschwert oder sogar fast unmöglich macht. Um Physik zu treiben, muß also etwas hinzukommen, etwas aus der Welt, etwas, was wir in der Welt feststellen.

Eine physikalische Theorie bezieht sich nicht auf alles und jedes in der Welt. Eine Theorie der *ganzen* Welt gibt es nicht. Eine physikalische Theorie bezieht sich immer nur auf einen Teilausschnitt der Welt, den wir Anwendungsbereich nennen wollen. Zum Anwendungsbereich der Newtonschen Mechanik gehören z. B. keine optischen Vorgänge. Die Abgrenzung des Anwendungsbereichs einer physikalischen Theorie ist entscheidend wichtig für unsere Frage nach Widersprüchen.

Wie wir schon sagten, sind die Abbildungsprinzipien dazu da, um Aussagen über im Anwendungsbereich festgestellte Tatsachen in die mathematische Sprache zu übersetzen. Fügt man diese Aussagen zur mathematischen Theorie hinzu, so kann man sehr wohl zu Widersprüchen kommen. Man sagt dann kurz, daß das Experiment im Widerspruch zur Theorie steht. Jeder Physiker weiß, daß man zunächst die sogenannten Meßungenauigkeiten berücksichtigen muß, um sich nicht in unsinnigen Widersprüchen zu verfangen. Aber auch bei Berücksichtigung der unvermeidbaren Unschärfen zwischen Experiment und mathematischer Theorie erhält man oft genug Widersprüche; man sucht sie geradezu, um eine vorliegende Theorie besser zu verstehen, d. h. um den Anwendungsbereich der Theorie besser abzugrenzen. Ist es gelungen, den Anwendungsbereich so einzuschränken, daß keine Widersprüche mehr auftreten, so sprechen wir von einer brauchbaren Theorie. Und es gibt eine Fülle brauchbarer physikalischer Theorien.

Wir sagten eben, daß keine Widersprüche mehr auftreten. Aber woher wollen wir wissen, daß wirklich keine Widersprüche mehr auftreten?

Manchmal kann man die Meinung hören, daß sich eine physikalische Theorie aus genügend vielen Erfahrungen herleiten ließe. Ein Widerspruch einer solchen Theorie mit anderen Erfahrungen würde letztlich bedeuten, daß festgestellte Tatsachen mit sich selber in Widerspruch geraten können, was unsinnig ist, da daraus folgen würde, daß sowohl eine Tatsache A wie auch nicht A festgestellt werden könnte. Es ist aber falsch, daß physikalische Theorien aus Erfahrungen herleitbar sind.

Es läßt sich also *nicht beweisen*, daß es zwischen einer bewährten Theorie und Erfahrungen aus ihrem Anwendungsbereich nicht doch Widersprüche geben könnte. Zum Beispiel kann man nicht ausschließen, daß ein Satellit einmal einen Haken schlägt und in eine andere Bahn um die Erde übergeht. Natürlich würden wir in einem solchen Fall zunächst fragen, ob es nicht sogenannte Gründe für diesen Haken gibt, d. h. ob nicht doch Sachverhalte vorliegen, die zeigen, daß dieser Haken nicht zum Anwendungsbereich der benutzten Theorie gehört. Aber wenn keine solchen Gründe zu erkennen sind, was dann?

Mit Methoden der Physik kann man letztlich keine Widersprüche zwischen festgestellten Tatsachen und der Theorie ausschließen. Sollten sich allerdings zur Theorie widersprüchliche Tatsachen *reproduzieren* lassen, und sollte es sich als unmöglich erweisen, durch Einschränkung des Anwendungsbereiches die widersprüchlichen Tatsachen auszuschalten, so läßt der Physiker die betrachtete Theorie als unbrauchbar fallen. Einmalige oder ganz seltene mit der Theorie in Widerspruch geratene Tatsachen kann man tolerieren. Eine Theorie ist brauchbar, wenn sie sich *fast* immer bewährt.

Hat man eine brauchbare Theorie, so kann man in ihr auf der Basis von festgestellten Sachverhalten auf nicht festgestellte Sachverhalte schließen: z. B. in der Newtonschen Mechanik auf der Basis von gemachten astronomischen Beobachtungen der Planeten auf die Stellung der Planeten, die für uns als Menschen erst in der Zukunft liegen, aber auch auf ihre Stellung in der Vergangenheit, obwohl uns keine Messungen dieser früheren Stellungen vorliegen. Aber nicht nur über Sachverhalte zu anderen Zeiten können Theorien etwas aussagen. In der Elektrostatik folgt aus der elektrischen Spannung zwischen zwei gegebenen Metallstücken sofort die Größe des elektrischen Feldes an allen Raumstellen. Aber auch neue, nicht unmittelbar feststellbare Sachverhalte werden durch Theorien entdeckt, wie z. B. Atome, Elektronen usw.

Physikalische Theorien sollen uns nicht nur zu neuen, vorher nicht bekannten Sachverhalten führen, sondern uns auch sagen, was möglich und was realisierbar ist. Physik ist ein Unternehmen, durch das wir die Welt mitgestalten können, so daß die tatsächliche Welt mit von unseren freien Willensentscheidungen abhängt. Damit eine Theorie uns nicht zu viele Möglichkeiten vorspiegelt, muß sie „abgeschlossen" sein, d. h. nicht „zu wenig" Naturgesetze enthalten. Alles basiert auf dem, was wir die *Brauchbarkeit* von Theorien genannt haben.

Es ist daher verständlich, wenn man nach Argumenten sucht, um die bloße Brauchbarkeit durch eine absolute Richtigkeit, d. h. die *Fast*widerspruchsfreiheit zwischen Theorie und Tatsachen durch absolute Widerspruchsfreiheit zu ersetzen. Worauf basiert denn unsere Sicherheit, mit der wir uns auf physikalische Theorien verlassen, sei es beim Flug zum Mond, wobei niemand mit einem der Newtonschen Mechanik widersprechenden Ereignis rechnet, sei es bei der Analyse eines Unfalls, wobei vor Gericht der Bericht eines Sachverständigen nicht dadurch bezweifelt wird, daß sich etwas im Widerspruch zu physikalischen Theorien ereignet haben könnte? Worauf basiert unsere Sicherheit? Physikalisch *nur* auf der Brauchbarkeit.

### 3. Vorurteile über die Leistungsfähigkeit der Physik

Da die Brauchbarkeit einer Theorie immer nur auf *endlich* vielen Erfahrungen beruht, kann eine physikalische Theorie prinzipiell keine Unendlichkeitsaussagen machen, weder, daß der Weltraum oder die Zeit unendlich ausgedehnt seien, noch daß der Raum im Kleinen unendlich fein sei, d. h. beliebig verfeinert werden kann. Alle Behauptungen, die Physik habe etwas als unendlich erwiesen, sind Schwindel. Es ist vielmehr so, daß wir durch die Physik entweder eine Sache als endlich erkannt oder eben nichts über die Ausdehnung dieser Sache erkannt haben. Alle scheinbaren Unendlichkeiten in den benutzten mathematischen Theorien sind nichts anderes als Idealisierungen, hinter denen wir unsere Unwissenheit verbergen. Die Entwicklung der Physik scheint vielmehr umgekehrt nahezulegen, daß die Welt endlich ist. Die Allgemeine Relativitätstheorie ermöglicht in Raum und Zeit endliche Weltmodelle. Die beste moderne Theorie, die Quantenmechanik, beruht geradezu auf einer Endlichkeit, die zunächst von Planck in der Form des Wirkungsquantums entdeckt und später als fundamentale Endlichkeit erkannt wurde.

Ein weiteres, sehr bekanntes, immer noch herumspukendes Vorurteil ist, daß physikalische Theorien dynamisch determiniert sein müßten. Es gibt tatsächlich einige dynamisch determinierte Theorien, wie z. B. die Newtonsche Mechanik, die Maxwellsche Elektrodynamik, die Wärmeleitungstheorie. Auf der Basis einer dynamisch determinierten Theorie kann man aufgrund von bis zu einer Zeit t *feststellbaren* Tatsachen auf die Tatsachen zu späteren Zeiten schließen, was man oft unklar so ausdrückt: Mit Physik können wir auf Grund der Vergangenheit *Voraussagen* über die Zukunft machen. Doch die Begriffe „Vergangenheit" und „Zukunft" sind keine physikalischen Begriffe, wie wir schon am Anfang betont haben.

Es ist psychologisch im Überschwang der Gefühle über erzielte Erfolge verständlich, wenn Laplace und viele Nachfolger eine Vorstellung entwarfen, daß die ganze Welt dynamisch determiniert abläuft. Das ist aber eben nur eine Vorstellung und keine

Physik. Es gibt keine physikalische Theorie der ganzen Welt und schon gar keine dynamisch determinierte. Jede dynamisch determinierte physikalische Theorie hat einen eingeschränkten Anwendungsbereich, und gerade deshalb hat man sich zunächst nur mit dynamisch determinierten Theorien beschäftigt, weil das einfacher war. Heutzutage beschäftigt man sich mehr und mehr gerade mit dynamisch indeterminierten Theorien, d. h. mit solchen Theorien, nach denen es *prinzipiell* nicht möglich ist, aus bis zu einer Zeit t *feststellbaren* Sachverhalten auf die Sachverhalte nach der Zeit t zu schließen. Ob man sich im Falle dynamisch indeterminierter Theorien noch etwas *hinzudenken* kann, so daß eine gedachte Vorstellungswelt determiniert abläuft, ist eine andere Frage; hinzugedachte, aber prinzipiell nicht nachweisbare Dinge gehören nicht zur Physik. Zum Anwendungsbereich dynamisch indeterminierter Theorien gehören nicht nur atomare Vorgänge, sondern auch so bekannte Dinge wie unser Wetter oder der sprudelnde Springbrunnen, bei denen es prinzipiell nicht möglich ist, solche Sachverhalte bis zu einer Zeit t festzustellen, aus denen der ganze Verlauf nach der Zeit t folgt. Praktisch aufs Wetter bezogen bedeutet dies: Es gibt prinzipiell keine exakte Wettervorhersage.

Die Tatsache, daß die moderne Physik viel mehr dynamisch indeterminierte als dynamisch determinierte Theorien benutzt, halten manche für einen nur vorläufigen Zustand der Physik. Eine wichtige Rolle spielen dabei bestimmte Realitäts- und Kausalvorstellungen. Auf der Basis unseres Erlebens des Übergangs von Vergangenheit zur Zukunft meint man, daß die Vergangenheit der Welt real vorliege, während die Zukunft erst noch werde. Da nur Reales die Ursache von noch nicht Realem sein könne, könne nur die Vergangenheit die Zukunft kausal beeinflussen. Da aber alles Reale nur durch Ursachen real geworden sei bzw. real werden könne, müsse die Vergangenheit die Zukunft determinieren.

Solche Überlegungen haben jedoch nichts mit Physik zu tun, denn – wie wir schon am Anfang erwähnten – kommen die Begriffe „Vergangenheit", „Gegenwart" und „Zukunft" in der Physik nicht vor, können gar nicht vorkommen. Dies wird durch eine Frage deutlich: Für die Physik ist ein Zeitintervall von einer Millionstel Sekunde sehr groß, da innerhalb einer Millionstel Sekunde sehr viel passieren kann, man denke nur an die modernen Computer. Wie soll man in einem solchen Zeitintervall das jeweilige „Jetzt" auszeichnen? Unser Erleben von „Jetzt" kann die Zeit höchstens bis zu einer 20stel Sekunde auflösen.

Aber auch der Begriff des physikalisch Realen läßt sich nicht auf so etwas wie Vergangenheit einschränken. Die Physik kennt nur einerseits in der Anfangssprache formulierbare und festgestellte Sachverhalte und andererseits daraus mit Hilfe von Theorien erschließbare Fakten, mögen diese in der Vergangenheit oder Zukunft liegen.

Gäbe es in der Physik *nur* dynamisch determinierte Theorien, so stünde der freie Wille dazu im Widerspruch. Denn wenn sich vor einer Zeit t solche Tatsachen feststellen lassen, aus denen eindeutig das Verhalten zur Zeit t folgt, so kann ein solches Verhalten nicht von freien Willensentscheidungen abhängen. Gehört aber das menschliche Gehirn nicht zum Anwendungsbereich einer dynamisch determinierten Theorie, so kann der freie Wille mit der Physik verträglich sein. Als Physiker wird man kaum erwarten, daß ausgerechnet das menschliche Gehirn zum Anwendungsbereich einer dynamisch determinierten Theorie gehört; dennoch ist es sehr zu begrüßen, wenn man durch Erforschung der physikalischen Prozesse im Gehirn versucht, diese Sachlage präziser zu analysieren.

Die Verträglichkeit zwischen physikalischen Theorien und freiem Willen bedeutet natürlich nicht, daß man durch Physik den freien Willen hergeleitet oder erklärt hätte. Freier Wille bezeichnet eine nicht durch Physik erfaßbare und damit auch nicht durch Physik erklärbare Erfahrung. Freier Wille ist eben „mehr" als nur dynamisch indeterminiertes Verhalten im Rahmen von physikalischen Theorien.

Die Widerspruchsfreiheit zwischen Physik und freiem Willen ist auch für die Offenbarung wichtig, da die Offenbarung ihren Sinn verlieren würde, gäbe es keinen freien Willen.

## 4. Vermeintliche und tatsächliche Widersprüche
## zwischen Physik und Offenbarung

Widersprüche zwischen Physik und Offenbarung können nur dann auftreten, wenn in der Offenbarung von Tatsachen berichtet wird, die zum Anwendungsbereich einer bewährten physikalischen Theorie gehören und widersprüchlich zu dieser Theorie sind. Tatsachenberichte aus der Vergangenheit wollen wir kurz „historische Berichte" nennen. Unsere Frage lautet also: Gibt es in der Offenbarung historische Berichte, die im Widerspruch zur Physik stehen?

Bei der Beantwortung unserer Frage kann man zwei entscheidende Fehler machen, die auch gemacht worden sind.
1. Man hält etwas für einen historischen Bericht, was aber im Sinne der Offenbarung gar kein historischer Bericht sein will.
2. Man hält etwas für Physik, was im Sinne der Methoden der Physik gar nicht zur Physik gehört.

Der umfangreichste Teil meines Beitrags war gerade dem Anliegen gewidmet, diesen zweiten Fehler zu vermeiden. Die modernen wissenschaftlichen Untersuchungen der heiligen Schriften versuchen ihrerseits, den ersten Fehler zu vermeiden. Da ich kein Experte auf diesem Gebiet bin, kann ich darüber nur beispielhaft einige der bekanntesten Probleme diskutieren.

Die Darwinsche Entwicklungslehre ist nichts anderes als die Rekonstruktion eines historischen Berichtes mit Hilfe physikalischer und biologischer Theorien und festgestellter Tatsachen. Diese Rekonstruktion wird immer weiter verfeinert und teilweise sogar mathematisiert. Dagegen ist die Schöpfungsgeschichte im Alten Testament so wenig als historischer Bericht anzusehen wie die Gemälde von Michelangelo in der Sixtinischen Kapelle als Fotografien. Ein Widerspruch zwischen Schöpfungsgeschichte und einer Entwicklungslehre, die aus naturwissenschaftlichen Theorien und festgestellten Tatsachen folgt, kann also nicht konstruiert werden.

Ganz ähnlich ist es mit der Kosmologie. Eine physikalische Kosmologie ist ebenfalls nichts anderes als eine globale Rekonstruktion der historischen Entwicklung der Welt als Ganzes mit Hilfe physikalischer Theorien und festgestellter Tatsachen. Die Offenbarung will hierzu kein Konkurrenzunternehmen sein.

Freilich hat man auch öfter den zweiten Fehler gemacht und diese historischen Rekonstruktionen der Entwicklungslehre und Kosmologie durch ergänzende „metaphysikalische" Vorstellungen zu einem Konkurrenzunternehmen zur Offenbarung umgestaltet. Man meinte, auf diese Weise zeigen zu können, daß die Aussagen der Schöpfungsgeschichte heutzutage „unnütz" seien, da man die Entwicklung der Welt, der Erde und des Lebens auf der Erde ohne die „Erfindung eines Schöpfers" erklären könnte.

Was aber heißt „erklären"? Erklären im physikalischen Sinn, d. h. ohne den obigen zweiten Fehler zu machen, heißt nichts anderes, als daß man einen Prozeß als widerspruchsfrei zu physikalischen Theorien, d. h. als in das Ordnungsprinzip der physikalischen Theorien passend erkennt. In diesem und nur in diesem Sinne ist die Darwinsche Entwicklungslehre eine Erklärung des Prozesses der Entwicklung der Lebewesen. Eine solche physikalische Erklärung will aber die Schöpfungsgeschichte nicht geben. (Dies folgt schon daraus, daß die Menschen zur Zeit der Niederschrift der Schöpfungsgeschichte überhaupt nicht verstanden hätten, was eine physikalische Erklärung ist; siehe auch weiter unten die Bemerkungen zum Galilei-Prozeß.) Eine „rein" physikalische Erklärung der Geschichte der Welt würde auch heute als etwas dünn empfunden, zumal die wichtigsten Prozesse nur durch dynamisch indeterminierte Theorien beschrieben werden; z. B. auch ein anderer Prozeß der Entwicklung der Lebewesen wäre physikalisch möglich gewesen; und eine „physikalische Erklärung" der Menschheitsgeschichte besagt wenig in bezug auf den wirklichen Ablauf der Geschichte. Daher ist es verständlich, daß man der Versuchung erlegen ist, die physikalische Erklärung durch metaphysikalische Vorstellungen zu ergänzen, um ein weiteres Fragen nach dem Warum abzublocken.

Solche metaphysikalischen Vorstellungen beinhalten z. B., daß die durch die Physik nicht determinierten Entwicklungsschritte durch einen ontologischen Zufall passieren, daß die tatsächliche historische Entwicklung durch „reine" Zufälle (oft auch „blinde" Zufälle genannt) charakterisiert ist. Der Begriff des reinen Zufalls soll eben verbieten, weitere Fragen nach dem Warum zu stellen. An einen solchen Begriff des reinen Zufalls kann man glauben oder nicht glauben, auf keinen Fall aber darf er mit dem Begriff des physikalischen Zufalls gleichgesetzt werden. Physikalischer Zufall bedeutet nur, daß es für den betrachteten Prozeß keine zeitlich vorher feststellbaren Sachverhalte gibt, durch die nach den physikalischen Gesetzen dieser Prozeß determiniert ist.

Sehen wir von allen metaphysikalischen Vorstellungen ab, so zeichnet sich sogar eine gewisse Harmonie zwischen physikalischer Beschreibung und der durch die Offenbarung gegebenen theologischen Deutung ab, denn die Offenbarung will gerade Fragen beantworten, die nicht physikalisch formulierbar sind, wie z. B. folgende:

Wie kommt es zu den Strukturen der Welt und damit auch zu den physikalisch gefundenen Strukturgesetzen? Welchen Sinn hat die historische Entwicklung der Welt? Die Offenbarung gibt darauf die Antwort, daß Gott die Welt mit ihren Strukturen geschaffen hat, auch mit den physikalisch erkennbaren Strukturen, z. B. mit der Struktur der Raumzeitlichkeit der Welt, in der sich die historische Entwicklung der Welt vollzieht. Sie gibt die Antwort, daß diese Entwicklung ein Ziel hat, nämlich Gott selbst. Alles dies gilt insbesondere für mich selbst. Mag ich noch so gut meine eigene historische Entwicklung kennen und sie noch so schön als im Einklang mit physikalischen Gesetzen erkennen, so würde ich daraus keine Antwort auf die Frage finden, warum und wozu ich da bin. Die Antwort der Offenbarung ist, daß ich ein Geschöpf Gottes bin und auf Gott hin geschaffen wurde.

Ähnlich wie bei der Entwicklungslehre war es im Falle des Prozesses gegen Galilei. Die Gegner Galileis meinten, daß in der Offenbarung historisch über Fakten berichtet wird, die der physikalischen Theorie Galileis widersprechen; und sie meinten, daß man durch die Offenbarung eine Philosophie, d. h. eine Metaphysik, begründen könnte, die ebenfalls der physikalischen Theorie Galileis widerspricht. Dazu kam, daß seine Gegner seine physikalische Theorie ebenfalls für Metaphysik hielten und ihr Denken so befangen war, daß sie überhaupt nicht die neue Art des physikalischen Denkens verstehen konnten. Heutzutage ist es uns umgekehrt fast unverständlich, daß man meinen könnte, die Offenbarung stünde im Widerspruch zu Galileis physikalischer Theorie.

Es gibt aber augenscheinlich in den Offenbarungsschriften auch Berichte von Ereignissen, die im Widerspruch zu physikalischen Theorien stehen, kurz von Wundern. Sieht man genau hin, so stellt man fest, daß das Wort Wunder in der Offenbarung *nicht identisch* ist mit Vorgängen, die einer physikalischen Theorie widersprechen. Wunder in der Offenbarung ist vielmehr das, worüber der Mensch sich wundert (oder wenigstens wundern müßte) und sich in diesem Wundern von Gott angeredet fühlt. Der oben erwähnte Haken eines Satelliten ist eben noch kein Wunder, solange es keinen Menschen gibt, der sich durch dieses Vorkommnis persönlich von Gott angesprochen fühlt. Außergewöhnliche Ereignisse sind nicht schon an sich Wunder. Auch gewöhnliche Ereignisse können sehr wohl Wunder sein.

Gerade im Alten Testament wird die Existenz der Welt, so wie sie ist, die Existenz des Menschen insbesondere, als großes Wunder betrachtet. In diesem Sinne ist auch das, was wir heutzutage von der Welt mit Hilfe von Physik wissen, wunderbar, obwohl wir uns scheinbar abgewöhnt haben, uns darüber zu wundern. Oder verdrängen wir dieses „Sichwundern" nur, weil wir uns vor den Konsequenzen fürchten? Wir müßten uns tatsächlich wundern, da es – wenigstens physikalisch – nicht möglich ist zu begründen, daß die Welt so ist, wie sie die Physik in ihren Theorien beschreibt. Keine physikalische Theorie kann anders begründet werden, als dadurch, daß sie sich bewährt hat, d.h. brauchbar ist.

Wir wollen aber nicht bestreiten, daß es in den Offenbarungsschriften auch Berichte von Ereignissen gibt, die tatsächlich im Widerspruch zu physikalischen Theorien stehen. Der Bericht von einem besonders erfolgreichen Fischzug im See Genezaret steht wohl kaum im Widerspruch zur Physik. Daß Jesus – und ein Stück auch Petrus – auf dem Wasser des Sees gewandelt sind, steht aber offensichtlich zu physikalischen Theorien im Widerspruch. Es geht uns bei der Diskussion solcher Widersprüche zu physikalischen Theorien zunächst nicht darum, ob die Berichte richtig oder falsch sind, sondern wie wir solche Widersprüche beurteilen unter der Annahme, daß die Berichte richtig sind.

Die speziell betrachteten Wunder sind dann Sachverhalte, die mit einer physikalischen Theorie im Widerspruch stehen. Wie haben wir uns als Physiker in solchen Fällen zu verhalten? Dabei nehmen wir an, daß es sich um eine bewährte Theorie handelt.

Die Unmöglichkeit von zu einer Theorie widersprüchlichen Sachverhalten kann von der Physik her nie bewiesen werden, da wir ja geradezu nach Widersprüchen zwischen Experiment und Theorie suchen, um die Theorie genauer, besonders in ihrem Anwendungsbereich, zu beschreiben. Eine bewährte Theorie ist dadurch ausgezeichnet, daß man eben im Anwendungsbereich keine widersprüchlichen Sachverhalte *reproduzieren* kann, sonst hätte man die Theorie als unbrauchbar fallen gelassen. Aber einzelne, nicht reproduzierbare, im Widerspruch zur Theorie stehende Fakten lassen sich grundsätzlich nicht ausschließen. Es liegt aber im Begriff des Wunders, daß man mit Wundern nicht experimentieren kann, d. h. daß sie nicht reproduzierbar sind.

Sieht man die Sache so nüchtern, so unterscheidet sich unsere Lage kaum von der der Jünger, die Jesus auf dem Wasser wandeln sahen. Die Jünger hatten schon eine primitive, aber *sehr* bewährte physikalische Theorie; nämlich, daß man ins Wasser einsinkt und untergeht, wenn man nicht schwimmen kann. Wir haben zwar viel bessere, d. h. umfangreichere Theorien, aber an der grundsätzlichen Feststellung und Bewertung des Widerspruchs zwischen dem Wandeln auf Wasser und einer physikalischen Theorie ändert sich überhaupt nichts. Zur Frage, ob dieses Wandeln tatsächlich stattgefunden hat oder nicht, können also die modernen physikalischen Theorien nicht mehr beitragen als die damaligen primitiven Theorien. Es bleibt also die nicht physikalische Frage, ob es sich bei der Erzählung von dem Wandeln auf dem See um einen historischen Bericht handelt.

Wir hatten schon oben erwähnt, daß nicht alle Erzählungen aus den Offenbarungsschriften historische Berichte sein wollen und es deshalb falsch ist, sie später als solche zu interpretieren. Aber es gibt eben auch historische Berichte, ja solche, bei denen explizit betont wird, daß sie diesen Anspruch erheben. Man erkennt diesen Anspruch durch Zusätze wie: „dessen sind wir Zeugen". „Zeugnis ablegen" war damals die feierliche Form zu betonen, daß das Gesagte tatsächlich so war; darum auch das strenge Gebot: Du sollst kein falsches Zeugnis ablegen.

Durch ein solches „Zeugnis" wird in den Offenbarungsschriften immer wieder die Aussage bekräftigt, daß Christus von den Toten auferstanden ist. Wie sieht das Verhältnis dieser Aussage zur Physik aus?

Daß der Leichnam Christi aus dieser Welt verschwunden ist, ist sicher im Widerspruch zu physikalischen Theorien; muß aber eben als nicht reproduzierbares Ereignis von der Physik offen gelassen werden. Die Schilderungen des Leibes Christi nach der Auferstehung weisen deutlich darauf hin, daß dieser Leib nicht mehr den Strukturgesetzen dieser Welt unterworfen, eben eine neue Existenzform ist, die in keiner Weise mehr zum Anwendungsbereich physikalischer Theorien, heutiger wie zukünftiger, gehört.

Physik kann uns bei der für das Christentum zentralen Frage, ob Christus wahrhaft von den Toten auferstanden ist, überhaupt nicht weiterhelfen. Das Christentum ist wertlos, wenn Christus nicht von den Toten auferstanden ist. Ist aber Christus von den Toten auferstanden, so kann das Ereignis niemanden gleichgültig lassen.

Im Laufe der Kirchengeschichte sind in der Auseinandersetzung mit Gegnern zentrale Aussagen als Dogmen formuliert worden, d. h. nichts anderes, als daß sich jemand, der das Gegenteil behauptet, aus der Gemeinschaft der Kirche ausschließt. Das Gegenteil behaupten ist mehr als nicht verstehen oder nicht wissen. Das ist in der Physik kaum anders. Jeder, der das Gegenteil von wohl begründeten physikalischen Aussagen behauptet, gilt einfach nicht mehr als Physiker. Aber niemand versteht und weiß alle Aussagen der Physik. In bezug auf die Dogmen der Kirche werden viele Märchen erzählt. Ich war sehr erstaunt, als mir ein Kollege, der Geschichte der Physik studiert hat, allen Ernstes sagte, daß die Behauptung, die Erde ruhe und die Sonne bewege sich um die Erde, ein Dogma der Kirche sei (oder zumindest gewesen sei). Man sollte nicht die Meinung von Theologen gleich zu Dogmen machen, sondern nur das als Dogma ansehen, was die Kirche selbst als Dogma präsentiert. Ich habe nichts in den Dogmen gefunden, was physikalischen Theorien widerspricht, außer der ausdrücklichen Bestätigung gewisser Wunder, wie der Auferstehung Christi von den Toten.

Es ist also hoffnungslos, die Physik gegen die Offenbarung ins Feld zu führen. Freilich gibt es keine menschliche Sicherheit, daß nicht doch irgendwann einmal ein Dogma aufgestellt werden könnte, das fundamental der Physik widerspricht. Aber wozu sich über Möglichkeiten aufregen, die vermutlich doch nicht eintreten.

Da Physik aber nicht in einem unverbindlichen Kennenlernen der Welt besteht, sondern immer auch Technik ist, bleibt uns gar nichts anderes übrig, als auch nach dem Wozu unserer Tätigkeiten und unseres Lebens zu fragen, d.h. theologische Fragen zu stellen.

*Günter Altner*
# Die Evolutionstheorie als historische und aktuelle Grundlage für das Gespräch zwischen Theologie und Naturwissenschaften

Das polemisch-gespannte Verhältnis zwischen Theologie und Naturwissenschaften, das im 19. Jahrhundert dem Streit um Schöpfung und Evolutionstheorie entsprang, ist längst durch eine wohlwollende bis unverbindliche Neutralität abgelöst worden. Dieses Nebeneinander von Evolutionslehre und Schöpfungsglaube ist nach wie vor ungeklärt. Ist es mit der Schöpfungsfrage so wie mit einem Luftballon, der draußen vor meinem Laborfenster schaukelt, den ich sehen kann, aber auf jeden Fall nicht sehen muß, wenn ich die Evolutionstheorie im Blick auf ihre wissenschaftliche Stichhaltigkeit und ihren methodischen Stellenwert prüfen möchte? Oder verhält es sich mit der Schöpfungslehre wie mit einem alten Mann, der still und ohne zu stören in seinem Sessel sitzt und schläft, während ich die Natur unter die Bedingungen meines Experimentierens nötige? Oder schärfer gesagt: Hat die Schöpfungslehre noch irgendeinen Wahrheitsanspruch, der mich als Evolutionsbiologen in meinem wissenschaftlichen Arbeiten herausfordern könnte? Als Reaktion auf diese Fragen sollen hier gleich zu Anfang – gewissermaßen in einer thesenartigen Einleitung – diejenigen Aspekte zum Ausdruck gebracht werden, die die immer noch bestehende interdisziplinäre Relevanz der Schöpfungstheologie verdeutlichen:

1. Für die jüdisch-christliche Tradition ist die Eigenart alles Lebens, aber auch die Eigenart der unbelebten Natur darin begründet, daß sich in ihr als ständiger Ursprung ihres Werdens das unverfügbare Wesen Gottes, seine Ewigkeit und Heiligkeit spiegeln. Das macht das Schöpfungssein der Natur aus.

2. Der Mensch wird der „Gottesebenbildliche" genannt, weil er diesen Zusammenhang wissen kann und aus diesem Wissen heraus zu Selbstbestimmung, Verantwortung und Weltgestaltung fähig ist. Der Mensch ist ein in den Geschehenszusammenhang der Schöpfung gestellter Mitwisser Gottes. Das macht seine besondere Würde aus.

3. Für die christliche Theologie wird der Prozeß des Schöpfungsgeschehens unaufgebbar durch jenen Bezug zwischen Schöpfer und Schöpfung konstituiert, wie er in biblischen und kirchlichen Traditionen bezeugt wird und so vom glaubenden Menschen gewußt werden kann.

4. Hinter den Begriffen Schöpfung und Natur, die auf den gleichen Wirklichkeitsbereich angewendet werden, stehen also verschiedene Paradigmen, die von den beteiligten Wissenschaften „Theologie und Naturwissenschaften" aus jeweils eigenen Wissenschaftstraditionen verschieden gedeutet werden. Natur ist für die Naturwissenschaften materielle Konfiguration, die auf der Grundlage von Mathematik und Experiment auf Ursache und Wirkung befragt wird, etsi deus non daretur (als gäbe es Gott nicht). Naturgesetze beschreiben die Natur nicht als solche, sondern so, wie sie unter den Prämissen objektiver Erkenntnis erscheint. Mit dem Begriff der Schöpfung legt die Theologie die Natur hinsichtlich ihrer tieferen Bedeutung für den glaubenden Menschen aus. Theologie ist neben anderen Geistes-, Human- und Sozialwissenschaften Bedeutungslehre bzw. Bedeutungswissenschaft, die im Spannungsfeld zwischen Gegenwart, Vergangenheit und Zukunft und unter Bezug auf bestimmte Traditionen Sinn und Anspruch des menschlichen In-der-Welt-Seins zu erheben versucht. So gesehen können sich Theologie und Naturwissenschaft bei der Deutung der Evolution berühren, auch gleiche Begriffe und weltbildhafte Vorstellungen benutzen, aber sie können sich nicht direkt bestätigen oder sich wechselseitig bestreiten.

## 1. Die Evolutionstheorie als historische Grundlage für das Gespräch zwischen Theologie und Naturwissenschaften

Als Charles Darwin 1859 sein bekanntes Buch „Die Entstehung der Arten durch natürliche Zuchtwahl" veröffentlichte, konnte man am Ende dieses Buches folgendes lesen: „Wie anziehend ist es, ein mit verschiedenen Pflanzen bedecktes Land zu betrachten, mit singenden Vögeln in den Büschen, mit zahlreichen Insekten, die durch die Luft schwirren, mit Würmern, die über den feuchten Erdboden kriechen, und sich dabei zu überlegen, daß alle diese so kunstvoll gebauten, so sehr verschiedenen und doch in so verwickelter Weise voneinander abhängigen Geschöpfe durch Gesetze erzeugt worden sind, die noch rings um uns wirken. Diese Gesetze, im weitesten Sinne genommen, heißen: Wachstum mit Fortpflanzung; Vererbung (die eigentlich schon in Fortpflanzung enthalten ist); Veränderlichkeit in Folge indirekter und direkter Einflüsse der Lebensbedingungen und des Gebrauchs oder Nichtgebrauchs; so rasche Vermehrung, daß sie zum Kampf ums Dasein führt und infolgedessen auch zur natürlichen Zuchtwahl, die ihrerseits wieder die Divergenz der Charaktere und das Aussterben der minder verbesserten Formen veranlaßt. Aus dem Kampf der Natur, aus Hunger und Tod, geht also unmittelbar das Höchste hervor, das wir uns vorstellen können: die Erzeugung immer höherer und vollkommenerer Wesen. Es ist wahrlich etwas Erhabenes um die Auffassung, daß der Schöpfer den Keim alles Lebens, das uns umgibt, nur wenigen oder gar nur einer einzigen Form eingehaucht hat und daß, während sich unsere Erde nach den Gesetzen der Schwerkraft im Kreise bewegt, aus einem so schlichten Anfang eine unendliche Zahl der schönsten und wunderbarsten Formen entstand und noch weiter entsteht."[1]

Was war das für ein Mann, der so bescheiden und präzis, aber auch so ehrfürchtig den Inhalt seiner Evolutionstheorie zusammenfaßte? 1809 als Sohn eines Landarztes in Shrewsbury geboren, fiel Darwin in seiner Schul- und Studienzeit keineswegs durch Überdurchschnittlichkeit auf: biologische Sammelleidenschaften und Privatstudien, ein abgebrochenes Medizinstudium und ein Theologiestudium bis zum Bakkalaureatsexamen, bei dem Darwin immerhin die Gottesbeweise seines theologischen Lehrers William Paley beherrschte, in denen aus der zweckmäßigen Angepaßtheit der Lebewesen auf die Existenz und Wirksamkeit des „großen Uhrmachers" geschlossen wurde. Die Wende kommt im Leben des jungen Naturbeobachters Charles Darwin, als er 1831–36 auf einem Vermessungsschiff der englischen Krone eine Weltreise antritt. Darwin, der diese Reise als gläubiger Christ und als Anhänger der Konstanztheorie (alle Arten existieren unverändert seit Anbeginn der Welt) antrat, bekommt Einblick in Formenvielfalt und Formenwandel auf Inseln und Festland, in und längs der Kontinente und damit auch in die tieferen Ursachen des Formenwandels. In diesen Beobachtungen liegen die Anfänge für seine geniale Evolutionstheorie.

Als „Die Entstehung der Arten durch natürliche Zuchtwahl" erschien, war das Buch am Tage seines Erscheinens auch schon vergriffen. Darwin betont und belegt in diesem Buch: Das Leben ist als ein großer Abstammungs- und Entwicklungszusammenhang zu begreifen. Natur ist Geschichte! Die eigentliche Leistung Darwins besteht darin, daß er für die Evolution der Organismen in seiner Selektionstheorie natürliche Faktoren, immanente, naturgesetzlich beschreibbare Faktoren anzugeben vermag. Darwin nennt insbesondere fünf „Gesetze":

1. Erbliche Variabilität.
2. Nachkommenüberschüsse = „Streben aller Lebewesen, sich zu vermehren".
3. Jedoch Gleichbleiben der Populationsgrößen und daraus resultierend Ringen ums Dasein.
4. Vernichtung des Nachkommenüberschusses und Überleben der durch Variieren des Erbgutes besser an die Umwelt angepaßten Formen.
5. Wandel des Artbildes durch die Auslese hin zu einer besseren Anpassung.

Für unser Verständnis heute klingt das gar nicht mehr so sensationell, für die Zeitgenossen Darwins im Jahre 1859 war das ganz anders. Sie waren entweder begeistert oder geschockt. Dieser Streit ging durch alle Fachbereiche, auch durch die Biologie. Darwin hatte nicht nur ein Schneebrett losgetreten, er hatte eine Lawine ausgelöst. Will man die wesentlichen Problemhorizonte der damaligen Auseinandersetzung kennzeichnen, so bieten sich insbesondere die nachstehenden Aspekte an:

– Darwin brach mit der Konstanztheorie und mit der durch sie begründeten Vorstellung, daß alle Arten unverändert seit Anbeginn der Welt existierten.

– Er führte die Entstehung der Arten nun nicht mehr auf das Schöpferhandeln Gottes, sondern auf natürliche Faktoren zurück. Damit schien die letzte Domäne Gottes, die belebte Natur, säkularisiert. So empfanden es jedenfalls viele Zeitgenossen. Gottes zielführende Fürsorge schien dahin, an ihre Stelle trat der Zufall. Für Darwin selber war der Begriff des Zufalls eine Hilfsgröße, die er notgedrungen einführen mußte, um die unübersehbare Komplexität bei der Wechselwirkung zwischen Vererbung und Auslese zum Ausdruck zu bringen.

– Mit der Evolutionstheorie war der Mensch ganz in die Nähe der Tiere gerückt. Er teilte mit den Menschenaffen gemeinsame Vorfahren.

Auch Darwin mußte sich mühevoll vom Klischee des statischen Denkens, das mit der Konstanztheorie verbunden war, freimachen. Er hat dazu lange Jahre benötigt, die gleichzeitig Jahre des Suchens nach immanenten Evolutionsfaktoren waren. Hatte sein theologischer Lehrer William Paley das Phänomen der Anpassung auf das Schöpferhandeln Gottes, den er im Sinne der Physiko-Theologie als den großen Uhrmacher interpretierte, zurückgeführt, so sieht Darwin nun die Fitness als unmittelbares Ergebnis naturgeschichtlich angelegter Konkurrenzprozesse im Spannungsfeld zwischen Vererbung und Auslese.

Obwohl Darwin selber seine Theorie mit großer Umsicht als wissenschaftliche Hypothese zur Diskussion stellte, wurde daraus in der Folgezeit sehr schnell ein weltanschaulicher Religionsersatz. Die Selektionstheorie wurde als universales Gesellschaftsgesetz aufgefaßt, das man ohne Ausnahme – vom Wirbel der Atome bis zum Bewußtsein des Menschen – als bewahrheitet ansah. Das Zeitalter des Darwinismus brach an. In Deutschland war es vor allem der Zoologe Ernst Haeckel, der als begeisterter Anhänger Darwins und als Vorreiter einer darwinistischen Ideologie wirkte. Er sprach vom „ewigen und unabänderlichen Kausal- und Selektionsgesetz": „Die allgemeine Entwicklungslehre als umfassende philosophische Weltanschauung nimmt an, daß in der ganzen Natur ein großer einheitlicher, ununterbrochener und ewiger Entwicklungsvorgang stattfindet, und daß alle Naturerscheinungen ohne Ausnahme, von der Bewegung der Himmelskörper und dem Fall des rollenden Steins bis zum Wachsen der Pflanze und zum Bewußtsein des Menschen nach einem und demselben großen Kausalgesetz erfolgen, daß alle schließlich auf Mechanik der Atome zurückzuführen sind: Mechanische oder mechanistische, einheitliche oder monistische Weltanschauung, mit einem Wort: Monismus."[2]

Bei Haeckel wurde das „Selektionsgesetz" pauschal universalisiert. Von den Atombewegungen bis hin zur menschlichen Gesellschaft Kampf ums Dasein! Sieg für die besser Angepaßten und Lebenstüchtigeren! Das sollte Folgen haben. Es ist hier an die sozialdarwinistischen Konzepte zu erinnern, die die biologische Auslese zum zentralen Gesellschaftsgesetz erhoben und damit mehr oder weniger direkt auch die Selektionspraxis des Dritten Reiches mit vorbereiten halfen.

Im Gegensatz zur Diskussion im deutschsprachigen Bereich verlief die Auseinandersetzung in England und den USA sehr viel offener und pragmatischer. Ein eindrucksvoller Beleg dafür ist Thomas Henry Huxley (1825–1895), der es als Schüler und Anhänger Darwins liebte, sich für die Evolutionstheorie in öffentlichen Diskussionen einzusetzen. Er hat dabei immer wieder auf die psychosomatischen Kontinuitäten zwischen dem allgemeinen Evolutionsgeschehen und der Abstammung des Menschen hingewiesen. Dennoch war er fest davon überzeugt, daß mit dem Menschen in der Kontinuität des allgemeinen Abstammungsprozesses etwas Neues beginnt. So konnte er sagen: „Und ich will noch mein Glaubensbekenntnis hinzufügen, daß der Versuch, eine psychische Trennungslinie zu ziehen, gleich vergebens ist, und daß selbst die höchsten Vermögen des Gefühls und des Verstandes in niederen Lebensformen zu keimen beginnen.

Gleichzeitig ist niemand so stark überzeugt wie ich, daß der Abstand zwischen den zivilisierten Menschen und den Tieren ein ungeheurer ist. Niemand ist dessen so sicher, daß, mag der Mensch von den Tieren stammen oder nicht, er zuverlässig nicht eines derselben ist."[3] Später konnte Huxley in seinen sozialen Essays – im Gegensatz zum Sozialdarwinismus – sozialen Fortschritt als Außerkrafttreten des Naturwaltens und Einsetzen von sittlichem Walten deuten. Hier beginnt Huxleys evolutionärer Humanismus.

In der Position von Thomas Henry Huxley kommt ein Evolutionsbegriff zum Ausdruck, in dem das Prozeßhafte und Dynamische des Evolutionsgeschehens im Gegensatz zur ewigen Gleichförmigkeit des mechanistischen Interpretationsansatzes unterstrichen wird. Evolution ist hier als ein Prozeß gedacht, in dessen Verlauf – im Kontext der nicht abreißenden Kontinuität – unableitbar Neues entsteht. Evolution ist „emergent evolution", Quelle neuer Qualitäten und Leistungen. Oder bildhaft-theologisch gesprochen: Evolution ist schöpferisch. Unmittelbar auf den Menschen bezogen will Huxley sagen: Beim Menschen sind nicht einfach zusätzliche Eigenschaften zu den vorher schon bei den Säugetieren gegebenen hinzugekommen, sondern es sind bei ihm vorliegende Strukturen der nichtmenschlichen Natur – Anlagen, Tendenzen, Reaktionsmuster – in einem neuartigen Ganzen so integriert, daß diese älteren Struktur- und Funktionselemente überformt werden, neue Stellenwerte und Qualitäten erhalten und neuen Spielregeln unterliegen. Man könnte dieses Umschlagphänomen auch das Huxleysche Paradox der Sonderstellung des Menschen bzw. das allgemeine Paradox der evolutionären Selbstüberschreitung nennen.

Das wäre ein spannendes Thema für das interdisziplinäre Gespräch zwischen Evolutionstheorie und Schöpfungstheologie gewesen, aber die deutschsprachige Theologie der Jahrhundertwende ließ sich kaum darauf ein. Stattdessen postulierte man das unglückliche Entweder-Oder. Andere Autoren näherten sich dem Evolutionsgedanken an und akzeptierten eine gemäßigte Entwicklungslehre. Dabei unterschieden sie zwischen Primär- und Sekundärursachen bzw. zwischen Wirk- und Zielursachen und beschränkten das Wissen der Biologie auf die Sekundär- und Wirkursachen und behielten der Schöpfungslehre das Wissen um die Primär- und Zielursachen vor. Schließlich wurde es im Gefolge der dialektischen Theologie üblich, naturwissenschaftliche und theologische Aussagen dadurch prinzipiell voneinander zu trennen, daß man die beiden Wissenschaftsbereiche auf verschiedenen Methodenebenen ansiedelte. In diesen Differenzierungen deutet sich durchaus ein Ernstnehmen der Evolutions-Schöpfungs-Problematik an, aber das eigentliche Problem einer befriedigenden Zuordnung der beiden Sichtweisen blieb ungelöst.

## 2. Die Evolutionstheorie als aktuelle Grundlage für das Gespräch zwischen Theologie und Naturwissenschaften

Die von Charles Darwin entdeckte Geschichtlichkeit der Natur mußte nach 1945 neu entdeckt werden, war sie doch durch den mechanistischen Interpretationsansatz seit Ernst Haeckel weitgehend verschüttet. Dieser Versuch, zur Geschichtlichkeit der Natur zurückzukehren, ihre Offenheit in der Zeit und ihre Irreversibilität zur Geltung zu bringen, ist u. a. mit den Namen von Prigogine, Jantsch, Lorenz und Riedl verbunden. Neue Parameter wurden eingeführt: Dissipative Strukturen, Theorie der Offenen Systeme, Selbstorganisation, Selbsttranszendenz und Fulguration.

Konrad Lorenz ist es gewesen, der in die Evolutionsbiologie den Begriff der Fulguration eingeführt hat. Evolution, so unterstreicht er, fulguriert, sie ist schöpferisch. Ausgehend von der Begriffsbedeutung unterstreicht Lorenz, daß im Geschehen der Evolution – durch Kipp-Prozesse – neue Eigenschaften und Qualitätsumschläge realisiert werden, die wie das Ergebnis einwirkender göttlicher Funken anmuten, in Wirklichkeit aber aus der immer wieder erfolgenden Öffnung des Evolutionsprozesses hervorgehen. Evolution ist so gesehen ein offener Prozeß, der zur Veränderung und Überholung älterer Systemeigenschaften führt. Das zeigt sich insbesondere bei der Entstehung des Lebens und bei den Ereignissen im Tier-Mensch-Übergangsfeld. Gleichwohl ist der Evolutionsprozeß insgesamt durch selbsttranszendente Übergänge gekennzeichnet.

Die genetische Determinierung im Evolutionsprozeß ist durchgängig, aber sie ist andererseits die Grundlage für wachsende Freiheitsspielräume, aus denen heraus neue gestalterische Kräfte entbunden werden, die auf die genetischen Faktoren und auf die durch diese festgelegte Matrix verändernd zurückwirken. Um ein Beispiel zu nennen: Lorenz sieht die Entstehung des menschlichen Gehirns, insbesondere des Großhirns, genetisch bedingt, aber er unterstreicht auch die Denk- und Empfindungsleistungen des Gehirns als eine eigenständige – auch kategorial anders zu fassende – Realität. Das Gehirn ist Anpassungsprodukt und Denkinstanz zugleich. Und bei der Entwicklung des Menschen hat das Denken Rahmenbedingungen gesetzt, innerhalb deren die genetischen Voraussetzungen ihre Modifizierungen erfuhren. Oder mit Lorenz' eigenen Worten: „Das Hirn hat sich zuerst die Ansätze der Sprache gemacht, dann aber macht sich die Sprache durch Selektionsdruck das Gehirn."[4]

Ausgehend vom Begriff der Fulguration hat Lorenz also das biologistische Triebmodell ein Stück weit entthront. In der Steuerung der sein Verhalten prägenden Triebkomponenten ist der Mensch auf kulturelle und gesellschaftliche Traditionen angewiesen, die ihm durch die Sprache eröffnet werden. Konrad Lorenz und die modernen Theoretiker der Evolution sehen den Evolutionsprozeß als einen offenen und selbsttranszendenten Werdeprozeß, der auf dem Weg über Quanten, Moleküle, DNS-Protein-Zyklen, Reproduktionsleistungen, Reizverarbeitungen, Lernprozesse und Sozialverhalten immer neue Klassen und Qualitäten von Überlebenssystemen – kaskadengleich – aus sich hervorbringt. Es kann keine Rede davon sein, daß es hier ein universales, gleichbleibendes Evolutionsgesetz gäbe, das aus der Konfiguration der Grundbausteine und der zwischen ihnen wirkenden Kräfte abgeleitet werden könnte. Das war die Illusion der mechanistischen Interpretation bei Ernst Haeckel und seinen Nachfolgern.

Die Theoretiker des offenen Evolutionsansatzes haben das

Geheimnis des Übergangs jeweils aus ihrer speziellen Fachkompetenz beschrieben. Dabei kann es nicht überraschen, daß der Chemiker und der Physiker den Vorgang der Fulguration begrifflich anders fassen als der Verhaltensforscher, handelt es sich doch um Darstellungen auf sehr verschiedenen Komplexitätsebenen, und Evolution kann – wenn der Anspruch dieses Begriffes wirklich ernstgenommen wird – auf den verschiedenen Organisationsebenen der Evolution nicht das gleiche bedeuten. Für Prigogine beispielsweise ist das Stichwort von den dissipativen Strukturen zielführend. Er kritisiert die klassische Gleichgewichtsthermodynamik und beschreibt den Evolutionsprozeß unter besonderer Berücksichtigung molekularer Vorgänge im chemischen Kontext: „Wir wissen inzwischen, daß fern vom Gleichgewicht neue Strukturtypen spontan entstehen können. Unordnung und Chaos können sich unter gleichgewichtsfernen Bedingungen in Ordnung verwandeln. Es können neue dynamische Zustände der Materie entstehen, in denen sich die Wechselwirkung eines Systems mit seiner Umgebung widerspiegelt. Wir haben diese neuen Strukturen als dissipative Strukturen bezeichnet, um die paradoxe Rolle von dissipativen Vorgängen bei ihrer Entstehung hervorzuheben."[5]

Der Physiker Erich Jantsch spricht in seinem Buch „Die Selbstorganisation des Universums" generell von der Fähigkeit der Selbsttranszendenz natürlicher Prozesse. „Selbsttranszendenz heißt Selbstüberschreibung. Indem ein System in seiner Selbstorganisation die Grenzen seiner eigenen Identität überschreitet, wirkt es schöpferisch. Im Paradigma der Selbstorganisation ist Evolution das Ergebnis von Selbsttranszendenz auf allen Ebenen."[6] Hier bahnt sich in der Tat eine Überwindung der alten Gegnerschaft zwischen den Begriffen Evolution und Schöpfung an. Um noch einmal zum Begriff der Selbstorganisation zurückzukehren. In allen Phasen des Evolutionsgeschehens zeigt sich – bedingt durch die jeweilige Konstellation der Strukturen und Außenumstände – die Fähigkeit zum Aufbau neuer Funktions- und Entfaltungsregeln, ob das der Eigensche Hyperzyklus oder die spezielle Organisationsmatrix des menschlichen Gehirns ist. Friedrich Cramer ist soweit gegangen, von der „Idee der Selbstorganisation" zu sprechen: „Mit der Einführung der Selbstorganisation als Grundeigenschaft der Materie ist aber auch gesagt, daß jede Materie a priori ideenträchtig ist. Sie hat die Idee ihrer Selbstorganisation, ihrer Entfaltung, aller Baupläne und Ausformungen in sich. Danach war beim Urknall die Idee des menschlichen Bewußtseins als Möglichkeit schon vorhanden, samt allen seinen möglichen Ausprägungen. Zwischen Geist und Materie besteht so gesehen kein Gegensatz. Jedenfalls kann der Geist nicht aus der Materie als Überbau entstanden sein. Eher ist es umgekehrt: Eine ideenlose Materie ohne die Idee ihrer Selbstorganisation gibt es nicht. Genausowenig wie es schwerelose Materie gibt."[7]

Hier könnte man natürlich lebhaft weiterdiskutieren. Die Tatsache, daß die Evolution das, was sie öffnet und in immer neue Konfigurationen drängt, als Möglichkeit bei sich hat, führt uns in sehr grundsätzliche philosophische Fragestellungen hinein. Die Evolutionstheorie Darwins erweist sich insofern als Universaltheorie, als sie uns vor die Notwendigkeit stellt, die Bedingungen der Möglichkeit von Offenheit, von Formierungspotenz und Innovation ständig bei der Interpretation von Evolution in Rechnung zu stellen und jede abschließende Generalisierung zu vermeiden.

Interessanterweise gibt es bei den Außenseitern der Schöpfungstheologie Interpretationsansätze, die sich mit der Theorie der Offenen Systeme berühren, so schon bei Teilhard de Chardin um die Jahrhundertwende. Er hat als Paläontologe und Theologe den Versuch gemacht, Evolution als schöpferischen Prozeß zu denken. Dabei unterscheidet er hinsichtlich der Weltentwicklung zwischen Kosmo-, Bio- und Noogenese. Für ihn stellt die Evolution einen faszinierenden Wandlungsprozeß dar, der die diffuse Materialität der Welt zu immer höher organisierten Einheiten zusammenführt, bis schließlich im Bewußtsein des menschlichen Geistes die tiefere Ursache aller Werdeprozesse wirksam in Erscheinung tritt. Teilhard de Chardin spricht in diesem Zusammenhang auch von der großen kosmischen Messe, die sich im Geschehen der Welt vollziehe. Dabei ist seine Ausdrucksweise sehr emphatisch: „Die Evolution sollte nichts als eine Theorie, ein System, eine Hypothese sein? Keineswegs! Sie ist viel mehr! Sie ist die allgemeine Bedingung, der künftig alle Theorien, alle Systeme entsprechen und gerecht werden müssen ... Seit den fernsten Ursprüngen der Dinge bis zu ihrer unvorhersehbaren Erfüllung, durch die zahllose Bewegungen des grenzenlosen Raumes hindurch widerfährt der ganzen Natur, langsam und unwiderstehlich, die große Konsekration."[8]

Man hat Teilhard de Chardin eine vielfache Vermischung sehr verschiedener Kategorien vorgeworfen. Das kirchliche Lehramt in Rom hat kritisiert, daß in diesem Denkansatz Schöpfer und Schöpfung fast miteinander identifiziert würden. Das führe in den Pantheismus. Andere haben sein teleologisches Konzept kritisiert, wo doch die Evolutionstheorie nur die Offenheit des allgemeinen Werdeprozesses konstatieren könne. Gewiß stellen Teilhards Schriften keine letzte Antwort dar, aber die von ihm eingeschlagene Richtung war durchaus genial und zukunftsträchtig. Die von ihm vollzogene Begriffsbildung ist unter philosophischen und naturwissenschaftlichen Voraussetzungen unbefriedigend. Aber sind die heute im Zusammenhang mit der Theorie der Offenen Systeme in Gebrauch befindlichen Paradigmen hinreichend klar?

Die Veröffentlichungen von Teilhards Überlegungen wurden kirchlicherseits lange Jahre unterdrückt. Dann kam es zu einer posthumen Veröffentlichung seiner Werke, und andere führten seine Gedanken weiter, so nicht zuletzt auch Karl Rahner. Er nimmt den Gedanken der Selbsttranszendenz auf und sieht in der Selbstverwirklichung immer komplexerer Strukturen einen Ausdruck des in seiner Schöpfung wirksamen Schöpfertums Gottes. Und Jürgen Moltmann hat in seiner ökologischen Schöpfungslehre weitere Argumente für die Einsicht gesammelt, daß sich in der Selbstranszendenz des allgemeinen Werdeprozesses die Weltimmanenz des ursprünglich jenseits gedachten Gottes spiegele.[9]

Es geht bei allen zitierten Autoren nicht um einen Gottesbeweis unter Mißbrauch der Evolutionstheorie, wohl aber um die Bezeugung des Schöpfungsgedankens im Weltbild der Theorie der Offenen Systeme. Ist die dynamische Offenheit des Evolutionsprozesses im Spannungsfeld zwischen Zufall und Notwendigkeit Ausdruck der tieferen Schöpfungsdynamik im Geschehen der Welt, dann ist diese Erkenntnis nicht nur von theoretischem Interesse. Dann offenbaren sich der tiefere Ursprung und das tiefere Werden der Dinge in ihrem Fortgang und motivieren zur Ehrfurcht. Wer prozeßoffen denkt, der geht im Umgang mit diesem Prozeß Pflichten ein, die zur Behutsamkeit und Rücksichtnahme gegenüber den Zusammenhängen des Lebens rufen.

Es ist an der Zeit, im Blick auf die seit den 60er Jahren entstandene Gesprächssituation zwischen Theologie und Naturwissenschaften Zwischenbilanz zu ziehen. Für beide Seiten sind Fragen anzumelden. Das beginnt bei der Theorie der Offenen Systeme mit dem Begriff der Selbstorganisation bzw. der Selbsttranszendenz. Wer ist dieses „Selbst", das sich hier organisiert bzw. im Sichselbstüberschreiten seine Identität wahrt? Oder ist mit dem Begriff der Selbstorganisation letztlich wieder ein monistisches, ungeschichtliches Prinzip gemeint? Aber das würde gerade dem Ansatz der Offenheit widersprechen. Im Blick auf den in der Theorie der Offenen Systeme vorausgesetzten Begriff der Offenheit muß gefragt werden: Was sind die Bedingungen der Möglichkeit dieser Offenheit? Können sie hinreichend durch spieltheoretische Ansätze festgelegt werden? Aber wäre damit nicht wiederum die Offenheit gefährdet? Schließlich ist der Begriff der Information zu diskutieren. Die in der modernen evolutionstheoretischen Diskussion vorausgesetzte Information kann nicht mit den Strukturen, in die sie verschlüsselt ist, identifiziert werden. Die DNS ist nicht die Information, sie ist vielmehr das, was zur Formierung von Struktur geführt wird.

Aber auch gegenüber der theologischen Seite sind Fragen notwendig. Wird in den vorgeführten Denkansätzen von Teilhard de Chardin, Moltmann und Rahner der dogmatische Gottesbegriff nicht zu direkt und zu abrupt in die Offenheit des Evolutionsprozesses „hineingeklappt"? Der nicht mehr supranatural gedachte Schöpfergott wird nun in der Dimension der horizontalen und evolutionären Transzendenz als der Eröffnende, Entfaltende und Vereinigende ausgelegt. Auch hier lauert die Gefahr, daß ein universales Evolutionsprinzip – nun theologisch begründet – vorausgesetzt wird. Insbesondere wird aber die Frage, ob es für die Theoretiker der Offenen Systeme einen sachnotwendigen Bedarf nach einer durch den Gottesbegriff zu kennzeichnenden Instanz gibt, nicht hinreichend sorgfältig erörtert.

Es gibt genügend Evolutionstheoretiker, bis hin zu Franz Wuketits, die Religiosität und religiöse Inhalte als ein Ergebnis der Evolution interpretieren, entstanden aus den konkreten Lebensbedürfnissen des frühen Menschen, aber eben ohne jede Relevanz für die wissenschaftliche Erklärung der Evolution heute. Das Gespräch zwischen Theologie und Naturwissenschaften über die Evolutionstheorie würde wohl erst dann zu einem ernsthaften Diskurs werden, wenn im Blick auf die herausgestellten Deutungskategorien – Selbstorganisation, Selbstranszendenz, Offenheit, Information – die jeweilige Tragweite und die jeweilige Ergänzungsbedürftigkeit der beiden Erklärungsansätze beleuchtet werden könnten. Dabei ist noch einmal auf die eingangs herausgestellten paradigmatischen Unterschiede zwischen den empirischen Natur- und den hermeneutischen Geisteswissenschaften hinzuweisen.

Anknüpfend an die Eingangsthesen soll hier nun mein eigener Standpunkt formuliert werden:

1. Der Evolutionsgedanke ist für die Schöpfungstheologie unverzichtbar, sofern sie den ihr aufgetragenen Gedanken der Schöpfung im Kontext des evolutionären Weltbildes zum Ausdruck bringen will. Schöpfung erscheint im Blickwinkel der Evolution als ein zeitliches Strukturierungsgeschehen, in dem der Schöpfer für die Augen des Glaubens indirekt sichtbar wird. Umgekehrt aber nun gefragt: Setzt Evolution auch Schöpfung voraus?

2. Für die Evolutionstheorie wird das Gespräch mit der Schöpfungslehre unumgänglich, sofern sie Begriffe zur Interpretation benutzt, die über den empirisch sicherbaren Tatbestand hinausweisen, und sofern sie für den von ihr gesicherten Tatbestand eine umfassendere Bedeutung beansprucht, als es die Fakten erlauben. Dann kommt man, wie die Begriffe Selbstorganisation, Selbsttranszendenz und Offenheit zeigen, in ein philosophisch-theologisches Gespräch über die Tragweite von Paradigmen.

3. Von den vier Möglichkeiten des Gesprächs zwischen Evolutionstheorie und Schöpfungslehre
- Pauschale Theologisierung der Evolutionstheorie
- Biblizistische Bestreitung der Evolutionstheorie
- Prinzipielle Distanzierung der theologischen Aussagemethode von der Evolutionstheorie
- Versuch einer Verhältnisbestimmung des Erklärungswertes verschiedener Paradigmen oder verschieden akzentuierter gemeinsamer Paradigmen (z. B. Transzendenz)
entscheide ich mich für den letzten Weg.

## 3. Praktische Aspekte im Gespräch zwischen Evolutionstheorie und Schöpfungstheologie

Aus der Vielfalt und Schönheit der Natur, ebenso auch aus ihrer evolutionären Entfaltungsfähigkeit, aus ihrem Unterwegssein in der Dynamik des Werdens erkennt das Auge des Glaubens das Geheimnis der Schöpfung, ihren Sinn und die auf ihr liegende Verheißung. Schöpfung als Existenzermöglichung und Existenzeröffnung ist dem Menschen heute unter der Voraussetzung der modernen Biologie zu treuen Händen anvertraut. Wir können auf vielfältige Weise verändernd in diesen Prozeß eingreifen, die Umweltsituation verändern und ins Erbgeschehen hineinwirken. Diese Vorgehensweise ist zutiefst ambivalent. Im Gefolge des technisch-naturwissenschaftlichen Fortschritts ist die irdische Schöpfung auf vielfache Weise bedroht. Diese Bedrohung hat inzwischen biosphärische Ausmaße angenommen. Die Ursachen dafür liegen nicht nur im ökonomischen und politischen Bereich. Sie hängen auch mit dem Charakter der naturwissenschaftlich-technischen Rationalität zusammen, eben mit dem Anspruch, an Natur nur gelten zu lassen, was objektivierbar und berechenbar ist, und auf dieser Grundlage Herrschaftsmöglichkeiten für den Menschen zu eröffnen. Friedrich Cramer schreibt zu Recht: „Mit dem technischen Zeitalter seit 150 Jahren und besonders mit dem Eintreten in das biotechnische Zeitalter seit 10 Jahren tritt erstmalig eine bis dahin nicht gekannte Interaktion zwischen dem Reich der Ideen und der Natur (dem Reich der Evolution) auf. Diese neuartige, vom Menschen hervorgebrachte und von ihm zu verantwortende Rückkoppelung kann der Naturgeschichte die gleiche Instabilität, die gleiche Krisenanfälligkeit aufprägen, wie wir sie in der Geschichte beobachten. Diese Wechselwirkung droht außer Kontrolle zu geraten und zur globalen ökologischen Katastrophe oder zum Atomtod oder zur genetischen Totalmanipulation zu führen."[10]

Angesichts dieser Entwicklung und der mit ihr verbundenen Gefahren entdecken mehr und mehr Menschen über den berechenbaren Aspekt hinaus den tieferen Wert der Natur. Dies ist eine ethisch vermittelte Tiefensicht der Natur, die über die berechenbaren Aspekte hinaus den tieferliegenden Schöpfungscharakter der Natur erahnt. In diesem Sinne formuliert die Vereinigung österreichischer Naturwissenschaftler für den Umweltschutz: „Jede Form von Leben ist einzigartig und muß unabhängig von ihrem augenblicklichen Nutzwert für den Menschen geachtet und im Sinne einer elementaren Kulturleistung vor gedankenloser Ausrottung bewahrt werden."

Hier resultiert gerade aus der Einsicht in die Einmaligkeit und Geschichtlichkeit der Naturformen die Erkenntnis ihres tieferen Wertes. Es ist die heute unumgängliche Sorge für den Bestand des Gewordenen und für die Lebensbedürfnisse der Kommenden, die uns erkennen läßt, wie sehr die empirisch sicherbaren Tatbestände in ihrer ambivalenten Nützlichkeit einer übergreifenden Sinndeutung bedürfen. Insofern ergibt sich aus der aktuellen Überlebenskrise die Notwendigkeit, über den empirischen Bestand der naturwissenschaftlichen Tatsachenfeststellung hinauszugehen und nach der Natur als Schöpfung zu fragen.

*Klaus Mainzer*
## Der Krieg der Philosophen.
## Zum Verhältnis von Physik, Philosophie und Religion bei Leibniz bis zur Aufklärung

Es gehört zum offiziellen Selbstverständnis neuzeitlicher Physik, daß Naturgesetze unabhängig von persönlichen Meinungen, religiösen und politischen Hintergründen gelten sollen. Andererseits finden wir bis in die Gegenwart Versuche von Physikern, ihr Arbeitsgebiet mit fernöstlicher Meditation, religiösen oder atheistischen Überzeugungen zu verbinden, die mediengerecht aufbereitet und in großen Buchauflagen vertrieben von einer neugierigen Öffentlichkeit begierig aufgenommen werden: Für das teure Steuergeld, das in häufig nicht durchschaubarer Weise für Forschung ausgegeben wird, möchte man wenigstens wissen, was die Welt im Innersten zusammenhält. Einem Diktum von Kant[1] folgend, setzt sich hier offenbar immer wieder die unausrottbare Naturanlage des Menschen zur Metaphysik durch – trotz Aufklärungszeitalter und Methodenkritik moderner Wissenschaftsphilosophen.

Im folgenden geht es um eine weltpolitisch eher belanglose Episode am Hofe des Philosophen von Sanssouci, Friedrich II. von Preußen: den Streit seines Akademiepräsidenten Maupertuis mit Voltaire um die Rolle von Gottesbeweisen in der Physik. Der Streit kündigte ein neues Zeitalter an, in dem Religion und Wissenschaft ebenso getrennt sind wie Kirche und Staat in der Verfassung neuzeitlicher Demokratien. Philosophisch beleuchtet dieses Ereignis die sich verändernde Auffassung von Naturgesetzen in der Mitte des 18. Jahrhunderts: An die Stelle einer theologisch begründeten Naturontologie, in der Gesetze in platonisch und augustinischer Tradition als Gedanken Gottes interpretiert wurden, tritt eine instrumentale Auffassung der Naturgesetze, die vom Menschen als Mittel zum Zweck der Naturbeherrschung eingesetzt werden. Menschen geben sich nicht nur selber die Gesetze im Rahmen ihrer staatlichen Verfassung, sondern gewinnen auch ihre Autonomie gegenüber der Natur. Sie sind – wie Kant pointiert formuliert – die Gesetzgeber der Natur im Rahmen der Konstitution ihrer Vernunft.[2] Die Säkularisation der Neuzeit, der Verlust des theologischen Grundes soll durch die wachsende Autonomie einer sich selbst aufklärenden Vernunft kompensiert werden.

Auf dem Höhepunkt der deutschen Aufklärungsphilosophie weist Kant in seiner „*Kritik der reinen Vernunft*" die traditionellen *Gottesbeweise* als „dialektischen Schein" nach. Gott wird zu einer Vernunftidee, für die zwar kein Erfahrungsgegenstand im Sinne der Physik bewiesen werden kann, die aber zu einem moralischen Postulat der praktischen Vernunft wird, als Idee eines höchsten Guten, an dem wir unser Denken und Handeln orientieren sollen. Mit dieser neuen Funktionsbestimmung der Idee Gottes wird Kant zugleich zum Überwinder einer atheistisch gesonnenen Aufklärung. Es sei hier ausdrücklich betont, daß Kant damit keine Aussage über die Möglichkeit einer Offenbarungsreligion machen kann. Er stellt nur die methodischen Grenzen fest, die der Naturwissenschaft und Philosophie bei Aussagen über Gott gesetzt sind.

Dieser Entwicklungsprozeß verdichtet sich in den Personen von Sanssouci. Der Weltgeist kommt jedoch weder zu Pferd noch mit Krückstock und Dreispitz daher: Friedrich der Große repräsentiert in diesem Streit nur die belustigte Öffentlichkeit und den Staat, der das Ansehen seiner Institutionen und Akademien wahren und die Freiheit wissenschaftlicher Diskussion so weit als möglich garantieren will. Die Vernunft bedient sich dabei verletzter Eitelkeiten und Rivalitäten, aber auch mathematischer Fehler, um der Aufklärung zum Durchbruch zu verhelfen. Äußerlich gewinnt die Auseinandersetzung durchaus die dramatischen Formen eines Krieges zwischen (wenn auch „nur") geistigen Mächten. Nach einzelnen Scharmützeln und diplomatischen Vermittlungsversuchen kommt es zur offenen Bataille. Gekämpft wird mit allen Mitteln des Verstandes, aber auch der

Intrige und Ehrverletzung: Pardon wird nicht gegeben. Ein Henker spielt mit, der allerdings nur Bücher verbrennt. Schließlich wird es sogar Tote geben – aufgeriebene, verbrauchte und tief gekränkte Geister. So hart kann das intellektuelle Geschäft sein. Der letzte Akt scheint versöhnlich: Leonard Euler, der große Meister, wird auftreten, die mathematischen Fehler klären, seinem Akademiepräsidenten die Treue halten und auf die Möglichkeit der Religion auch für den modernen Naturwissenschaftler hinweisen, wenn er nur das eine vom anderen trennt. Wir beginnen mit dem Prolog.

## 1. Die Hintergründe:
### Leibniz, Gott, die Welt und die Prinzipien der Physik

Am Anfang unserer Geschichte steht eine Frau, Sophie Charlotte (1668–1705), die erste preußische Königin und Großmutter Friedrichs des Großen. Dieser Intellektuellen auf Preußens Thron verdankt die deutsche Philosophie- und Wissenschaftsgeschichte die Förderung von Gottfried Wilhelm Leibniz (1646–1716). Der große Universalgelehrte des Barocks – Philosoph, Mathematiker, Naturforscher, Historiker und Diplomat – konnte mit ihr einen langgehegten Plan realisieren: die Berliner Akademie der Künste (1696) und die Akademie („Societät") der Wissenschaft (1700) gründen.[3] Von 1699 bis 1705 empfing Sophie Charlotte im Salon des Lustschlosses Lietzenburg, dem späteren Schloß Charlottenburg, Gelehrte, Philosophen, Freidenker, Jesuiten und lutherische Theologen, mit denen sie nächtelang theologische Streitgespräche führte. Auf ihrem Sterbebett soll sie den Beistand sowohl der protestantischen als auch der katholischen Geistlichen zurückgewiesen haben: Sie wolle in Frieden sterben und empfinde mehr Neugierde als Furcht. Sie hoffe nun, ihren Wissensdurst nach dem Ursprung der Dinge, „den selbst Leibniz mir nie erklären konnte", zu stillen. Ihren prachtliebenden Gatten tröstete sie mit dem spöttischen Hinweis, daß er durch ihren Tod „Gelegenheit zu prachtvollen Beisetzungsfeierlichkeiten" haben werde.

Nach dem Tod der Königin 1705 sammelte Leibniz die Fragmente dieser Diskussionen und schrieb in kurzer Zeit seinen einzigen Bestseller mit dem barocken Titel „Abhandlungen zur Rechtfertigung Gottes, über die Güte Gottes, die Freiheit der Menschen und den Ursprung des Übels",[4] der sogleich nach seiner Publikation 1710 als die Leibnizsche *Theodizee* einflußreich werden sollte.

Eine durch Entbehrungen und Unglück verzweifelte Welt wird hier durch die Rechtfertigung Gottes, dessen Begriff ins Wanken geraten war, aufgemuntert. Leibnizens politische Ideen gelten dem Frieden und der friedlichen Entwicklung von Rechenmaschinen, Bergwerken und Industrien. Berühmt wird seine Formel, wonach unsere Welt die beste ist, die Gott zu schaffen vermochte. Weniger bekannt ist der Nachsatz, wonach es am Menschen liege, sie stufenweise diesem Ziel zuzuführen.

Im Grund ist Leibnizens Theodizee ein Versuch, die *moralische Optimalität* der Welt auf eine Art *mathematisch-physikalische Optimalität* zurückzuführen, weshalb zunächst die mathematischen Prinzipien der Leibnizschen Physik erläutert werden müssen. Hier entwickelt Leibniz in der Tat Gedanken, die bis in die moderne Mathematik und Physik von großer Aktualität sind. Grundlegend ist die Leibnizsche Annahme, wonach die Welt auf eine allseitige Harmonie und Symmetrie hin angelegt bzw. „prästabilisiert" sei. Die prästabilisierte Harmonie der Welt drückt sich nach Leibniz in folgenden physikalischen Prinzipien aus: in 1) der *Relativität von Raum und Zeit,* 2) dem *Erhaltungssatz der Energie* („vis viva"), 3) dem *Prinzip der kleinsten Aktion* zur Optimierung aller Naturabläufe. In einem wissenschaftshistorischen Exkurs sollen diese Prinzipien vom heutigen mathematisch-physikalischen Standpunkt aus zunächst erläutert werden.

## 2. Die Relativität von Raum und Zeit kontra Newtons Gott

Leibnizens Auffassung von Raum und Zeit entsteht anläßlich seiner Kritik des absoluten Raumes und der absoluten Zeit, auf die Newton alle Naturabläufe bezogen hatte.[5] Man stellte sich den *absoluten Raum* einfach als riesigen leeren Behälter vor, um dessen absolut ruhenden Mittelpunkt sich die materielle Welt konzentrierte. An die Stelle der ruhenden Erde als Mittelpunkt des antiken-mittelalterlichen Weltbildes tritt jetzt ein fiktiver Weltmittelpunkt. Da der absolute Raum ferner als unendlich und unteilbar angenommen wurde, schien er für theologisch vorgebildete Gelehrte des 17. Jahrhunderts geradezu göttliche Attribute zu besitzen. Newton sprach daher auch vom „sensorium Dei", einem „Empfindungsorgan Gottes", mit dem er die materielle Welt wahrnimmt. Die frommen Deutungen Newtons standen im Widerspruch zu seiner Methodologie, wonach Physik auf Erfahrungstatsachen zurückzuführen sei: „Hypotheses non fingo" (Hypothesen erfinde ich nicht.). Newtons Versuch, die Existenz des nicht wahrnehmbaren absoluten Raumes wenigstens indirekt durch gewisse dynamische Effekte absoluter Rotationsbewegungen („Eimerexperiment") nachzuweisen, wurde später von E. Mach mit dem Hinweis zurückgewiesen, daß dafür die realen kosmischen Massen und kein fiktives „sensorium Dei" verantwortlich zu machen sei.

Während die euklidische Raumgeometrie und der Newtonsche Gleichzeitigkeitsbegriff erst von Einsteins Relativitätstheorie Anfang dieses Jahrhunderts in Frage gestellt wurden, traten bald nach Erscheinen von Newtons „Principia" die ersten Kritiker an seiner Lehre von der *absoluten Ruhe* des Raumes und der *absoluten Bewegung* auf. Eine bemerkenswerte Kritik kommt ausgerechnet von einem Theologen. Das überrascht um so mehr, als englische Theologen im 17. und 18. Jahrhundert den frommen Sir Isaac Newton häufig als „defensor fidei" gegen einen naturwissenschaftlich motivierten Atheismus anriefen, der in der beginnenden Aufklärung erstarkte. Gemeint ist die Kritik von Bischof Berkeley, der hinter Newtons Fiktion des absoluten Raumes die theologische Gefahr des Pantheismus witterte, in der Gott mit der Natur identifiziert wird. Nach Berkeley darf man den Raum nur als relativ fassen, „oder es gäbe andernfalls etwas von Gott Verschiedenes, das ewig, ungeschaffen, unendlich, unteilbar, unveränderlich sei".[6]

Berkeley erweist sich zwar als überaus scharfsinniger Kritiker der Naturwissenschaften, jedoch nicht als ihr Gegner. Er wendet sich vielmehr gegen diejenigen, die ihren neuzeitlichen Fortschrittsglauben als Aufklärung gegenüber Theologie verstehen und Religion durch einen naiven Glauben an die Naturwissenschaften ersetzen.[7] Berkeley ist also bis heute aktuell. Fiktionen wie Newtons absoluter Raum, die auf keiner Erfahrungstatsache beruhen, boten eine gute Gelegenheit, um diejenigen ad absurdum zu führen, die ihr naturwissenschaftliches Glaubensbekenntnis in Sätzen zusammenzufassen pflegen wie „Ich glaube nur das, was ich sehen und anfassen kann". Auch Berkeleys Theologie ist – nebenbei bemerkt – durchaus modern, da er Gott aus der unerquicklichen Lage eines Lückenbüßers für naturwissenschaftliche Unkenntnis befreien und ihn als den im Glauben geoffenbarten Schöpfer ausweisen will.

Ebenso kritisiert Leibniz die Newtonsche Verquickung von *Theologie* und *Naturwissenschaft* und weist in seiner berühmten Kontroverse mit Clarke die Schwierigkeiten auf, die eine Gleichsetzung der Allgegenwart des unendlichen Raumes mit der Allgegenwart des unendlichen Gottes erzeugt. Für Leibniz ist der Raum nur ein System von Relationen[8] zwischen Körpern, dem keine metaphysische oder ontologische Existenz zukommt.

Leibniz begründet die *Relativität aller Raum- und Zeitpunkte* durch sein metaphysisches Prinzip des zureichenden Grundes („principium rationis sufficienties"), wonach nichts ist oder geschieht in der Welt ohne zureichenden Grund. Auch Gott hat sich an dieses Vernunftgebot zu halten, um nicht mit den Gesetzen der eigenen Schöpfung in Widerspruch zu geraten. Dieses bekannte Lehrstück neuzeitlicher Naturphilosophie, in dem es scheinbar nur um die Relativität von Raum und Zeit geht, hat nicht nur metaphysische, sondern für das 17. und 18. Jahrhundert durchaus brisante theologische und politische Hintergründe. Ein Gott, der sich an die Gesetze der Vernunft halten soll, ist politisch der Monarch, der sich an die Gesetze der Verfassung halten soll und nicht nach despotischem Gutdünken in das Leben der Menschen eingreifen darf. Clarke scheint diese Konsequenz zu wittern, wenn er gegen Leibniz durchaus inquisitorische Töne anschlägt: „Gegen alle die, die behaupten, daß in einer irdischen Regierung die Dinge ohne Einmischung des Königs vollkommen ihren Gang gehen könnten, ist der Verdacht gerechtfertigt, daß sie am liebsten den König ganz beiseite schieben möchten: So zielt denn auch in der Tat die Lehre, daß der Lauf der Welt die stete Leitung Gottes, des höchsten Herrschers, nicht nötig hat, darauf ab, Gott aus der Welt zu verbannen."[9]

### 3. Der Erhaltungssatz der lebendigen Kräfte kontra Newtons Gott[10]

Überall in Natur, Technik und Alltagswelt treffen wir auf den grundlegenden Umwandlungsprozeß von Arbeit (potentieller Energie) in Bewegungsenergie. Ob es sich um die angespannte (potentielle) Energie in unseren Muskeln handelt, die sich beim Zuschlagen in Bewegungsenergie der Fäuste umsetzt; ob es sich um den angespannten Bogen handelt, der den Pfeil fortschnellen läßt; ob es sich um die angestaute Energie eines Sees handelt, die sich im Sturz eines Wasserfalles in Bewegungsenergie umsetzt; ob es sich um die potentielle Energie eines Planeten handelt, die sich beim freien Fall in seiner Umlaufbahn in Bewegungsenergie umsetzt – überall derselbe Umwandlungsprozeß.

Sehen wir vom Verlust der Energie durch Reibungskräfte ab und lassen nur abgeschlossene physikalische Systeme zu, dann läßt sich prinzipiell die Bewegungsenergie auch wieder vollständig in Arbeit umwandeln: Die Gesamtbilanz der Energie im abgeschlossenen System bleibt also erhalten. Nur seine Formen, potentielle und kinetische Energie, sind in stetiger Um- und Rückwandlung begriffen. Auf die enorme Bedeutung dieses Erhaltungssatzes der Energie für die spätere Technik und Industrialisierung braucht hier nicht eingegangen zu werden.

Physikalisch bringt der Erhaltungssatz einen weiteren Grundzug der Leibnizschen Weltauffassung zum Ausdruck. Die Welt wird nämlich von Leibniz insgesamt als ein abgeschlossenes System betrachtet, dessen Energiehaushalt konstant ist und dessen Bewegungsabläufe durch die ständigen Umwandlungsprozesse der Energieformen erklärt werden kann. Gott war für diese Welt nur als Schöpfer zuständig. Einmal geschaffen, regulierte sich alles nach dem Erhaltungssatz selber. Leibniz begründet das wieder durch sein Universalprinzip vom zureichenden Grund: Jeder Bewegungsvorgang in der Welt ist durch potentielle Energie hinreichend bestimmt. Demgegenüber betont Newton die Reibungskräfte in der Natur und den damit zusammenhängenden ständigen Energieverlust z. B. aufgrund der Planetenbewegungen. Konsequenterweise kommt Newton also zur Ablehnung des Erhaltungssatzes als universellem Prinzip der Natur.

Hinter dieser mathematisch-physikalischen Diskussion um den Energiesatz stehen aber im 17. und beginnenden 18. Jahrhundert wieder *theologisch-metaphysische Streitfragen.* Während nämlich in Leibnizens abgeschlossener Welt kein Eingriff von außen notwendig ist, benötigt Newton Gott als ständigen „Energielieferanten", der seiner Schöpfung auch weiter hin und wieder unter die Arme greifen und gewissermaßen auf die Sprünge helfen muß. Das ist aber nach Leibniz mit der Würde und Vollkommenheit Gottes nicht zu vereinbaren, nämlich erst eine Welt zu schaffen, die dann ständig reparaturbedürftig ist.

Die beiden bisher besprochenen Prinzipien der Leibnizschen Physik, d. h. sowohl die Relativität von Raum und Zeit als auch der Erhaltungssatz der lebendigen Kräfte, entwerfen also eine Welt, die nur geschaffen werden muß, um dann harmonisch und vollkommen durch das Prinzip vom zureichenden Grund reguliert zu funktionieren. Gott schafft eine Welt, er erläßt ihr eine Konstitution und überläßt sie dann ihrem nach Gesetzen regulierten Spiel der Kräfte. Dieser theologischen Position des Deismus entspricht politisch die konstitutionelle Monarchie oder wenigstens der aufgeklärte Absolutismus, in dem sich der Souverän dem Gesetz unterwirft.

## 4. Extremalprinzipien und Theodizee

Wenn aber Gott die Welt geschaffen hat, warum hat er diese und keine andere geschaffen? Er hätte viele Welten schaffen können, die wir uns in mathematischen Modellen und Gedankenexperimenten vorstellen können. Warum wählte er aber diese eine reale physikalische Welt unter den vielen möglichen Modellen? Leibnizens Antwort ist, wie schon erwähnt, daß diese Welt, verglichen mit den anderen denkmöglichen, optimal ist. Das ist nun nicht nur barocke Weltenfreude in Gott, sondern hat einen harten mathematischen Kern, der mit einem weiteren Leibnizschen Prinzip der Physik zusammenhängt und wissenschaftshistorisch eine neue mathematische Disziplin begründet. Gemeint sind die *Extremalprinzipien der Mechanik,* wonach Naturabläufe bestimmte optimale Wege einschlagen oder optimale Zustände anstreben.

Ein einfaches Beispiel ist das Fermatsche Prinzip des kürzesten Weges.[11] Das Prinzip besagt, daß ein Lichtstrahl immer denjenigen Weg wählt, auf dem er die Strecke von seinem Anfangspunkt zu seinem Endpunkt in der kürzesten möglichen Zeit zurücklegt. Aus diesem Prinzip lassen sich die Grundgesetze der geometrischen Optik ableiten, nämlich das Gesetz von der geradlinigen Ausbreitung des Lichtes und die Gesetze der Spiegelung und Brechung.

Setzen wir den leeren euklidischen Raum voraus, ist die geradlinige Lichtausbreitung aus dem Fermatschen Prinzip leicht hergeleitet. Dann läuft nämlich das Licht auf allen geometrisch möglichen Wegen zwischen Ausgangs- und Endpunkt gleich schnell, und dann wird der geometrisch kürzeste Weg, nämlich die Gerade (in der euklidischen Geometrie), auch in der kürzesten Zeit zurückgelegt.

Dagegen variiert die Lichtgeschwindigkeit in verschiedenen Medien. Da z. B. die Lichtgeschwindigkeit im Wasser geringer ist als in der Luft, wird ein schräg einfallender Lichtstrahl auf einer Wasseroberfläche so gebrochen, daß er im Wasser steiler abwärts läuft als vorher in der Luft. Die gerade Linie, die die Lichtquelle in der Luft mit dem Boden des Wasserbehälters verbindet, ist zwar wieder der geometrisch kürzeste Weg, aber nicht mehr derjenige, der in der kürzesten Zeit zurückgelegt werden kann. Das Licht braucht weniger Zeit, wenn es die längere Strecke in der Luft, also schneller durchläuft, und dafür auf dem steileren und daher kürzeren Weg durch das nur langsam zu durchquerende

Wasser geht. Das Fermatsche Prinzip wählt also aus möglichen Welten mit geometrisch denkbaren Wegen eine optimale mit minimalem Zeitverbrauch der Wegstrecke aus. Man spricht daher auch von einem Extremalprinzip, weil eine Lösung mit einem Extremwert (Maximum oder Minimum) ausgewählt wird.

Diese Analogie der Natur mit nach Zielen und Zwecken handelnden Menschen suggeriert eine *teleologisch* bestimmte Welt, in der Bewegungsabläufe auf optimale Ziele und Zwecke ausgerichtet sind. Mathematisch ist aus einer unendlichen Variation von Bewegungsfunktionen diejenige auszuwählen, die bestimmte *Optimalforderungen*, d. h. Maximum- oder Minimumeigenschaften erfüllen. Man spricht deshalb auch von Variationsaufgaben. Nach Entwicklung der Differential- und Integralrechnung konnten solche *Variationsaufgaben* in großem Stil angegangen werden.[12]

Typisch ist, daß Leibniz in diesen verschiedenen Aufgaben nach einem allgemeinen Prinzip sucht. Dabei entdeckt er das mechanische Prinzip von der kleinsten Aktion, das der Anlaß für den späteren Krieg der Gelehrten sein wird: „Immer gibt es in den Dingen ein Prinzip der Bestimmung", schreibt er in „De rerum originatione radicali", „welches vom Maximum oder Minimum hergenommen ist, daß nämlich die größte Wirkung hervorgebracht werde mit dem kleinsten Aufwand sozusagen. Und hier muß Zeit, Ort, um es mit einem Worte zu sagen, die Empfänglichkeit oder Aufnahmefähigkeit für den Aufwand gehalten werden ... Hieraus ist schon wundervoll zu ersehen, wie im Ursprung der Dinge eine gewisse göttliche Mathematik und ein metaphysischer Mechanismus wirkt und eine Bestimmung des Maximums stattfindet."[13]

Daß es sich hierbei um ein *Variationsprinzip* handelt, daß also der entsprechende Integralausdruck Extremalwerte (Maxima bzw. Minima) annehmen kann, äußert er in einem Brief an J. Hermann (1708): „Die Aktion ist nicht das, was Sie denken, die Berücksichtigung der Zeit ist ihr unumgänglich; sie ist wie das Produkt aus Masse, Strecke und Geschwindigkeit oder aus Zeit und lebendiger Kraft. Ich habe bemerkt, daß sie in den Bewegungsänderungen ständig zum Maximum oder zum Minimum wird. Man kann daraus mehrere Verhältnisse von großer Bedeutung ableiten; sie könnte dazu dienen, die Kurven zu bestimmen, die Körper beschreiben, die zu einem oder mehreren Zentren hingezogen werden."[14]

Für theologisch gestimmte Gemüter des 17. und 18. Jahrhunderts lag es nun allzu nahe, hinter den Variationsproblemen der Natur eine göttliche Instanz zu vermuten, die unter vielen mathematisch denkmöglichen Lösungen gerade diejenige aussucht, die optimale Eigenschaften realisiert. Die Natur scheint dann auf die Realisierung optimaler Zwecke angelegt. Leibniz selber ist auch hier wieder wesentlich vorsichtiger als seine späteren Nachfolger.

Für ihn sind nämlich die *kausale* Analyse des Physikers und die *finale* Betrachtungsweise des Metaphysikers und Theologen nur zwei verschiedene Sichten der Welt, die sich nicht widersprechen, aber ergänzen können, jedenfalls nicht miteinander verwechselt werden dürfen.[15] Der Weg des Lichtstrahls oder des geworfenen Steines läßt sich nämlich kausal und vollständig durch das *Prinzip vom zureichenden Grund* verstehen: Aufgrund der Nebenbedingungen und den Gleichungen der Variationsaufgabe sind die entsprechenden Bahnkurven eindeutig und vollständig determiniert. Ein Eingriff von außen in die Natur ist also nicht erforderlich. Die Natur erscheint dann als ein sich selbst optimierendes mechanisches System. Andererseits läßt sich hier in Analogie mit handelnden Personen eine zweckmäßige Organisation der Natur herauslesen. Man denke an einen Uhrmacher, der sein Uhrwerk sowohl kausal als auch final beurteilen kann. Er richtet die Teile des Uhrwerks gerade so ein, daß sie aufgrund ihrer mechanischen Eigenschaft den jeweiligen Zweck von selbst erfüllen. So gibt es nur für Gott keinen Unterschied zwischen der Kausalität und Finalität des Weltablaufs. Wir Menschen bleiben auf diese Unterscheidung angewiesen.[16]

Von einer Natur, die auf mathematische Optimalität angelegt ist, scheint es nur ein kleiner Schritt zu einer moralischen Welt zu sein, die auf *moralische Optimalität* angelegt ist. Die Analogien liegen auf der Hand. Das Extremum bzw. Optimum, das erreicht werden soll, ist das Gute. Es muß seinen Weg in den unterschiedlichen „Medien" des Übels, Lasters und Unglücks dieser Welt suchen („variieren"). Das moralische Handeln ist analog wie der Weg des Lichtstrahls auf ständige Güterabwägung angewiesen: Um letztlich doch das Gute zu erreichen, müssen kleinere Übel, Verzögerungen und Umwege in Kauf genommen werden. „Le mal est comme les ténèbres" (Das Böse ist wie die Finsternis.).[17]

An welchem Leitfaden sollen wir uns aber bei unseren Entscheidungen orientieren, wenn sie nicht bloße Willkürakte bleiben sollen? Hier ist die Antwort von Leibniz völlig eindeutig: An die *Vernunftgesetze* sollen wir uns halten, insbesondere an das oberste Prinzip vom zureichenden Grund, wonach nichts in der Welt ohne Grund geschieht. Daher muß eine gute Entscheidung begründet sein.

Für Gott steht zwar unter Ewigkeitsgesichtspunkt die Lösung des Guten ebenso fest, wie die physikalischen Bewegungsabläufe determiniert sind. Wir Menschen haben jedoch im komplizierten Geflecht der kleineren und größeren Übel dieser Welt Güterabwägungen zu treffen, um unter den gegebenen Bedingungen die optimale moralische Lösung zu finden, so wie der Physiker für seine Extremalaufgaben Maxima oder Minima zu berechnen hat. Darin besteht unsere *Freiheit*.

Nochmals: Ein richtiger Gebrauch der Freiheit liegt im Sinne von Leibniz dann vor, wenn unsere Entscheidungen begründet und vernunftgeleitet sind. Gott hat also unter den vielen denkmöglichen Welten diejenige realisiert, deren Gesetze dem Menschen die Freiheit geben, sich moralisch optimal entscheiden zu können. Genau und nur deshalb ist sie nicht nur physikalisch, sondern auch moralisch die beste aller Welten.

### 5. Die Schlacht von Sanssouci: Aufklärung kontra Theodizee

Was nun zu schildern ist, bedeutet auch ein Lehrstück in Sachen Wirkungsgeschichte der Philosophie. Nicht die differenzierten und abgewogenen Überlegungen von Leibniz werden seine Nachwirkung im 18. Jahrhundert bestimmen. Das ist erst späteren wissenschafts- und philosophiehistorischen Analysen zu verdanken. Was den Erfolg des Bestsellers „*Theodizee*" im Barockzeitalter ausmachte, wurde ihm in der beginnenden Aufklärung zum Verhängnis. Der vermeintliche Kulturoptimismus der Theodizee verkam zu einem Pappkameraden, auf den man sich trefflich einschießen konnte.

Nach seiner Thronbesteigung 1740 hatte Friedrich II. einen französischen Gelehrten zum Präsidenten der von Leibniz und seiner Großmutter gegründeten Akademie berufen. Pierre Moreau de Maupertuis war ein Mann nach dem Geschmack des Königs – geistreich, selbstbewußt, umschwärmt in den Pariser Salons, als er sich nach seiner Lapplandexpedition als Triumphator feiern ließ, der mit der nachgewiesenen Abplattung der Erdpole die Newtonsche Gravitationstheorie bestätigt und die cartesische widerlegt hatte.

Entscheidend für seinen Berliner Erfolg als Präsident war aber, daß sich Maupertuis als geschickter Wissenschaftsmanager erwies, der 1748 seinem König melden konnte: „Unsere Chemiker übertreffen alle Chemiker Europas; unsere Mathematiker können es mit denen aller Akademien aufnehmen." Zudem teilte der Präsident die Prinzipien der *friderizianischen Forschungspolitik*, die mehr Sinn für das Nützliche hatte („Technologietransfer" würde man heute sagen) und „schwierige Bagatellen", wie Maupertuis seiner Akademie zu verstehen gab, nicht schätzte. Damit waren wohl vor allem rein theoretische Probleme der Infinitesimalrechnung und Mechanik gemeint. Und genau auf diesem Feld sollte ihn sein Schicksal ereilen.

In verschiedenen Untersuchungen zur Mechanik seit 1740 hatte Maupertuis Leibnizens Aktionsmenge angewendet und war immer auf Minimagrößen gestoßen. Das reichte ihm, um 1746[18] sein universales *Prinzip der kleinsten Aktion* zu formulieren. „Tritt in der Natur irgendeine Änderung ein, so ist die für diese Änderung notwendige Aktionsmenge die kleinstmögliche."

Dieses Extremalkriterium, sofern es denn universelle Geltung haben sollte, interpretierte Maupertuis als großes Spargesetz der Natur, eine Art Weltformel, der Stein der Weisen, mit dem er sowohl die Planetenbewegungen als auch das Wachsen der Pflanzen und Tiere erklären wollte. Offenbar zeigt sich hier, so argumentiert Maupertuis, ein zielorientiertes Handeln der Natur, das sich am Zweck optimaler Sparsamkeit orientiere.

Neben den mathematischen Mängeln[19] ist hier die *philosophisch-theologische Deutung* wichtig, mit der Maupertuis sein Prinzip verband. Er interpretiert nämlich die teleologische Formulierung des Extremalprinzips *naturalistisch* und nicht methodisch oder heuristisch wie Leibniz. Für ihn sind die Zweckursachen ein Thema der Physik. Für Leibniz sind die Zweckursachen Begriffe der Metaphysik, mit denen sich gleichwohl Naturabläufe besser verstehen lassen, obwohl prinzipiell im Kontext der Physik das Kausalprinzip ausreicht.

So läßt sich eben, um noch einmal auf das Leibnizsche Beispiel zurückzukommen, der Funktionsablauf eines Uhrwerks vollständig kausal mit den Gesetzen der Mechanik erklären, obwohl gleichzeitig jeder Teil bestimmte Zwecke erfüllt und so auch vom Uhrmacher eingerichtet wurde, um schließlich uns die Zeit anzuzeigen.

Den *Naturalismus* und *Physikalismus* seiner *Theologie* überträgt Maupertuis auch auf die Moralphilosophie. In seinem „*Essai de philosophie morale*"[20] werden „plaisir", „peine", „bien", „mal", „bonheur", „malheur" empirisch auf die Wahrnehmung entsprechender Empfindungen zurückgeführt, um dann mit einer Pseudo-Algebra (z. B. „bonheur = somme des biens qui restent, après qu'on a retranché tous les maux") ein Prinzip der kleinsten Aktion als Gesetz der moralischen Natur des Menschen auszuzeichnen. Gegen diese Art von naturalistischer Theodizee richten sich Voltaires Angriffe z. B. im „*Candide*".

Demgegenüber argumentiert Leibniz methodisch mit seinem Prinzip des zureichenden Grundes, das als Vernunftprinzip allen Naturgesetzen übergeordnet ist. Dieses *Vernunftprinzip* läßt eine kausal-physikalische und eine teleologische Betrachtungsweise der Natur zu. Gott ist keine physikalische Größe wie Zeit, Raum, Masse, Kraft und kann deshalb auch nicht physikalisch bewiesen werden. Die Vernunft (nicht die Natur) ermöglicht uns aber auch, Naturabläufe teleologisch mit Zweckursachen zu deuten.

Vollends abwegig wäre aber nach Leibniz eine naturalistische Begründung der Moral. Vom moralischen Standpunkt ist die Welt die beste aller denkbaren, da ihre Gesetze dem Menschen die Freiheit ermöglichen, sich begründet unter den jeweiligen Umständen entscheiden zu *können,* und nicht weil die moralische Natur des Menschen bereits optimal *ist.* Der Mensch hat also in dieser Welt die Möglichkeit, sie in die beste aller denkbaren zu verwandeln.

Den ersten Angriff erfährt Maupertuis von einer Seite, von der er es am wenigsten vermutet hatte, nämlich von einem Gelehrten, der in seiner Karriere von ihm maßgeblich gefördert wurde. Gemeint ist der Schweizer Mathematiker und Philosoph Samuel Koenig (1712–1757).[21]

Sein „Helvetischer Freimut" sollte ihm in Berlin zum Verhängnis werden, als er nämlich Maupertuis eine Arbeit zeigte, in der dessen „Weltformel" kritisiert wurde. Dabei lag Koenig jeder Argwohn und jeder Provokationsversuch fern. In sachlich moderatem Ton trägt er eine mathematische und eine historische Kritik vor. Mathematisch wird gesagt, daß Maupertuis' „Extremalprinzip" nicht nur Minimum-, sondern auch Maximumwerte annehmen kann. Damit war die philosophisch-theologische Spekulation von Gottes großem Spargesetz der Natur erledigt. Historisch-kritisch macht Koenig gegen Ende seiner Arbeit in aller Bescheidenheit darauf aufmerksam, daß dies alles bereits Leibniz gewußt habe und zitiert die Briefstelle von Leibniz (16. Oktober 1708) an J. Hermann (s. o.).

Maupertuis, durch Koenigs Hinweise beleidigt, war an einer sachlichen Auseinandersetzung nicht interessiert und gab die Arbeit ungelesen zurück. Daraufhin veröffentlichte sie Koenig im Märzheft 1751 der „*Nova Acta Eruditorum*".[22] Empfindlich getroffen zeigte sich Maupertuis durch den Hinweis auf Leibniz, den er zum Plagiatvorwurf aufbauschte. Damit war der Casus belli gegeben. Maupertuis, der sich als zweiter Newton fühlte, glaubte erneut gegen Leibniz antreten zu müssen, der durch diesen undankbaren Schweizer nun ein zweites Mal den Newtonianern eine universelle Entdeckung streitig machen wollte. Alle von Koenig, der Akademie und den preußischen Gesandtschaften (im Auftrage Friedrichs) angestellten Nachforschungen nach dem Original blieben erfolglos. Daraufhin erklärte die preußische Akademie auf Betreiben ihres Präsidenten am 13. April 1752 den Brief von Leibniz an Hermann für eine Fälschung. Nur dank der besonderen Milde des Präsidenten, hieß es im Schluß der Erklärung, solle gegen Koenig nicht weiter vorgegangen werden, obgleich man dazu das Recht hätte. Damit wiederholt sich ein ähnliches Urteil, wie es vierzig Jahre zuvor von der Royal Society in London gegen Leibniz auf Betreiben von Newton ausgesprochen worden war.

Wie alle Kriege gewinnt auch diese Auseinandersetzung eine verhängnisvolle Eigendynamik. Der sachliche Kern von Koenigs Kritik, nämlich der mathematische Hinweis auf die Möglichkeit von *Maxima,* spielt überhaupt keine Rolle mehr. Es geht nur noch um Macht, Einfluß, Ansehen, Eitelkeit, kurz das Allzumenschliche, bei dem Wissenschaft zum bloßen Deckmantel degradiert. Die „öffentliche Meinung" wurde mobilisiert.

Der Präsident schien sich in seiner Akademie bereits auf Rundumverteidigung einzurichten. Da meldete sich ein angesehener Bundesgenosse zu Wort. Neben Friedrich, seinem König und Herrn, der loyal zu Maupertuis stand, trat der König der Mathematik, Leonard Euler, der in mehreren Abhandlungen der Berliner Akademie voll des Lobes für das „Maupertuissche Prinzip" ist und in seinen Angriffen gegen Samuel Koenig immer schärfer wird. Euler, der wohl als erster die mathematischen Schwächen der Maupertuisschen Formulierung erkannt haben müßte, erklärt sogar, daß seine eigenen (richtigen) Arbeiten auf dem Gebiet[23] eine Anwendung des „Maupertuisschen Prinzips" seien und „ihm die Priorität nicht streitig machen".

Euler war ein strenggläubiger und frommer Mann,[24] für den die Worte der Offenbarung über jeden Zweifel erhaben waren. Er war das, was man heute einen „praktizierenden Christen" nennt, ein engagiertes Mitglied seiner Kirchengemeinde. Er hing nicht dem Gott irgendeines Philosophen an, sondern dem in der Schrift geoffenbarten. Daher konnte es auch für ihn keinen Konflikt geben zwischen der *Religiosität* seines praktisch-sittlichen Lebens und seinem *Beruf als Mathematiker.* Mit aller Schärfe wandte er sich daher gegen die Wolffianer,[25] die die Vernunft als höchsten Richter auch in moralischen Dingen propagierten.

Mit Euler hatte Maupertuis zwar einen treuergebenen und hochangesehenen, aber im politisch-intellektuellen Ränkespiel unerfahrenen Verbündeten. Das sollte sich bald schon zeigen, als der gefährlichste Gegner auf dem Streitfeld erschien, der Hohepriester der Aufklärung höchstpersönlich – Voltaire. Daß dieser von Neid und Rache gegen den erfolgreichen Maupertuis getrieben war, steht außer Frage. Maupertuis brillierte in der Tafelrunde von Sanssouci und stellte Voltaire zeitweise in den Schatten; er wurde Präsident der Berliner Akademie, Voltaire nicht; er wurde Mitglied der Pariser Akademie, Voltaire nicht. Eine populärwissenschaftliche Publikation von Maupertuis im Herbst 1752 bot Voltaire eine willkommene Gelegenheit zur Abrechnung. In dieser Schrift beschäftigte sich Maupertuis mit allen möglichen Fragen philosophischen, literarischen, naturwissenschaftlichen, medizinischen und sonstigen Inhalts, wie sie teilweise oder vergleichsweise ähnlich naiv auch in modernen Illustrierten von renommierten Wissenschaftlern abgehandelt werden.

In einer satirischen Schrift „*Diatribe du Docteur Akakia, médicin du Pape*" ließ Voltaire den Kranken von St. Malo, Maupertuis' Geburtsort, vom Hochmut kurieren. Friedrich der Große, dem Voltaire diese Schrift vorlas, amüsierte sich königlich, ließ aber den Druck verbieten, um die Akademie und seinen Präsidenten vor öffentlichen Diskreditierungen und persönlichen Verleumdungen zu schützen. Da in Berlin kein Buch ohne königliche Druckerlaubnis erscheinen durfte, benutzte Voltaire frech die Allerhöchste Erlaubnis für eine andere Schrift, um seinen „*Doktor Akakia*" drucken zu lassen. Friedrich war um so erboster, als Voltaire alles ableugnete. So kam der Tag, an dem die Haßschrift des Dichters öffentlich von Henkershand verbrannt wurde.

Bei all den effektvollen und publikumswirksamen Angriffen auf Maupertuis darf man nicht vergessen, daß im Brennpunkt von Voltaires Spott der „*Essai de Cosmologie*" steht. Damit sind wir bei dem sachlichen Kern von Voltaires Argument angelangt. Einer der größten Bucherfolge des 18. Jahrhunderts kann als literarische Frucht des Gelehrtenkrieges an der preußischen Akademie gewertet werden. Gemeint ist der in Genf ohne Angabe des Herausgebers erschienene Roman „*Candide oder Der Optimismus*".[26] Dieses kleine Buch, das Voltaire 1758 in wenigen Wochen niedergeschrieben hatte, war ein Verkaufsphänomen und eine Provokation zugleich: Es wurde als die skeptische Antwort der *Aufklärung* auf den *Kulturoptimismus* des vergangenen Barockzeitalters verstanden, der mit der Leibnizschen Lehre von der prästabilierten Harmonie und seiner Theodizee verbunden war.

Die Leiden des jungen Candide in der weiten bösen Welt voller Kriege, Krisen und Kabalen machten jede Erfolgseuphorie lächerlich. Am Ende bleibt nur der Mensch als Kreatur mit individuellem Anspruch auf Selbstbehauptung in einer (und zwar nur dieser einen realen) Welt, in der kein Gott und keine Autorität helfen. Das klingt auch heute alles sehr modern, Aufklärung blitzt auf, und am Horizont wetterleuchtet die Revolution. „*Candide*" ist eine brillante Kulturkritik, trifft den Ton der Zeit. Die Metaphysik der Leibnizschen Theodizee wird jedoch nicht mehr verstanden.

Kurz vor seinem Tod schreibt Voltaire dem alten König: „Wer seine Ländereien verbessert, unbebautes Land urbar macht und Sümpfe austrocknet, gewinnt der Barbarei Boden ab." Friedrich schickt als Neujahrsgeschenk eine Voltairebüste auf den Landsitz des Philosophen am Genfer See. Auf dem Sockel steht: „Vir immortalis". Im letzten Gruß an den König schreibt Voltaire am 1. April 1778: „So ist es also wahr, Sire, daß sich die Menschen schließlich doch aufklären lassen und daß diejenigen, die dafür bezahlt werden, sie blind zu machen, nicht immer in der Lage sind, ihnen das Licht zu nehmen! Sie haben die Vorurteile besiegt, wie Sie Ihre Feinde besiegt haben. Leben Sie länger als ich, damit Sie das Reich, das Sie begründet haben, befestigen können. Möge Friedrich der Große der Unsterbliche sein!"

Voltaire starb am 30. Mai desselben Jahres in Paris. Als die Pariser Geistlichkeit ihrem toten Gegner ein kirchliches Begräbnis versagte, ordnete Friedrich ein feierliches Seelenamt in der Berliner Hedwigskathedrale an. Die gesamte Akademie nahm am Gottesdienst teil.

Samuel Koenig und Maupertuis haben sich von ihrem Streit nie mehr erholt. Koenig starb 1757 in Holland, Maupertuis zwei Jahre später in der Schweiz. Im Unterschied zu Voltaire hat Maupertuis mit seiner Kirche öffentlich seinen Frieden gemacht. Die Basler Behörden gestatteten ihm in seiner Todesstunde den Beistand eines Kapuziners. Maupertuis wurde in der katholischen Nachbargemeinde Dornach beigesetzt, wo noch heute die Grabtafel zu sehen ist.

### 6. Nachhutgefechte: Gottesbeweise und Naturwissenschaft

Nachdem der Pulverdampf von Sanssouci verflogen war, nahmen sich die Mathematiker des Prinzips der kleinsten Aktion an. Im *„Additamentum II"* von Eulers *„Methodus inveniendi"* findet sich eine korrekte Formulierung des Prinzips. Obwohl Euler derselben teleologisch-theologischen Naturmetaphysik anhängt wie Maupertuis, wonach Naturabläufe sowohl aus den wirkenden Ursachen wie aus dem Endzweck erklärt werden können, ist Metaphysik für Euler im Rahmen der Mathematik nur ein heuristischer Hintergrund: Seine teleologische Betrachtungsweise der Natur führt ihn zu der Hypothese, daß jede Naturerscheinung ein Extremum darbietet. Welcher Art dieses Extremum ist, ob Maximum oder Minimum, kann jedoch nicht durch Metaphysik, sondern nur durch Mathematik und Mechanik entschieden werden. Diese methodische Trennung von Metaphysik als Heuristik von der mathematischen Methode hat Maupertuis nicht beachtet und kam daher zu seinen fehlerhaften spekulativen Ergebnissen. Gegenüber Leibniz sind also die Argumente von Maupertuis methodisch und in der Sache ein Rückschritt.

Auf dem Höhepunkt der deutschen Aufklärungsphilosophie werden die *Gottesbeweise* in I. Kants *„Kritik der reinen Vernunft"* einer kritischen Analyse unterzogen. Es geht Kant nicht darum, die Existenz Gottes zu widerlegen oder als unsinnige Frage abzutun. Ganz im Gegenteil! Es geht darum, die Frage nach Gott als mit logischen, mathematischen und naturwissenschaftlichen Methoden nicht beantwortbar zu erklären, ihr aber gleichzeitig einen neuen moralisch-praktischen Stellenwert zuzuweisen. Zunächst einmal ergibt sich nach Kant die Idee eines absoluten Gottes mit omnipotenten Eigenschaften notwendig, wenn man die Denkkategorie der Wechselwirkung nicht mehr auf einzelne Erfahrungsgegenstände, also physische Körper der Physik, beschränkt, sondern von der totalen Wechselwirkung aller Gegenstände des Denkens überhaupt spricht. Diese Totalität ist also eine notwendige Idee der Vernunft, auf die alle Menschen aufgrund ihrer Denkkategorien stoßen, der aber kein Erfahrungsgegenstand im Sinne der Naturwissenschaft entspricht. Anders ausgedrückt: Der Begriff ,Gott' ist in keiner physikalischen Theorie, so wie Raum, Zeit, Masse, Energie etc., definiert. Damit ist natürlich nicht ausgeschlossen, daß Gott im Sinne religiöser Erfahrung einer Offenbarungsreligion gewissermaßen unter religiösen Kategorien „erfahrbar" ist. Die Frage ist jedoch logisch, mathematisch und naturwissenschaftlich nicht entscheidbar.

Die traditionellen Gottesbeweise entlarvt Kant daher als „dialektischen Schein". So glaubt der *ontologische* Gottesbeweis,[27] die Existenz Gottes durch eine logisch-analytische Argumentation begründen zu können. Gott, so lautet die erste Prämisse, ist per definitionem ein vollkommenes Wesen. Die zweite Prämisse stellt durch Analyse der Eigenschaft „vollkommen" fest, daß dazu neben vielen anderen Teileigenschaften wie „allgütig", „allmächtig" etc. auch „existent" gehört. Also wird logisch geschlossen, daß Gott dann auch existieren muß.

Kant argumentiert gegen diesen „Beweis" ähnlich wie später der Logiker Gottlob Frege. Existenz ist keine Eigenschaft eines Gegenstandes unter vielen. Man kann einen Gegenstand x dadurch definieren, daß man ihm in Form einer expliziten Definition viele Eigenschaften $P_1, P_2, \ldots, P_n$ zuspricht, also z. B.: $xeP$ genau dann, wenn $xeP_1$ und $xeP_2$ und $\ldots xeP_n$. Diese Definition kann sogar widerspruchsfrei sein. Ob es aber ein x mit der Eigenschaft P gibt, ist eine zweite Frage. Logisch gesprochen ist Existenz in der Tat eine Eigenschaft zweiter Stufe, die Eigenschaft nämlich der Eigenschaften erster Stufe $P_1, P_2, \ldots, P_n$, wenigstens ein gemeinsames Element x zu besitzen. Dieser Existenzbeweis muß also zusätzlich zur Definition geführt werden. Existenz ist für Kant im Rahmen der Erfahrungskategorien, genauer gesagt, der von Wahrnehmung und Experiment, prüfbar. Eine transzendentale Vernunftidee überschreitet den Bereich möglicher Erfahrungsgegenstände. Vernunftideen haben daher eine andere Aufgabe als Erfahrungskategorien. Eine Vernunftidee kann keine Erfahrungsgegenstände konstituieren wie in der Physik. Sie soll vielmehr Werte postulieren, an denen wir unser Denken und Handeln orientieren können wie in der Ethik.

Auch der *kosmologische* Gottesbeweis[28] ist nach Kant ein Beispiel für einen „dialektischen Schein". In der ersten Prämisse wird mit dem Satz vom Grund der Schluß vorausgesetzt: Wenn etwas existiert, so muß auch ein absolut notwendiges Wesen als Grund existieren. Nach der zweiten Prämisse existiert etwas, nämlich auf jeden Fall „ich", also existiert Gott. Kant macht darauf aufmerksam, daß der Satz vom Grund, der für jeden Tatbestand einen erfahrbaren Grund fordert, in der ersten Prämisse des kosmologischen Gottesbeweises die Anwendung auf Erfahrungsgegenstände überschreitet und einen letzten absoluten Grund fordert, obgleich nur relative Gründe gefolgert werden können, die wiederum bedingt sind etc.

Sympathie zeigt Kant für den *physiko-theologischen* Gottesbeweis,[29] dem ein teleologischer Schluß zugrunde liegt. Analog einer Uhr, die nicht nur nach kausalen Ursachen funktioniert, sondern auch für bestimmte Ziele und Zwecke konstruiert wurde und daher auf einen Uhrmacher schließen läßt, können auch in der Natur Harmonie und Zwecke ausgemacht werden, die auf einen Schöpfer schließen lassen. Ziele und Zwecke sind allerdings keine Erfahrungskategorien. Man unterstellt vielmehr der Natur wie einem handelnden Wesen, „als ob" sie nach Zielen und Zwecken funktioniere. Daher erweist sich auch dieser Gottesbeweis als „dialektischer Schein".

Kant wird in seiner „Kritik der Urteilskraft"[30] den Unterschied zwischen *teleologischer* und *kausaler* Betrachtung der Natur klären. Aus einer ontologischen Naturteleologie wird eine heuristisch-zweckmäßige Methode zum Finden von Gesetzen oder zur anschaulichen Modellbildung. Zur Erklärung der Naturabläufe reichen die Kausalgesetze der Physik aus. Welche Funktion hat dann aber die Idee Gottes? Sie wird zu einem praktisch-moralischen Postulat der Vernunft, die Idee eines höchsten Guten, an dem wir unser Denken und Handeln orientieren müssen.

Auch physikhistorisch verliert das Extremalprinzip in der Zeit Kants seine metaphysische Bedeutung. Ein universales Extremalprinzip der Mechanik liefert Lagrange mit seinem Variationskalkül. Jetzt geht es formal nur noch darum, ein Integral zu finden, dessen Variation gleich Null gesetzt, die Bewegungsgleichungen der Mechanik liefert. Damit ist aber das Leibniz-Maupertuissche-Eulersche Prinzip nur noch ein mathematisch zweckmäßiger analytischer Kalkül, mit dem sich Bewegungsprobleme der Mechanik besonders elegant lösen lassen. Heute werden Variationsmethoden nicht nur in der Mechanik, sondern mit großem Erfolg auch in anderen Disziplinen der Physik wie z. B. Elektrodynamik und Quantenmechanik angewendet.[31]

Damit hat sich aber der metaphysische Dampf, der sich bei der Diskussion der Extremalprinzipien angesammelt hatte, in der dünnen Luft mathematischer Abstraktion verflüchtigt. Am Ende sieht es also so aus, als hätte die kritisch sich selbst aufklärende Vernunft nur noch eine zweckmäßige mathematische Formel übriggelassen. Wo bleibt die von Kant erwähnte Naturanlage des Menschen zur *Metaphysik?*

Sie hatte und hat sich mittlerweile anderen Projekten der Wissenschaft zugewendet. Wir könnten einen Fortsetzungsroman des Krieges von Sanssouci nur mit anderen Personen und anderen Themen schreiben. Im 19. Jahrhundert ist es *Darwins Evolutionstheorie,* die das metaphysisch-spekulative Interesse der Menschen auf sich zieht. Die Metaphysik jenes Jahrhunderts, die sich mit der Naturevolution verbindet, ist aber weniger religiös als vielmehr materialistisch und atheistisch gestimmt.[32] Man denke nur an die materialistisch-atheistischen Spekulationen in E. Haeckels „ *Welträtseln* ". Die universalen Thesen, daß es keinen Gott gibt, daß der Mensch „nur" aus „Stoff" besteht, ist natürlich ebensowenig more geometrico oder more algebraico aus physikalischen Gesetzen ableitbar wie seinerzeit die Existenz Gottes.

Die Geschichte wiederholt sich in der jüngeren Diskussion um die *Quantentheorie*. Auch in diesem Zusammenhang wieder Spekulation um die Existenz Gottes, die Freiheit des Menschen oder eine alleinseligmachende Materie. Nicht nur die Standpunkte, auch – man möchte sagen – dieselben Personen, nur mit anderer Maske, treten wieder auf. In der Diskussion um die Quantentheorie vertritt z. B. M. Planck die Position von Euler. Als Mitglied seiner Kirche bejahte Planck wie Euler einen Gottesglauben im religiös-praktischen Leben, kritisierte aber gleichzeitig eine Pseudo-Metaphysik, die aus der Quantentheorie Gottesbeweise zu folgern versuchte. Im Sinne von Kants praktischer Philosophie nimmt Planck auch keinen Gegensatz zwischen dem Determinismus der physikalischen Welt und der Willensfreiheit des Menschen an, die sich am Sittengesetz des Kategorischen Imperativs zu orientieren hat. Hier wird – analog zu Euler – eine religiös-moralische Gesinnung deutlich, die sich bei beiden in einem geradlinigen und unbeirrbaren praktischen Handeln zeigte und ihre jeweilige moralische Autorität begründete.[33]

Auch in der modernen biologischen Grundlagendiskussion meldet sich die „metaphysische Naturanlage" des Menschen wieder zu Wort. Es war Leibniz, der die Auffassung vertrat, wonach die Natur insgesamt, also auch die Welt der lebenden Organismen, mithin die Biologie durch Optimierungsverfahren bestimmt sei. Dieser Gedanke gewinnt unter den Voraussetzungen der heutigen Physik und Evolutionstheorie neue Aktualität.

Die Evolution des Lebens als gigantischer *Optimierungsprozeß* in einer ansonsten auf Tod und Zerfall angelegten Natur – diese Konsequenzen naturwissenschaftlicher Theorien haben die „metaphysische Anlage" des Menschen erneut herausgefordert. Hier kann nur an verschiedene Interpretationen erinnert werden. So interpretiert von christlicher Seite Teilhard de Chardin den Optimierungsprozeß als „Erlösungsvorgang" der Materie von den Molekülen über den Menschen bis zur reinen Geistessphäre.[34] Demgegenüber betont J. Monod den Zufallscharakter dieses Optimierungsverfahrens am Rande des Universums, unwichtig, ohne Bedeutung, der Mensch als zufällig ins

Dasein geworfene Kreatur, am Ende der Zerfall.[35] M. Eigen, wie Monod Nobelpreisträger, betont die Naturgesetzlichkeit der Evolution. Für *ethische* und *moralische* Haltungen gebe sie nichts her: „Eine Ethik – so sehr sie mit Objektivität und Erkenntnis im Einklang sein muß – sollte sich eher an den Bedürfnissen der Menschheit als am Verhalten der Materie orientieren."[36]

Das Sollen ist nicht aus dem Sein ableitbar, sagt der Philosoph. Die Autonomie des Menschen gegenüber der Natur oder – christlich gewendet – die Würde der Person als Ebenbild Gottes läßt sich nicht aus Naturgesetzen ableiten. So schreiben die Evolutionsgesetze nur vor, daß sich etwas in einer bestimmten Richtung vollzieht, nicht aber wie es im einzelnen geschieht. Die modernen Technologien von der Computer- bis zur Gentechnologie geben uns schon heute die Möglichkeit, diesen Entwicklungsprozeß mitzubestimmen. Auf welche Ziele diese Entwicklung gelenkt werden soll, ob überhaupt bestimmte Entwicklungen von uns eingeleitet werden sollen, folgt aus keiner naturwissenschaftlichen Theorie. Das sind *ethische, religiöse* und *gesellschaftliche* Fragen. Erst ihre methodische Unterscheidung ermöglicht die gegenseitige Achtung, Toleranz und Bescheidenheit, die das Verhältnis von Naturwissenschaft und Religion nach der Aufklärung bestimmen sollten.

*Hermann Lübbe*
# Nach der Aufklärung. Über den kulturellen Bedeutsamkeitsverlust wissenschaftlicher Weltbilder

Der kulturelle und politische Ort der Wissenschaften verändert sich gegenwärtig in dramatischer Weise. Das hat viele Gründe, und jedes aufgeweckte Fernsehkind würde als einen dieser Gründe sogleich die ökologischen Folgen angewandter und so genutzter Wissenschaften namhaft machen können. Ich möchte, statt dessen, auf einen anderen Grund für den kulturellen Geltungswandel der Wissenschaften aufmerksam machen. Dieser Grund wirkt subtiler, aber nichtsdestoweniger nachhaltig. Ich kennzeichne ihn als den kulturellen Bedeutsamkeitsverlust wissenschaftlicher Weltbilder. Anders ausgedrückt heißt das: Der kulturelle Aufregungswert wissenschaftlicher Weltbildrevolutionen nimmt ständig ab. Es sei noch hinzugefügt, daß es sich bei diesem Vorgang um die kulturelle Quintessenz erfolgreicher wissenschaftlicher Aufklärung handelt.

## 1. Eine preußische Szene

„Kultureller Bedeutsamkeitsverlust wissenschaftlicher Weltbilder": Diese Kennzeichnung bedarf zur Vergegenwärtigung ihres Sinns exemplarischer wissenschaftskulturgeschichtlicher Veranschaulichung. Ich schildere zunächst eine preußische Szene. Am 23. sowie am 26. Februar des Jahres 1883 fand in der Abgeordnetenkammer des Preußischen Landtags eine Haushaltsdebatte statt. Auf der Tagesordnung stand der Etat des Ministeriums der Geistlichen Unterrichts- und Medizinalangelegenheiten, Dauernde Ausgaben, Kapitel 119: Universitäten. Die Debatte verlief ungewöhnlich stürmisch. Grund der Erregung waren indessen nicht die Haushaltsansätze, ihre zu geringe oder ihre überzogene

Höhe. Das Skandalon war vielmehr, daß sich knappe vier Wochen zuvor ein preußischer Professor öffentlich zur Darwinschen Deszendenztheorie bekannt, ja sich erkühnt hatte, Darwin mit Kopernikus in eine Reihe zu stellen, was natürlich die Forderung einschloß, die mit dem Namen Darwins verbundene neueste wissenschaftliche Großrevolution sei konsequenterweise nun auch in die öffentlichen Unterrichtsprogramme von den Gymnasien bis zu den Universitäten curricular einzustellen.

Nun war freilich, in den achtziger Jahren, der Darwinismus auch in Deutschland wissenschaftskulturell längst rezipiert. Von Jena aus, das freilich nicht in Preußen lag, war weit über die Grenzen des Reichs hinaus vor allem die Stimme des berühmtberüchtigten Ernst Haeckel vernehmbar geworden. Schon 1868 war Haeckels „Natürliche Schöpfungsgeschichte" erschienen, die in wirksamer Wissenschaftskulturpropaganda bereits in ihrem Titel die Ablösung religiöser Wirklichkeitsorientierung durchs naturwissenschaftlich disziplinierte Weltbild zum Ausdruck gebracht hatte. Zu einschlägigen Reformen des Schulunterrichts hatte derselbe Ernst Haeckel wenige Jahre später, 1877, vor der Münchener Naturforscherversammlung aufgerufen. Kurz: Auch die deutsche kulturpolitische Öffentlichkeit stand seit langem schon unter dem Druck der Herausforderungen der Darwinistischen Weltbildrevolution.

Entsprechend gab es für die zweitägige Darwinismus-Debatte im Berliner Abgeordnetenhaus einen besonderen, speziell preußischen Anlaß. Die Sache war die: Das skandalöse öffentliche Bekenntnis zum Darwinismus war nicht in einem beliebigen unter den inzwischen zahlreich existierenden professoralen, zumeist von Medizinern und Biologen dominierten Freigeistzirkeln laut geworden, vielmehr in einer Institution, die mehr als jede andere die offizielle Wissenschaft in Preußen repräsentierte, nämlich in der Akademie der Wissenschaften. Überdies war das bei einer herausragenden Gelegenheit geschehen, nämlich bei der Stiftungsversammlung der Akademie, nämlich in ihrer Friedrichssitzung vom 25. Januar 1883. Es war in dieser Sitzung, daß ein rühmender, feiernder Nachruf auf Darwin gesprochen wurde, und zwar nicht von einem ehrgeizigen Jungakademiker, der

der Versuchung erlegen wäre, durch Provokation auf sich aufmerksam zu machen, vielmehr durch den langjährig amtierenden Sekretär der Akademie, der überdies Rektor der Friedrich-Wilhelms-Universität war und somit als Repräsentant der preußischen Hochschulwelt gelten konnte, nämlich durch Emil Du Bois-Reymond, den inzwischen weltberühmten Physiologen aus ursprünglich Neuenburger Familie. Im 19. Jahrhundert wurde man, wie angemessen, früher als heute im Durchschnitt üblich Akademiemitglied – Du Bois-Reymond bereits, durch Alexander von Humboldt gefördert, als Dreiunddreißigjähriger.

Die beiden modernsten Wissenschaftsbauten im damaligen Berlin waren das Physikalische Institut Hermann von Helmholtz' einerseits und das Physiologische Institut Emil Du Bois-Reymonds andererseits, „Paläste der Wissenschaft", wie man gesagt hat, und in der Tat begehrte und bewunderte Reiseziele von Wissenschaftlern aus der ganzen Welt.

Hinzu kam, daß Emil Du Bois-Reymond nicht nur als Spezialist, nämlich als Elektrophysiologe, fachinternes singuläres Ansehen besaß, vielmehr überdies als Mann der ganz und gar ungewöhnlichen Festrednerkompetenz Popularität sowohl bei Studenten wie beim gebildeten, lesenden Publikum. Daß ein Mann dieses Schlages, und darüber hinaus im institutionellen Sinn sozusagen wissenschaftsoffiziell, die Darwinsche Theorie zu einem konstitutiven Element des gegenwärtig kulturell maßgebenden Weltbilds erhoben hatte – das war es.

In der Tat: Du Bois-Reymond hatte seinen Nachruf auf Darwin keineswegs zögerlich und rücksichtsvoll gegenüber einer kulturellen Öffentlichkeit gesprochen, von der er wußte, daß sie sich durch den Darwinismus weltanschaulich provoziert fand. Du Bois-Reymond hatte ganz im Gegenteil seinen Nachruf unter den Titel „Darwin und Kopernikus" als eine Triumphgeschichte des Geistes moderner Wissenschaft stilisiert. Der Triumph, als dessen Feier er die Friedrichs-Sitzung nutzte, war der kulturelle und politische Triumph des Rechts der Curiositas, der Betätigung der freien wissenschaftlichen Neugier über alle vormaligen staatlichen oder sonstigen Bindungen dieser Neugier an Festschreibungen dessen, was nicht wahr sein dürfe.

Wissenschaftskulturgeschichtlich ist die fragliche Rede Du Bois-Reymonds ein Dokument der Spätaufklärung, ein Zeugnis der Wissenschaft auf dem Höhepunkt ihres kulturellen Selbstgefühls. Die wissenschaftskulturgeschichtliche Summe, die Du Bois-Reymond aus seinem Rückblick auf den Prozeß der Aufklärung zog, lautete im Zitat so: „Während das Hl. Offizium des Kopernikus Anhänger mit Feuer und Kerker verfolgt, ruht Charles Darwin in Westminster Abbey."

Ein heiliges Offizium, das auf Du Bois-Reymonds Provokation hätte reagieren können, gab es nicht mehr, wohl aber den christlich-nationalen „Reichsboten". Der hing die Sache an die große Glocke. Das griff Adolf Stöcker, damals Hofprediger zu Berlin, in seiner Eigenschaft als Landtagsabgeordneter auf. Zwar sei er, nämlich als Protestant, für die freie Wissenschaft. Aber andererseits lebe man hier in einem Land, wo die Menschen alles glauben, „was ein deutscher Professor lehrt", und das habe Du Bois-Reymond bedenken müssen. Die Deszendenztheorie widerspreche dem klaren Zeugnis des biblischen Schöpfungsberichts und dem Sinn des ersten Glaubensartikels. In diesem Widerspruch möge der Professor privatim leben, aber ihn doch nicht in staatlichen Einrichtungen der Wissenschaft kulturoffiziell machen.

In der Bekundung der Unvereinbarkeit wissenschaftlicher und religiöser Weltanschauung stimmten die Repräsentanten des Centrums, an ihrer Spitze Windthorst, mit Stöcker und seinem Anhang überein, nutzten freilich die Weltanschauungsdebatte überdies pragmatisch, indem sie den Auftritt Du Bois-Reymonds als Beweis der Fälligkeit nahmen, endlich neben den staatlichen Einrichtungen der Wissenschaft mit ihrem durch Du Bois-Reymond repräsentierten Geist auch „freie Universitäten" zuzulassen. „Freie Universität" – das sollte dabei natürlich heißen: Universität in nicht-staatlicher, nämlich kirchlicher oder kirchennaher Trägerschaft, an der dann eine Unterrichtung über den Darwinismus in anderer als apologetischer Hinsicht natürlich nicht mehr zugelassen sein würde.

Die fragliche Landtagsdebatte bietet noch eine ganze Reihe weiterer interessanter historischer Aspekte – von den Vermittlungsbemühungen des preußischen Kultusministers von Goßler bis hin zur nachsichtig-spöttischen Milde Virchows. Es kommt auf diese Aspekte hier nicht weiter an. Das Gesagte genügt zur Verschaffung eines historischen Hintergrunds, der uns im Kontrast unsere eigene wissenschaftskulturgeschichtliche Lage schärfer erkennen läßt. Was hat sich, insoweit, in den seither vergangenen einhundert Jahren geändert? Man erkennt das, wenn man sich folgendes klarmacht: Es ist unvorstellbar, daß in irgendeinem Parlament in freien, hochentwickelten Gesellschaften irgendwo in der Welt heute noch über zwei Tage hin mit Anzeichen der Erregung, ja der Empörung über wissenschaftliche Theoriebildungsvorgänge debattiert werden könnte. Wohlgemerkt: In ihren absoluten und relativen Dimensionen haben die materiellen Wissenschaftsaufwendungen einen historisch singulären Stand erreicht, und entsprechend hat auch das politische Gewicht einschlägiger Haushaltsberatungen zugenommen. Auch Nutzen und Nachteil, die wir vom Fortschritt der Wissenschaften erhoffen oder befürchten, sind heute wie nie zuvor Gegenstand öffentlichen Interesses. In genau diesem Sinne nimmt der Politisierungsgrad der Wissenschaftspraxis gegenwärtig zu und nicht etwa ab, und selbstverständlich schlägt das heute bis in parlamentarische Debatten hinein durch.

Aber noch einmal: Weder exorbitante Haushaltsansätze noch Relevanzfragen beschäftigten in der zitierten Darwinismus-Debatte die Abgeordneten. Die politische Provokation wurde damals in letzter Instanz durch nichts anderes als durch eine theoretische Behauptung über das, was der Fall sei, ausgelöst. Der wissenschaftliche Fortschritt in seinem puren kognitiven Gehalt löste Wellen kultureller Bewegtheit in Presse, Parteien und Fraktionen aus, und genau davon kann gegenwärtig keine Rede mehr sein. Der Erkenntnisfortschritt hat seinen kulturellen Zumutungscharakter nahezu vollständig eingebüßt. Wir lassen uns heute ungerührt jede Änderung des Bildes der Welt, in der wir leben, bieten, und es gibt jenen Widerstand gegen Weltbildänderungszumutungen nicht mehr, der voraussetzen würde, daß man in der Lage ist zu sagen, wieso ein wissenschaftliches Weltbild einem anderen gegenüber kulturell vorzuziehen wäre. Man könnte vermuten, daß der Zumutungscharakter wissenschaftlicher Weltbildrevolutionen abgenommen hat, weil auch die Eingriffstiefe dieser Revolutionen abgenommen hat. Darwin noch und Kopernikus gar hätten danach die Vorstellung von der Welt, in der wir leben, radikaler verändert als die Wissenschaften das heute tun, und die Adaption kulturell maßgebender Weltbilder an das, was die Wissenschaften zutage fördern, fiele uns entsprechend leichter.

Eindrucksvoll hat der austro-britische Wissenschaftstheoretiker Karl Popper diese Vermutung zurückgewiesen. Die Wissenschaftsgeschichte der Neuzeit gleiche keineswegs einem Prozeß der abnehmenden weltbildrevolutionären Wirkung wissenschaftlichen Fortschritts. Das Gegenteil sei der Fall, und in der Tat: Es ist nicht zu erkennen, wieso der Molekulardarwinismus unserer Biochemiker mit seiner tendenziellen Auflösung traditionsreicher Vorstellungen vom prinzipiellen Charakter der Grenze zwischen Belebtem und Unbelebtem von geringerer Weltbildbedeutsamkeit als die speziesbezogene Deszendenztheorie Darwins sein soll, und es läßt sich nicht sagen, wieso die Alternative zwischen einem kontinuierlich expandierenden Kosmos einerseits und einem irgendwann einmal wieder in sich zusammensinkenden Kosmos andererseits eine geringere Weltbildbedeutsamkeit haben solle als die Alternative zwischen der Zentralstellung oder Randstellung der Erde im Verhältnis zur Sonne.

Der Unterschied zwischen früheren und gegenwärtigen Theorierevolutionen der neuzeitlichen Wissenschaftsgeschichte scheint, noch einmal, insofern nur dieser zu sein: Der kulturelle Zumutungscharakter wissenschaftlicher Weltbildrevolutionen hat abgenommen. Wir vermögen nicht mehr zu sagen, welchen Unterschied es in kultureller Hinsicht eigentlich ausmachen soll, ob der Fall ist, was die wissenschaftlichen Weltbildvorgaben noch gestern für wahr zu halten uns nahelegten, oder ob vielmehr gilt, was man statt dessen heute für wahrscheinlicher hält.

Die kulturelle Vergleichgültigung der Ergebnisse wissenschaftlicher Theoriebildung in ihrem puren kognitiven Gehalt ist inzwischen weit fortgeschritten, so daß man entsprechend lange suchen muß, um auf kulturelle Phänomene zu stoßen, die dem widersprechen. Es gibt solche Phänomene, und ich möchte auf zwei dieser Phänomene verweisen. Faßt man diese Phänomene genauer ins Auge, so erkennt man, daß sie die These von der fortschreitenden kulturellen Indifferenz gegenüber den kognitiven Resultaten des Wissenschaftsfortschritts eher stützen als schwächen.

## 2. Der Fall Eysenck/Jensen und der Creationisten-Streit

Einer dieser Fälle, in denen in jüngstvergangenen Jahren Ergebnisse empirischer Forschung allein schon durch ihren puren kognitiven Gehalt Empörung und politische Proteste auslösten, ist der Fall Eysenck/Jensen, die eine von ethnischen Zugehörigkeitsverhältnissen abhängige Ungleichverteilung meßbarer Intelligenz festgestellt zu haben glaubten. Es würde sich um einen rein wissenschaftsinternen Streit gehandelt haben, wenn im Anschluß an die Veröffentlichung nichts als die Solidität der verwendeten Methoden zur Debatte gestanden hätte. Die methodischen Fragen jedoch wurden erst sekundär Gegenstand der Debatte. Ausgelöst wurde die Empörung durch die als Provokation erfahrene kognitive Zumutung, daß wahr sein solle, was die fraglichen Professoren als wahr behauptet hatten. „Das darf nicht wahr sein!" – auf diesen Gemeinspruch läßt sich die Intention jener Empörung bringen, und darin wiederholt sich, der Struktur nach, in der Tat, was einst im Widerstand gegen den Darwinismus eine wirkungsreiche kulturelle Bewegung gewesen war.

Was war der Grund für den empörten Widerstand gegen die Erkenntniszumutungen der erwähnten Forscher? Man erkennt ihn, wenn man sich die Jahre vergegenwärtigt, in denen sich die fragliche Affäre abspielte. Es handelte sich um die späten sechziger Jahre dieses Jahrhunderts mit ihren international beobachtbar gewesenen Campus-Unruhen. Einer der Inhalte, um die sich diese Unruhe organisierte, war die Kritik am politischen Mißbrauch der Wissenschaften, und daß es einen solchen

Mißbrauch nicht zuletzt im rassenideologisch formierten nationalsozialistischen Totalitarismus gegeben hatte, lag auf der Hand. Auch nationalsozialistische sogenannte Rassentheoretiker glaubten eine für sogenannte Nicht-Arier unvorteilhafte Ungleichverteilung gewisser Eigenschaften festgestellt zu haben. Wie sollte da, auf dem Hintergrund dieser Erinnerungen, Eysencks und Jensens Thesen auf eine sogenannte kritische Studentengeneration nicht provozierend wirken? Das versteht man, nämlich dann, wenn man sich an die Atmosphäre eines sich ausbreitenden ideologiekritischen Verdachts erinnert, wie sie vor zwanzig Jahren in den akademischen Räumen hier und da herrschte. Der Sache nach setzte die Empörung über ein vermeintliches oder tatsächliches Forschungsergebnis ein elementares Mißverständnis der Bedeutung voraus, die psychologische, anthropologische oder sonstige den Menschen betreffende wissenschaftliche Erkenntnisse für die Sicherung unserer Menschen- und Bürgerrechte haben. Diese Bedeutung ist nämlich gleich Null. Es wäre ja noch schöner, wenn die Frage, ob wir als Menschenrechtssubjekte anerkennungsfähig sind oder nicht, von den Forschungsergebnissen irgendeines Professors über das Vorliegen oder Nichtvorliegen irgendwelcher individueller oder gruppenspezifischer Eigenschaften abhängig wäre. Genau das hatten ja die Nationalsozialisten für richtig gehalten, und daraus vermeinten jene Studenten törichterweise den Schluß ziehen zu sollen, daß man von der Gleichverteilung gewisser für wichtig gehaltener Eigenschaften auszugehen habe und daß ein wissenschaftlicher Zweifel an dieser Gleichverteilung nicht erlaubt sei. Die fraglichen Studenten verkannten damit, daß unsere Menschenrechtssubjektivität ja schlechterdings nicht von vielleicht meßbaren Eigenschaften abhängt, vielmehr von nichts anderem als von unserer Zugehörigkeit zur Spezies homo sapiens, und keinerlei Beistand der Wissenschaft ist nötig, um auch diese erkennen zu können.

Die fragliche Affäre ist inzwischen nahezu vergessen – zu Recht, und man muß sich auf ihre inzwischen vorliegenden historischen Dokumente beziehen, wenn man sie sich noch einmal vergegenwärtigen will. Es gibt freilich noch einen anderen, unverändert bis in unsere eigenen Tage hinein aktuellen Fall kulturellen Widerstands gegen die Wissenschaft, nämlich gegen den puren kognitiven Gehalt ihrer Wirklichkeitsannahmen. Ich meine den bekannten Creationisten-Streit in den USA, der noch in den jüngstvergangenen Jahren erneut Schlagzeilen in der Presse gemacht hat, nämlich durch die Meldung einer Resolution von zweiundsiebzig amerikanischen Nobelpreisträgern gegen das Begehren von Bürgern im Staate Louisiana, daß der Schöpfungsglaube als volläquivalente Alternative zur Evolutionstheorie im Biologieunterricht öffentlicher Schulen unterrichtsmäßig anzubieten sei.

Die Sache hat eine lange Vorgeschichte, die bis in die Frühzeit des Wissenschaftskulturkampfes um den Darwinismus zurückreicht, in die natürlich auch, mutatis mutandis, die erwähnte Debatte im preußischen Abgeordnetenhaus gehört. Ist es denn nun nicht ein eindrucksvoller Beweis für die fortdauernde kulturelle Weltbildbedeutsamkeit wissenschaftlicher Erkenntnisgehalte, wenn in den USA gegen die Zumutung, daß Schulkinder darüber ins Bild gesetzt werden, Eltern vor Gericht ziehen? Gewiß handelt es sich hier um einen in gewissen Kulturmilieus in den USA nicht einmal marginalen Fall fortdauernden Widerstandes gegen die Zumutung, Mitteilungen der Wissenschaft über das, was der Fall sei, für wahr halten zu sollen. Nichtsdestoweniger läßt sich behaupten: Der Fall hat kulturevolutionären Reliktcharakter. Er hat höchst spezielle kulturgeschichtliche Voraussetzungen, die in den USA, aber gerade nicht bei uns gegeben sind. Ich meine das Faktum, daß in den USA von Anbeginn dieses Staates an Staat und Kirche getrennt sind – und zwar gerade nicht in laizistischer Absicht, vielmehr in der Absicht independentistisch gesinnter Frommer, die bis in die Verfassung ihres Gemeinwesens hinein ein für alle Mal dafür gesorgt haben wollten, daß es keine Obrigkeit mehr gibt, die die Macht und das Interesse hätte, ihnen in Angelegenheiten des Bekenntnisses oder gar des Gebetbuchs hineinzureden.

Gerade in einem solchen historischen Milieu, in welchem es weder staatliche theologische Fakultäten noch gar, wie bis heute in unseren europäischen Monarchien, Staatskirchen gibt, hält sich sozusagen hochkulturell, was es bei uns überwiegend nur noch in sektiererischer Randposition gibt, nämlich ein ungebrochener biblischer Fundamentalismus in seiner auf Europäer überraschend wirkenden Vollverträglichkeit mit sonstigen spezifischen Ansprüchen des Lebens in hochmodernen Gesellschaften. Was in diesem Milieu den Fundamentalismus begünstigt, ist gerade nicht ein Defizit in der kulturellen und politischen Durchsetzung des Rechts freier Wissenschaft, vielmehr gerade umgekehrt die traditionale Selbstverständlichkeit dieses Rechts in Verbindung mit dem ebenso selbstverständlich förmlich wie faktisch geltenden Recht eines jeden, in vermeintlicher Konkurrenz zwischen wissenschaftlicher und religiöser Weltorientierung sich exklusiv an die letzte zu halten.

Freilich wird man auch noch gelegentlich auf manifeste Widerstände insbesondere gegen den Darwinismus stoßen. Aber am ehesten wird einem das auf Wachturm-Niveau begegnen, und hier bekanntlich ineins mit Überzeugungen von einem Alter der Welt in den Dimensionen ihrer biblisch errechneten knappen sechstausend Jahre.

Gerade im Blick auf die insoweit erläuterten scheinbaren Gegenbeispiele läßt sich also bekräftigen: Wissenschaftsgeschichtlich nimmt tendenziell die kulturelle Bedeutsamkeit wissenschaftlicher Weltbilder ab. Das muß keineswegs heißen, daß das kulturelle Interesse, mit dem wir dem wissenschaftlichen Erkenntnisfortschritt zugewandt sind, abnimmt. Es heißt aber, daß im Unterschied zu früheren wissenschaftskulturgeschichtlichen Epochen Kulturkampffronten nicht mehr identifizierbar sind, die an Grenzen zwischen Zustimmung oder Ablehnung wissenschaftlicher Weltbilder sich bilden. Das gilt freilich nur für liberal verfaßte moderne Gesellschaften. Für den ideologiepolitischen Herrschaftsbereich des dialektischen und historischen Materialismus gilt es in einigen wichtigen Hinsichten nicht. Davon wird später noch die Rede sein müssen.

## 3. Gründe für die kulturelle Neutralisierung wissenschaftlicher Weltbilder

Was sind die Gründe des erläuterten Prozesses kultureller Neutralisierung wissenschaftlicher Weltbilder? Wieso nimmt das Interesse am So-und-nicht-anders-Sein kognitiver Weltorientierungssysteme ab? Wieso lassen wir uns heute ungerührt jede wissenschaftliche Weltbildrevolution gefallen, und wieso gibt es, auf der anderen Seite, Widerstände gegen sie nur noch in kulturevolutionärer Reliktposition? Die Vermutung liegt nahe, daß die abnehmende Kulturbedeutsamkeit wissenschaftlicher Weltbilder eine Folge der zunehmenden Schwierigkeiten sei, die Ergebnisse moderner Wissenschaftsforschung zu Weltbildern zu synthetisieren, die über die engen Grenzen fachwissenschaftlicher Kommunitäten hinaus sich gemeinverständlich vermitteln, also zu Bestandteilen exoterischer Bildung machen lassen. Die weltanschauliche Neutralisierung des wissenschaftlichen Erkenntnisfortschritts wäre somit ein kultureller Effekt des inzwischen erreichten Spezialisierungsgrads wissenschaftlicher Erkenntnispraxis. Je mehr die Wissenschaften in die Dimensionen des sehr Kleinen, sehr Großen und sehr Komplizierten vorstoßen, um so anspruchsvoller werden die Voraussetzungen, die beim gebildeten Publikum erfüllt sein müssen, um überhaupt die weltbildverändernde, ja weltbildrevolutionierende Bedeutung heutiger wissenschaftlicher Erkenntnisfortschritte ermessen zu können.

Hinzu kommt, daß heute gerade sehr teure, aufwendige Unternehmungen der Großforschung in ihrer dem Laien verständlichen kognitiven Bedeutung vollendet banal erscheinen. Das ist nicht zuletzt in solchen Fällen so, wo der vermeintliche Sensationscharakter wissenschaftlicher Innovationen dazu veranlaßt, über sie, statt auf hinteren Seiten des Wissenschaftsfeuilletons, auf den Titelblättern der Weltpresse zu berichten. So geschah es, als zum ersten Mal von einer sowjetischen Raumsonde ein Bild von der Rückseite des Mondes, der uns seit Menschengedenken seine Vorderseite so beharrlich zugewandt hält, aus Tiefen des Weltalls nach Hause gefunkt wurde. Was machte dieses Photo von der Rückseite des Mondes in der Weltpresse titelblattfähig? Die Antwort lautet: Der Sensationscharakter dieses Photos beruht exklusiv auf der Demonstration eines unerhörten technischen Könnens, das mit diesem Photo unter Beweis gestellt war. Auf der kognitiven Ebene betrachtet war dagegen der innovative Gehalt des Photos für Laien gänzlich uninteressant. Was sah man denn? Man sah, daß der Mond von hinten im wesentlichen so aussieht wie von vorn. Und dafür ein Milliardenaufwand? – Das war die relevanzkritische Frage, die daran sich anschließen mußte und somit im Endeffekt zusätzlichen kulturellen Geltungsverlust der Wissenschaft bewirkte.

Im ersten Programm des österreichischen Fernsehens lief kürzlich eine Wissenschaftsserie mit dem Titel „Unser Kosmos". Der Tenor dieser Serie traf deswegen unsere wissenschaftskulturelle Befindlichkeit nicht, weil der Autor so tat, als sei die Astronautik ein zeitgenössisches Äquivalent der Entdeckungsfahrten in der Epoche der frühen Neuzeit. Er schwärmte von den Lieblichkeiten der Wolkenbänder des Jupiter und versuchte, Empfindungen zu verbreiten, wie sie Cook beim Betreten insularer pazifischer Strände gehabt haben mag. Was sich in der Astronautik – von ihren technischen Aspekten abgesehen – in Wirklichkeit kulturell ereignet, ist etwas ganz anderes. Indem wir zum ersten Mal der Erde aus Weltraumperspektive ansichtig geworden sind – als blau vor dem Dunkel des Kosmos schimmernden Planeten – ist sie in unserem kulturellen Bewußtsein erneut in eine Mittelpunktstellung, nämlich lebensweltliche Mittelpunktstellung eingerückt: ringsum endlos gähnende Weiten, eisige, staubige, giftige Wüsten und nur ein einziger Ort, der irdische Dauer verstattet, eben unsere Erde. „Geotrope Astronautik" – so hat Hans Blumenberg das genannt, und es gibt kaum eine eindrucksvollere Bekräftigung des kulturellen Bedeutsamkeitsverlustes wissenschaftlicher Weltbilder, den wir erlitten haben. Das ist natürlich ein Bestand, der indirekt seinerseits eine religiöse Bedeutung hat. Wir mögen wohl fasziniert den Fernsehdebatten folgen, in denen sich Experten über Vorzüge der kosmologischen Urknalltheorie vor konkurrierenden kosmogonischen Theorien verständigen. Auch berührt es uns wohl zu hören, wie unwahrscheinlich die kosmische Bedingungskonstellation ist, unter der wir uns auf der Erde befinden, oder wie klein die Wahrscheinlichkeit ist, daß eine andere biologische Evolution auf geeigneten Planeten anderer Sterne eine Gattung nach Analogie unsere eigenen Gattung hervorgebracht haben oder je hervorbringen könnte. Aber was uns in der medialen Konfrontation mit wissenschaftlichem Wissen dieser Art berührt, ist nicht sein Inhalt im Unterschied zu irgendeinem anderen denkbaren Inhalt einschlägigen wissenschaftlichen Wissens, vielmehr seine Gleichgültigkeit im Hinblick auf solche Unterschiede. Kurz: Das wissenschaftliche Wissen wirkt, sofern es uns überhaupt berührt, ja fasziniert, als Kontingenzerfahrungsmedium.

Über den kulturellen Bedeutsamkeitsverlust wissenschaftlicher Weltbilder hinaus, die die legitimatorische Bedeutung der Curiositas mindern und statt dessen die Relevanz als Legitimator unserer Wissenschaftspraxis forschungspolitisch dominant macht, verändert sich das kulturelle und politische Verhältnis zu unseren wissenschaftlichen Lebensgrundlagen heute unter dem Druck der Erfahrung, daß die Kosten genutzter Wissenschaft in wichtigen Teilbereichen ihrer Nutzung rascher zu wachsen scheinen als der Nutzen selber. Die eingangs erwähnten ökologischen Probleme sind der spektakulärste, auffälligste Teil dieser Kosten. Aber auch anderweitig gibt es subtil und nichtsdestoweniger nachhaltig wirkende Erfahrungen rasch wachsender Kosten der Verwissenschaftlichung unserer Zivilisation. Abschließend möchte ich das am Beispiel des Kostenfaktors „Erfahrungsverluste" erläutern. Was ist gemeint? Bevor, metonymisch gesprochen, mit der Installation der ersten Dampfmaschine vor zweihundert Jahren der Industrialisierungsprozeß im modernen Sinn begann, waren auch in den europäischen Gesellschaften zwischen zwei Dritteln und drei Vierteln aller Menschen landwirtschaftsabhängig tätig. Es wäre durchaus unangemessen, diesen Umstand romantisieren zu wollen. Das müßte einem allein schon der Blick auf die damalige durchschnittliche Lebenserwartung verbieten, die nur die Hälfte unserer heutigen Lebenserwartung erreichte. Andere Eigenschaften des Lebens in einfach strukturierten, nämlich agrarischen Gesellschaften lassen sich aber aus heutiger Perspektive durchaus als Vorzüge wahrnehmen, zum Beispiel die Eigenschaft, daß damals die übergroße Mehrheit der Menschen eine höchst anschauungsgesättigte, lebenserfahrungsstabilisierte Beziehung zu den realen Bedingungen ihrer physischen und sozialen Existenz unterhielt. Technischer ausgedrückt: Das Maß der ökonomischen und sozialen Autarkie war beträchtlich – ablesbar an der Seltenheit etwa der Marktgänge. Emphatisch gesprochen: Die Menschen kannten das Leben.

Wenn wir uns demgegenüber fragen, was wir denn heute noch, und zwar jeder einzelne von uns, von den realen Bedingungen unserer physischen und sozialen Existenz lebenserfahrungsdurchherrscht wissen, so wird evident, daß noch nie eine Zivilisationsgenossenschaft ihre Lebensbedingungen weniger verstanden hat als unsere eigene. Zwar sind wir alle weit über in früheren Stadien der Zivilisation erreichte Spezialisierungsgrade hinaus Fachleute, aber mit zunehmender Spezialisierung eben doch in zunehmenden Fällen auf anderen Gebieten als unsere Kollegen, so daß, noch einmal, für das Individuum, als für die entscheidende Bezugsgröße unter Befindlichkeitsaspekten, gilt, daß noch nie eine Zivilisation ihre Lebensbedingungen weniger verstanden hat als unsere eigene.

Wenn diese Beschreibung ihre Evidenz hat, so wird zugleich evident, wie in einer solchen Zivilisation einzig physisch sich leben läßt: Wir sind wie nie zuvor auf Vertrauen angewiesen – auf Vertrauen in der unpathetisch-zurückgenommenen, wohlbestimmten Bedeutung des Vertrauens in die Solidität der Leistungen des uns jeweils benachbarten Fachmanns. Man kann sich unsere Angewiesenheit auf Vertrauen in genau der skizzierten Bedeutung recht eindrucksvoll machen, indem man über die Dauer eines einzigen Tages hin sich einmal die Fülle der Vertrauensakte vergegenwärtigt, ohne die wir nicht lebensfähig wären – vom Vertrauen in die wissenschaftlich basierte Kunst des Zahnarztes, den wir morgens, vor Arbeitsbeginn, aufsuchen bis zum Vertrauen in die Funktionstüchtigkeit jenes Taschenrechners, auf dessen Rechenergebnisse sich der Brückenbauingenieur bei seinen statischen Konstruktionsmaßgaben verläßt.

Kurz: In komplexen und hochmobilen Gesellschaften kompensieren wir die schwindende Reichweite unserer gemeinen Urteilskraft durch Expertenrat. Im politischen System ist dieser Expertenrat längst institutionalisiert, und die Sozialwissenschaftler haben das ihrerseits längst vermessen: Kein Wissenschaftler von überdurchschnittlichem Rang und überdurchschnittlicher Geltung, der nicht in einem oder mehreren solcher Expertenräte säße. Expertenwissen ist also das Kompensat schwindender Urteilsreichweite des common sense – wie die Brille die schwindende Sichtweite des Kurzsichtigen kompensiert.

Soweit Kompensationen funktionstüchtig sind, ist es kein Einwand zu sagen, daß sie nur Kompensationen sind. Prekär wird die Sache immer dann, wenn der Expertenrat, auf den wir in komplexen und in dynamischen Gesellschaften müssen vertrauen können, an Vertrauenswürdigkeit verliert. Just das ist aber stets dann der Fall, wenn die Experten sich ihrerseits bis hin zu Anzeichen wechselseitiger Erbitterung uneins zeigen. Die Menge der Fälle, in denen das der Fall ist, nimmt zu. Zumal bei den großen öffentlichen Anhörungen, wie sie heute von Regierungen und gesetzgebenden Körperschaften in wachsender Zahl veranstaltet werden, kommt das vor, und zwar um so häufiger, je komplizierter ihrer technischen und organisatorischen Struktur nach die Sachentscheidungen sind, zu deren politischer Vorbereitung der Expertenrat eingeholt wird. Das erwähnte Vertrauen, das heute aus den skizzierten Gründen als Sozialkitt immer nötiger wird, verhärtet sich alsdann, verliert seine Bindekraft und wird bröckelig.

Kompetenzverluste des common sense, schwindende Reichweite primärer Lebenserfahrung, wachsende Abhängigkeit vom Expertenurteil, entsprechend wachsende Vertrauensabhängigkeit und wachsende Zweifel in die Tragfähigkeit dieses Vertrauens – das ist der Hintergrund, vor dem einige kulturelle Reaktionsformen plausibel werden, die gewiß eher zur Randgruppenkultur gehören, die aber in ihren dort beobachtbaren Extremformen von hoher Signifikanz sind. Eine der kulturellen Reaktionsformen auf die Erfahrungen schwindender Autarkie gemeiner Lebenserfahrung, so scheint mir, ist das Aussteigertum, das, immerhin, zuerst nicht in Europa, vielmehr in den USA, und zwar in den technisch-zivilisatorisch höchstentwickelten Regionen der USA, nämlich in Kalifornien, beobachtet worden ist. Was ist die Lebenspragmatik dieses Vorgangs, daß, in biographisch spektakulären Fällen, die Absolventen der besten Ausbildungsstätten, die die Welt anzubieten hat, nach Absolvierung ihres Studiums ihre Kompetenzen nicht der Industrie zur Verfügung stellen, vielmehr, unter drastischer Absenkung ihres Lebensstandards, unproduktiv gewordene und daher aufgelassene Farmen neu aktivieren? Der Sinn dieses Vorgangs, der inzwischen längst auch in verlassenen Bergdörfern des Tessin oder im Bayerischen Wald hat beobachtet werden können, scheint mir zu sein, auf diese Weise die relative Menge der realen Lebensvoraussetzungen wieder zu vergrößern, die wir in unsere individuelle Lebenserfahrung einbezogen halten können.

Eine andere kulturelle, bis in den politischen Lebenszusammenhang durchschlagende Reaktionsweise auf die Erfahrungen abnehmender Gemeinsinnsautarkie ist der politische Moralismus, das heißt das Umschalten von den ihrer Komplexität wegen kaum noch gemeinverwendungsfähigen Sachargumenten auf Argumente öffentlicher Anzweifelung des guten Willens verantwortlicher Personen und Institutionen. Mit dem scharfen Schwert besorgter reiner Gesinnung durchhaut man den sich verheddernden Knoten moderner Lebensrealität. Vorgeprägt ist diese Argumentationsweise schon im Stil jener Verdächtigung, die für totalitäre Systeme charakteristisch war und ist, nämlich an Stelle von Kausalanalysen spektakulärer Unglücksfälle den Sabotageverdacht zu setzen.

Die rationale politische Reaktionsform auf die Erfahrungen abnehmender Reichweite des common sense bei zugleich schwindendem Vertrauen ins Expertenurteil ist die Urteilsenthaltung. „Wie reagiert die Politik auf die Beschleunigung der Zeitgeschichte?" – so lautet der Untertitel der einsdrucksvollen Untersuchung der Berner Politikwissenschaftler Gruner und Hertig, die uns plausibel macht, daß Urteilsmoratorien im Verhalten des Stimmbürgers zunehmen müssen, wenn dieser angesichts der Komplexität anstehender Entscheidungen einerseits und mangelnder Einhelligkeit der Experten andererseits sich überfordert findet. Das ist die Struktur einer Lage, in der es plausibel wird, daß, wie aus den Vereinigten Staaten berichtet, in Abstimmungskämpfen Slogans wie diese verwendbar werden: „Confused? Many are. Play safe! When in doubt, vote No!" Dieses Nein ist, wie man erkennt, nicht das Nein der begründeten Ablehnung, vielmehr das Nein der Urteilsenthaltung unter dem Druck von Erfahrungen der Überforderung eigener Urteilskraft – das Moratoriums-Nein, wie wir es nennen können. Die Neigung zu diesem Nein scheint generell in modernen, hochkomplexen Gesellschaften zuzunehmen. Notabene: Es handelt sich ersichtlich bei diesem Nein nicht um eine irrationale Reaktion, vielmehr um eine rationale Reaktion, mit der man zu rechnen hat. Soweit das richtig ist, ließe sich folgern: Moderne Gesellschaften können bis in ihr politisches Systen hinein gewiß hohe Grade der Komplexität und Änderungsdynamik verarbeiten, nicht aber beliebige Grade. Jenseits entsprechender Grenzen wird das Vertrauen in die Verläßlichkeit dessen, was sich in Abhängigkeit von fachmännischen Leistungen in unserer Blackbox-Zivilisation abspielt, überfordert – mit den beobachtbaren destruktiven Folgen für unsere Sicherheitsbefindlichkeit, für unser Akzeptanzverhalten und damit auch für unsere Bilanzierung von Nutzen und Nachteil fortschreitender Verwissenschaftlichung unserer zivilisatorischen Lebensgrundlagen.

*Hans Albert*
## Wissenschaftliche Erkenntnis und religiöse Weltauffassung

*1. Die Idee der reinen Religion als Reaktion auf die Aufklärung*

Im Jahre 1927 hat Sigmund Freud eine Schrift über das Religionsproblem mit dem Titel „Die Zukunft einer Illusion" veröffentlicht, die zu den bekanntesten religionskritischen Schriften der Neuzeit gehört.[1] Mehr als ein halbes Jahrhundert später, nämlich im Jahre 1986, hat Hermann Lübbe in einem Buch mit dem Titel „Religion nach der Aufklärung" die Freudschen Thesen zurückgewiesen und die ganze Religionskritik im Geiste der Aufklärung als ein überholtes Unternehmen hingestellt.[2] Er sagt dort wörtlich: „Nicht die Religion hat sich als eine Illusion erwiesen, sondern die Religionstheorie, die sie als solche behandelte."[3] Die Religion, so meint Lübbe in diesem Buch, habe eine notwendige Funktion, für deren Erfüllung sie unentbehrlich sei. Es gebe nämlich unausweichliche Kontingenzerfahrungen, und zwar deshalb, weil wir unter anderem stets auch von Umständen abhängig seien, an denen wir nichts ändern können, die wir also notgedrungen akzeptieren müssen. Religion, so meint er, sei die „Kultur der Anerkennung unverfügbarer Daseinskontingenz". Sie erfülle damit eine Lebensfunktion von anthropologischer Universalität. Einfacher ausgedrückt: Ohne Religion kann der Mensch nicht leben.

Das sieht zunächst wie eine sehr starke These aus, wenn man sie auf alle Menschen bezieht und damit auch ohne jede Einschränkung auf die moderne Kultur. Aber der Gegensatz zur Freudschen Auffassung muß nicht so groß sein, wie er zunächst erscheint, wenn man zuzugestehen bereit ist, daß man ohne bestimmte Illusionen nicht leben kann, und wenn man diese These vielleicht noch einschränkt. Es mag ja durchaus sein, daß die meisten – oder sehr viele – Menschen nicht in der Lage sind, ohne Religion – und damit, nach der Auffassung Freuds, ohne eine bestimmte Art von Illusion – zu leben. Eine solche Einschränkung scheint jedenfalls angebracht zu sein, denn offenbar hat es ja eine ganze Reihe von Menschen gegeben, die ohne Religion im üblichen Sinne dieses Wortes leben konnten, man denke nur an Max Weber, Bertrand Russell, Jean Paul Sartre, Albert Einstein, Albert Camus und Sigmund Freud selbst sowie viele weniger bekannte Zeitgenossen.

Wenn man dann das Lübbesche Buch liest, entdeckt man eine Argumentation, die darauf abzielt, der modernen Religionskritik den Wind aus den Segeln zu nehmen, und zwar teilweise dadurch, daß die erkenntnistheoretischen Probleme, die hier eigentlich eine Rolle spielen müßten, beiseite geschoben werden und die Religion im wesentlichen auf ein Ritual reduziert wird, das keinerlei Halt in einer entsprechenden Wirklichkeitsauffassung mehr hat. Allerdings soll dabei wohl der Glaube an die Existenz eines Gottes davon unberührt bleiben. Und überdies wird in diesem Buche jeder, der die kognitiven Ansprüche der Religion ernst nehmen möchte – und dazu gehören wohl auch die meisten Religionskritiker – als irregeleitet hingestellt: als Opfer eines bedauerlichen Mißverständnisses.

Wie schafft das der wegen seiner Kritik an vielen Erscheinungen der modernen Kultur bekannte Philosoph? Auf sehr einfache Weise: nämlich mit Hilfe einer Definition. Er definiert die Religion durch Rückgriff auf eine Funktion, die Funktion der Kontingenzbewältigung – der Bewältigung bestimmter unabänderlicher Bedingungen des menschlichen Daseins –, und bagatellisiert damit gleichzeitig alle übrigen Funktionen, die in der Geschichte der Religionen eine Rolle gespielt haben, und zwar gerade auch solche, die für den naiven Gläubigen äußerst wichtig waren und das heute noch sind. Was dabei so gut wie verschwindet, ist das, was ich die *heilstechnologische* Seite der Religion nennen möchte,[4] das heißt: die Bedeutung der Religion für das menschliche Glücksstreben, das Streben nach irdischem und himmlischem Heil, einem Heil, das nach Auffassung wohl der meisten Anhänger religiöser Überzeugungen durch Opfer, Gebete oder Änderungen des Bewußtseins, des Verhaltens oder der Einstellung zu erreichen ist. Und diese Seite der Religion hängt eng zusammen mit der religiösen Wirklichkeitsauffassung und damit mit den schon erwähnten kognitiven Ansprüchen der Religion.

Historisch gesehen bieten die Religionen der Hochkulturen Auffassungen über die Beschaffenheit der Wirklichkeit, also Weltbilder, die mit bestimmten dringenden menschlichen Bedürfnissen im Einklang stehen. Nach Freud haben die Götter eine „dreifache Aufgabe: die Schrecken der Natur zu bannen, mit der Grausamkeit des Schicksals, besonders wie es sich im Tode zeigt, zu versöhnen und für die Leiden und Entbehrungen zu entschädigen, die dem Menschen durch das kulturelle Zusammenleben auferlegt werden".[5] Man sieht, in diesen Leistungen ist die Lübbesche Kontingenzbewältigung enthalten, aber die Freudsche Auffassung beschränkt die Rolle der Religion nicht auf diese Funktion. Vor allem aber muß man an die Existenz der Götter glauben, damit die Funktionen der Religion erfüllt werden. Und aus diesem Grunde ist die Verankerung der betreffenden Annahmen in einem entsprechenden Weltbild erforderlich. Der Lübbesche Versuch einer Bagatellisierung dieses Problems ist meines Erachtens daher völlig unangemessen.

Nun bedient sich dieser Versuch tatsächlich nur einer etwas raffinierteren Form einer Strategie, die mir für die moderne Entwicklung des theologischen Denkens überhaupt charakteristisch zu sein scheint. Während man sich bis zu Kant bemüht hatte, die Ansprüche der Religion mit rationalen Argumenten zu erörtern, und dabei die Idee der Wahrheit ernst genommen hatte, ist das moderne theologische Denken durch Bemühungen charakterisiert, das Christentum um jeden Preis mit der modernen Kultur vereinbar zu machen.[6] Am Anfang dieser Bemühungen steht einer der einflußreichsten Theologen des modernen Protestantismus, nämlich Friedrich Schleiermacher, dessen Buch „Über die Religion. Reden an die Gebildeten unter ihren Verächtern"[7] den Beginn der modernen Versuche anzeigt, eine religiöse Dimension zu konstruieren, die von den Denkresultaten in anderen Bereichen nicht tangiert werden kann. Von ihm wurde die *Idee ei-*

*ner reinen Religion* zum ersten Mal formuliert und vertreten, die das protestantische Denken bis heute geprägt oder infiziert hat, zum Leidwesen übrigens einiger berühmter Theologen – wie z. B. Emil Brunner –, die sich mit der Bagatellisierung der Wahrheitsidee nicht anfreunden konnten, die mit dieser Denkweise verbunden war. Vor allem seit dem Ersten Weltkrieg ist das theologische Denken im Bereich des Protestantismus durch massive Versuche der Immunisierung zentraler Annahmen gegen jede Kritik gekennzeichnet. Diese These habe ich im fünften Kapitel meines Buches „Traktat über kritische Vernunft" vertreten.[8] Seitdem habe ich gerade auf dieses Kapitel besonders viele Reaktionen bekommen. Ich möchte kurz darauf eingehen, weil dadurch vielleicht deutlich wird, wie moderne Theologen es anstellen, in einer weitgehend durch die Wissenschaften geprägten Kultur eine Nische für den religiösen Glauben zu schaffen.

Ehe ich dieses Kapitel schrieb, hatte ich mich lange Zeit mit theologischer Literatur beschäftigt und natürlich auch mit der Religions- und Theologiekritik der Neuzeit. Der offene Dogmatismus der katholischen Orthodoxie, der heute wieder stärker zur Geltung zu kommen scheint, war kein besonderes Problem für mich. Aber bei der Lektüre der Beiträge zur Entmythologisierungsdebatte und anderer theologischer Arbeiten entdeckte ich den versteckten Dogmatismus der modernen protestantischen Theologie. Da wurden alle möglichen unhaltbar erscheinenden Positionen aufgegeben, aber gewisse Kernthesen auf mehr oder weniger geschickte Weise immunisiert; und dieses Verfahren wurde damit gekrönt, daß man orthodoxe Kollegen, die dadurch ihren Glauben gefährdet sahen, als rückständig hinstellte. Bei genauerer Betrachtung dieses Verfahrens schien mir die Entmythologisierung ein hermeneutisches Unternehmen in apologetischer Absicht zu sein, und das nach Albert Schweitzer, dessen „Geschichte der Leben-Jesu-Forschung" ich mit Interesse und Bewunderung gelesen hatte. Er hatte sich nicht gescheut, aus seinen Entdeckungen glaubenskritische Konsequenzen zu ziehen, auch solche, die den Kern des christlichen Glaubens betrafen. In bezug auf die oben erwähnten theologischen Arbeiten ist dagegen auf ein Wort Sigmund Freuds hinzuweisen: „Wenn es sich um Fragen der Religion handelt, machen sich die Menschen aller möglichen Unaufrichtigkeiten und intellektuellen Unarten schuldig.“[9] Übrigens werden Angriffe auf solche Unarten auch heute noch immer wieder als Herabsetzung der Religion überhaupt gedeutet oder als einem antitheologischen Ressentiment entsprungen, so als ob es keine guten Gründe dafür geben könnte. Albert Schweitzer hatte noch Aufklärung und Wissenschaft ernst genommen. Er wollte dem Denken einen wichtigen Platz *innerhalb* der Religion einräumen und betonte wie Kant, über dessen Religionsphilosophie er ein ausgezeichnetes Buch verfaßt hatte,[10] den ethischen Kern der Religion. Meine Lektüre vermittelte mir den Eindruck, daß ein großer Teil der modernen Theologen die elementare Moral des Denkens beiseite schob, sobald es um zentrale Fragen des Glaubens ging. Unterstützung fanden sie dabei bei der – durch Heidegger und Gadamer inspirierten – hermeneutischen Richtung der Philosophie und später auch bei der analytischen Philosophie im Gefolge des späten Wittgenstein.[11]

## 2. Die moderne Philosophie und der „Mythos des Rahmens“

Damit komme ich auf die Bedeutung der Philosophie für unsere Problematik zu sprechen. Meines Erachtens kann man sagen, daß in letzter Zeit im philosophischen Denken eine Tendenz zu erkennen ist, die dem Anliegen moderner Theologen sehr entgegenkommt. Auch Philosophen sind in zunehmendem Maße bemüht, die Wahrheitsidee zu unterminieren und den Mythos zu rehabilitieren und auf diese Weise allen ein gutes Gewissen zu geben, die so etwas wie eine konservative Revolution im Bereich der Erkenntnis betreiben, indem sie Auffassungen Geltung verschaffen wollen, die mit dem durch die Wissenschaften geprägten Weltbild kaum in Einklang zu bringen sind. Auch Vertreter der Naturwissenschaften sind an solchen Bemühungen beteiligt. Sie haben sich vielfach im Zusammenhang mit Problemen, die sie innerhalb ihrer Disziplinen zu lösen haben, philosophische Ideen zu eigen gemacht, die solchen Auffassungen entgegenzukommen scheinen. Die Theologie, deren Vertreter sich in den ersten Jahrzehnten dieses Jahrhunderts zu Resignationslösungen gezwungen sahen, wird nun von Philosophen und Vertretern anderer wissenschaftlicher Disziplinen dazu aufgefordert, sich nicht mehr durch Kritik von außen beirren zu lassen und alle Entmythologisierungsversuche aufzugeben.[12] Das religiöse Sprachspiel, um es mit Wittgenstein zu sagen, kann durch Resultate der Wissenschaften nicht tangiert werden. Oder: die Auslegung religiöser Texte muß sich, einem Heideggerschen Diktum folgend, in einem entsprechenden Vorverständnis halten, so daß auch hier ihre Immunität gegen Kritik von außen garantiert ist. Was hier zu konstatieren ist, ist der *Sieg des modernen Pragmatismus* über die in der philosophischen Tradition bis zu Russell und Husserl noch dominierende *Suche nach Wahrheit*. Es kommt offenbar nur darauf an, sich auf ein „Paradigma" zu einigen und innerhalb dieses Paradigmas zu leben und zu arbeiten. Da Paradigmen miteinander inkommensurabel sind, können sie nicht in Widerspruch zueinander geraten. Und da jede rationale Kritik auf die Entdeckung von Widersprüchen zurückgeht, sind Paradigmen immun gegen jede externe Kritik. Anschauungen dieser Art sind seit der Debatte um die Auffassungen von Thomas Kuhn auch in den Wissenschaften Mode geworden, gleichgültig, ob man sie zu Recht oder Unrecht auf ihn zurückführen kann, so als ob sie das gültige Ergebnis dieser Debatte wären.[13] Wenn das aber schon innerhalb der Wissenschaften gelten soll, dann ist offenbar kaum einzusehen, warum nicht auch zwischen ihnen und anderen Bereichen der modernen Kultur.

Nun ist es aber tatsächlich kaum zu leugnen, daß die einzelnen wissenschaftlichen Disziplinen einander nicht nur in methodischer, sondern auch in inhaltlicher Hinsicht stets beeinflußt haben und daß es auch Einflüsse dieser Art auf andere Kulturbereiche gegeben hat. Zwar gab es immer wieder Versuche, die betreffenden Disziplinen und Bereiche gegeneinander kritikimmun zu machen, aber auf lange Sicht ohne großen Erfolg. Natürlich machen die Erfordernisse der Arbeitsteilung in der Erkenntnispraxis die Konzentration auf bestimmte *Problemkreise* notwendig, aber alle Versuche scharfer Abgrenzung zwischen

*Objektbereichen* sind letzten Endes künstlich und vorläufig, und es gibt immer Möglichkeiten, solche Grenzen zu überschreiten. Und nicht selten müssen sie genutzt werden, um die Probleme zu lösen.[14] Eine Philosophie, die zeigen wollte, daß derartige Versuche unvernünftig sind, setzt sich dem Einwand aus, daß sie eine unzulängliche Auffassung der Rationalität involviert und daher den Tatsachen – und das heißt hier: den menschlichen Möglichkeiten – nicht gerecht zu werden vermag. Auffassungen dieser Art, für die Karl Popper die Bezeichnung „Mythos des Rahmens" erfunden hat, pflegen denn auch für sich selbst eine Ausnahmestellung in Anspruch zu nehmen und sich dadurch in Widerspruch zu sich selbst zu setzen.

Alle diese philosophischen Richtungen sind hervorgegangen aus dem Zusammenbruch des klassischen Rationalismus, der die Suche nach der Wahrheit mit dem Streben nach absoluter Gewißheit und damit nach einem Wahrheits-Kriterium identifiziert hat, das sichere Begründungen ermöglicht. Für die Mathematik und die Realwissenschaften ist es aber nach der Jahrhundertwende immer klarer geworden, daß es solche Begründungen nicht geben kann und daher auch keinerlei Wahrheitsgarantie für irgendwelche Überzeugungen, die auf Erkenntnissen aus diesen Bereichen fußen. Versuche der Dogmatisierung irgendwelcher Komponenten solcher Auffassungen sind also kontraproduktiv, wenn man nach Erkenntnis strebt. In der Praxis der Wissenschaften hat sich daher seit langem ein methodischer Revisionismus durchgesetzt. Das trifft weitgehend auch für die protestantische Theologie zu. Erst seit dem Ersten Weltkrieg gibt es eine starke Gegenbewegung. Seitdem ist Sören Kierkegaard zum großen Vorbild für Theologen geworden, und er hat dann im deutschen Sprachraum auch das philosophische Denken stark beeinflußt.[15]

In der Philosophie gab es um die Jahrhundertwende und in den folgenden Jahrzehnten noch realistische Auffassungen, in deren Rahmen auch die Resultate der Realwissenschaften philosophisch ernst genommen und verarbeitet wurden, zum Beispiel den transzendentalen Realismus Oswald Külpes, der von einer realistischen Kant-Interpretation ausging. Kant selbst kann in einer wesentlichen Hinsicht noch dem klassischen Rationalismus zugerechnet werden, nämlich insofern, als er sich im Rahmen seines Kritizismus um eine sichere Begründung der Erkenntnis bemühte. Die hermeneutische Wendung des philosophischen Denkens seit dem Zweiten Weltkrieg hat nun an die Stelle der für das ganze Vermögen der Vernunft gültigen Apriorität der Anschauungsformen, Kategorien und Urteile regionale und historisch wandelbare Apriorität en treten lassen, die postuliert werden, um Reviere des Denkens – oder auch des Fühlens, Wertens und Handelns – gegeneinander abzugrenzen und gleichzeitig kritikimmun zu machen. Mit dieser Relativierung und Historisierung des Apriorischen war eine Rehabilitierung des Dogmas und eine mehr oder weniger offene Zurückweisung der klassischen Idee objektiver Wahrheit verbunden. Wer heute in philosophischen Texten auf das Wort „Wahrheit" stößt, darf mit hoher Wahrscheinlichkeit annehmen, daß tatsächlich etwas anderes gemeint ist, zum Beispiel eine bestimmte Art von Konsens einer irgendwie definierten Gruppe von Leuten.

Es kann wohl kaum einen Zweifel daran geben, daß diese Entwicklung für das religiöse und theologische Denken von Vorteil ist. Wer den kritischen Realismus aufgibt und die Bedeutung der Realwissenschaften für den Aufbau unserer Wirklichkeitsauffassung herunterspielt, der kann gegen Residuen der religiösen Weltauffassung kaum noch Einwände machen.

### 3. Über den metaphysischen Gehalt religiöser Auffassungen

Die hermeneutische Reaktion auf den klassischen Rationalismus führt aber zu Schwierigkeiten, die im Rahmen der betreffenden Auffassungen kaum zu überwinden sind. Sie ist überdies unnötig, denn es gibt zumindest eine Alternative, die nicht zu solchen Schwierigkeiten führt. Man kann nämlich die für den klassischen Rationalismus charakteristische Fusion von Wahrheit und Gewißheit und damit auch die Forderung nach sicherer Begründung aufgeben und den methodologischen Revisionismus, der die wissenschaftliche Erkenntnispraxis kennzeichnet, beibehalten und damit auch das Streben nach einer realistischen

Weltauffassung, zu der die Wissenschaften beitragen können, und die Orientierung an der Wahrheitsidee, die zur Darstellungsfunktion der Sprache gehört.[16] Natürlich ist diese Entscheidung niemandem aufzuzwingen. Es handelt sich dabei um keine Frage bloßer Logik, sondern um ein Problem adäquater Methodologie, einer Methodologie nämlich, die auf Verbesserung unserer Erkenntnis abzielt. In den skeptizistischen und relativistischen Auffassungen, die den klassischen Rationalismus abgelöst haben, wurde nämlich das für Philosophie und Wissenschaft charakteristische Streben nach Erkenntnis, das heißt: nach einer zutreffenden Auffassung wirklicher Zusammenhänge, tatsächlich aufgegeben, wenn auch vielfach in einer Weise, die geeignet ist, einen anderen Eindruck zu erwecken. Ohne Zweifel kann man das tun, ebenso wie man jede Auffassung mit einigem Geschick zum Dogma erheben kann, obwohl ein solches Verfahren in kognitiver Hinsicht wertlos ist. Aber man ist keineswegs dazu gezwungen, so zu verfahren.

Was das religiöse Denken angeht, so ist ihm jedenfalls nicht mit einer Aufgabe des Realismus gedient, etwa mit einer instrumentalistischen Deutung seiner eigenen Aussagen, und zwar aus dem einfachen Grunde, daß die numinosen Wesenheiten – zum Beispiel der Gott oder die Götter, mit denen man es da zu tun hat – keinen fiktiven Charakter haben dürfen. Man muß ihre Existenz vorauszusetzen bereit sein, wenn man berechtigt sein möchte, die Befriedigung der Bedürfnisse, um die es im religiösen Glauben geht – der Glücks-, Heils- oder Erlösungsbedürfnisse –, als möglich anzunehmen. Auch wenn man bereit ist, die reichhaltige Ontologie, durch die sich das christliche Denken früher ausgezeichnet hat,[17] zu reduzieren: Zumindest die Idee eines barmherzigen Gottes wird man nicht opfern können, ohne die Pointe des ganzen Unternehmens aufzugeben, eines Gottes überdies, der in der Lage ist, den Menschen wirklich zu helfen. In dieser Hinsicht nützt auch die Vorstellung von einem Gott nichts, der als letzte Ursache hinter dem Urknall zu postulieren wäre, ganz abgesehen von den Ungereimtheiten, die mit einer solchen Vorstellung verbunden sind.[18] Den mit dem religiösen Glauben verbundenen Heilserwartungen könnte er nur entsprechen, wenn er mit zusätzlichen Eigenschaften ausgestattet wäre, wie sie etwa in der christlichen Tradition angenommen zu werden pflegen. Und für die Zuschreibung dieser Eigenschaften kann diese an das naturwissenschaftliche Denken anknüpfende Existenzthese nichts hergeben.

Nun könnten aber die Bemühungen von Physikern, von ihrem Denken her wenigstens Raum für religiöse Auffassungen zu schaffen, zumindest dazu führen, daß man die *Vereinbarkeit* der These von der Existenz eines mit den erforderlichen Eigenschaften ausgestatteten Gottes mit dem durch die Wissenschaften geprägten Weltbild behaupten und daraus positive Konsequenzen für solche Auffassungen ableiten könnte. Wenn man diese Frage beantworten möchte, dann empfiehlt es sich, das methodische Problem zu diskutieren, wie man grundsätzlich an derartige Fragen herangehen kann.

Allgemein geht es hier um das Problem, wie über metaphysische Thesen dieser Art entschieden werden kann, denn der Glaube an den christlichen Gott impliziert eine metaphysische Existenzthese, auch dann, wenn das den betreffenden Gläubigen nicht bewußt sein sollte. Der Glaube an die Existenz numinoser Wesenheiten – an die Existenz von Göttern, Engeln, Dämonen, Geistern oder Himmelstieren – gehört zu jener Art der Wirklichkeitsauffassung, durch die die Weltbilder der Hochkulturen gekennzeichnet waren, die seit der neolithischen Revolution entstanden sind. Es handelte sich um religiöse Weltauffassungen, die einen Sinnzusammenhang für das natürliche Geschehen lieferten, der auch für den Sinn des menschlichen Lebens und für die damit verbundenen Heilserwartungen maßgebend war. Sie hatten insofern hermeneutischen Charakter, als in ihnen dieser Sinn aus den Zeichen erschlossen wurde, die man im Verhalten der numinosen Mächte erkennen zu können glaubte.

Wenn man sich „vom großartigen Wesen der Religion Rechenschaft geben" wolle, so sagt ein Kritiker dieser Auffassungen, nämlich Freud, in einer seiner Vorlesungen, so müsse man sich „vorhalten", welche Leistungen sie den Menschen erbringen könne: Sie gebe ihnen „Aufschluß über Herkunft und Entstehung der Welt", sie versichere ihnen „Schutz und endliches

Glück in den Wechselfällen des Lebens", und sie lenke „ihre Gesinnungen und Handlungen" mit der Hilfe von „Vorschriften", die sie „oft mit ihrer ganzen Autorität" vertrete.[19] Sie ist also zuständig für die Erklärung des Weltgeschehens, für die Steuerung des menschlichen Handelns, für die Sicherung des Menschen und seine Versöhnung mit dem Weltgeschehen – seine Erlösung, sein Heil oder Unheil – und schließlich auch – was zu ergänzen wäre – für die Legitimation von Herrschaftsordnungen. Sie dient demnach gleichzeitig einer Vielfalt von Bedürfnissen und scheint dieser Tatsache auch ihre Stabilität zu verdanken. Soziologisch gesehen, besitzen religiöse Weltbilder, die eine Hochkultur prägen, eine natürliche Kritikimmunität, die mögliche Einwände gegen bestimmte Bestandteile – etwa fundamentale kognitive Annahmen, die in ihnen enthalten sind – meist gar nicht erst aufkommen läßt.[20] Ein solches Weltbild liefert den Rahmen für das ganze soziale Leben in einer solchen Kultur, und ein Versuch, es in Frage zu stellen, liefe auf den Umsturz der gesamten Lebensordnung hinaus.

Innerhalb einer solchen Kultur spielt die Theologie als Wissenschaft von den göttlichen Mächten eine zentrale Rolle. Sie hat die Aufgabe, die Rolle dieser Mächte für die Entstehung und Entwicklung dieser Welt und damit auch für das Schicksal des Menschen zu erforschen und daraus Konsequenzen zu ziehen, vor allem auch praktische Konsequenzen. Sie ist in einem gewissen Sinne gleichzeitig natürliche und politisch-moralische Theologie, und die Konsequenzen, auf die es in praktischer Hinsicht vor allem ankommt, sind *heilstechnologischer* Natur. Daß religiöse Weltauffassungen das Verhalten ihrer Anhänger vor allem durch spezifische Heilstechnologien beeinflussen, gehört zu den wichtigsten Tatsachen der Kulturgeschichte.[21]

Die Theologie löst ihre Aufgabe durch die Identifikation von Spuren des Handelns der betreffenden numinosen Wesenheiten und ihre Interpretation – also, wie schon erwähnt, durch Zeichendeutung –, wobei die Interpretation heiliger Texte, in denen Äußerungen solcher Wesenheiten zu identifizieren sind, in den Offenbarungsreligionen den zentralen Teil dieser Aufgabe ausmacht.[22] Es kommt darauf an, den Willen Gottes zu erfassen, um das eigene Handeln danach einrichten zu können. Eine adäquate Deutung seiner Willensbekundungen ist insofern wichtig, als die Befolgung göttlicher Anweisungen mit Belohnungen und ihre Nichtbefolgung mit Strafen verknüpft ist. Die Heilstechnologie fast aller Religionen gründet sich auf den Glauben an die mögliche Hilfe der Götter und an die Möglichkeit göttlicher Strafen.

Nun setzt aber die Identifizierung heilsbedeutsamer Tatbestände – zum Beispiel der Offenbarungen – schon den Glauben an das Wirken göttlicher Mächte und überdies spezielle Annahmen über die Eigenart dieses Wirkens voraus, die in der betreffenden Wirklichkeitsauffassung verankert sind. Das heißt aber nichts anderes, als daß die Leistungen einer hermeneutisch verfahrenden Theologie auf bestimmten metaphysischen Annahmen beruhen, denen man Rechnung tragen muß, wenn es um die Frage geht, ob und inwiefern der betreffende Gottesglaube akzeptabel ist. Und es ist keineswegs selbstverständlich, daß diese Annahmen ohne weiteres mit einer Wirklichkeitsauffassung vereinbar sind, die durch die modernen Wissenschaften geprägt ist. Moderne Theologen haben daher immer wieder versucht, den metaphysischen Gehalt des christlichen Glaubens nach Möglichkeit zu verringern oder zu bagatellisieren, um ihn modernen Auffassungen anzupassen. Sie haben dabei aber teilweise auch Bestandteile dieses Glaubens eliminiert, die nach Auffassung anderer Theologen und vor allem der meisten Gläubigen zu seinem Kernbestand gehören.

Zum Kern des christlichen Glaubens gehörten nun seit Beginn der Dogmenbildung im Frühkatholizismus zumindest die folgenden Komponenten: Der Glaube an die Existenz eines persönlichen Gottes, an die Gottessohnschaft Christi und an seine Auferstehung so wie der Glaube an die Auferstehung der Menschen und an ein göttliches Gericht, das nach ihrem Tode entscheidend ist für ihr Schicksal. Die angemessene Deutung dieser Annahmen war teilweise kontrovers zwischen den Konfessionen. Und für sie war natürlich die Identifikation und die Interpretation der dafür in Betracht kommenden Bibeltexte wichtig. Auch die Konsequenzen, die man daraus für das menschliche Leben, für die

Moral und für die Gestaltung sozialer Ordnungen und die Legitimation politischer Maßnahmen zog, waren ganz unterschiedlicher Art.

### 4. Zum Problem der rationalen Beurteilung der religiösen Weltauffassung

Nun hat die Erosion der aus der Antike überkommenen Kosmometaphysik in den letzten Jahrhunderten unter dem Einfluß der neuzeitlichen Wissenschaften die Grundlagen des theologischen Denkens unterminiert, das sich in ihrem Rahmen herausgebildet hatte. Durch die Entwicklung des modernen Weltbildes ist ihm gewissermaßen der Boden entzogen worden, denn in ihm haben die wesentlichen Annahmen des christlichen Gottesglaubens keine Stütze mehr, und darüber hinaus sind manche dieser Annahmen mit ihm sogar unvereinbar.[23] Das ist eine einfache Antwort auf die Frage, warum man heute diesen Glauben und andere Versionen des Gottesglaubens für nicht mehr akzeptabel halten kann.

Um diese einfache Antwort zu verstehen, muß man sich allerdings, wie oben schon erwähnt, mit einer schwierigen methodischen Problematik befassen, nämlich mit der Frage, wie sich metaphysische Annahmen bestimmter Art überhaupt beurteilen lassen, denn es handelt sich ja bei den zentralen Glaubensannahmen ohne Zweifel um metaphysische Aussagen, also um Aussagen einer Art, die erkenntnistheoretisch seit langer Zeit besonders kontrovers ist. Bestimmte Versionen des Positivismus haben die Illegitimität oder sogar die Sinnlosigkeit derartiger Aussagen nachweisen wollen, aber diese Versuche können als gescheitert gelten. Vielfach läßt sich sogar zeigen, daß auch die Verfechter solcher Positionen selbst an Annahmen dieser Art nicht vorbeikommen. Das bedeutet aber, daß sie dann, wenn sie religiöse Aussagen der genannten Art mit dem Hinweis auf ihren metaphysischen Charakter als illegitim zurückweisen, mit einem Bumerang-Argument konfrontiert werden können.[24] Auch eine realistische oder idealistische Deutung der modernen Physik involviert ja eine bestimmte metaphysische Auffassung. Das zeigt aber, daß Wissenschaft und Metaphysik sich nicht ohne weiteres sauber abgrenzen lassen. Und das bedeutet wiederum, daß es nicht genügt, sich auf die einfache Unterscheidung von Glaube und Wissen zurückzuziehen, um die Religionsproblematik zu bewältigen, wie es heute noch weitgehend üblich ist.[25] In dieser Hinsicht pflegen auch Vertreter der Naturwissenschaften eine gewisse Großzügigkeit an den Tag zu legen, die sich als Toleranz mißversteht. Solange die Theologie keine Versuche unternimmt, in ihr eigenes Revier einzudringen, sind sie zu jeder Konzession an religiöse Anliegen bereit.

Andererseits begnügen sich Theologen oft mit der Auskunft, die Theologie müsse ja den Glauben voraussetzen, so daß dessen zentrale Annahmen innerhalb dieser Disziplin nicht mehr zu diskutieren seien. Diese Annahmen dienten ja gerade der Abgrenzung dieser Wissenschaft von anderen Disziplinen. Diese Auskunft hat aber die schwerwiegende Konsequenz, daß man dann über die Gültigkeit solcher Annahmen, und damit über die Gültigkeit des Glaubens selbst, außerhalb der Theologie entscheiden muß. Nun sind Abgrenzungen zwischen Disziplinen, wie schon erwähnt, ohnehin oft nur Hindernisse für die vernünftige Lösung von Problemen, im Gegensatz zu dem, was uns durch die modernen Formen des Relativismus suggeriert zu werden pflegt. Die Abstinenz moderner Theologen in bezug auf die metaphysischen Hintergrundprobleme ihres Glaubens ist daher kein Grund, diese Probleme für in religiöser Hinsicht uninteressant oder gar für überholt zu halten. Und die Unterstützung, die sie in dieser Abstinenz von philosophischer Seite bekommen, ist ein Grund, die Relevanz der betreffenden philosophischen Auffassungen für die Lösung dieser Probleme in Zweifel zu ziehen. Mit ihrer Hilfe kann bestenfalls das ohnehin für viele Leute attraktive geistige Revierverhalten gerechtfertigt werden.

Wer zu einer rationalen Beurteilung der für religiöse Auffassungen charakteristischen metaphysischen Grundannahmen kommen will, tut gut daran, die relevanten Aspekte der jeweiligen Problemsituation ins Auge zu fassen, und das heißt in diesem Falle: den Gesamtzusammenhang seiner Anschauungen über die

Beschaffenheit der Wirklichkeit. Es geht hier nämlich um die Frage, inwieweit sich die betreffenden Annahmen mit dieser Wirklichkeitsauffassung vereinbaren lassen und inwieweit es im Rahmen dieser Auffassung Gründe dafür gibt, sie zu akzeptieren. Das bedeutet keineswegs, daß irgendwelche Resultate von Wissenschaften, die für diese Auffassung konstitutiv sind, jemanden dazu zwingen könnten, seinen Glauben aufzugeben. Es bedeutet auch nicht, daß sich zentrale Probleme des Glaubens mit Hilfe logischer Beweisführung oder mit Hilfe von Methoden empirischer Prüfung entscheiden ließen, die in den Wissenschaften üblich sind. Viele Forderungen, die üblicherweise in dieser Hinsicht erhoben werden, lassen sich mit Recht zurückweisen, so etwa die Forderung nach einem Beweis der Existenz Gottes oder die nach einer Definition des Gottesbegriffs, die keine Fragen mehr offen ließe. Dazu wäre übrigens zu sagen, daß Forderungen dieser Art auch in anderen Disziplinen kaum erhoben werden.

Folgt daraus aber, daß man sich hier eben einfach für oder gegen den betreffenden religiösen Glauben zu entscheiden habe und daß damit das Verlangen nach einer rationalen Beurteilung eo ipso sinnlos wäre? Sind „letzte Voraussetzungen", wie etwa die Annahme der Existenz eines Gottes bestimmter Art, nicht ohnehin immun gegen jede Kritik und daher letzten Endes rational nicht zu rechtfertigen? Liegen sie nicht ihrem Wesen nach jenseits rationaler Beurteilung?

Viele Argumentationen in diesem Bereich laufen in der Tat auf die These von der *Kritikimmunität letzter Voraussetzungen* hinaus, eine These, die dem klassischen Rationalismus inhärent ist und die er sogar mit den modernen Formen des Relativismus teilt, in denen der „Mythos des Rahmens" dominiert. Man kann sogar sagen, daß diese Formen des Relativismus hier auf eine zentrale Schwäche der klassischen Rationalitätsauffassung zurückgreifen und sie zu ihren Gunsten ausnutzen. Sie machen sie sich zunutze, indem sie den jeweils bevorzugten Rahmen als a priori gültig und damit nicht mehr hinterfragbar hinstellen. Da sie den klassischen Monismus durch einen Pluralismus ersetzen, geben sie sich dazu noch den Anschein größerer Toleranz. Jeder, so scheint es, hat ein Recht auf seine eigene Perspektive. Die Tatsache, daß der klassische Rationalismus mit seiner Forderung nach absoluter Begründung als gescheitert gelten darf, und die auf Kant zurückgehende Auffassung über die Rolle apriorischer Formen in der Erkenntnis scheinen solche Versionen des Relativismus plausibel zu machen.[26]

Nun ist zunächst zuzugeben, daß es natürlich jedem offen steht, Entscheidungen dieser Art zu treffen, das heißt: sich für oder auch gegen die Annahme der These von der Existenz Gottes zu entscheiden und diese These gegen jede Kritik zu immunisieren und sie damit zu dogmatisieren. Man sollte sich aber darüber klar sein, daß man so mit jeder beliebigen These verfahren kann. Und das zeigt, daß ein solches Verfahren – erkenntnistheoretisch gesehen – wertlos ist.[27] Wer an der Wahrheit seiner eigenen Anschauungen wirklich interessiert ist, wird also nicht in dieser Weise verfahren. In den Realwissenschaften pflegt man daher Probleme der Existenz bestimmter Wesenheiten – zum Beispiel der Existenz von Elektronen, von Chromosomen oder der Existenz Caesars, Shakespeares oder der Päpstin Johanna – anders zu behandeln. Offenbar gibt es Möglichkeiten, in solchen Fragen Willkür zu vermeiden. Statt solche Annahmen isoliert zu behandeln, bringt man sie in Zusammenhang mit anderen Aussagen, die geeignet sind, zu ihrer Beurteilung beizutragen, weil sich dann etwa zeigt, ob mit ihrer Hilfe etwas erklärt werden kann. Man kann auf diese Weise dann zu einer Bewertung alternativer Hypothesen im Hinblick auf den Erkenntniszweck kommen.

Die Möglichkeit eines solchen Vorgehens wird man auch im Falle der These von der Existenz Gottes und anderer damit zusammenhängender Thesen ins Auge fassen können. Das ist schon deshalb plausibel, weil diese Thesen historisch im Zusammenhang mit bestimmten Wirklichkeitsauffassungen entstanden sind, in denen sie unter anderem eine derartige Erklärungsfunktion hatten. Im Rahmen solcher Auffassungen war es möglich, sie aufgrund ihrer kognitiven Funktion zu beurteilen.

In diesem Zusammenhang möchte ich gleich dem Mißverständnis vorbeugen, daß man auf diese Weise etwa Gott „funktionalisieren" oder „instrumentalisieren" und ihn damit „verfügbar machen" und daher herabsetzen würde, wie man oft hört. Hier geht es nur darum, zu einer rationalen Beurteilung einer *These* zu kommen, nämlich der These, daß ein Gott dieser Art existiert. Diese These – und nicht etwa Gott selbst – wird in einen Kontext versetzt, der ihre Beurteilung ermöglicht, und zwar wird das gerade deshalb gemacht, weil man daran interessiert ist, etwas über ihre vermutliche Wahrheit auszumachen. Gerade derjenige, der an der Wahrheit seines religiösen Glaubens interessiert ist, wird also sinnvollerweise so verfahren, um mögliche Illusionen, die ja gerade bei der Antwort auf „existenziell" wichtige Fragen naheliegen, zu vermeiden. Tatsächlich steht aber sehr oft der Glaubensdrang im Gegensatz zu echter Wahrheitssuche. Das Bedürfnis, an bestimmten Überzeugungen festzuhalten, ist stärker als das Streben nach einer rationalen Beurteilung ihrer vermutlichen Wahrheit. Natürlich kann eine solche Situation auch außerhalb des religiösen Bereichs auftreten, zum Beispiel in bezug auf politische Überzeugungen oder auch in der Erkenntnispraxis der Wissenschaften. Die in den Wissenschaften entwickelte Methodologie kritischer Prüfung hat unter anderem die Zielsetzung, dem entgegenzuwirken.

Es ist also durchaus möglich, bei der Entscheidung über die Annahme der These von der Existenz Gottes nicht willkürlich zu verfahren. Man kann die Versuche, diese These zu „beweisen", die im klassischen philosophischen Denken zu finden sind, teilweise wohl als Bemühungen dieser Art ansehen, also nicht als Beweise im heute üblichen Sinne dieses Wortes, aber wohl als Versuche, diese Annahme im Rahmen damaliger Auffassungen über die Beschaffenheit der Wirklichkeit plausibel zu machen. Als solche sind sie aber alle gescheitert – auch der Kantsche Versuch im Rahmen der praktischen Vernunft und spätere Versuche.[28] Geblieben ist aber vor allem das Theodizeeproblem mit seinen negativen Konsequenzen für die Annahme der Existenz eines Gottes, der christlichen Vorstellungen entspricht. Darauf ist nun in aller Kürze einzugehen.

Dieses Problem – das Problem der Rechtfertigung Gottes angesichts der natürlichen und moralischen Übel, die sich in der Welt vorfinden – hat frühere Denker sehr beschäftigt, ohne daß sie eine im Sinne des christlichen Glaubens befriedigende Lösung gefunden hätten. Aber heute wird dieses Problem merkwürdigerweise kaum noch ernst genommen. Um es kurz zu machen: Wenn man glaubt, Gott hätte diese Welt nicht so einrichten können, daß die Katastrophen, Verbrechen und Grausamkeiten nicht hätten passieren können, von denen die Weltgeschichte voll ist, und zwar nicht erst seit Auschwitz, muß man wohl an seiner Allmacht zweifeln. Damit wäre aber eine wesentliche Komponente der christlichen Auffassung getroffen. Der beliebte Einwand, um der menschlichen Willensfreiheit willen habe Gott nicht anders gekonnt, ist nicht viel wert. Er gilt nämlich erstens nicht für Naturkatastrophen, Krankheiten und andere natürliche Übel, die nicht auf menschliche Entscheidungen zurückgehen. Und zweitens sind auch freie Entscheidungen zwischen Möglichkeiten denkbar, die keine moralischen Übel involvieren.[29] Man sollte sich darüber klar sein, daß diese Argumentation auf eine Widerlegung der christlichen Gottesvorstellung hinausläuft,[30] also nicht nur einen moralischen Einwand gegen diese Vorstellung liefert, wie ich selbst einmal formuliert habe.[31]

Das Fazit unserer Argumentation besteht also in der Feststellung, daß keinerlei positive Gründe für die Annahme der Existenz Gottes zu finden sind, wohl aber ein schwerwiegender Einwand gegen diese Annahme. Überdies gibt es für den christlichen Glauben noch besondere Schwierigkeiten, die damit zusammenhängen, daß es sich hier um eine in einem bestimmten Sinne historische Religion handelt. Bestimmte historische Ereignisse spielen für diesen Glauben eine zentrale Rolle, Ereignisse, von denen seine Heilsbedeutung abhängt. Ihre religiöse Interpretation gehört daher zum Kern dieses Glaubens.[32] Daher ist er in besonderem Maße Einwänden ausgesetzt, die sich aus der historischen Forschung ergeben. Vor allem die Erforschung des Lebens Jesu hat bekanntlich trotz spärlicher Quellen Resultate erbracht, die geeignet sind, Zweifel an wesentlichen Bestandteilen des Glaubens zu erwecken.

Nun hat die moderne Theologie, wie schon erwähnt, auf diese Situation mit Umdeutungsversuchen reagiert, die den metaphysischen Gehalt des Glaubens weitgehend eliminieren und seinen moralischen Gehalt auf ein im Sinne der Mitmenschlichkeit verstandenes Liebesgebot reduziert haben. Dabei kam es dann zu Thesen wie der Bultmannschen: Jesus sei auferstanden in die Verkündigung, so daß ein orthodoxer Theologe wie Künneth einem modernen, nämlich Fuchs, das Paulus-Wort (1 Kor 15) entgegenhalten konnte: „Wenn es keine Auferstehung der Toten gibt, dann ist auch Christus nicht auferweckt worden. Wenn aber Christus nicht auferweckt ist, dann ist auch euer Glaube leerer Wahn." Die moderne Version des Auferstehungsglaubens scheint mir ganz in der Linie der reinen Religion im Sinne Schleiermachers zu liegen, für die Lübbe nun eine pragmatische Interpretation geliefert hat. Daß die katholische Kirche sich mit solchen Versuchen nicht identifizieren kann, läßt sich gut verstehen. Sie zieht es vor, an Gottesbeweisen festzuhalten, die seit langem als widerlegt gelten können, und macht gleichzeitig Anpassungsversuche an die moderne durch die Wissenschaften geprägte Wirklichkeitsauffassung, wobei sie natürlich genötigt ist, jeweils zu entscheiden, welche Bestandteile früherer Auffassungen sie zu opfern bereit ist. Alle aber bemühen sich in irgendeiner Weise, innerhalb der modernen Wirklichkeitsauffassung eine *Nische für das durch das Christentum geprägte religiöse Bewußtsein* zu suchen, das de facto in dieser Auffassung keine Wurzeln mehr hat.

Man darf also wohl sagen, daß im Abendland der *griechische Geist der kritischen Untersuchung* ohne Rücksicht auf unangenehme Konsequenzen – also der Geist unvoreingenommener Wahrheitssuche – *die Fundamente des Christentums unterminiert* hat und darüber hinaus *die Fundamente einer religiösen Weltauffassung überhaupt.* Das frühkatholische Dogmengebäude, das in den ersten nachchristlichen Jahrhunderten die in Europa geltende Weltauffassung beherrscht hatte, darf man heute als ein spätantikes Fossil ansehen, das einer Fusion von jüdischer Religiosität, griechischer Metaphysik und römischem Recht entstammt und das sich nur durch rigorose Abschirmungsmaßnahmen aufrechterhalten ließ, die nun allmählich ihre Wirkung verlieren. Die protestantische Theologie, die sich besonders bemüht hat, diesen Glauben mit der modernen Weltauffassung vereinbar zu machen, hat versucht, aus den Trümmern dieses Gebäudes die wertvollsten Bestandteile zu retten. Aber sie konnte nicht daran vorbei, daß das Weltbild, in dem der christliche Glaube verankert war, von der Bildfläche verschwunden ist. Alle Umdeutungen, die diesen Glauben mit der modernen Weltauffassung vereinbar machen sollten, haben sich als höchst problematisch erwiesen, und zwar auch problematisch im Sinne der religiösen Zielsetzung selbst. Und die philosophischen Versuche, die damit verbundenen Probleme beiseitezuschieben, sind nicht nur fragwürdig in ihrer Wirkung, sondern auch philosophisch anfechtbar, weil sie weder die Ansprüche der Religion ernst nehmen noch dem zentralen philosophischen Anliegen gerecht werden, nämlich der Suche nach Wahrheit.

Natürlich bedeutet das nicht, daß in der christlichen Tradition keine wertvollen Bestandteile enthalten sind, die bewahrenswert wären, wie etwa das der jüdischen Religiosität entstammende Ideal der tätigen Liebe. In dieser Hinsicht kann man auf den Versuch Albert Schweitzers hinweisen, anknüpfend an Kant den ethischen Gehalt des Christentums in den Vordergrund zu stellen, ihn im Vergleich mit anderen religiösen Traditionen einer kritischen Prüfung zu unterziehen und ihn von Bestandteilen zu reinigen, die er für fragwürdig hielt.[33] Seine Bemühungen scheinen aber nur geringen Einfluß auf das theologische Denken gehabt zu haben.


## 5. Zum illusionären Charakter der religiösen Weltauffassung

Damit komme ich zurück auf die beiden Theoretiker, mit deren Thesen ich begonnen habe. Hat sich nun die Religion als Illusion erwiesen, wie Freud meinte? Oder beruht die Religionskritik auf Illusionen, wie Lübbe behauptet hat? Nach meiner Einschätzung der heutigen Problemsituation muß die Lübbesche These als haltlos zurückgewiesen werden. Wer die Ansprüche der Religion – speziell des Christentums – ernst nimmt und damit auch die Annahmen, auf denen sie beruhen, der muß meines Erachtens in diesem Punkte Freud gegen Lübbe recht geben. Die Idee der reinen Religion, die er uns präsentiert hat, ist nur geeignet, die

Gläubigen darüber hinwegzutäuschen, daß ihre Entscheidung für den Glauben Annahmen involviert, deren Wahrheit zumindest problematisch und deren Kritikimmunität keineswegs selbstverständlich ist und die bei rationaler Beurteilung keine Chance haben, akzeptiert zu werden.

Das bedeutet natürlich nicht, daß die Religion verschwinden wird, wie viele Vertreter der Aufklärung geglaubt hatten. Diese Prognose hat mit der Frage des illusionären Charakters der Religion überhaupt nichts zu tun, wie jeder Nietzsche-Kenner verstehen wird. Denn die Frage, inwieweit die Menschen Illusionen bestimmter Art benötigen, ist eine ganz andere Frage.

*Hans Weder*
## Glauben und Denken

Wo das Denken am Ende ist, beginnt der Glaube. Wo das Wissen endet, fängt das Glauben an. Auch heute wird das Verhältnis von Denken und Glauben nicht selten so bestimmt. Dies kann ganz positiv gemeint sein: Der Glaube beschäftigt sich mit Dingen, die dem Denken nicht mehr verfügbar sind. Und deshalb hält das Denken respektvoll Distanz zum Glauben. Daß Glauben und Denken einander so zugeordnet werden, kann jedoch auch Ausdruck von Resignation oder gar Verzweiflung sein: Der Glaube lebt in einem andern Reich als das Denken, und wer – wie wir Neuzeitlichen – zum Denken verurteilt ist, hat den Zugang zum Glauben verloren, so sehr er sich diesen Zugang zurückwünschen mag. Schließlich kann diese Verhältnisbestimmung von Glauben und Denken eine harsche Kritik am Glauben zum Ausdruck bringen: Der Glaube ist eine Ausflucht vor dem Denken ins Irrationale. Und ins Irrationale flüchtet, wem zum nüchternen Denken entweder der Mut oder die Fähigkeit fehlt. Wo das Denken am Ende ist, beginnt der Glaube. Wie immer dieser Satz gemeint sein mag, ob als Ausdruck der Selbstbescheidung des Denkens, ob als Ausdruck der Verzweiflung über den verlorenen Zugang zum Glauben, oder ob als harsche Kritik an der Denkfaulheit des Glaubens, in allen Fällen wird das Verhältnis zwischen Glauben und Denken so bestimmt, daß beide strikte auseinandergehalten werden.

Diese Trennung von Glauben und Denken hat tiefliegende Wurzeln in der Geschichte der abendländischen Kultur. Ihre eindrücklichste Gestalt hat sie wohl im Denken des Mittelalters gefunden.[1] Dort wurden Vernunft und Offenbarung konsequent unterschieden. Der Vernunft sind die Wahrheiten der Welt zugänglich, dem Glauben dagegen die Wahrheiten der übernatürlichen Offenbarung.[2] Und die Wahrheit der Offenbarung ist den

Wahrheiten der Vernunft prinzipiell überlegen. Allerdings kann – wie wir wissen – diese Überlegenheit der Offenbarung über die Vernunft leicht umschlagen in die Belanglosigkeit der Offenbarung für die Vernunft. Die Wahrheiten der Offenbarung können so erhaben werden, daß sie für das Leben auf dieser Welt keine Rolle mehr spielen können. Dieser Umschlag ist in vielen Bereichen des modernen Denkens geschehen. Dazu kommt, daß es im Mittelalter die Vernunft war, welche der Offenbarung Überlegenheit zugestand. Daß die Offenbarungswahrheit höher sei als alle Vernunft, war eine Vernunftwahrheit. Insofern lebte die Offenbarung gleichsam von der Vernunft Gnaden. Dieselbe Vernunft kann der Offenbarung jederzeit das Existenzrecht überhaupt absprechen, wie dies in manchen Denksystemen der Neuzeit faktisch geschehen ist.[3]

Die Trennung von Glauben und Denken beherrscht weitgehend das neuzeitliche Verständnis von Religion. Und sie hat fatale Folgen sowohl für den Glauben als auch für das Denken.[4] Fatal für den Glauben ist, daß er es sich leisten zu können meint, sich dem kritischen Licht des Denkens gar nicht mehr auszusetzen. So geht denn der Glaube den Weg in die Irrationalität. Er wird immer mehr zum erratischen Block sowohl in der menschlichen Person als auch im öffentlichen Leben. Und fatal ist jene Trennung für das Denken, weil es die Schätze des Glaubens ungenutzt liegen läßt. So geht das Denken den Weg in die Rationalität und wird zusehends kälter und orientierungsloser. Es verkommt zur kalten Berechnung, welche keine Ahnung mehr hat von der Würde ihrer Gegenstände. Problematisch ist die Trennung von Glauben und Denken auch deshalb, weil die Ausweitung des Wissens den Glauben beengt. Je breiter das Wissen, desto schmaler der Glaube. Wenn das Wort Gott für die Lücken des Wissens verwendet wird, dann engt die Ausweitung des Wissens die Bedeutung des Wortes Gott immer stärker ein. Der in den Lücken des Wissens lokalisierte Gott wird vom Fortschritt des Wissens permanent aus der Welt verdrängt. Dies ist die unvermeidliche Folge der Auffassung, der Glaube beginne dort, wo das Denken am Ende sei.

Im folgenden werde ich eine ganz andere *These* vertreten und begründen: Wo der Glaube anfängt, beginnt das Denken noch einmal neu. Allerdings geht es dabei nicht um ein Denken, das in Konkurrenz zur menschlichen Vernunft steht. Es geht vielmehr um eine Steigerung des vernünftigen Denkens. Wo der Glaube anfängt, weiß die Vernunft mit ihren Möglichkeiten erst recht etwas anzufangen. Die These lautet also: Wo der Glaube beginnt, wird die Vernunft vernünftiger, weil sie ihrer eigenen Vernünftigkeit neue Möglichkeiten abgewinnt.

Diese These beruht auf der Tatsache, daß der Glaube – wenigstens der christliche Glaube – von allem Anfang an zu denken gegeben hat.[5] Der Glaube macht dem Denken nicht ein Ende, im Gegenteil, gerade er gibt zu denken. Als Indiz für die Richtigkeit dieses Urteils mag der historische Sachverhalt dienen, daß der christliche Glaube von allem Anfang an eine Theologie nötig machte. Die Theologie ist der Versuch, die Substanz des Glaubens denkerisch einzuholen: seine Tragfähigkeit zu prüfen, seine Konsequenzen für das Bild vom Menschen, von der Welt und von Gott zu ermessen. Der Glaube löste Denkprozesse aus, die ungezählte theologische Hochschulen, Fakultäten und Bildungsinstitutionen aus sich entstehen ließen. Daß solche Institutionen existieren, ist die Folge dessen, daß dem christlichen Glauben ein Zug zum Denken eignet. Und zwar zu einem Denken, das nicht nur der Sicherstellung des Glaubens dient, sondern immer wieder zu einer kritischen Unterscheidung von Glauben und Aberglauben vorstößt.[6]

Daß der Glaube von allem Anfang an ein gutes Verhältnis zum Denken hatte, können wir uns auch an einer Argumentation des Apostels Paulus klar machen.[7] In Korinth, einer von Paulus gegründeten Gemeinde, kam es zu einer Auseinandersetzung über die richtige Einschätzung des Zungenredens. Das Zungenreden ist eine Art religiöser Ekstase, ein Außer-sich-Sein des vom heiligen Geist bewegten Menschen. Wer in Zungen redet, spricht in unverständlichen Lauten. Das Zungenreden war in Korinth hoch geschätzt. Denn aus ihm sprach unverkennbar religiöse Begeisterung. Die Zungenrede galt als ein untrügliches Zeichen der Geistesgegenwart. In dieser Einschätzung des Zungenredens begegnet uns eine weit verbreitete Vorstellung von Gottesgegenwart. Wenn Gott gegenwärtig ist, ist der Mensch abwesend, er verfällt in Ekstase. Es ist die Vorstellung, daß der menschliche Geist ganz zum Schweigen kommen müsse, wenn der göttliche Geist redet. Ist dies nicht auch eine unstatthafte Trennung von Menschengeist und Gottesgeist, von Glauben und Denken?

Wie dem auch sei, Paulus verhält sich kritisch zur Hochschätzung des Zungenredens. Er kann der religiösen Ekstase so lange nichts abgewinnen, als sie den anwesenden Menschen nichts zu sagen vermag. Deshalb schreibt er in seinem ersten Brief an die Gemeinde von Korinth: „Aber in der Gemeinde will ich lieber fünf Worte mit meinem Verstand reden, damit ich auch andere unterweise, als zehntausend Worte in Zungen." (1 Kor 14,19) Das verständige Wort ist dem ekstatischen Zungenreden tausendfach überlegen. Das verständige Wort ist Zeichen der Gegenwart des heiligen Geistes. Denn wo der heilige Geist ist, da wird vernünftig gesprochen, damit andere etwas davon lernen können. Nur das vernünftige Wort schafft Beziehung und Gespräch. Und wenn Gottes Geist gegenwärtig ist, kann dies doch nicht ausgerechnet zum Abbruch menschlicher Beziehung führen. Aus dieser Argumentation des Paulus spricht eine andere Vorstellung von Geistesgegenwart als die oben skizzierte. Gegenwart des göttlichen Geistes bedeutet jetzt eine Steigerung der Vernünftigkeit, nicht deren Aufhebung. Wenn der heilige Geist kommt, muß der menschliche Geist hellwach sein. Wo Gottes Geist wahrgenommen wird, ist die Vernunft gefordert. Darum bittet der Apostel die Glaubenden in Korinth: Werdet nicht Kinder, wenn es um das Verstehen geht, werdet nicht Kinder, wenn es um den Gebrauch der Vernunft geht, sondern seid Kinder, wenn es um das Böse geht, im Verstehen aber seid vollkommen (vgl. 1 Kor 14,20). Für Paulus ist also klar: die Erfahrung des Heiligen, das dem Menschen Glauben entlockt, ist gerade nicht das Ende des vernünftigen Denkens und Redens, sondern vielmehr dessen Neubeginn.

Ich fasse zusammen: Der christliche Glaube war – historisch gesehen – schon immer der Nährboden des theologischen Denkens. Und er hatte – systematisch gesehen – schon immer ein gutes Verhältnis zum vernünftigen Wort. Dies begründet meine

These, daß das Denken noch einmal neu anfängt, wo der Glaube beginnt. Diese These wird im folgenden an zwei Beispielen erläutert werden: an der Wahrnehmung der Welt im Horizont Gottes einerseits, andererseits an den Verstehensproblemen, die die Wundergeschichten des Neuen Testaments dem neuzeitlichen Menschen aufgeben. Wenn im folgenden auf neutestamentliche Texte zurückgegriffen wird, so geschieht dies nicht in dogmatistischer Absicht, also um damit eine Autorität zu beschwören, sondern diese Texte werden in hermeneutischer Hinsicht herangezogen, sie werden also herangezogen, weil sie wichtige Hinweise zu unserem Problem enthalten.

### 1. Wahrnehmung der Welt im Horizont Gottes

Im ersten Kapitel des Römerbriefes[8] kommt Paulus auf die Gotteserkenntnis zu sprechen, die seinem Urteil nach alle Menschen haben. „Was erkennbar ist von Gott, ist unter ihnen (den Menschen) offenbar, denn Gott hat es ihnen offenbart." (Röm 1,19) Gott zu erkennen, ist menschlich. Auch evolutionsbiologisch könnte man sagen, der Mensch sei ins Dasein getreten, als er das Heilige entdeckte. Dann wäre das Charakteristikum des Humanen, das Heilige, Gott, wahrzunehmen. Insofern erscheint dann die Welt für den Menschen in einem neuen Horizont: im Horizont Gottes. Die Entdeckung des Heiligen führt den Menschen also zur Neuentdeckung der Welt. Paulus legt Wert auf die Tatsache, daß der Mensch nicht von sich aus auf den Gottesgedanken kommt. Vielmehr macht Gott selbst offenbar, was von ihm erkennbar ist. Man muß dabei nicht an metaphysische Geisterlebnisse denken. Sondern das bedeutet ganz einfach, daß der Gottesgedanke nicht eine Erfindung des Menschen ist. Gewiß ist auch die schöpferische Phantasie beteiligt bei der Entdeckung des Heiligen, aber das Heilige ist nicht des Menschen Erfindung, sondern seine Entdeckung. Der Gedanke der Offenbarung stellt sicher, daß der Mensch, so schöpferisch er auch sein mag, gerade in dieser seiner Poesie sich nicht nur konstruktiv, sondern auch rezeptiv verhält.

Man kann sich die Frage stellen, wie es zum Gottesgedanken komme. Dazu noch einmal Paulus: „Sein (gemeint: Gottes) unsichtbares Wesen (wörtlich: sein Unsichtbares) wird seit der Erschaffung der Welt gesehen im vernünftigen Nachdenken über die Werke (wörtlich: als das aufgrund der Werke Erkannte), (das unsichtbare Wesen Gottes) nämlich seine ewige Macht und Gottheit, so daß sie unentschuldigt sind. Denn obwohl sie Gott erkannten, haben sie ihn nicht als einen Gott gewürdigt, noch haben sie ihm Dank gesagt, sondern sie sind dem Nichtigen verfallen in ihrem Hin-und-her-Überlegen und verfinstert wurde ihr unverständiges Herz." (Röm 1,20 f.) Diese nicht ganz leicht zu verstehenden Sätze geben meines Erachtens eine Reihe von interessanten Hinweisen zu unserem Thema.

(1) Gottes Wesen ist unsichtbar. Die Unsichtbarkeit ist darin begründet, daß Gott kein Gegenstand der Welt ist. Er kommt nicht als ein sichtbares Ding in der Welt vor, sondern sein unsichtbares Wesen unterscheidet ihn qualitativ von den Dingen der Welt. Der triumphalische Ruf jenes Astronauten, der vor einigen Jahrzehnten Gottes Abwesenheit im Himmel feststellte, bleibt weit zurück hinter dem Reflexionsniveau dieses Textes aus dem ersten Jahrhundert.

(2) Obwohl Gottes Wesen unsichtbar ist, ist es seit Erschaffung der Welt auf eine ganz bestimmte Weise anschaulich („es wird gesehen"). Seit es das Universum gibt, stellt dieses ein Denkmal der kreativen Macht dar. Und weil es dieses Denkmal gibt, ist Gottes Wesen anschaulich. Gottes unsichtbares Wesen ist zwar dem menschlichen Auge nicht zugänglich. Zugänglich aber ist diesem Auge das Universum, zugänglich ist dem Auge alles, was es gibt. Zugänglich ist alles Gegebene. Es gibt das Universum, und damit gibt es etwas, das ebenso gut nicht sein könnte.

(3) Anschaulichkeit erlangt das unsichtbare Wesen Gottes freilich nicht in der Sinneswahrnehmung, sondern in der Vernunft. Kein Denkmal ist der Sinneswahrnehmung unmittelbar zugänglich; vielmehr hält es die Vernunft über die Sinneswahrnehmung zum Nachdenken an. Wenn die Welt in den Horizont des schöpferischen Gottes tritt, so sind ihre Gegebenheiten als Schöp-

fungswerke anzusehen, als *poiemata*. Diese Werke stehen den Menschen vor Augen. Der Mensch hat Augen, die Dinge der Welt zu sehen. Und er hat eine Vernunft, diesen Dingen nachzudenken. Und eben bei diesem Nachdenken wird ihm anschaulich, wovon das Universum Zeugnis ablegt. Anschaulich wird ihm das unsichtbare Wesen Gottes.

(4) Paulus bezeichnet dieses unsichtbare Wesen durch zwei Begriffe: die „ewige Macht" Gottes und die „Gottheit" Gottes. Unter der *ewigen Macht Gottes* wird man – dem Kontext entsprechend – am ehesten die Kreativität Gottes zu verstehen haben. Anschaulich für den Menschen wird die schöpferische Macht in den Werken, wenn er bedenkt, daß sie ohne sein Zutun geworden sind. Der Mensch hat nichts für ihr Entstehen getan, vielmehr ist er selbst ein Werk jener kreativen Macht, die er Gott nennt. Wenn der Mensch angesichts dessen, daß etwas ist und nicht vielmehr nichts, ins Nachdenken kommt, dann wird er der Kreativität Gottes gewahr. Und er nimmt zugleich einen qualitativen Unterschied wahr zwischen der ewigen Macht Gottes und der zeitlichen Macht des Menschen: Gott heißt jene Macht, die Dinge ins Sein ruft, die menschliche Macht beschränkt sich im besten Falle darauf, etwas mit den Dingen zu machen, oder menschliche Macht führt – wenn es schlecht geht – gar dazu, die Dinge zu zerstören. Unter der *Gottheit Gottes* könnte man den elementaren Willen zur Beziehung verstehen. Besonders für Paulus und überhaupt das frühe Christentum war Gott wesentlich ein anredendes Wesen. Sie hatten den Christus wesentlich als ein sie anredendes Wort erfahren, und sie lernten diesen Christus verstehen als das anredende Wesen Gottes selbst, das inkarnierte Wort Gottes (Joh 1,14). Anschaulich wird die Gottheit Gottes wiederum beim Nachdenken über die ansprechenden Werke der Schöpfung. Gewiß bezeugt nicht alles das ansprechende Wesen der Gottheit, gewiß gibt es auch Dinge, die Tod und Vernichtung zu verkünden scheinen. Aber dennoch ist bedeutsam, wie zum Beispiel das Leben organisiert ist. Wie das Leben faktisch organisiert ist, ist von unmittelbarer Tragweite für die Erkenntnis der Gottheit Gottes als der Wille zur Beziehung. Anschaulich wird der göttliche Wille zur Beziehung im Nachdenken über die Or-

ganisation des Lebens, das – als Organismus – elementar auf dem Zusammenspiel, auf der Beziehung der Teile zueinander beruht. In diesem Zusammenhang wird klar, daß die naturwissenschaftliche Erforschung der Welt der Wahrnehmung der Welt im Horizont Gottes keineswegs beziehungslos gegenübersteht. Vielmehr liefert sie dem menschlichen Nachdenken den Stoff, in welchem das unsichtbare Wesen Gottes anschaulich ist, seine schöpferische Macht und sein Wille zur Beziehung.

(5) Paulus macht im folgenden auf einen Widerspruch aufmerksam. Obwohl die Menschen Gott erkennen, versäumen sie es, ihn als Gott zu würdigen. Sie gestehen Gott nicht die *doxa*, die Würde, den Glanz, das Gewicht zu, das ihm zukommt. Damit kommen wir zu einer Dimension, die weiter geht als die Nachdenklichkeit. Man könnte sie die existentielle Einstellung auf das Erkannte nennen. Sich existentiell auf das einstellen, was man erkannt hat, heißt glauben. Der Glaube ist dadurch charakterisiert, daß er dem erkannten Gott das Gewicht zugesteht, das dieser hat. Und zwischen dem Verhältnis des Menschen zu Gott und dem Verhältnis zu den Dingen der Welt besteht eine Wechselwirkung. Wenn Gott das Gewicht zugestanden wird, dann wird auch den Dingen der Welt die ihnen eigene Würde zuerkannt. Wer an den Schöpfer und seine Würde glaubt, wird durch diesen Glauben angeleitet zur Würdigung der Geschöpfe. Der Mensch steht in der Gefahr, die Dinge der Welt als Material zu betrachten, das er nach Belieben verwenden oder gar ausbeuten könne. In diesen Dingen sieht er jetzt die Werke Gottes, mit denen ehrfürchtig umzugehen ist. Der Glaube gesteht dem erkannten Gott das Gewicht zu, das ihm zukommt, und leitet den Menschen an, die Dinge der Welt in ihrem eigenen Gewicht wahrzunehmen und sie also mit Respekt zu behandeln. Sache des Nachdenkens ist es, in den Schöpfungswerken das unsichtbare Wesen Gottes anzuschauen. Sache des Glaubens ist es, sich existentiell auf solche Erkenntnis einzustellen, das heißt, dem Schöpfer Würde zuzugestehen und insofern auch seine Werke zu achten.

(6) Der Widerspruch im Menschen wird ferner daran sichtbar, daß die Menschen jenem Gott den Dank verweigern. Obwohl sie den Geber der Dinge erkennen, statten sie ihm keinen Dank

dafür ab. Man darf diese Danksagung nicht mit dem äußerlichen Ritus des Dankesagens verwechseln. Die Welt des Paulus war voll von Tempeln und Synagogen, in welchen Danksagungs-Riten tagtäglich zelebriert wurden. Nicht um diese Äußerlichkeit des Dankesagens geht es, sondern um so etwas wie existentielle Dankbarkeit für die Gaben, die das Leben tragen. Es geht um einen Lebens- und Denkstil, welcher geprägt ist durch das Sich-Verdanken. Dankbarkeit heißt konkret, daß der Mensch angewiesen bleibt auf die fremde Gabe, daß er diese Angewiesenheit nicht als Provokation auffaßt, über die er mit allen Mitteln hinauskommen muß. Dankbar leben heißt konkret, Abschied nehmen können vom Wahn der Eigenständigkeit. Dankbarkeit heißt konkret, daß der Mensch als Gast in einem fremden Hause lebt und sich seines Gastseins nicht schämt, sondern freut. Zur existentiellen Dankbarkeit für das Gegebene gehört freilich auch deren Kehrseite, die Betroffenheit über das Destruktive. Die Klage über die Zerstörung, die in der Welt anzutreffen ist, die unter den Menschen grassiert, vor allem auch die Klage über die zerstörerische Macht, die ich in mir selbst antreffe. Dankbarkeit für den großen Glanz des Lebens gibt es wohl nicht ohne die Klage über die tiefen Abgründe, von denen das Leben umgeben und bedroht ist. Beides ist ein Leben in Angewiesenheit auf das Gegebene.

(7) Zur Wahrnehmung der Welt im Horizont Gottes gehört also eine Art Nachdenklichkeit, ein Nachdenken über die Dinge der Welt, das vorstößt bis zur Anschaulichkeit des unsichtbaren Wesens Gottes, seinem Willen zur Beziehung und seiner kreativen Macht. Dazu gehört gleichzeitig eine Art Glaube, ein Würdigen Gottes und seiner Werke, eine Versöhnung mit dem auf das Gegebene angewiesene Leben. Das Nachdenken sorgt für die Anschaulichkeit Gottes, der Glaube dafür, daß die Anschauung Gottes nicht zu leicht genommen wird. Und dies wiederum schärft die Konzentration des Nachdenkens. So sind Glaube und Nachdenken in einer aktiven Schleife aufeinander bezogen, um zusammen die Wahrnehmung der Welt im Horizont Gottes darzustellen.

Ich will versuchen, diese Art von Weltwahrnehmung mit dem

naturwissenschaftlichen Denken zu vergleichen. Vielleicht könnte man sagen, das naturwissenschaftliche Denken beschäftige sich wesentlich damit, die Funktionsweise des Universums zu erforschen, dessen Aufbau kennenzulernen, etwa den Aufbau des Lebens. Vielleicht könnte man sagen, dieses Denken erforsche die Dinge der Welt auf ihre Verwendbarkeit hin, daraufhin, daß der Mensch etwas mit ihnen anfangen kann. Und dieses Denken ist durch diese seine Aufgabenstellung in keiner Weise moralisch disqualifiziert. Vielleicht könnte man sagen, die Naturwissenschaft kläre auf über das, was uns umgibt. Sie macht anschaulich, was wir vor Augen (und vor noch viel raffinierteren Seh-Apparaten) haben.

Demgegenüber konzentriert sich die Wahrnehmung der Welt im Horizont Gottes auf die Tiefendimension dessen, was wir vor Augen haben.[9] Sie hintergeht nicht etwa weltflüchtig das Gegebene, um zu einem jenseitigen Gott vorzustoßen. Ihr Erkenntnisziel ist gerade auch das Gegebene, nicht dessen Funktionsweise und Verwendbarkeit zwar, aber dessen Gewicht und Würde. Sie zielt nicht ins Jenseits, sondern ihr geht es um die Wahrnehmung des Diesseits im Horizont des jenseitigen Gottes. Ihr geht es nicht um den Schein des Himmlischen, sondern um den Glanz des Irdischen. Wer die Dinge der Welt als Schöpfungswerke betrachtet, entdeckt, daß sie aufschlußreich sind für die Kreativität, der sich das Universum verdankt. Nun läßt sich in der Neuzeit ein Denken – es ist freilich bei weitem nicht das einzige – beobachten, das die Dinge in den Vordergrund der Welt bannt. Dieses Denken möge daran erinnert werden, daß die Dinge aufschlußreich sind, daß sie Aufschluß geben über Gottes unsichtbares Wesen. Das naturwissenschaftliche Denken steht keineswegs beziehungslos neben der Wahrnehmung der Welt im Horizont Gottes. Denn die Erforschung der Dinge gibt den Stoff ab für die Nachdenklichkeit des Glaubens. Wer das Gewicht des Lebens erkennen will, wird sich für dessen Aufbau und Organisation interessieren. Das naturwissenschaftliche Denken führt zur Anschauung der Dinge, die für das unsichtbare Wesen Gottes aufschlußreich sind. Das Denken erinnert den Glauben an die konkrete Gestalt dessen, was er für aufschlußreich hält, der

Glaube dagegen erinnert das Denken an das Gewicht der Dinge, die es erforscht. In dieser Weise stehen Glauben und Denken nicht nur in einer Wechselwirkung zueinander, sondern sie sind geradezu aufeinander angewiesen.

(8) Gäbe es diese Erinnerung nicht, könnte es geschehen, daß die Dinge der Welt banal werden. Paulus macht darauf aufmerksam, daß die Banalisierung der Dinge über kurz oder lang auch die Banalisierung des Denkens und der Denkenden nach sich zieht. Denn der Mensch verfällt dem Nichtigen in seinem Hin-und-her-Überlegen, so Paulus, und nichtige Finsternis breitet sich in seinem Herzen aus (Röm 1,21). Ich denke, der von Paulus in Erinnerung gerufene Zusammenhang wäre einer Überlegung wert. Wenn Gott das Gewicht verweigert wird, das ihm zukommt, dann verflüchtigen sich die Werke der Schöpfung zum weltlichen Material. Die Banalisierung Gottes zieht die Banalität der Dinge nach sich. Und diese wiederholt sich in der Banalität des Denkens. Und dann breitet sich eben Nichtigkeit aus auch im praktischen Umgang des Menschen mit der Welt. Nichtigkeit breitet sich aus in den ungeheuren Anstrengungen, die Welt auszubeuten. Nichtigkeit breitet sich aus in den gelehrten Abhandlungen über den Menschen als hochkomplexe Maschine. Nichtigkeit breitet sich aus in der besinnungslosen Analyse und Kritik alles Gegebenen. Eben gegen diese Nichtigkeit bietet Paulus die Wahrnehmung der Welt im Horizont Gottes auf.


## 2. Die fremden Gäste: Wunder und Wundergeschichten

Wer die Evangelien liest, wird nicht übersehen können, daß uns dort eine ganze Reihe von Wundergeschichten[10] begegnen. Wundergeschichten gehören elementar zur Sprache des Glaubens an eine göttliche Macht. Auch der Glaube an Jesus Christus meldet sich häufig in der Wundererzählung zu Worte. Solche Geschichten erzählen davon, daß Menschen von bösen Krankheiten geheilt wurden, oder daß Brot in Hülle und Fülle ausgeteilt wurde, oder daß sogar Wind und Wellen Jesus gehorchen mußten. Und immer wieder erzählen sie davon, daß Besessene befreit wurden von dem Bösen, das sie im Griff hatte. Interessant ist, daß die Jesusüberlieferung keine Erzählungen enthält, in denen wunderbare Strafen die Übeltäter vernichteten (erst in der Apostelgeschichte gibt es dazu eine Ausnahme: Ananias und Saphira). Von Jesus also werden keine zerstörenden Wunder erzählt. In ihm konzentriert sich nicht einfach göttliche Übermacht, sondern genauer die göttliche Rettungsmacht.

Allerdings stellen die Wundergeschichten für die Neuzeit ein erhebliches Verstehensproblem dar.[11] Gerade hier scheint einem ein Glaube zu begegnen, der in naiver Vertrauensseligkeit seinen Gott in übernatürlichen Ereignissen am Werk sieht. Und der Verdacht legt sich leicht nahe, für den Glauben sei vieles ein Wunder, weil er sich vieles nicht erklären könne. Und je mehr der Mensch sich dem Denken anvertraue, desto weniger habe er es nötig, an Wunder zu glauben. Der Verdacht ist zwar begreiflich, aber vielleicht nicht im Recht. Denn die Wundererzählungen zeugen von einem Glauben, der auch seine Logik hat. Ich will jetzt versuchen, einige Überlegungen zu diesem besonderen Denken anzustellen.

(1) Zunächst jedoch stellen uns die Wundergeschichten der Evangelien vor ein historisches Problem, vor die Frage nämlich, ob sie einfach als Erfindungen des Glaubens betrachtet werden sollen. Historisch ist dazu festzustellen, daß es eine Reihe von Wundertaten gibt, die Jesus nicht abgesprochen werden können.[12] Sowohl Feinde als auch Freunde gestehen Jesus durchaus Wundertaten zu. Umstritten ist nur die Deutung: Die Wunder zeigen, daß er von Gott kommt, sagen seine Freunde. Mit dem Oberteufel im Bunde treibt er die Teufel aus, sagen seine Feinde.[13] Ferner ist darauf hinzuweisen, daß wunderbare Heilungen und Kräfte auch in den frühchristlichen Gemeinden gut belegt sind (vgl. 1 Kor 12,28), wo sie neben ganz unspektakulären Dingen wie Gemeindeleitung aufgezählt werden. Und schließlich gab es in der Antike auch andere Wundertäter und sogar Orte, an denen Wunderbares zu geschehen pflegte. Es ist eine historische Tatsache, daß Jesus paranomale Fähigkeiten besaß.

Eine zweite historische Tatsache muß aber sogleich dazugenommen werden. Im Verlaufe der Überlieferung erfuhren die

Wundertaten Jesu eine unverkennbare Steigerung. Das Wunderbare wurde zusehends stärker herausgestrichen.[14] Die Gemeinde, die sich in solchen Geschichten an die rettende Macht Jesu erinnerte, steigerte das Wunderbare. Denn es ging ihr darum, mit diesen Geschichten zu sagen, daß Jesus Christus nicht bloß ein Mensch mit paranomalen Fähigkeiten war, sondern der Gott in Person, als Inbegriff der rettenden Macht Gottes. Dies führte zu symbolischer Steigerung.

(2) In der Neuzeit wurde das Verständnis solcher Wundergeschichten zusehends schwieriger. Wenn ich recht sehe, hängt dies vor allem mit dem modernen Wirklichkeitsbegriff zusammen. Was Wirklichkeit ist, wird durch Naturgesetze bestimmt. Was gemäß den physikalischen Gesetzen nicht möglich ist, ist auch nicht wirklich. Es erfolgt stets ein Rückschluß von der Möglichkeit auf die Wirklichkeit. So widerspricht es dem Energieerhaltungssatz fundamental, daß aus zwei Broten Nahrung für Tausende entstehen kann. Deshalb wird es für uns schwierig, an Wunder zu glauben. Und man versucht nicht selten, die neutestamentlichen Wunder natürlich zu erklären.[15] Damit trifft man sie tödlich, weil das Wunderbare zum Natürlichen gemacht wird. Manche verweisen sogar die ganze Wunderüberlieferung ins Reich der Märchen. Andererseits haben wir, denke ich, gerade in neuester Zeit wieder gelernt, daß es mehr Dinge zwischen Himmel und Erde gibt, als unsere Schulweisheit sich träumen läßt. Die Vorstellung von einer geschlossenen, vollkommen berechenbaren Wirklichkeit ist nicht mehr unumstritten. Vielleicht stehen wir an der Schwelle einer Zeit, die ein neues Verhältnis gewinnt zum Wunderbaren, ohne jedoch – wie ich jedenfalls hoffe – die Rationalität der Wissenschaft preiszugeben.

Bemerkenswert ist ferner unser Sprachgebrauch – bis in die Tageszeitungen hinein. Das Wort „Wunder" ist ja keineswegs aus unserer Sprache verschwunden. Wie durch ein Wunder, so die vorsichtige Formulierung der Moderne, entkamen fünfzig Bergleute dem Tod. Das Wort „Wunder" verschwindet genau aus dem Grunde nicht, weil es nach wie vor Wesentliches zum Verstehen der Welt beiträgt. Das Wort „Wunder" vermag offenbar gewisse Erfahrungen in einer Weise zur Sprache zu bringen, die einer Sprache nicht erschwinglich ist, die auf ein solches Wort verzichtet. Wer von einem Wunder spricht, sei es im Blick auf seine Biographie oder auf das Weltgeschehen, läßt die Neutralität sogenannt objektiver Beschreibungen hinter sich. Er bringt sein eigenes Verhältnis zum Erzählten ins Spiel, er bringt so etwas wie Dankbarkeit zum Ausdruck für Gutes, das ihm widerfahren ist. Und dabei macht er sich klar, daß er vieles in seinem Leben nicht sich selbst zu verdanken hat. Eben solche und ähnliche Dimensionen kommen durch das Wort „Wunder" ins Spiel.

(3) Wer die neutestamentlichen Wundergeschichten etwas genauer ansieht, wird noch mehr Denkanstöße für den vernünftigen Glauben erkennen können. Davon soll nun noch die Rede sein.

(a) Ein sehr häufiges Erzählmotiv in den Wundergeschichten ist, daß die Umstehenden außer sich geraten vor Staunen und daß sie Gott loben wegen des Geschehenen. Dieses Grundmotiv zeigt, daß Wundergeschichten so etwas wie eine Einführung in das Staunen sind. Sie führen ein ins Staunen über gewährte Rettung, ins Staunen über unerwartete Bewahrung. Sie machen aufmerksam darauf, daß solche Bewahrung in unserem Leben vorkommt und daß sie zum Staunen Anlaß ist. Ferner führen Wundergeschichten ein in die Dankbarkeit für gewährtes Leben. Sie schaffen im menschlichen Denken und Leben einen Raum für das Verdanken. In einem solchen Raum, wo es dem Menschen möglich wird, für fremde Rettung dankbar zu sein, gewinnt er Abstand dazu, für alles selbst aufkommen zu müssen. Wer auf fremde Rettung aufmerksam wird, kann Abschied nehmen von der Selbstrettung, einer nicht selten geradezu zerstörerischen Aktivität des Menschen. Wundergeschichten erschließen ferner erlebte Bewahrung neu. Die erfahrene Bewahrung wird aufschlußreich für jene Kreativität, die auch Paulus im Römerbrief im Blick hatte.

(b) Im Zuge der neuzeitlichen Verstehensprobleme mit dem Wunder kam es zu einer – wie es zunächst schien – eleganten Lösung. Man konnte zwar nicht mehr in einzelnen Ereignissen ein Wunder sehen, aber man erklärte statt dessen die ganze Welt als das eine große Wunder. „Rund um mich ist alles Allmacht! und

Wunder alles!", konnte etwa Klopstock dichten.[16] Als Wunder war das einzelne verloren, gewonnen war dafür das Wunder des Ganzen. So schien der Wunderbegriff *für* das Denken – und *vor* dem Denken – gerettet. Doch die Wundergeschichten selbst widersetzen sich einem solchen Denken. Sie protestieren gerade dagegen, daß die ganze Welt ein Wunder sei. Und darin geben sie meines Erachtens etwas Wichtiges zu erkennen. Denn die Welt besteht ja nicht nur aus Wundern. Sie besteht nicht nur aus der wunderbaren Organisation der Organismen, sondern in ihr kommt auch Zerstörung, sogar paradoxe Selbstzerstörung der Organismen vor. Die Welt besteht nicht bloß aus dem wunderbaren Zusammenspiel verschiedener Kräfte, sondern in ihr kommt auch der Kampf bis aufs Blut vor. Die Welt besteht nicht nur aus der wunderbaren Schönheit des Guten, sondern in ihr kommt die Häßlichkeit des Bösen, das Leiden und der Tod vor. Die Wundergeschichten protestieren gegen die Wahrnehmung des Ganzen als Wunder, indem sie göttliche Macht nur in der Heilung, nur in der Rettung, nur im Guten sehen. Sie isolieren gleichsam die Positivität aus dem alltäglichen Gemenge des Lebens, und eben diese Positivität geben sie neu zu verstehen als Erfahrung der rettenden Macht Gottes. Man könnte auch sagen: die Wundergeschichten unterscheiden zwischen Welt und Schöpfung, zwischen einer Welt also, in welcher Kreativität und Destruktivität vermengt sind, und der Schöpfung, in welcher die kreative Macht Gottes allein maßgebend ist.

(c) Es gibt unterschiedliche Weisen, dieselbe Erfahrung zu beschreiben. Ein wissenschaftlicher Bericht spricht eine andere Sprache als eine Wundergeschichte. Man könnte dies auf dem Hintergrund der Sprachspiel-Theorie Wittgensteins verstehen. Es gibt das Sprachspiel der Wissenschaft, und es gibt das Sprachspiel des Glaubens. Wie unterscheiden sich beide? Nehmen wir als Beispiel die Erzählung von der Rettung der Israeliten vor dem Heer des Pharao am Schilfmeer. Im wissenschaftlichen Sprachspiel könnte man das Geschehene vielleicht wie folgt beschreiben: Ein wegen eines außerordentlichen Tiefdruckgebiets aufgetretener heftiger Ostwind trocknete das seichte Meer aus, so daß die Israeliten trockenen Fußes hindurchgehen konnten. Weil er plötzlich aufhörte, flossen die Wassermassen in ihr altes Bett zurück und ließen das ägyptische Heer im Morast versinken.[17] Und im Sprachspiel des Glaubens lautet die älteste Beschreibung desselben Geschehens: „Singet dem Herrn, denn hoch erhaben ist er, Roß und Reiter warf er ins Meer" (das sogenannte Mirjamlied, Ex 15,21 b). Dem Sprachspiel der Wissenschaft geht es um Erklärung, dem Sprachspiel des Glaubens um Lob und Dank. Die Wissenschaft betrachtet ein Geschehen grundsätzlich als ein Rätsel, über das so lange theoretisch nachgedacht werden muß, bis es aufgelöst ist. Der Wundergeschichte dagegen geht es nicht um die Lösung von Rätseln, sondern vielmehr um das Benennen eines Geheimnisses. Sie sieht im Geschehen, gleichgültig, ob es ihr rätselhaft sei oder nicht, ein Geheimnis, das Geheimnis der göttlichen Rettungsmacht. Dieses Geheimnis ist auch dann festzuhalten, wenn eine Sache keinerlei Rätsel mehr ist. Denn von vielen Dingen gilt, daß ich ihr Geheimnis um so besser erkenne, je mehr ich von ihnen weiß. Daraus folgt, daß die Wundergeschichten gerade nicht an ein Defizit an Wissen anknüpfen wollen, sondern daß sie dem Wissen einen Fingerzeig geben. Den Fingerzeig, ob all der enträtselten Rätsel das Geheimnis der Dinge nicht zu vergessen. Auch wenn ein Vorgang wissenschaftlich völlig enträtselt sein sollte, so verbietet diese wissenschaftliche Erkenntnis in keinem Falle, diesen Vorgang als ein Wunder zu betrachten und in ihm also das Geheimnis der Wirklichkeit wahrzunehmen. Beide Sprachspiele nehmen dasselbe auf verschiedene Weise wahr; es ist deshalb sinnlos, sie zu Konkurrenten zu machen.

(d) Wundergeschichten verstoßen bewußt und entschlossen gegen das Realitätsprinzip.[18] Sie erzählen von unverhoffter Rettung aus tödlicher Krankheit, von der Überfülle gegebenen Brotes, vom Bersten eiserner Ketten und dicker Gefängnismauern. Sie stellen eine Art Umsturz der Welt dar. Nicht einen Umsturz der wirklichen Welt der Erfahrung zwar, aber einen Umsturz in der erzählten Welt. Wundergeschichten protestieren dagegen, daß die Erfahrungswelt absolut maßgebend ist. Sie protestieren gegen die Gleichung, die Gegebenheiten der Welt seien identisch mit dem Gottgegebenen. In dieser Hinsicht stellen sie eine Ermächtigung dar, bestehende Grenzen zu überschreiten. Und in Erzählungen überschrittene Grenzen werden vielleicht da und dort auch in Wirklichkeit überschreitbar. Die tödliche Krankheit wird nicht als gottgegeben hingenommen, sie wird mit allen Mitteln der Vernunft bekämpft. Der Mangel an Brot wird nicht als göttliches Geschick betrachtet, er wird mit Arbeit und Technologie behoben. Erzählungen von gesprengten Gefängnismauern haben gewiß das Ihre dazu beigetragen, daß die frühchristlichen Gemeinden die Schwelle der Gefängnisse überschritten, um die zu besuchen, die dort wie Tote vegetierten. Wundergeschichten sind also ein Protest gegen die Allmacht der Realität und insofern eine symbolische Aktion des Menschen gegen die Unüberwindlichkeit von Grenzen.

(e) Schließlich muß festgehalten werden, daß die Wundergeschichten fremde Gäste sind in unserer Welt der Rationalität, manchmal sogar schwierige Gäste. Vielleicht käme es darauf an, diesen Fremden Gastrecht zu gewähren, ohne sie zu Einheimischen machen zu wollen.[19] Vielleicht geben uns diese Geschichten gerade in ihrer Fremdheit vieles zu denken. Sie bringen uns zum Nachdenken über das Geheimnis des Wirklichen, über die Angewiesenheit auf gewährte Rettung, über die Grenzen der Machbarkeit. Und weil sie dies nur als fremde Gäste tun können, ist es wohl wichtig, ihnen mit dem nötigen Respekt zu begegnen. Denn auch sie sind nicht nur ein Rätsel, das es möglichst schnell zu enträtseln gilt, sondern auch sie tragen ein Geheimnis in sich, das zu bedenken sich lohnt.

### 3. Glauben als Anfang neuen Denkens

Die vorgelegten Überlegungen zum Verhältnis von Glauben und Denken wollten die These begründen, daß der Glaube nicht dort anfängt, wo das Denken endet, sondern daß das Denken noch einmal neu beginnt, wo der Glaube anfängt. Dabei ist allerdings festzuhalten, daß es schon ein Denken gibt, dem der Glaube ein Ende macht. Der Glaube ist das Ende jenes Denkens, das die Dinge der Welt zum verfügbaren Material verkommen läßt und sie in den Vordergrund bannt. Und weil der Glaube das Ende eines solchen Denkens ist, ist er zugleich der Anfang eines neuen Denkens, das man Nachdenklichkeit nennen könnte. Im Glauben hat das Nachdenken ein Zuhause, das Nachdenken über das Gewicht, das die Dinge der Welt haben und das die kreative Macht hat, der sich die Schöpfungswerke verdanken. Im Glauben wohnt das Nachdenken über das Geheimnis, das in jeder Rettung liegt, sei sie sensationell wie eine Feuerschrift im Festsaal, sei sie unscheinbar wie eine Spur im Sand.

*Hermann Dembowski*
## Schwierigkeiten mit der Wahrheit. Zum Gespräch zwischen Theologie und Naturwissenschaften

### 1. Die Wahrheitsfrage in der Geschichte der Wissenschaft

Die biblische Geschichte von Gott, Mensch und Welt, die griechische Sicht von Welt, Mensch und Gott, die römische technisch-politische Rationalität, die germanisch-keltische Dynamik haben im ersten Jahrtausend zu einer Synthese gefunden, die dann, nach der Begegnung mit dem Islam in den Kreuzzügen, auch zur Universität führte, zur gelungenen und immer wieder erneuerten Synthese der Institution des gemeinsamen Studiums, der Frage nach der Wahrheit von Gott, Mensch und Welt.

Verfolgen wir diese Geschichte der Frage nach der Wahrheit von Gott, Mensch und Welt in grobem Durchgang an ausgewählten Beispielen.

Für Thomas von Aquin ist alles, was ist, in der Bewegung von Gott her zu Gott hin begriffen. Gott ordnet diesen Prozeß. Gott ordnet Welt. Gott ordnet den Menschen der Welt ein. Er ordnet das Entscheidende für den Menschen in der Welt an. Er hilft durch die Gnade Jesu Christi dem Menschen zur Menschlichkeit, der Welt zur Weltlichkeit in der Gottesordnung. Das Ziel dessen, was ist, ist die Gemeinschaft von Mensch und Welt mit Gott. Wahrheit ist hier die Deutlichkeit und Klarheit dessen, was ist und sich zu Gott bewegt, indem es sich einordnet. Sie wird durch die Vernunft erkannt. Offenbarung, die über, aber nicht gegen die Vernunft ist, erweitert und ergänzt die vernünftige Wahrnehmung der Wahrheit.

„Mein Gewissen ist gefangen in Gottes Wort, und, es sei denn, daß ich durch Gründe der Schrift oder der Vernunft überwunden werde, kann ich von dieser Wahrheit nicht lassen oder weichen."[1] So antwortete Martin Luther auf dem Reichstag zu

Worms der Forderung, seine Lehre zu widerrufen. Die Frage nach Wahrheit bezieht sich für ihn auf die Schrift. Dieser Bezug nimmt die Vernunft in sich hinein: kritisch, fragend, argumentierend. Wahrheit ist für Luther grundlegend die Verläßlichkeit Gottes, der sich in Jesus Christus dem Menschen und der Welt heilsam zuwendet. Diese Verläßlichkeit wird durch die Bibel als lebendiges Wort zugesprochen und im Vertrauen des Menschen wahrgenommen, in vernünftigem, kritischem Bemühen der Vernunft verstanden und vertreten und im offenen Umgang mit der Welt der Geschichte und der Natur durch die vernünftige Vernunft bewährt. In diesem Feld der Unterscheidungen und Verbindungen sichtet Luther Spannungen, Widersprüche und nimmt sie in die Frage nach der Wahrheit hinein. Dabei ist sein grundlegendes Problem, wie der Mensch in Wahrheit Mensch und die Vernunft in Wahrheit vernünftig werden, um Mensch und Welt von Gott her recht wahrnehmen zu können. Er versucht die Antwort so zu geben, daß von Gottes Zuwendung her Menschlichkeit stärker als Unmenschlichkeit, Vernunft stärker als Unvernunft ist, so daß aus dem Grundvertrauen auf Gott dem Menschen Welt und Mensch vernünftig und menschlich wahrnehmbar werden. Die Probleme dieser spannungsvollen Synthese zeigen sich in dem Augenblick, als der alte Luther von den Thesen des Nikolaus Kopernikus erfährt: Die Sonne stehe in der Mitte des Planetensystems, die Erde bewege sich um die Sonne. Da kontert Luther kurz und bündig: Wenn Josua[2] gebietet: Sonne stehe still zu Gibeon und Ajalon, dann ist damit in der Schrift begründet, daß die Sonne sich um die Erde bewege. Zerbricht hier die Wahrheit? Steht hier Bibel gegen Fernrohr, die Verläßlichkeit Gottes gegen die unverdeckte Einsicht in Vorgänge der Natur? Löst sich die Wahrnehmung der Natur von der Wahrnehmung Gottes und des Menschen?

Dieser Schritt scheint vollzogen, wenn in der, von Bert Brecht stilisiert zugespitzten Szene der Begegnung von Galileo Galilei und dem Kardinal der römischen Kurie der Kardinal den Blick durchs Fernrohr verweigert, zu dem er aufgefordert wurde. Damit entzieht sich die Theologie der kritischen Nachfrage nach ihrer Wahrheit durch die Beobachtung der Natur, selbst wenn sie es im Interesse der Einheit der Wahrheit tut. Damit stellt sich die Wahrheit der Naturwissenschaft auf sich selber, selbst wenn Galilei in den Gesetzen der Planetenbahnen den Ausdruck der Weisheit Gottes erkennt, worin ihm dann Keppler und Newton im Blick auf die Gesetze der klassischen Physik folgen. Die Wahrheit und ihr Feld aber sind damit zerfallen.

Dieser Weg ist dann von Pierre Simon Laplace insofern konsequent zu Ende gegangen worden, als er, im Blick auf seine mathematisch formulierte Theorie der Evolution von Weltall, Erde, Mensch auf die Frage Napoleons, warum Gott in seiner Theorie nicht vorkäme, zur Antwort geben konnte: Sire, diese Arbeitshypothese hatte ich nicht mehr nötig!

Damit ist Gott aus der Naturwissenschaft ausgeschlossen, der Mensch aber als ihr Gegenstand in sie einbezogen worden. Es stellt sich die Frage, ob der Mensch als Gegenstand naturwissenschaftlicher Forschung angemessen wahrgenommen wird und ob Gott Gegenstand wissenschaftlichen Erkennens sein könne. Damit aber ist das Feld der Wahrheit zerfallen, so wie die Wahrheit in ihren beiden Aspekten auseinandertritt.

Dieses Zerbrechen und der Versuch einer neuen Synthese läßt sich bei Immanuel Kant beobachten: Für reine Vernunft und reines Erkennen wird die Welt nach Gesetzen der Vernunft in ihrer Bestimmtheit durch Naturgesetze wahrgenommen, die für jeden Gegenstand möglicher Erfahrung gelten. Alles vollzieht sich hier nach Bestimmung und in Unfreiheit. Kausalität und Determination regeln und bestimmen die Welt der Erscheinungen. Der Mensch ist damit als Naturwesen im Weltbezug als ein solcher zu erkennen, der, durch Kausalität des Naturzusammenhanges bestimmt, unfrei ist. Gott aber ist für reines Erkennen – Nichts! Er ist kein Gegenstand möglicher Erfahrung.

Ist das nun alles? Wäre es alles, dann wären Gott und Mensch in der Welt auf- oder untergegangen. Kant widerspricht dem in einem zweiten Ansatz: Für praktische Vernunft und praktisches Erkennen ist der Mensch sittlich-freies Subjekt, unbedingt gefordert zum Handeln der Verantwortung für Mensch und Welt. Die Welt ist dann das Material pflichtgemäßen Handelns, das durch Freiheit bestimmt ist.

Damit aber stehen für Kant zwei Welten und zwei Wahrheiten unversöhnt nebeneinander, ja gegeneinander: Die Welt der Determination für reines Erkennen – die Welt der Freiheit für reines Handeln. Welt und Mensch, Wahrheit als Offenheit und Wahrheit als Verläßlichkeit fallen damit auseinander. Ist der Gegensatz dieser zwei Welten das letzte Wort?

Kant versucht die Versöhnung der beiden Welten. Er versucht sie im Blick auf die Kunst, die als Spiel, als ernstes Spiel die in Wirklichkeit getrennten Welten versöhnt, Freiheit in der Notwendigkeit eröffnet – von Schillers „Ästhetischer Erziehung des Menschen" bis zu Blochs „Prinzip Hoffnung" wird diese Antwort weitergeführt. Kant versucht diese Versöhnung im Blick auf Gott. Weil die beiden Welten von Freiheit und Notwendigkeit nicht gegensätzlich stehenbleiben können, muß man Gott postulieren, der diese Versöhnung nicht nur im Schein des Spiels, sondern in Wirklichkeit und Wahrheit vollzieht. Gott steht für das höchste Gut, in dem Mensch und Natur, Freiheit und Determination, Sittlichkeit und Wissenschaft sich versöhnen, selbst wenn sie uns im Gegensatz erscheinen.

So versucht Kant die Einheit der Wahrheit und ihres Feldes neu zu gewinnen. Nur, für Erkennen ist sein Gott reines Ideal. Für das Handeln ist er Postulat. Als Versöhner ist auf ihn, wie auf das höchste Gut, nur – zu hoffen.

Gehen wir von Kant zu Hegel weiter, dann ist diese Synthese in der Wirklichkeit zerbrochen. Wie die Wirklichkeit, so zerfällt die Wissenschaft und ihre Wahrheit: Naturwissenschaft spricht von Welt ohne Gott und Mensch im Sinne von Richtigkeit. Kulturwissenschaft spricht vom Menschen ohne Welt und Gott im Blick auf vielerlei Beliebigkeiten. Theologie aber spricht von Gott ohne Mensch und Welt in willkürlichen Behauptungen. Das ist das Kreuz der Wirklichkeit, das Kreuz der Wahrheit, das zu überwinden, zu versöhnen auch der Philosophie Hegels nicht gelingt. So wie die Wirklichkeit zerfällt, so zerfällt die Universität.

Die Naturwissenschaften haben in der Evolutionstheorie, in der Relativitäts- und der Quantentheorie ihre entscheidende zweite Revolution vollzogen. Sie erfassen Wirklichkeit, insofern sie erfaßbar ist, in mathematisch formulierten Regeln mit prognostischer Relevanz. Dabei dominiert die Physik, die auch eine physikalische Biologie, Anthropologie, Medizin, Psychologie und Soziologie prägt. Ihre Integration scheint die Naturwissenschaft im Begriff der Information zu finden: Information ist das Bestimmende der Wirklichkeit. Die Evolution ist als der sich selber regulierende Informationsprozeß von Weltall, Erde, Mensch zu verstehen, die Wirklichkeit als das Feld informativer Verflechtungen im Ablauf der Zeit.

Hier scheinen sich Gott und Mensch in dem Weltprozeß aufzuheben und Wahrheit als offene Richtigkeit verstanden zu werden. Nur darf man nicht übersehen: von der Quantentheorie wird die Frage nach dem Menschen als Erkennendem, von dem zweiten Hauptsatz der Thermodynamik wird die Einsicht in die Geschichte der Natur, von der ökologischen Krise die Frage nach dem Verhältnis des Machbaren zum Verantwortbaren gestellt, so daß sich die Wahrheit und ihr Feld im Rahmen der Naturwissenschaften selber geöffnet haben.

Die Kulturwissenschaften haben in historischer Arbeit die menschliche Geschichte und ihre Überlieferungen nicht nur im Blick auf Europa, sondern auf die Menschheit als ganze kritisch aufgearbeitet und vergegenwärtigt. Sie haben im Bemühen der Hermeneutik den Prozeß des Verstehens solcher Überlieferungen in methodischer Klarheit zu vollziehen vermocht, sie haben in kritischen Theorien die Situation mannigfacher Entfremdung zu analysieren und die Bestimmung menschlichen Lebens als erfüllten Lebens zu proponieren gewußt, sie warnten erkenntniskritisch vor der Verhexung des menschlichen Denkens durch die Sprache und destruierten Ideologien. Sie haben in alledem die Wahrheitsfrage als Orientierungsfrage für menschliche Wahrnehmung von Kultur und Natur im Erkennen und Handeln aufzunehmen und durchzuhalten vermocht. Sie sind dabei der Gefahr, Wahrheit mit beliebiger Setzung zu verwechseln, nicht immer entgangen. Wenn heute in den Kulturwissenschaften die Frage nach der Funktion befragter Wirklichkeit, dem Funktionieren von Zusammenhängen in Gesellschaft und Geschichte in den Vordergrund des Interesses rückt, so verliert Wahrheit damit ihre inhaltliche Bestimmung und wird zum Inbegriff störungs-freier Abläufe. Wenn aber in den Kulturwissenschaften zuneh-mend informationstheoretische Modelle die wissenschaftlichen Paradigmata bestimmen, stellt sich die Frage, ob in der Theorie von Information Ansätze zu einer Brücke zwischen Kulturwis-senschaften und Naturwissenschaften erkennbar werden, zu-gleich aber auch das Problem, ob im Modell der Information menschliches Leben, Erkennen und Handeln recht wahrgenom-men werden können. Hier ist die Wahrheitsfrage in den Kultur-wissenschaften akut gestellt.

Der evangelischen Theologie ist es in ihrer historisch-kriti-schen Forschung an den Überlieferungen der Bibel und der Kir-chengeschichte gelungen, diese so aufzuklären, daß nicht mit der Aufklärung Störendes zugleich ausgeklärt wird; es ist immer wieder erreicht worden, die Anstößigkeit der grundlegenden Überlieferungen des Christentums so zu erläutern, daß das An-stößige nicht eliminiert, sondern interpretiert wurde. In dem da-mit aufgenommenen Horizont der Aufklärung hat der prote-stantische Personalismus von Schleiermacher bis zu Bultmann und Gogarten Gott so auf die Person des Menschen zu beziehen vermocht, daß aus diesem Bezug Weltverantwortung des Men-schen für Kultur und Natur sachgemäß angesprochen werden konnte. Von Hegel über Troeltsch zu Barth aber hat der prote-stantische Universalismus den Menschen im Weltzusammen-hang als ganzem von Gott her und auf Gott hin zu verstehen ver-sucht. Dabei ergaben sich im Blick auf die Wahrheitsfrage nicht nur Probleme im Umsetzen dieser Gedanken in den Horizont der menschlichen Wahrnehmung von Kultur und Natur in der Geschichte, sondern es stellte sich mit zunehmender Stärke die Gottesfrage: Wie ist Gott, von dem die Theologie zu reden bean-sprucht, für Erkennen und Handeln in dieser Welt so wahrzu-nehmen, daß wir hier nicht nur vor behaupteter Beliebigkeit, sondern begründeter Wahrheit stehen?

Mit alledem stehen wir vor den Folgen der Aufklärung. Selbst wenn mit Recht vor deren Dialektik und Zweideutigkeit ge-warnt wird: Erhellung ist stets von neuem Dunkel begleitet! – so können wir sie doch nicht rückgängig machen. Ihre Folgen hat

Werner Heisenberg mit dem bekannten Hinweis angesprochen: Zum ersten Mal in der Geschichte der Menschheit steht der Mensch in der Welt nur noch sich selber und den Folgen seines Erkennens und Handelns gegenüber. Diese Situation wird an dem Zerfall der Wissenschaften erkennbar. Die Naturwissenschaften erkennen die Wirklichkeit so, daß dem Menschen dadurch ungeahnte Möglichkeiten zuwachsen. Wird der Umgang mit diesen Möglichkeiten, deren Grund, Ziel und Grenze in den Naturwissenschaften zureichend bedacht? Die Kulturwissenschaften versuchen, die Wahrnehmung der Welt durch menschliches Erkennen und Handeln so zu verstehen, daß sie nicht nur erkennen, was ist, sondern zur Sprache bringen, was in Wahrheit recht wäre und sein sollte. Werden sie nicht angesichts dieser Aufgabe zunehmend sprachlos? Die Theologie sollte beide Aspekte der Wahrnehmung der Welt von Gott her zur Sprache bringen und damit Grundorientierung geben. Ist aber die akademische Theologie mehr denn eine institutionell abgesicherte Belanglosigkeit, die auf die Elementarfrage der anderen Wissenschaften wenig zu sagen weiß?

Der Zerfall der Wissenschaft in Naturwissenschaften, Kulturwissenschaften und Theologie, der Zerfall der Wahrheit in die Richtigkeit dessen, was ist und die ohnmächtige Beliebigkeit dessen, was sein sollte, das unvermittelte Nebeneinander der wissenschaftlichen Kulturen, ihre Entfremdung und Sprachlosigkeit ist das Grundproblem der Frage nach der Wahrheit heute.

Wer dieses Problem zu lösen vermöchte, verdiente mehr als den Nobelpreis. Diese Lösung ist nicht zu erzwingen, das ist unmöglich. Möglich aber ist es, die Frage elementar und radikal, von der Wurzel her aufzunehmen und so zu bewegen, daß Ansätze des Dialogs möglich und wirklich werden. Was daraus wird, ist nicht vorherzusagen. Es muß sich erzeigen. Zu warnen ist sicher vor kurzen Lösungen. Zu denen scheint mir auch der Versuch zu gehören, im Modell der Information das Gemeinsame der zerfallenden Wahrheit und Wissenschaft zu finden: Information bestimmt die Evolution – Information bestimmt die Wahrnehmung der Evolution durch den Menschen –, und Gott wäre dann als eine Art informatio informationum zu sichten, der sich in der Logik und dem Vollzug von Information zu erkennen gibt. Das ist wohl nicht der Weg, der weiterführt, weil er im Blick auf Gott und Mensch die Widerständigkeit des Konkreten und der Geschichte zu stark einzuebnen und Wahrheit nur auf ihre funktionalen Modalitäten hin zu bedenken scheint.

Weiterführen aber könnte der Versuch, die Probleme der Wahrheitsfrage in der eigenen Wissenschaft so aufzunehmen, daß man sie dort, soweit möglich, zum Ende hin denkt und dann den Dialog mit dem sucht, der das in seiner anderen Wissenschaft auch getan hat.

Das möchte ich jetzt im Ansatz versuchen und den Dialog der Theologie mit den Naturwissenschaften fragend aufnehmen, soweit mir das möglich ist. Dieser Versuch reicht weiter als die Erörterung der Frage, die mir naturwissenschaftliche Freunde wiederholt ironisch im Bilde zugespielt haben: Ein Zimmer ist leer und dunkel. Nichts ist darin. Der Philosoph sucht in diesem Zimmer eine schwarze Katze, die nicht in ihm ist. Der Theologe aber meint, er hätte sie gefunden!

Lassen wir die Frage nach der Katze zunächst auf sich beruhen und versuchen wir, den Ort zu erreichen, an dem Theologie und Naturwissenschaften sich begegnen.

## 2. Die Wahrheitsfrage im Dialog zwischen Theologie und Naturwissenschaften

Theologie und Naturwissenschaft treffen sich im Bezug auf die Wirklichkeit dieser Welt. Naturwissenschaft nimmt diese Wirklichkeit als Natur wahr. Natur ist dabei als Grenzbegriff zu verstehen. Er meint diese Wirklichkeit, insofern sie nicht durch menschliche Kultur geprägt ist. Dabei ist nicht zu übersehen: gerade solches Fragen ist ja menschliche Kultur im Vollzug! Theologie dagegen nimmt diese Wirklichkeit, Natur wie Kultur, als Kreatur wahr. Sie sind beide Schöpfung. Will man nun ein Gespräch versuchen, so setzt man als Theologe am besten beim Verständnis von Wirklichkeit als Schöpfung ein und versucht von hier aus das Gespräch in Rede und Gegenrede zu führen. Das ist nicht leicht und für beide Gesprächspartner schwierig, im Blick auf Gesamtperspektiven wie auf das Detail. Der Teufel steckt da nicht nur in der Einzelheit, sondern in den Fragen der Sichtweise im Umgang mit „Natur".

Zum Verständnis von Schöpfung beziehe ich mich dabei auf die grundlegenden Aussagen der Bibel, die in diesem Problembereich im Alten und im Neuen Testament weithin konvergieren. Die Schöpfungsaussagen des Neuen Testaments setzen die des Alten Testaments voraus, nehmen sie auf und führen sie von Jesus Christus her weiter. Ein Ausbreiten der Befunde im einzelnen ist dabei in unserem Zusammenhang nicht möglich. Ich versuche jeweils, die grundlegenden biblischen Aussagen auf die gegenwärtige Problemsituation zu beziehen.

Die grundlegende Aussage lautet dabei: Schöpfung meint das Ganze, Welt und Mensch. Schöpfung meint das Ganze, Welt und Mensch – vor Gott. Schöpfung meint dabei das Ganze, Welt als Welt und Mensch als Mensch von Gott her. Dies ist der Grundsatz. Schöpfung ist dabei in der Bibel das letzte Wort. Erstes Wort ist im Alten Testament die Rettung des erwählten Volkes, der Exodus und die Befreiung. Im zweiten Wort wird die Zukunft dieses Volkes und die Zukunft der Welt von dem Gott der Rettung her angesprochen. Drittens endlich kommt zuletzt die Welt als Schöpfung zur Sprache: Der Gott der Rettung hat die Welt immer schon in der Hand. Sie ist von ihm her, durch ihn bestimmt. Die Grundaussage des Neuen Testaments ist die in Jesus Christus vollzogene rettende Wende von Unheil zu Heil. Dieses Heil wird sodann auf seine durchhaltende Bewährung angesprochen: es hat Zukunft, in Jesus Christus. An dritter Stelle wird dann von Jesus Christus her die Wirklichkeit der Welt in ihrer Herkunft zur Sprache gebracht: Die Welt in ihrer Wirklichkeit ist durch die Wende zum Heil in Jesus Christus immer schon bestimmt. Das meint die Aussage: Jesus Christus ist der Mittler der Schöpfung.

Schöpfung wird also in der Bibel im Rahmen eines Prozesses angesprochen, in dem die Menschlichkeit des Menschen, die Vernünftigkeit der Vernunft, die Weltlichkeit der Welt und die Natürlichkeit der Natur auf dem Spiele stehen. Die Welt als

Schöpfung ist weder Gott noch Nichts. Sie wird weder divinisiert noch nihilisiert. Sondern sie ist von Gott her Welt der Natur und Kultur, gut im einzelnen und sehr gut im ganzen. Das richtet sich gegen die Naturreligionen der Antike, die Natur vergotteten: Gestirne und Fruchtbarkeit erschienen als Götter. Das richtet sich gegen die Gnosis, die die Welt als grundschlecht verteufelte: Man muß sie hinter sich lassen und überwinden. Das richtet sich gegen dieselbe Dialektik im Horizont der Aufklärung, die Hamann mit dem Hinweis auf den Begriff brachte: Natur ist in unserer Welt zum Götzen und zum Schlachtopfer zugleich geworden. Sie wird als Material verbraucht und als Idol genossen.

Schöpfung bestimmt dagegen von Gott her die Welt als Ganze, in den Aspekten von Natur und Kultur, eben als Welt, die gut im einzelnen und sehr gut im ganzen ist. Diese Bestimmung meint nicht eine Herstellungstheorie des Gewordenen, die mit den Evolutionstheoremen in Konkurrenz treten müßte, sondern zielt auf gegenwärtige Wirklichkeit. Christian Link hat diese Einsicht so formuliert: „Der Schöpfungscharakter der Welt hat nicht die Evidenz einer Tatsache, die man nachrechnen und beweisen kann. Er steht auch nicht auf dem Nenner einer ethischen, ästhetischen oder sonstigen Qualität der Kreatur. Als Schöpfung ist die Welt empirisch nicht aufweisbar. Wenn also die Bibel die Welt als Gottes Schöpfung anspricht, dann tut sie es trotz dieser in jeder Hinsicht ausbleibenden Evidenz, und das bedeutet: das Prädikat, Schöpfung zu sein, ist nicht auf eine angeblich ‚heile‘, unbeschädigte Welt beschränkt. Es gilt ohne Abstriche auch von der durch die Zivilisation entstellten, durch Tod und Zerfall bedrohten Welt. Der Schöpfungscharakter der Welt . . . ist im strengen Sinne des Wortes ein Credendum."[3]

Schöpfung meint also die Bestimmung dieser Welt durch Gott, die Bestimmung der Welt zur Weltlichkeit und die Bestimmung des Menschen zur Menschlichkeit in der Einheit und Unterscheidung von Natur und Kultur. Diese Bestimmung ist kritisch und kreativ. Sie eröffnet Wahrheit dann, wenn Welt als Welt und Natur als Natur von Gott her wahrgenommen werden, wobei dem „als" die entscheidende Bedeutung zukommt.

Naturwissenschaft wird hier erkenntniskritisch fragen: Gott

ist für wissenschaftliches Erkennen – nichts. Kann man sich dann auf eine solche Bestimmung wissenschaftlich einlassen? Sie wird funktionskritisch fragen: Wirkt solche Bestimmung nicht eher vernebelnd, denn daß sie klärt und aufhellt? Ist nicht das „etsi deus non daretur" ernst zu nehmen, so wie es G. Latmiral dem Theologen D. Bonhoeffer vorhielt? Theologie aber kann doch nicht anders, wenn sie Theologie sein will, als den Satz der Kritik mit Bonhoeffer weiterzuführen: Welt als Welt erkennen wir vor Gott!

Könnte es möglich sein, die Grundfrage der Rede nach Gott im Dialog methodisch unentschieden zu lassen und die Erörterung unter der Hypothese zu führen: Was ergäbe sich, wenn die Voraussetzung der Theologie aufgenommen würde? Welche Konsequenzen hätte dies für den wissenschaftlichen Umgang mit der Welt als Welt, der Welt als Natur und Kultur? Und würde nicht dann, wenn man sich auf diese Voraussetzung hypothetisch einließe an die Stelle einer wohl wissenschaftlich nicht entscheidbaren Diskussion um die Gottesfrage die Erörterung treten, wie Welt als Welt recht wahrzunehmen ist? Ließe man sich also, mit Kant, auf diese Voraussetzung ein, von Gott im Sinne einer regulativen Idee zu reden, dann hätte sich diese Voraussetzung darin zu bewähren, daß von ihr her nicht Vernebelung sich ereignet, sondern Nüchternheit, Klarheit und Aufklärung sich vollzieht. Und wären solche Folgeerörterungen nicht auch im naturwissenschaftlichen Diskurs rezipierbar? Dies ist im Blick auf weitere Aspekte des Verständnisses von Welt als Schöpfung genauer zu bedenken.

Schöpfung meint die Bestimmung unserer Welt als Welt, ihre Bestimmung als Ganzes. Gott bestimmt in der Schöpfung Mensch und Welt in dem vielfältigen Zusammenhang eines Lebensraums, im „Oikos". Schöpfung ist Ökologie. Schöpfung verbindet Mensch, Mitmensch, Tier, Pflanzen, Land und Meer, Erde und Universum in einem Zusammenhang, in dem alles mit allem, jeder mit jedem zusammenhängt, im Geben und Nehmen, Eröffnen und Begrenzen, Leben und Sterben. Dies Ganze von Welt und Mensch, Natur und Kultur muß in seiner Verbindung und Unterscheidung, in seiner vielfältigen relationalen Verflochtenheit im Blick sein, wenn Welt als Welt wahrgenommen werden soll.

Dafür stehen die Beschreibungen und Bestimmungen der beiden Schöpfungsberichte ebenso, wie die Grundworte des Heils in der Bibel: Frieden, Recht, Leben. Dafür steht das Wirken Jesu Christi, in dem Entfremdungen in dieser vielfältigen Bezüglichkeit durchbrochen werden.

Wahrheit wäre von hier nur dann Wahrheit, wenn sie die vielfältigen Vernetzungen im Feld der Natur, wie auf dem Felde der Kultur, wahrzunehmen vermöchte.

Von hier sieht der Theologe Fragen, die er an den Naturwissenschaftler richtet: Wissenschaft blendet auf, wenn sie erkennt. Sie blendet auf, was sie erkennt. Indem sie aufblendet, blendet sie aus. Weiß Wissenschaft, und das gilt für beide, die Theologie wie für die Naturwissenschaft, daß sie aufblendet und ausblendet? Weiß sie, was sie aufblendet und ausblendet? Weiß sie, wie sie ausblendet – offen, im Wissen um das Übersehene, oder abgeschlossen, blind für das Verdrängte, das dann seine unaufgeklärte Wirkung haben kann? Die Frage spitzt sich auf die Naturwissenschaft zu. Was nimmt Naturwissenschaft wahr, einzelnes als einzelnes, einzelnes im Zusammenhang, in seinen vielfältigen Vernetzungen, in seinen „Feldern"? Sehe ich recht, so spielen Feldtheorien auf verschiedenen Ebenen in den Naturwissenschaften eine wichtige Rolle. Die biologische Ökologie, die Physik, die Evolutionsforschung haben ihre Feldtheorien ausgearbeitet. Wie hängen diese Theorien zusammen? Was umfaßt das jeweilige Feld, was die verschiedenen Felder? Ist die Naturwissenschaft grundsätzlich offen für die Einsicht, daß in der Wahrnehmung solcher Felder auch die kulturellen Vernetzungen von Lebenswelten wirksam und aufzuklären sind? Sind die „Felder" in den naturwissenschaftlichen Theorien in ihrer Verflechtung mit den „Feldern" kulturellen Lebens im Blick, also die sozialen, ökonomischen, normativen Zusammenhänge, aus denen und in denen in einer Gesellschaft Wissenschaft sich vollzieht?

Naturwissenschaft mag umgekehrt die Theologie fragen, ob eine Wissenschaft mit solchen Postulaten nicht hoffnungslos überfordert wäre, ob nicht Forschung nur in der Dialektik von

Aufblendung und eben auch Ausblendung sich ereignen kann? Sie mag weiter fragen, was denn in der Theologie aufgeblendet würde und ausgeblendet bliebe. Und Theologie wird sich diesen Anfragen zu stellen haben. Nur, die Frage bleibt, ob Welt als Welt zureichend wahrgenommen wird, wenn nur nach dem „Erkannten" in seinen Verflechtungen in der Natur, nicht aber nach dem „Erkennenden" in seinen kulturellen Vernetzungen gefragt wird. Diese Fragen sind sachlich nötig. Man könnte fragen, ob sich hier nicht gerade die Möglichkeiten der kooperativen Vernetzung zwischen Theologie und Naturwissenschaften ergäbe, wenn man sich einzelnen, begrenzten Projekten zuwendete, die dann auch die Kulturwissenschaften in weiterem Umfang einbeziehen könnten. Hier stünde man sicher an einem Anfang. Aber lohnte es nicht, ihn zu versuchen?

Ein weiterer Schritt ist von der Sicht der Welt als Schöpfung zu vollziehen: Von Gott her ist die Schöpfung, ist die Wirklichkeit von Welt und Mensch geordnet, verläßlich und erkennbar. Dafür steht das Gotteslob aus der Schöpfung in den Psalmen ebenso wie die Tradition der Weisheit im Alten Testament, die gerade nach der Welt in ihrem beständigen Zusammenhang fragt; dafür steht das Neue Testament, das z. B. in den Konflikten, die der Kolosserbrief anspricht, Natur und Welt entgottet und von Jesus Christus her in ihrer Eigenwirklichkeit vernehmbar macht. Diese Einsicht eröffnet die Möglichkeit zur Naturwissenschaft. Die Schöpfung ist die Bedingung ihrer Möglichkeit. Vom Schöpfer her wird naturwissenschaftliche Wahrnehmung der Welt begründet, begrenzt und – herausgefordert! Die Wahrheit der Verläßlichkeit Gottes als dessen, der die Welt als Schöpfung bestimmt, eröffnet die Bemühung um Wahrheit als die unverstellte Entdeckung dessen, was da in der Welt ist. Zugespitzt gesagt: Die Bibel begründet die Notwendigkeit, Fernrohr und Mikroskop zu benutzen und bestreitet Luther wie dem Kardinal das Recht, sich dem Fernrohr zu verweigern oder es unter Vormundschaft zu stellen.

Von hier aus fragt die Theologie die Naturwissenschaft: ist sie sich über ihre eigenen Voraussetzungen im klaren, die sie fundieren und limitieren? Sieht sie ihren eigenen Grund und damit den

Raum ihrer Möglichkeiten ebenso wie ihre damit gegebenen Grenzen? Umgekehrt aber hat sich die Theologie der Frage zu stellen, wie sie es denn mit den „Wundern" in der Bibel hielte, die ja im Horizont der Naturwissenschaften nicht vertretbar wären. Diese Frage ist zu Recht gestellt. Die historisch kritische Arbeit der Theologie hat sie seit zweihundert Jahren aufgenommen. Hier können nur einige kurze Hinweise gegeben werden.

Betrachtet man Wunder unter dem Gesichtspunkt des „Vorgangs", so sind auch die biblischen Wunder entweder als Erdichtung oder als (noch nicht) erklärbare Vorgänge zu verstehen. Dies läßt sich beim Auszug Israels aus Ägypten erkennen: Als die Ägypter das Volk verfolgen, ist da zunächst nur die Rede von einem Wind, der das Wasser bewegt und die Ägypter an der Verfolgung hindert. Dann heißt es, daß Gott diesen Wind seinem Volk zur Hilfe sandte. Dann wird ausgemalt, daß Mose mit seinem Stab die Wasser wie eine Wand rechts und links stehen läßt, so daß Israel im Trockenen durchziehen kann. Als sie das Ufer erreichten, sinkt der Stab, die Wasser fluten zurück. Die Ägypter ertrinken. Hier wird nicht nur die Möglichkeit erkennbar, Wunder verschieden zu verstehen, sondern auch deutlich, daß die eigentliche Wunderdimension nicht das Widernatürliche ist, sondern die Frage nach dessen Funktion. Da schreien böse Buben dem Propheten Elias „Du Glatzkopf" nach – prompt ruft der Prophet Bären, die die Jungen zerreißen. Also: Wunder als Strafe? Gar als Machterweis? Dafür gibt es Beispiele. Der Prophet Elias aber läßt in der Hungersnot durch seine Bitte den Krug mit Öl und Getreide bei der Witwe zu Sarepta nicht leer werden. Hier ist Wunder als Hilfe verstanden, und so meinen es auch die drei Fassungen der Wassergeschichte beim Auszug aus Ägypten. Jesus Christus, so viel läßt sich klar sagen, hat Menschen wunderbar geholfen. Er hat Schau- und Demonstrationswunder verweigert. Die historische Zuverlässigkeit der einzelnen Berichte ist dabei sehr unterschiedlich zu sehen, und der geschilderte Vorgang steht kritischem Fragen offen.[4]

Zugespitzt stellt sich diese Frage im Blick auf Jesu Christi Auferstehung. Die Auferstehung ist als Vorgang historisch nicht faßbar. Faßbar ist der Glaube der Jünger: Der Gekreuzigte lebt. Er ist uns begegnet. Diese Begegnung aber macht aus Zweifelnden Vertrauende, die von Jesus in seinen Dienst gestellt und zu den Menschen gesandt werden. Diese Berichte verantwortlich aufzunehmen, ist Aufgabe der Theologie. Leider kann diese Aufgabe hier nicht mehr weitergeführt werden.

Soviel aber dürften die kurzen Hinweise gezeigt haben: Die Wunderberichte der Bibel stehen der Kritik offen. Sie sind im Blick auf Gottes helfendes und heilendes Handeln kritisch zu lesen. Es zählt nicht das Widernatürliche, es zählt vielmehr die Hilfe. Von dieser Hilfe spricht die Bibel. Im Blick auf die Wahrnehmung der Natur kann sie Radioteleskop und Elektronenmikroskop weder ersetzen noch regulieren.

Gott als Schöpfer bestimmt Welt und Mensch durch die Schöpfung im Rahmen des Prozesses seines Heilshandelns durch die Zeitstruktur von Geschichte, in der sich in der Gegenwart Vergangenheit und Zukunft scheiden und in diesem unumkehrbaren Zeitablauf Anfang und Ende gesetzt sind. Gott setzt Welt und Mensch Anfang und Ziel. Er bestimmt den Verlauf ihrer Zeit in der Unumkehrbarkeit von Zukunft, Gegenwart und Vergangenheit. Diese geschichtliche Struktur aller Wirklichkeit ist im Alten Testament entdeckt und ausgesprochen worden. Von Gott her konnte man Wirklichkeit in ihrer Zeitlichkeit wahrnehmen. Im Neuen Testament aber öffnet sich von Jesus Christus her die Erwartung seiner Zukunft in der Vollendung und die Erinnerung an die Herkunft aus dem Heilshandeln Gottes. Neben der Relationalität ist die unumkehrbare Zeit die grundlegende Bestimmung der Welt als Welt durch Gott. Wahrheit im Blick auf Welt und Mensch wird nur erkannt, wenn Welt als Natur wie als Kultur in ihrer Geschichtlichkeit wahrgenommen wird.

In dieser Einsicht in die zeitliche Struktur der Wirklichkeit scheint sich die Theologie mit der neueren Naturwissenschaft zu treffen. Hat nicht C.-F. von Weizsäcker vom zweiten thermodynamischen Hauptsatz her die Geschichte der Natur angesprochen? Ist nicht die Evolutionstheorie nur im Horizont der Zeit verständlich? Formulieren nicht Naturgesetze Erwartungen in der Zeit? Wird damit Zeit zur Dimension der Begegnung von naturwissenschaftlichem und theologischem Denken? Ist dies die

Perspektive, in der sie sich eigentlich begegnen? Wie aber kann und soll dieses Begegnen sich vollziehen? Liegt nicht auch hier ein möglicher Ansatz für gemeinsame und zunächst begrenzte Arbeitsprojekte beider Disziplinen?

Von Gott her ist im Prozeß seines Heilshandelns seine Schöpfung dem Menschen anvertraut. Dafür spricht, vieles zusammenfassend, der Auftrag des Schöpfers an sein Geschöpf: „Machet euch die Erde untertan!" ebenso wie der Hinweis des Paulus darauf, daß die Welt der Natur durch den Menschen im Guten wie im Bösen bestimmt und geprägt ist.[5] Nur, was besagt der Schöpfungsauftrag? Das „dominamini" ward ja weithin als Freibrief zur Ausbeutung der Natur wirksam. Dieses Verständnis ist von der Bibel her verkehrt. Die Bibel sieht: Der Mensch ist Natur. Er hat Natur in sich und ist auf Natur um sich angewiesen. Nur, der Mensch ist von Gott her ein Kulturwesen, er ist Hirte der Schöpfung. Die Vokabeln und Bilder, die den Schöpfungsauftrag des Menschen beschreiben, sehen ihn als Statthalter Gottes, dem von Gott die Welt der Natur wie der Kultur so anvertraut sind, daß er sie behütet und bewahrt und vor Gott verantwortet. Der Mensch hat im Erkennen und Handeln seinen Bruder und die Natur zu behüten und zu bewahren und vor Gott zu verantworten. Der Schöpfungsauftrag an den Menschen ist der Auftrag zum „Kultivieren", der Auftrag zur Kultur. Die Wahrnehmung der Welt als Schöpfung ist nur dann in der Wahrheit, wenn sie pfleglich, kultivierend so geschieht, daß der Mensch die ihm anvertraute Natur behütet.

Das ist zwar in der Terminologie des vorwissenschaftlichen Zeitalters ausgesagt, führt aber zu elementaren Fragen der Theologie an sich selber: Ist sie denn denkend und handelnd „pfleglich" mit Mensch und Natur, Natur und Kultur umgegangen? Und es führt zu Fragen einer selbstkritischen Theologie an die Naturwissenschaft: Hat Naturwissenschaft den Menschen als Erkennenden, Wahrnehmenden im Blick? Diese Frage wird man im Ansatz mit Ja beantworten müssen, wenn man an die Rolle des Beobachters in der physikalischen Theoriebildung erinnert, Relativitätstheorie wie Quantentheorie seien als Beispiele genannt. Nur, hat die Naturwissenschaft den erkennenden Menschen ausreichend und umfassend genug im Blick? Sichtet sie den Forscher in seinen geschichtlichen, gesellschaftlichen, wirtschaftlichen Zusammenhängen, Möglichkeiten, Zwängen? Klärt sie sich selber über und an den Voraussetzungen, Interessen, Verflechtungen, am Vollzug und den Folgen naturwissenschaftlichen Erkennens zureichend auf?

Haben die Naturwissenschaften das „Erkennen" umfassend im Blick? Nehmen wir die Griechen auf: Kommt Sokrates, der dort weiterfragte, wo man zu fragen sich abgewöhnt hatte, in den Naturwissenschaften ausreichend zum Zug? Wird Platon bedacht, für den sich im Vollzug von Erkennen, das als solches ernst genommen werden will, Noetik, Ethik und Ästhetik verbinden müssen? Wird die biblische Einsicht aufgenommen, daß man sich im Erkennen auf eine Wirklichkeit teilnehmend so einläßt, daß man mit ihr vertraut wird und sie zu verantworten bereit ist?

Endlich: Haben die Naturwissenschaften das Problem der Menschlichkeit des Menschen und der Vernünftigkeit der Vernunft zureichend im Blick, bedacht und berücksichtigt? Ist ihnen im Blick auf die zunehmende Macht naturwissenschaftlichen Erkennens klar: Der Mensch ist unvollkommen, er ist ein Wesen, das Fehler macht und sie nicht ausschließen kann, er ist gefährdet, er ist verführbar, er kann gefährlich werden, für Kultur und Natur? Wie nehmen die Naturwissenschaften diese Einsichten auf? Nötigen sie nicht, vom größten Risiko, von der Grenze her zu denken? Ist es nicht an der Zeit, in den Naturwissenschaften an eine Bindung ihrer Forscher und ihrer Forschung zu denken, die dem Eid des Hippokrates bei den Medizinern entspricht? Gehörte eine solche Bindung nicht gerade zum Vollzug von Erkennen, das Wirklichkeit von Natur umfassend wahrnehmen will?

Die Fragen lassen sich leicht vermehren. Das kann und soll hier nicht mehr geschehen. Ein Problem aber bedarf noch kurzer Erörterung: Christliche Theologie begründet ihre Rede von Gott aus der Bibel. Das hat schon Kant im Horizont der Erkenntniskritik klar ausgesprochen: „Daß ein Gott sei, beweist der biblische Theolog daraus, daß er in der Bibel geredet hat!"[6] Nun, beweisen kann die Theologie nicht, sie kann aber versuchen, vom Zeugnis der Bibel her Rede von Gott assertorisch zu entfalten. Das wurde hier im Blick auf die Schöpfung versucht. Das war aber nur möglich, indem man Gott hypothetisch voraussetzte und diese Hypothese auf ihre Folgen durchzudenken begann. Nur, wie ist solche Hypothese im Umgang mit der Wirklichkeit zu verifizieren oder wenigstens zu kritisieren? Theologie hat ihren Begründungszusammenhang in der Schrift. Dieser Begründungszusammenhang eröffnet die Wirklichkeit von Mensch und Welt, Natur und Kultur als Entdeckungs- und Bewährungszusammenhang. Wie aber läßt sich im Blick auf die naturwissenschaftlich wahrnehmbare (und auch die geschichtlich verstehbare) Wirklichkeit von Gott sprechen?

Versuchen wir, diese Frage aufzunehmen, dann muß man grundlegend sagen: Gott wird in der Wirklichkeit darin wahrgenommen, daß von ihm her Mensch und Welt als Welt und Mensch, Natur und Kultur als Kultur und Natur wahrnehmbar und wahrgenommen werden. Gott wird in der Wahrnehmbarkeit der Welt als der wahrnehmbar, der diese Wahrnehmung eröffnet.

Ist aber darüber hinaus Gottes Wirken in der Welt nicht erkennbar? Die theologische Tradition hat hier auf verschiedene Weise die Wirklichkeit Gottes mit der der Welt zusammenzudenken und von ihr zu unterscheiden versucht. Die Stichworte Theismus, Deismus, Pantheismus sind Problemanzeigen dafür ebenso wie Theorien über die Mitwirkung Gottes in der Wirklichkeit der Welt. Man muß solche Versuche wohl ehrlich als gescheitert ansehen. Sehe ich aber recht, dann kann auch hier Luther weiterführen.

Soll Gottes Lebensversprechen verläßlich sein, so stellt sich die Frage nach Gottes Wirken in der Welt. Steht nicht Welterfahrung gegen Gottesverheißung? Luther hält diesem Widerspruch nüchtern stand. Gottes Wirken umfaßt die Welt. Es dient seiner Verheißung. Dieses Wirken ist für uns unerkennbar. Wollen wir Gott in der Welt wahrnehmen, so entdecken wir nur die Welt in ihren Widersprüchen. In ihnen hat Gott sich uns verborgen. In solcher Verborgenheit aber geht er uns nichts an. „Man muß also Gott in seiner Majestät und seinem Wesen lassen, denn so haben wir nichts mit ihm zu schaffen, auch hat er es nicht gewollt, daß wir so mit ihm zu schaffen haben sollen. Aber so weit er sich durch das Wort, durch das er sich uns anbietet, umkleidet und bekannt gemacht hat, haben wir mit ihm zu schaffen."[7]

Aus dem Vertrauen auf Gottes Verheißung aber empfängt der Mensch, im Widerspruch zur Welterfahrung, die Welt als Gottes Schöpfung und sich selbst als Gottes Geschöpf. Gott begabt ihn in der Vermittlung durch weltliche Wirklichkeiten: „Denn die Kreaturen sind nur die Hand, Rohre und Mittel dadurch Gott alles gibt, wie er der Mutter Brüste und Milch gibt, dem Kinde zu reichen, Korn und allerlei Gewächs aus der Erden zur Nahrung ... darum auch solche Mittel, durch die Kreaturen Gutes empfangen, nicht auszuschlagen sind, noch durch Vermessenheit andere Weise und Wege zu suchen, denn Gott befohlen."[8]

Gott ist in der Wirklichkeit verborgen, er ist der deus absconditus, er ist hier unerkennbar. Gott ruft uns an, daß wir ihn hören und ihm gehören. In diesem Ansprechen wird uns Welt zur Welt und Mensch zum Menschen im Bereich der Natur wie der Kultur. Aus dieser Aporie kommt Theologie nicht heraus, das hat sie bei Luther zu lernen. Nur, so sagt Luther, wenn wir Gott gehört haben, dann öffnen sich unsere Augen, dann können wir Wirklichkeit so wahrnehmen, daß durch sie Gott zu uns spricht, im Flug eines Vogels, im Untergang der Sonne, im Geschenk der Früchte. Dies alles ist als Zeichen wahrnehmbar, in dem wir Gott offen wahrnehmen können, so wie nach der Sintflut der Regenbogen als Zeichen der Treue Gottes verstanden wird, und in Jesu Gleichnissen die Sonne, die Lilien und die Vögel von Gott zu sprechen beginnen. Solche Zeichen sind verweisend, offen, sie sind nicht eindeutig, aber einladend, bleiben umstritten, zeigen sich herzerfreuend und gewinnen ihre Klarheit vom Zuspruch des Wortes. Solche Zeichen lassen sich auch heute entdecken, wenn man ihre Voraussetzungen, ihre Chancen und ihre Grenzen kennt.

Das hieße dann aus der Sicht der Theologie für die Naturwissenschaft: In ihr kommt Gott für Erkennen nicht vor, auch nicht als informatio informationum! Sie gelten streng etsi deus non daretur! Von Gott, den die Bibel bezeugt, her aber eröffnet sich die Möglichkeit, auch im Bereich des naturwissenschaftlich Erkannten „Zeichen" von Gottes Wirken wahrzunehmen, in einem ernsten Spiel. Warum nicht mit Kepler, mit Einstein: Der Alte würfelt nicht! Warum nicht im Prozeß der Evolution? Die Informationsformel, wenn wir sie denn erkennten, wäre nicht die Logik Gottes und Gott nicht die informatio informationum, aber die Logik der Information im offenen Spiel als Zeichen des Gotteswirkens zu nehmen, das könnte sein, das wäre offen, dazu forderte die Bibel geradezu auf.

Naturwissenschaft und Theologie mühen sich um Wahrheit, um die Wahrheit der Welt, um die Wahrheit des Menschen – als Erkennendem und als Erkanntem.

Theologie und Naturwissenschaften treffen sich in der Wirklichkeit von Welt und Mensch, sie treffen sich dort in Menschen, als Theologen und Naturwissenschaftlern, sie treffen sich im Blick auf die Wirklichkeit von Weltall, Erde, Mensch.

Theologie und Naturwissenschaften sind in diesem Begegnen unterschieden. Naturwissenschaft fragt nach dem, was vor uns ist, in seinen Zusammenhängen. Ihre Wahrheit ist die Erfassung unverborgener Wirklichkeit im Wort, in der Formel. Theologie fragt nach der Bestimmung von Welt und Mensch durch Gott. Ihre Wahrheit ist die Verläßlichkeit dieser Bestimmung zu Menschlichkeit des Menschen und Weltlichkeit der Welt. Theologie kann damit der Naturwissenschaft keinen Erkenntnisgewinn eröffnen, der sich in der Erweiterung von Formeln um einen theologischen Faktor x oder y zu zeigen vermöchte. Glaube ist nicht Erkenntnis höherer Welten, sondern Vertrauen auf die Bestimmung von Welt und Mensch durch Gott. Theologie kann aber im Blick auf die Perspektiven wissenschaftlicher Wahrnehmung von Mensch und Welt in den Kulturwissenschaften wie in den Naturwissenschaften auf Perspektiven und Zusammenhänge, auf Chancen und Probleme verweisen, die für den Vollzug wissenschaftlichen Erkennens wichtig sind, wenn bei dem notwendigen spezialisierenden Aufblenden von Einzelproblemen nicht Wichtiges ausgeblendet und übersehen werden soll. In solchen Verweisen sehe ich den möglichen Beitrag von Theologie zu den Naturwissenschaften im wechselseitigen Gespräch. Die Naturwissenschaften aber können und müssen die Theologie kritisch nach deren Wahrheit befragen, damit die Theologie nicht Postulate an die Stelle von Wahrheit, Wünsche an die Stelle von Wirklichkeit und Illusionen an die Stelle begründeter Hoffnung setzt.

Was uns verbinden sollte ist die Frage nach dem Ganzen von Mensch und Welt, die Bemühung um einen umfassenden Begriff des Erkennens, die Frage nach der Wirklichkeit von Mensch und Welt im ganzen, im Horizont der Wirklichkeit, die in unserer Herkunft Gott genannt wurde.

Wenn also der Dialog von Theologie und Naturwissenschaften gelingt, dann versucht nicht der Theologe mehr oder weniger aussichtslos, im dunkeln Raum eine schwarze Katze zu erweisen, die der Naturwissenschaftler bestreitet, sondern dann provozieren sich beide wechselseitig, in einem offenen Raum das alte Spiel zu vollziehen, das unter Kindern: „Ich seh, ich seh, was Du nicht siehst" heißt, sich also wechselseitig zu provozieren, Mensch und Welt so wahrzunehmen, und in der Wahrnehmung Neues zu entdecken, daß dabei die Wahrheit, Wahrheit als Ämäth und Aletheia, in ihrer Verläßlichkeit und Offenheit im Blick auf Mensch und Welt zum Zuge kommt – von Gott her, so sagt es zumindest der Theologe.

## Jürgen Moltmann
## Die Entdeckung der anderen

### 1. Das Problem von Gleichheit und Ungleichheit

Erkenntnis und Gemeinschaft sind wechselseitig aufeinander bezogen: Um in Gemeinschaft miteinander zu kommen, müssen wir uns gegenseitig erkennen; und um einander zu erkennen, müssen wir uns näherkommen, in Kontakt miteinander treten und Beziehungen zueinander aufnehmen. Gemeinschaft im persönlichen wie im politischen Leben beruht ganz wesentlich darauf, ob wir in der Lage sind, „die anderen" wahrzunehmen, sie anzuerkennen und zu erkennen, oder ob wir in „den anderen" nur uns selbst widerspiegeln und sie nach unserem Bilde annehmen, um sie unseren Vorstellungen zu unterwerfen. Auf der anderen Seite werden unsere Wahrnehmungen und unsere Vorstellungen von „den anderen" immer von unseren sozialen Beziehungen zu ihnen und unseren öffentlichen Formen der Gemeinschaft mit ihnen geprägt. Man könnte also sagen: Ohne Erkenntnis keine Gemeinschaft und ohne Gemeinschaft keine Erkenntnis.

Ist diese ziemlich allgemeine Zuordnung richtig, dann folgt daraus, daß Erkenntnistheorie und Soziologie so eng aufeinander bezogen sind, daß die Gesetze in dem einen Bereich in dem anderen Bereich wiederkehren und Veränderungen in einem Bereich Veränderungen in dem anderen nach sich ziehen. Diesen Zusammenhang möchte ich in diesem Beitrag analysieren und zur Diskussion stellen. Ich gehe von einer Vermutung aus, die mir schon früh gekommen ist und die ich immer wieder geäußert habe:

Das Prinzip der Erkenntnis heißt seit Aristoteles:

> „*Gleiches wird nur von Gleichem erkannt*" (Met. II, 4, 100065).

Das Prinzip der Gemeinschaft heißt seit Aristoteles:

> *„Gleich und gleich gesellt sich gern"* (Nik. Ethik VIII, 1155 a).

Das Prinzip der Entsprechung in der Erkenntnistheorie und das Homogenitätsprinzip in der Gesellschaftstheorie sind gleichlautend.

Sind sie aber wahr? Dienen sie dem Erkennen „der anderen"? Führen sie zur lebendigen Gemeinschaft mit anderen? Sind wir nicht selbst die anderen?

Es leuchtet schon auf den ersten Blick ein, daß diese Prinzipien für sich genommen gar nichts oder nur das Gegenteil bewirken: Wird Gleiches nur von Gleichem erkannt, warum soll es überhaupt erkannt werden? Ist das Gleiche dem Gleichen nicht völlig gleichgültig? Erkenne ich nur Gleiches oder nur mir schon Entsprechendes, dann erkenne ich doch nur das, was ich schon kenne. Der Reiz des Erkennens fehlt. Das Interesse am Erkennen erlahmt. „Es gibt nichts Neues unter der Sonne". Es legt sich sogar die Antithese nahe: „Gleiches kann von Gleichen gar nicht erkannt werden".

Streben sozial die Gleichen immer nur zu den Gleichen, zieht dann nicht die totale Verödung in eine Gesellschaft ein? Die Reichen für sich und die Armen für sich; die Weißen für sich und die Schwarzen für sich; die Männer für sich und die Frauen für sich; die Gesunden für sich und die Behinderten für sich: Jeder bleibt unter seinesgleichen und keiner kennt „den anderen". Das wäre die totale Segregationsgesellschaft zusammenhangloser Ghettos, und in jedem Ghetto würde der Tod durch Langeweile herrschen.

Muß man also nicht versuchen, von entgegengesetzten Prinzipien auszugehen, um zur Erkenntnis des anderen und zur Gemeinschaft mit anderen zu gelangen:
In der Erkenntnistheorie von dem Grundsatz:

> *„Anderes wird nur von anderem erkannt"*;

in der Gesellschaftslehre von dem Grundsatz:

> *„Die Annahme der anderen schafft Gemeinschaft in der Verschiedenheit* (community in diversity)".

Ich nenne das erste das Analogie- und Homogenitätsprinzip und das zweite das Prinzip der Differenz und der Verschiedenartigkeit oder: analogisches und dialektisches Denken. Ich will zunächst das erste genauer darstellen und dann das zweite. Ich werde beide Prinzipien jeweils an der Erkenntnis der anderen Menschen, der anderen Natur und des Ganz-anderen Gottes prüfen, indem ich frage, zu welchen Formen von Gemeinschaft sie führen. Zuletzt werde ich nach dem Grund des Erkennens der Menschen, der Natur und Gottes im elementaren Staunen über das Dasein fragen.

## 2. Entsprechung in der Erkenntnis führt zur Gemeinschaft von Gleichen und Gleichgemachten

„Gleiches wird nur von Gleichem erkannt". Wird dieser Gleichheitsgrundsatz in der Erkenntnistheorie strikt verstanden, dann kann Ungleiches, d. h. „anderes" überhaupt nicht erkannt werden. Alles Erkennen ist dann nur ein Wiedererkennen von schon Bekanntem und Erkenntnis über nichts anderes als „die ewige Wiederkehr des Gleichen". Die frühe griechische Philosophie hat diesen Grundsatz darum sofort auf das Ähnliche erweitert: „Ähnliches wird nur von Ähnlichem erkannt". Wir erkennen nach Maßgabe der Analogie, wenn wir nach dem „tertium comparationis" fragen. In den Bereichen des Verschiedenen nimmt der Erkennende immer das Ähnliche, d. h. das ihm Entsprechende, wahr. Warum? Weil nur das andere, das in seinem Innern eine Entsprechung findet, von ihm wahrgenommen wird. Dem Makrokosmos draußen entspricht der Mikrokosmos drinnen. Jedes Erkennen von Dingen in der Außenwelt bringt eine Resonanz in der Innenwelt hervor, und so kommt es zur Erkenntnis. Wir würden heute sagen: Nur wenn der Empfänger die gleiche Wellenlänge eingeschaltet hat wie der Sender, kann er ihn hören. Darum sagte *Empedokles,* auf den dieses erkenntnistheoretische Prinzip zurückgeht:

> „So griff Süßes nach Süßem,
> Bitteres stürmte auf Bitteres los,
> Saures auf Saures,

Warmes ergoß sich auf Warmes.
So trieb das Feuer empor,
das zum Gleichen gelangen wollte".
Denn „mit der Erde (scil. in uns) sehen wir die Erde,
mit dem Wasser das Wasser, mit der Luft, die göttliche
Luft, aber mit dem Feuer das vernichtende Feuer, mit der
Liebe die Liebe, den Streit mit dem traurigen Streit"
(W. Capelle, Die Vorsokratiker, 1958, 217 f. 236).

Das erkenntnisleitende Interesse ist hier die *Vereinigung* des
Gleichen im Menschen mit dem Gleichen im Kosmos. Gleiches
strebt nach dem Gleichen, um sich mit ihm zu vereinigen. Es ist
die das Universum schaffende und zusammenhaltende Macht
des *Eros,* die zum Erkennen des Gleichen durch das Gleiche
führt. Wesensgleichheit zwischen dem Makro- und dem Mikrokosmos ermöglicht das menschliche Erkennen der Welt, und das
Erkennen führt seinerseits die Menschen zur Gemeinschaft mit
der Welt durch Entsprechung von drinnen und draußen. „Alles
Getrennte findet sich wieder" (Hölderlin): Dieses Gemein-
schaftsziel ist das Interesse und das Ziel des Erkennens. Der
Grund liegt in der umgekehrten Tatsache „alles ist ewig im Innern verwandt" (Brentano). Dieser ontologische Grundsatz
macht die Vereinigung durch Erkennen möglich. Weil in der altgriechischen – wie ja auch in der alttestamentlichen – Welt Erkennen immer Gemeinschaft stiftet, ist das Erkennen durch und
durch erotisch: „Da erkannte Adam Eva . . ." (Gen 4,1), und das
Resultat war ihr Sohn Kain. Worin aber besteht die Macht des
Eros? Sie liegt in der *Anziehungskraft* des Liebenswürdigen (ei-
dos) auf die Liebe (eros), des Reizvollen auf die Begierde und des
Wertvollen auf die Anerkennung. Die Macht des Eros ist die
Kraft des Erkennens und der Vereinigung und muß darum als die
Grundlage dieser Erkenntnistheorie wie auch dieser Soziologie
angesehen werden.

Wir wenden nun diesen Grundsatz auf das Erkennen des *anderen Menschen,* der *anderen Dinge* und des *ganz anderen Gottes* an.

a) Erkennen nur Gleiche einander, dann erkenne ich in anderen Menschen nur das, was mir selbst in meinem Wesen ent-

spricht. Ich nehme das Andersartige und das Fremde an anderen Menschen nicht wahr, ich blende es aus. Nur das, worin wir uns gleichen, wird von mir erkannt und kann zur Grundlage der Gemeinschaft zwischen uns werden. „Wahre Freundschaft", sagt Aristoteles, „besteht auf der Grundlage der Gleichheit". Freundschaft der Gleichen war der Inbegriff der griechischen Gesellschaftslehre und der Geist der Gerechtigkeit, die Gleiches mit Gleichem vergilt, Gutes mit Gutem, Böses mit Bösem. Zwar wurden manche Helden „Freunde der Götter" genannt, aber von einer Freundschaft der Menschen mit dem Göttervater Zeus kann man nicht eigentlich reden. So ist es auch zwischen Männern und Frauen, zwischen Freien und Sklaven. Auf dem Boden der Gleichheit wirkt Freundschaft exklusiv. Aus Gleichen entstehen immer nur geschlossene Gesellschaften. In ihnen bestätigen sich die Gleichen gegenseitig ihre Identität durch den Ausschluß der anderen und die wiederholte Versicherung, nicht so zu sein wie die anderen. Auch in unserer, nach Karl Popper „offenen Gesellschaft" finden sich die Gleichen in exklusiven Zirkeln zusammen. Abgesehen davon, daß ein solches Verhalten für die ausgegrenzten „anderen" verletzend wirkt, führt es diejenigen, die „in" sind, in tödliche Langeweile, weil sie alle Geschichten und Witze, mit denen sich geschlossene Gesellschaften zu unterhalten pflegen, schon hundertmal gehört haben. Auch das Prinzip der Entsprechung führt zu keinem Erkenntnisgewinn, sondern nur zur ständig wiederholten Selbstbestätigung des schon Bekannten. Das Prinzip der Gleichheit führt zur Kasten- und Klassengesellschaft und zerstört das Interesse an der Lebendigkeit des Lebens,

b) Wenden wir dieses Erkenntnisprinzip auf die *Natur* an, dann ist die Wirkung ambivalent: In der Antike bedeutete Erkenntnis *Teilnahme:* Ich erkenne die Natur draußen mit der Natur in mir, um mit meiner Natur an der Natur im ganzen teilzunehmen und mich mit ihr zu vereinigen. Vernunft war wesentlich eine betrachtende Vernunft, ein Denken mit den Augen (theorein), die sehen, was vorhanden ist.

In der Neuzeit aber entstand das Verständnis des Menschen als Person und Subjekt gegenüber einer Natur, die zum Objekt seiner

Erkenntnis gemacht wird. Seit Francis Bacon und René Descartes heißt erkennen = beherrschen: Ich will die Natur draußen erkennen, um sie zu beherrschen. Ich will sie beherrschen, um sie mir anzueignen. Ich will sie mir aneignen, um mit meinem Besitz zu machen, was ich will. Das ist ein Denken mit der greifenden Hand: Begreifen – auf den Begriff bringen – im Griff haben. Die Vernunft der modernen „wissenschaftlich-technisch" genannten Zivilisation wird nicht mehr als ein vernehmendes Organ, sondern als Instrument der Macht aufgefaßt. Die naturwissenschaftlich geprägte Vernunft der modernen Welt sieht nach Immanuel Kant, der Newtons Weltbild philosophisch rationalisierte, „nur das ein, was sie selbst nach ihrem Entwurfe hervorbringt . . . Sie geht mit ihren Prinzipien ihrer Urteile nach beständigen Gesetzen voran und muß die Natur nötigen, auf ihre Fragen zu antworten". (Vorrede zur 2. Auflage der „Kritik der reinen Vernunft") Die menschliche Vernunft verhält sich zur Natur wie ein Staatsanwalt, der die Zeugen ins Kreuzverhör nimmt. Das Experiment ist nach Francis Bacon die Folter, der die Natur unterworfen wird, um auf die Fragen der Menschen zu antworten und ihre Geheimnisse preiszugeben. Versteht aber diese *aggressive Vernunft* von der Natur nur das, was sie an ihr nach ihrem eigenen Entwurf „hervorbringt", dann bleibt ihr das andere und Fremde in der Natur auf ewig verborgen. Von dem „Ding an sich" kann es keine Erkenntnis geben, wie Kant klargemacht hat, der die Erscheinungsweisen auf das Subjekt bezog. Ist das aber richtig, dann lebt die Menschheit in der durch die Naturwissenschaften zur Erscheinung gebrachten Natur wie in einem Spiegelkabinett: Wohin man auch blickt, man sieht nur die Projektionen, die Reflexionen und die Spuren der Menschen. Die *produktive Vernunft* ist nur in der Lage, ihre eigenen Produkte wiederzuerkennen. Vom Innern der Dinge und vom Eigenleben der Natur weiß sie nichts. Wird „Gleiches nur von Gleichen erkannt", dann wird von dieser menschlichen Vernunft nur die ihr angepaßte, ihr gleichgemachte, ihr unterworfene Natur erkannt. Das aber zerstört das eigene Leben der Natur und vereinsamt die Menschen. Übrig bleiben Technopolis und die Wüsten. Wir haben die Erde zum Steinbruch unserer Zivilisation und zu unserer Müllhalde gemacht.

c) Auf Gott angewendet, führt der Gleichheitsgrundsatz entweder zur Vergottung des Menschen oder zur Vermenschlichung Gottes. In der Antike sah man in jeder wahren Gotteserkenntnis eine Vergottung des Menschen (theosis). Denn Erkenntnis ist Teilhabe und schafft Gemeinschaft. Wir können das Göttliche *über uns* nur mit dem Göttlichen *in uns* erkennen, denn Gott wird nur durch Gott erkannt. Goethe dichtete in diesem Sinne:

> „Wär' nicht das Auge sonnenhaft,
> wie könnte es die Sonn' erblicken.
> Wär' nicht in uns des Gottes eigne Kraft,
> wie könnt' uns Göttliches entzücken".

Erkennen stiftet Gemeinschaft, und nur die Gemeinschaft des gleichen Wesens macht solches Erkennen möglich. Es ist hier wieder zu beachten, daß nach antiker Auffassung die Erkenntnis den Erkennenden verändert, so daß er dem Erkannten entspricht. Ist dann aber Gott von nichtgöttlichen Wesen überhaupt zu erkennen?

Eine besonders aparte Wendung hat Goethe dem theologischen Gleichheitsgrundsatz verliehen: Wird Gott nur durch Gott erkannt, dann gilt auch die Umkehrung: *„Nemo contra Deum nisi Deus ipse".* Es ist nicht klar, von wem Goethe diesen gewaltigen Satz hat oder ob er bzw. F. W. Riemer den Ausspruch geprägt und dann als alt ausgegeben haben. Eckermann, nicht Goethe, wie die Forschung jüngst festgestellt hat, hatte den Spruch als Motto über den 4. Teil von Goethes Autobiographie „Dichtung und Wahrheit" gestellt. Tatsächlich spricht Goethe in dem Teil (im 20. Buch) von „dämonischen" Persönlichkeiten, die jenseits von Gut und Böse zu stehen scheinen, und schließt: „Selten oder nie finden sich Gleichzeitige ihresgleichen, und sie sind durch nichts zu überwinden, als durch das Universum selbst, mit dem sie den Kampf begonnen; und aus solchen Bemerkungen mag wohl jener sonderbare, aber ungeheure Spruch entstanden sein: „Nemo contra Deum nisi Deus ipse." Eduard Spranger ist der Sache nachgegangen und hat in Riemers „Mitteilungen über Goethe" die Auslegung Goethes gefunden: „Ein herrliches Diktum, von unendlicher Anwendung. Gott begegnet sich immer

selbst; Gott im Menschen sich selbst wieder im Menschen ..."
Im Sinne des von Goethe verehrten Spinoza heißt dann der Satz:
Gott ist alles und in allem. Gibt es etwas Widergöttliches, so liegt
auch dieser Widerspruch gegen Gott in Gott selbst. Denn außer
Gott selbst gibt es niemanden, der gegen Gott kämpfen könnte.
Selbst im härtesten „contra Deum" liegt noch verborgen: „Deus
ipse".

Für sich genommen macht dieser Satz jedoch Gott selbst zum
einzig denkbaren Atheisten. Kann keiner außer Gott selbst „gegen Gott" sein, dann ist menschlicher Atheismus unmöglich.
Oder dieser Satz vergottet jeden ernsthaften Atheisten, der „gegen Gott" ist, zu Gott selbst. So ungeheuer der Satz klingt und so
spannend die Denkmöglichkeiten auch sind, die er eröffnet, er
kann auch zur theologischen Selbstimmunisierung verwendet
werden: Gott wird nur von Gott erkannt, niemand kann gegen
Gott sein außer Gott selbst. Was sich aber damit in der Theologie
so unangreifbar macht, daß wir nicht dagegen sein können, das
geht uns auch wirklich nichts mehr an.

Die Vernunft der modernen Welt versteht den Erkenntnisvor-
gang genau umgekehrt: Durch das Erkennen wird das Erkannte
dem Erkennenden unterworfen und angepaßt, denn erkennen
heißt beherrschen. Auf das Göttliche über uns angewendet, führt
darum der Gleichheitsgrundsatz dazu, alle Gotteserkenntnis als
Projektion menschlicher Phantasie aufzufassen. Alle Vorstellungen und Begriffe des Göttlichen sind nur menschliche Produkte
und sagen nichts über das Göttliche selbst aus. „Du gleichst dem
Geist, den du begreifst, nicht mir", ruft der „Erdgeist" Dr. Faust
in Goethes Drama zu, der ihn beschwören will. Also schaffen
Menschen ihre Götter nach ihrem Bilde: die männlichen Götter,
die weißen Götter, die schwarzen Götter, die weiblichen Götter.
Die Esel werden wohl eselhafte Götter anbeten. Das andere und
das Fremde und das – wie Karl Barth nach Rudolf Otto sagte –
„Ganz Andere" des Göttlichen ist so unerkennbar, daß es nicht
einmal gedacht werden kann. Der Gleichheitsgrundsatz macht
die Vernunft der modernen Welt im Prinzip agnostisch. Er macht
sie, wie die moderne Religionskritik von Feuerbach beweist, sogar narzißtisch. Wie der schöne Jüngling Narziß sieht der mo-

derne Mensch, wohin er sich auch wendet, an andere Menschen oder an die andere Natur oder an das Ganz-andere des Göttlichen, überall immer nur sein eigenes Spiegelbild. Doch ist uns die entzückte Selbstliebe des alten Narziß inzwischen verloren gegangen und bei vielen schon in den Selbsthaß umgeschlagen, der Menschen befällt, wenn sie sich eingeschlossen haben und nicht mehr herauskommen. Es ist eine Art klaustrophobisches Selbstmitleid entstanden, aus dem, mit M. Horkheimer zu reden, nur noch gelegentlich eine „Sehnsucht nach dem ganz Anderen" aufsteigt.

Nehmen wir als Beispiel das große Ereignis, das am Anfang der modernen Welt steht, weil es die Welt verändert hat, die sogenannte „Entdeckung Amerikas" durch Kolumbus, Cortes und die Conquistadores 1492. Wie T. Todorov in seiner Studie „Die Eroberung Amerikas. Das Problem des Anderen" (deutsch: Frankfurt 1985) gezeigt hat, ist Amerika von den Europäern nie wirklich in seiner Eigenart und Andersartigkeit „entdeckt" worden. Die Conquistadores sahen gar nichts und „entdeckten" nur das, was sie suchten, nämlich Gold und Silber. Die Indianerreiche wurden nie erkannt. Sie blieben bis heute unverstanden. Sie wurden unterworfen, zerstört und ausgebeutet und nach Maßgabe europäischer Entwürfe missioniert und kolonisiert. Die anderen Menschen wurden den Herrschenden als Untertanen angepaßt. Auch Las Casas und die christlichen Missionare verstanden nur das, was sie sich durch Konversion gleichmachen konnten, wie ihre Tagebücher beweisen. Spanier, Portugiesen und die englischen Pilgerväter erkannten die Andersartigkeit und die Eigenart der Indianer nicht. Weil sie nur das ihnen Gleiche erkennen konnten und verstehen wollten, mußten sie die fremden Kulturen zerstören und die anderen Menschen sich gleichmachen. Das traurige Ergebnis waren die koloniale Einheitskultur, die imperiale Einheitsreligion und die nivellierende Einheitssprache.

### 3. Die Erkenntnis des anderen führt zur Gemeinschaft
### in der Verschiedenheit

„Anderes wird nur von Anderem erkannt". Auch dieser erkenntnistheoretische Grundsatz hat seine Wurzeln in der altgriechischen Philosophie, in einer Tradition jedoch, die in unserer Kultur nur geringen Einfluß gewonnen hat. Euripides, den Aristoteles zitiert, dichtete:

> „Es sehnt die dürre Erde sich nach Regen,
> es sehnt der hohe Himmel, regenschwer
> zur Erde sich zu stürzen." (Zit. Nik. Ethik VIII, 1155 b)

„Alles Lebendige entsteht aus dem Streit", hatte der geheimnisvolle Heraklit gesagt. Es war jedoch erst Anaxagoras, der Erkenntnisprinzipien formulierte, die denen des Empedokles entgegengesetzt sind:

> *Anaxagoras* glaubt, daß die sinnliche Wahrnehmung aus dem Gegensätzlichen entsteht, denn das Gleiche ist gleichgültig gegenüber dem Gleichen ... Wir nehmen das Kalte durch das Heiße, das Süße durch das Saure, das Helle durch das Dunkle wahr ... Denn sinnliche Wahrnehmung ist verbunden mit Schmerz. Wenn das Ungleiche mit unseren Sinnesorganen in Berührung gebracht wird, entsteht Schmerz." (Theophrast, De sensibus, 27 ff.; zit. nach G. M. Straton, Theophrast and the Greek physiological Psychology before Aristotle, New York 1917, 90 ff.)

Die letzte Bemerkung über den Zusammenhang von *Erkenntnis* und *Schmerz* ist wichtig. Begegnet unseren Wahrnehmungsorganen etwas Gleiches, etwas Bekanntes oder uns schon Entsprechendes, dann fühlen wir Bestätigung, und das tut unseren Sinnen gut. Begegnet unseren Sinnesorganen etwas anderes, Fremdes oder Neues, dann entsteht zunächst Schmerz. Wir spüren den Widerstand des Fremden. Wir fühlen den Widerspruch des anderen. Wir merken den Anspruch des Neuen. Der Schmerz zeigt an, daß wir selbst uns ändern müssen, wenn wir das Fremde verstehen, das andere wahrnehmen und das Neue auffassen wollen. Der Schmerz zeigt an, daß wir uns selbst öffnen müssen, um das andere, Fremde und Neue aufzunehmen.

Wodurch aber nehmen wir es wahr? Wir nehmen es nicht durch seine Entsprechung, sondern durch seinen Widerspruch wahr. Man erkennt die Dinge erst durch ihren Kontrast zu dem, was sie nicht sind, könnte man allgemein sagen. Mit dem Entgegengesetzten in uns erkennen wir das andere. Nicht durch Konsonanz, sondern durch Dissonanz werden wir wach für das Neue. Nach der Bildersprache des Anaxagoras: Je dunkler es in uns ist, desto mehr spüren wir die Helligkeit des Lichtes. Je kälter wir sind, desto stärker fühlen wir die Wärme eines Feuers. Unter Schwarzen merken wir, daß wir weiß sind; unter Weißen, daß wir schwarz sind. Im übertragenen Sinne: „Jedes Wesen kann nur in seinem Gegenteil offenbar werden. Liebe nur im Haß, Einheit nur im Streit", wie der junge Schelling dialektisch formulierte. Etwas undramatischer ausgedrückt: Erst in der Fremde verstehen wir, was Heimat heißt. Erst im Angesicht des Todes spüren wir die Einmaligkeit des Lebens. Erst im Streit wissen wir den Frieden zu schätzen. Im Gleichen bemerken wir das Gleiche gar nicht. Es ist uns selbstverständlich. Es ist uns so nahe, daß wir es gar nicht erkennen können. Erst in der Distanz und erst recht in der Differenz und dann endlich im Widerspruch nehmen wir das andere wahr und lernen es schätzen.

Auch hier ist das erkenntnisleitende Interesse die Vereinigung. Aber das Ziel ist nicht eine Einheit in der Gleichheit (unity in uniformity), sondern eine Einheit in der Verschiedenheit (unity in diversity). Verschiedenes kann sich ergänzen und sich nach wechselseitiger Ergänzung sehnen wie die Erde nach dem Regen und der Regen nach der Erde. Verschiedenes kann sich auch streiten und aus dem Streit heraus neues Leben produzieren. Antagonismen müssen nicht immer tödlich sein. Sie können auch lebendigmachen und das Leben fördern. Mit dem „Streit" (agon) meinte Heraklit nicht, wie manche Generäle meinen, den „Krieg", sondern den Wettkampf und das Spiel als „Vater aller Dinge". Das sind Polaritäten, Yin und Yang, die sich chinesisch fließend trennen und vereinigen, die sich trennen, um sich zu vereinigen, die sich vereinigen um sich zu trennen, und so den Prozeß des Lebens voranbringen. Die Macht der Vereinigung des Verschiedenen und die Macht der Trennung des Vereinigten ist auch hier der Eros, aber in einem tieferen Verständnis als oben erwähnt. Es ist die dynamische Dialektik der Liebe (Hegel), die Einheit in der Trennung und Trennung in der Einheit schafft, weil sie die Einheit von Trennung und Einheit selbst ist.

Wir wenden nun diese dialektischen Grundsätze auf das Erkennen der anderen Menschen, der anderen Dinge und des ganz anderen Gottes an:

a) Erkennt Ungleiches sich, dann muß das Interesse an der Andersartigkeit des anderen größer als an seiner Gleichartigkeit sein. Ich sehe nicht auf das mir Gleiche in den anderen, sondern auch ihr anderes, und versuche, es zu verstehen. Ich verstehe es nur, indem ich mich selbst verändere und mich auf das andere einstelle. In meiner Erkenntnis des anderen unterziehe ich mich den Schmerzen und Freuden der eigenen Veränderung, nicht um mich selbst dem anderen anzupassen, sondern um mich in das andere hineinzuversetzen. Es gibt kein wirkliches Verstehen des anderen ohne solche *Empathie*. Ich begebe mich selbst in einen Prozeß der wechselseitigen Veränderung mit dem anderen. Jeder Lernprozeß enthält diese Schmerzen der Veränderung und die Freuden der neuen Einsicht. Im Griechischen gehören „mathein" (Lernen) und „pathein" (Leiden) in vielen Sprichwörtern zusammen. Aus der verstehenden Empathie entsteht dann eine verbindende *Sympathie*, wenn die Empathie zum gegenseitigen Verstehen führt. Sie formt die Gemeinschaft in der Verschiedenheit und die Verschiedenheit in der Gemeinschaft. Das Grundgesetz einer solchen Gesellschaft ist „die Anerkennung des anderen" in seiner Andersartigkeit. Gesellschaften, die sich auf diesem Grundsatz entfalten, sind keine „geschlossenen Gesellschaften", auch keine uniformen, gleichgeschalteten Gesellschaften, sondern „offene Gesellschaften". Sie können nicht nur mit Verschiedenen und Andersartigen, sondern, wie Karl Popper verlangte, auch mit „ihren Feinden" leben, denn sie können selbst noch die Feindschaft ihrer Feinde für ihre Interessen fruchtbar machen. Wie ist das möglich? Muß es den Feinden einer Gesellschaft gegenüber nicht doch heißen: „Love it or leave it"? Ich glaube nicht. So wie die Grundlage der Gesellschaft aus Gleichen im Normalfall die *Freundesliebe* ist, so ist die Grundlage der Gesellschaft aus Verschiedenen im Ernstfall die *Feindesliebe*. Seine Feinde „zu lieben" heißt, Verantwortung nicht nur für sich selbst und die Seinen, sondern auch für seine Feinde zu übernehmen. Wir fragen dann nicht mehr nur: Wie können wir uns gegen die möglichen Feinde schützen?, sondern: Wie können wir Feinden ihre Feindschaft nehmen, damit wir gemeinsam mit ihnen überleben? In diesem Sinne ist Feindesliebe die Grundlage für gemeinsames Leben in Konflikten.

b) Wenden wir dieses dialektische Erkenntnisprinzip auf die Natur an, dann ersetzen wir das analytische Denken mit seiner Objektivierung der Natur durch ein *kommunikatives Denken*, das die Natur mit ihrer Eigenart achtet und sie in ihrem Gegenüber zum Menschen sein läßt, was sie ist. Das bedeutet einmal, die natürlichen Wesen in ihrer Ganzheit und in ihren Lebenswelten wahrzunehmen und sie nicht mehr zu isolieren und zu spalten, um sie sich anzueignen. Das bedeutet zum anderen, sie in ihrer relativen Subjektivität anzuerkennen und sie nicht länger zu Objekten zu erniedrigen. Das erkenntnisleitende Interesse ist nicht mehr Herrschaft und Kontrolle, sondern Kommunikation. Das *ganzheitliche Denken* führt die Menschen wieder in das Gewebe der Lebensgemeinschaft im größeren Organismus dieser Erde hinein, aus der sie sich isoliert haben, seit sie sich kraft Naturwissenschaft und Technik zu Herrschern und Eigentümern der Natur aufgeschwungen haben. Die Auflösung dieser Selbstisolation bedeutet keine romantische Rückkehr zu paradiesischen Naturzuständen und zu „Mutter Erde", sondern eine neue Integration der menschlichen Kultur in die Natur der Erde im Ausgleich der verschiedenen Lebensinteressen. Das schließt auf der Seite der Menschen eine Reintegration des differenzierenden und herrschenden Verstandes in die empfangende und teilnehmende Vernunft ein, geht aber darüber hinaus.

Die neue teilnehmende Vernunft ist immer auch eine *beteiligte Vernunft*. Sie betrachtet und beherrscht nicht die Dinge und die anderen Lebewesen in ihrer gewordenen Wirklichkeit, sondern begreift ihre Wirklichkeit zusammen mit ihren Möglichkeiten, um zerstörende Möglichkeiten abzuwenden und lebensdienliche Möglichkeiten zu fördern. Beteiligtes Denken fragt nicht nur, wie die Dinge sind, sondern auch, was aus ihnen werden kann (Bloch). Es erkennt mit dem Zustand der Dinge auch ihre Zukunft. Es versteht alle Dinge in ihrer Zeit und die Lebewesen in ihren Prozessen.

Das wiederum setzt voraus, die Objekte der Natur als *zukunftsoffene Systeme* zu verstehen, deren Vergangenheit festliegt, deren Zukunft partiell unbestimmt ist und deren Gegenwart in der Antizipation ihrer Möglichkeiten besteht. Sind vom Atom bis zu den Menschen alle Wesen *offene Systeme,* wie I. Prigogine und andere mit Recht sagen, dann gibt es genau genommen keine „Objekte" in der Natur, sondern nur Subjekte mit verschiedenen Graden von Komplexität. Das menschliche Erkennen der natürlichen Dinge ist darum nichts anderes als die Kommunikation zwischen offenen Systemen von verschiedenen Komplexitätsgraden. Es ist mithin ein Erkenntnisprozeß zwischen Subjekt und Subjekt. Zwischen verschiedenen Subjekten aber geht es um Gemeinschaft in Anerkennung der Verschiedenheit, power and control von einer Seite würde die Vielfalt des Lebendigen und ihrer Lebensbeziehungen nur zerstören.

c) Auf *Gott* angewendet, führt das dialektische Denken zur Anerkennung der Verschiedenheit in der Gemeinschaft. „Gott wird nur von Gott erkannt", sagt der Gleichheitsgrundsatz. Es ist aber zweifelhaft, ob Gott sich selbst als „Gott" ansieht, oder ob er nicht nur für die Menschen als „Gott" erscheint. Das dialektische Denken sagt, daß Gott als „Gott" nur im Bereich des ihm anderen, nämlich im Bereich der ihm widersprechenden Menschen erscheint; das dialektische Denken sagt, daß für die Menschen „Gott" der Ganz-andere ist. Erst wenn Menschen sich nur als Menschen und nicht mehr als Götter verstehen, sind sie in der Lage, das ganz andere Wesen Gottes wahrzunehmen. Nur wenn wir aus unglücklichen Übermenschen und armseligen Mini-Göttern wieder ganz und gar zu Menschen werden, lassen wir Gott Gott sein, wie Luther sagte. Man kann noch einen Schritt weitergehen und sagen, erst wenn wir Menschen ganz gottlos werden in dem Sinne, daß wir jede Selbstvergottung oder angemaßte Gottähnlichkeit fallen lassen, können wir die ganz andere Wirklichkeit des wahren Gottes erkennen, und umgekehrt: Wo uns der ganz-andere Gott widerfährt, da können wir unseren ängstlich-aggressiven Gotteskomplex fallen lassen und wahre Menschen werden.

„Gott erkennen heißt Gott erleiden", sagt eine alte griechische Erfahrungsweisheit. Die Gotteserfahrungen Abrahams, Isaaks und Jakobs, die Gotteserfahrungen von Moses und von Jesus bestätigen sie. Menschen nehmen die ganz andere Wirklichkeit Gottes zuerst unter Schmerzen wahr. Das sind nach der christlichen Erfahrung die Schmerzen des Sterbens an Gott und die Freuden des aus Gott von neuem Geboren-Werdens. Nur durch gänzliche Veränderung unseres Selbst nehmen wir die ganz andere Wirklichkeit Gottes wahr. Seine theologische Zuspitzung hat diese Art der Gotteserkenntnis durch die Kreuzestheologie erhalten, nach der Gott unter Kreuz und Leiden verborgen ist und darum das reale, gottverlassen erscheinende Elend der Menschen der Ort ist, an dem uns Gott begegnet. „In den Momenten tiefster Offenbarung Gottes gab es stets irgendein Leid: der Schrei der Bedrückten in Ägypten, der Schrei Jesu am Kreuz, die Geburtswehen der ganzen Schöpfung, die ihre Befreiung erwartet". (I. Sobrino, Theologisches Erkennen in der europäischen und der lateinamerikanischen Theologie, in: K. Rahner (Hg.), Befreiende Theologie, Stuttgart 1977, 138). „Sofern Gott in seinem Gegenteil offenbar wird, kann er von den Gottlosen und Gottverlassenen erkannt werden, und eben dieses Erkennen bringt sie zur Entsprechung zu Gott, und, wie der 1. Johannesbrief 3,2 sagt, sogar in die Hoffnung auf Gottähnlichkeit." (J. Moltmann, Der gekreuzigte Gott, München 1972, 33)

Ist dieses dialektische Erkennen aus der Verschiedenartigkeit, aus der Andersartigkeit und aus dem Widerspruch heraus mit jenem mittelalterlichen Grundsatz des analogischen Erkennens identisch, nach dem es zwischen dem Geschöpf und dem Schöpfer bei aller Ähnlichkeit eine immer noch größere Unähnlichkeit gibt? „Quia inter creatorem et creaturam non potest tanta similitudo notari, quin inter eos major sit dissimilitudo notanda." (IV. Laterankonzil 1215, Denz. 806)

Diese Unähnlichkeit bei aller Ähnlichkeit unterscheidet den Schöpfer von seinem Geschöpf auf ideale Weise. In unserer Wirklichkeit aber geht es um den Widerspruch des Sünders gegen Gott und Gottes Offenbarung an den Gottlosen durch sein Erbarmen mit ihm. Die Gotterkenntnis der wirklichen Gottlosen kann nur im Geschehen ihrer Annahme durch Gott liegen, und das heißt im gekreuzigten Christus: „Immanuel – Gott mit uns – mit uns Gottlosen! –" Erst aufgrund dieser Gotteserkenntnis im Rechtfertigungsgeschehen wird es möglich, wieder von einem Verhältnis des menschlichen Geschöpfes zu seinem Schöpfer und von den ersten Analogien des gottentsprechenden Menschen zu reden. Erst Gottes Widerspruch gegen unseren Widerspruch schafft Entsprechungen und Ähnlichkeiten bei je größerer ontologischer Unähnlichkeit.

### 4. Der Ursprung des Erkennens im Erstaunen

Im konkreten Vorgang des Erkennens verbinden wir immer die Momente der Entsprechung und die Momente des Widerspruchs. Gäbe es gar nichts Gleiches, dann gäbe es auch nichts Gemeinsames und also auch keine Möglichkeit des Erkennens. Gäbe es gar nichts anderes, dann gäbe es auch keine Notwendigkeit zum Erkennen. Im konkreten Erkennen brauchen wir die Bestätigung durch die Entsprechung und den Schmerz durch den Widerspruch. Erkennen ist Erinnerung und Erwartung, Erinnerung an Bekanntes und Erwartung von Neuem, ist also Wiedererkennen und Neuerkennen.

Worin aber liegt die Wurzel des Erkennens? Natürlich gibt es so viele Interessen, die das Erkennen anleiten, wie es menschliche Wünsche gibt. Aber mit ihnen sind nur die subjektiven Faktoren genannt, die sich einer Fähigkeit zum Erkennen bemächtigen, die schon da ist und vorausgesetzt werden muß. Die Wurzel für das Erkennen selbst ist nicht nur subjektiv, sondern zugleich auch objektiv. Sie liegt in der elementaren Form der Begegnung der erwachenden Sinne der Menschen mit den Eindrücken der Welt. Die griechischen Philosophen haben den tiefsten Grund des Erkennens darum *das Staunen* genannt. Im Erstaunen öffnen sich die Sinne für den unmittelbaren Eindruck der Welt. Im Erstaunen dringen die wahrgenommenen Dinge frisch und ungefiltert in die menschlichen Sinnesorgane ein. Sie imponieren sich dem Menschen. Sie machen uns Eindruck, und wir sind beeindruckt.

Im Erstaunen werden die Dinge *zum ersten Mal* wahrgenommen. Das staunende Kind besitzt noch keine Vorstellungen, mit denen es die Eindrücke auffassen kann, und noch keine Begriffe, mit denen es sie begrenzen kann. Erst beim zweiten und dritten Mal erinnert es sich und übt eine wiederholbare Einstellung auf die andrängenden Eindrücke ein. Beim zwanzigsten Mal ist diese Wahrnehmung dann schon gewohnt, und man reagiert im Verstand und im Willen, wie man es gelernt hat. Es erstaunt einen nicht mehr. Man ist auch nicht mehr überrascht. Man hat sich darauf eingestellt, wie wir sagen. Darum schreiben wir Erwachsenen das Erstaunen den Kinderaugen zu, die die Welt zum ersten Mal wahrnehmen und erleben.

Dennoch bleibt auch im Grunde der Wahrnehmungen von Erwachsenen ein kleines Moment des Erstaunens bestehen. Weil sich in der zeitlichen Wirklichkeit des Lebens nichts im strikten Sinne wiederholt, sondern jeder Augenblick einmalig ist, ist nur das Erstaunen in uns fähig, den einmaligen Augenblick zu erfassen. Wer nicht mehr staunen kann, wer sich an alles gewöhnt hat, wer nur noch routiniert wahrnimmt und reagiert, der lebt an der Wirklichkeit vorbei. Jede Chance ist einmalig. Das gehört zu ihrem Wesen. Es gibt nicht zweimal dieselbe Chance. Es gibt keine „zweite Chance", denn die Zeit ist irreversibel. „Keiner steigt zweimal in denselben Fluß" (Heraklit). Ein Gespür für die Einmaligkeit des Augenblicks haben diejenigen Menschen, die sich die ursprüngliche Fähigkeit des Erstaunens bewahrt haben. Sie nehmen die Einmaligkeit des Augenblicks mit jener Offenheit wahr, mit der sie die Erstmaligkeit der Dinge aufgefaßt haben.

Im Erstaunen erfassen wir noch nicht, wie die Dinge aussehen, wir erfassen aber, daß sie da sind. Wir nehmen mit Bewunderung wahr, daß sie da sind. Wir verstehen auf elementare Weise das Wunder des Daseins selbst. Wir erstaunen oft auch darüber, *daß* wir selbst da sind, obgleich wir nicht wissen, warum oder wozu wir da sind. Wen das ins Erstaunen versetzt, der erfährt auch, daß er wirklich da ist und nicht eine Illusion darstellt. Das heißt, durch Erstaunen erfassen wir das Dasein der Welt und unser eigenes Dasein. Das Was und Wie begreift man später. Das einfache Dasein aber begreift man nie. Es bleibt erstaunlich.

Ist es nicht wichtig, unser Erkennen, unsere Erkenntnisinteressen, die Vorstellungen, die wir aus Erfahrungen bilden, und die Begriffe, mit denen wir unsere Vorstellungen ordnen, immer wieder auf das elementare Erstaunen über das Dasein selbst zurückzuführen? Es könnte sonst geschehen, daß wir nur noch unsere Wahrnehmungen wahrnehmen, aber von den Phänomenen nichts mehr sehen. Es könnte sonst geschehen, daß wir nur noch sehen, was wir sehen wollen, und fast blind durch das Leben gehen. Es könnte sonst sein, daß wir die anderen Menschen nicht mehr erkennen, weil wir sie auf unsere Vorurteile über sie festgelegt haben und nur diese bestätigt haben wollen. Es könnte sonst sein, daß wir die Produkte unserer religiösen Phantasie für Gott halten und von dem lebendigen Gott nichts merken. Die Wirklichkeit ist immer überraschender, als wir uns vorzustellen vermögen.

„Die Begriffe schaffen Götzenbilder, allein das Erstaunen erfaßt etwas", sagte der kluge Gregor von Nyssa (PG 44, 377 B). Menschen, die wir in ihrer Eigenart achten, bleiben für uns erstaunlich, und unser Erstaunen öffnet unserer Gemeinschaft mit ihnen die Freiheit für neue Möglichkeiten der Zukunft. Erstaunlich bleiben für uns auch die Wunder der Natur, wenn wir in unseren Geschäften innehalten können und uns in den Anblick einer Blume oder eines Baumes oder eines Sonnenuntergangs versenken. Das Allererstaunlichste aber scheint mir der Grund des Daseins aller Dinge zu sein, dem wir verdanken, daß überhaupt etwas da ist und nicht vielmehr nichts ist. Den wir „Gott" nennen, entzieht sich unseren Vorstellungen, die ihn festlegen, und unseren Begriffen, die ihn greifen wollen, und ist uns doch näher als wir uns selbst sind – interior intimo meo, wie

Augustin wußte –, denn „in ihm leben, weben und sind wir". Im „Dunkel des gelebten Augenblicks" (E. Bloch) werden wir der Gegenwart Gottes inne. Das Erstaunen ist der unausschöpfliche Grund unserer Gemeinschaft miteinander, mit der Natur, mit Gott. Das Erstaunen ist der Anfang jeder neuen Erfahrung und der Grund unserer schöpferischen Erwartung des neuen Tages.

## Johannes Thiele
## Die Wiederverzauberung der Natur

„Er war ein Kind des Nordens. Sein Motto: Ich denke, also bin ich. Und nun dies! Es hatte schon nach dem Brenner begonnen, dieses leichte Prickeln im Bauch, dieses unfreiwillige Augenaufreißen, schauen und die Bilder in sich hineinsaugen. Eine Magie der Impressionen, die ihn wehrlos macht: Üppige, satte Wälder, hingegossen wie der Mantelwurf einer Königin, von den Höhen bis zum Talboden im majestätischen Licht. Immer neue Vorhänge wurden vor ihm aufgezogen: Schroffe Giganten, Felder und Wiesen, Myriaden von Reben und Obstbäumen, Zauberreiche und bizarrer Mythos. Und Sonne, Wärme, Milde. Er empfing das Licht und die Farben wie ein trockener Schwamm das Wasser. Die Faszination verdichtete sich zu fein nervigen Bildern und vitalen Gefühlen. Was er auch aufnahm, es verwandelte sich in ihm zu einer Kraft, die er längst verloren glaubte. Und doch kannte er sie aus seiner Jugendzeit. Wie hypnotisiert ergab er sich dem furiosen Vielklang dieser Natur – in Wochen, die wie Tage vergingen. Als er heimkam, war er ein anderer geworden. Was er mitbrachte, war Schönheit. Und sein neues Motto lautete: Ich fühle, also bin ich."

Was hier im Gewand eines Erweckungsberichts und einer Bekehrungsvision einherkommt, trägt alle Ingredienzien eines naturmystischen Textes in sich. Wir haben hier aber mitnichten eine fromme Geschichte vor uns, nicht einmal ein im Zusammenhang unseres Themas zu erwartendes literarisches Zeugnis vom Erwachen des Naturgefühls. Dieser Text erschien vor nicht allzu langer Zeit in einer großformatigen Werbebroschüre, die vom Landesverkehrsamt Südtirol herausgegeben wurde und deren grafische wie textliche Gestaltung so etwas wie eine Revolution der Touristikwerbung darstellt. Ich habe diesen Text an den Anfang meiner Überlegungen gestellt, um zu dokumentieren, welche immensen und ungewöhnlichen Kreise naturmystisches Denken heute zieht, bis in die säkularen und profanen Milieus hinein, in denen es – freilich funktionalisiert wie im Fall der Werbung – wie selbstverständlich auftaucht.

Ich sehe in diesem Text einen Ausdruck des postmodernen Lebensgefühls, das sich auf welche Weise auch immer den tödlichen Verblendungen der Moderne, den typischen Blindheiten für die Wahrnehmung der Natur außerhalb aller Nutzungs- und Verwertungsinteressen widersetzt. Die Postmoderne hat Freude am Zitat, am Spielerischen, auch an Ironie (und der vorgestellte Text verdankt seine Farbigkeit und seinen Appeal gerade dieser merkwürdigen Mischung von Ironie und Ernsthaftigkeit), aber sie entwickelt ihre Zukunftsvisionen jenseits resignativer Katastrophenmüdigkeit und alter Mystik, jenseits aber auch der Anstrengungen ökologischer Ethik. Gegen alle Bedenkenträgerei, problemlos, fast naiv hält dieses Lebensgefühl Erinnerungen an die unverbrauchte Frische der Natur und an das immer mögliche Wunder, das sie in der Seele auslösen kann, fest. International, grenzübergreifend, in vier Sprachen steht auf den ersten zehn Seiten des Prospekts nur ein Satz: „To see with one's soul – Voir avec les yeux de l'ame – Met de ziel zien – Mit der Seele sehen." Das mystische Motto schlechthin! Gegen die Kälte des rationalen Winters setzt das die Seele aufwühlende Gefühl die Wärme des aufbrechenden Frühlings. Der Leser, die Leserin soll spüren: Im Frühjahr ist das Leben am vitalsten. Da hat was geschlafen. Du kannst es entdecken, wenn du dich auf die Reise machst. Und die Freude darüber, daß nach kalten, langen Nächten des Nordens das Leben wieder warm und leuchtend spürbar wird, kann nur im Süden in alle Poren der vagabundierenden Seele eindringen.

Ich stelle mir die Zielgruppe, an die sich dieser Text (und auch die anderen „Geschichten" in diesem voluminösen Visionskatalog mitsamt seiner hinreißenden, absolut ungewöhnlichen Grafik) wendet, typologisch so vor: Junge Frauen und Männer, in elektronischen oder kreativen Berufen, in Dienstleistungsberufen, nicht gerade reich, aber auch nicht unbetucht, die ein farbiges, heiteres, sinnliches Leben imaginieren. Sie wollen in ihrem

Leben stets anwesend sein. Oder – um es in der Sprache des Visionskatalogs zu sagen – sie wollen das Leben spüren wie ein Kamm, der durch junges, knisterndes Frauenhaar fährt. Sie wollen Liebe, Abenteuer, Ursprünglichkeit, Kreativität, ein stimmiges Lebensdesign. Sie wollen losschnellen wie ein Pfeil, nicht altbacken haushalten. Sie wollen einfach intensiv auf der Welt sein, vagabundierend, ungebunden, das heißt: frei für neue Bindungen. Sie sind offen für Gefühle, für Überraschungen, für unverfälschte Wahrnehmungen. Sie meinen: Uns steht mehr an Sinnenfreude zu, als einem bürgerlichen Leben zugeteilt wird.

Den Vorwurf, dahinter verberge sich ein zeitgeistiges, utopiemüdes, politikfreies, hedonistisches Lebensgefühl, möchte ich so nicht gelten lassen. Mir geht es im Augenblick auch nicht um die Diskussion postmoderner Lebensstile und postmaterialistischer Mentalitäten. Wichtig ist für mich in diesem Zusammenhang das Erwachen des Naturgefühls, und ich möchte seine Herkunft aus alten Traditionen aufzeigen. Darum entwickle ich im folgenden eine Dramaturgie in vier Akten:

1. Die Verluste der Moderne
2. Die Wiederverzauberung der Natur
3. Die alteuropäische Mystik
4. Naturwissen und Naturweisheit.

Abschließend möchte ich dann auf die mögliche Bedeutung der Naturmystik in der Postmoderne zurückkommen.

## 1. Die Verluste der Moderne

Auch bei nüchternster Betrachtung verliert die Diagnose, daß das Alltagsleben in unserer westlichen Kultur Ausdruck größter Schöpfungsvergessenheit und Naturentfremdung ist, nicht an Schärfe und Dringlichkeit. Wissenschaft und Technik sind zur ersten Lebensmacht geworden. Mit den Mitteln der modernen Kommunikations- und Informationstechnologie, mit den Folgen der Mikroelektronik und Computerrevolution sind wir dabei, einen Angriff auf das Wesen des Menschen, auf die Gesamtheit seiner Lebensäußerungen und seines Verhaltens zur Welt vorzubereiten. Es scheint keine freie Realität mehr zu geben, kaum noch Nischen in den durchorganisierten Lebensverhältnissen, kaum noch Fluchtmöglichkeiten aus den alles bestimmenden ökonomischen Strukturen und Systemen, genausowenig, wie es noch eine naturbelassene Nur-Natur gibt, jedenfalls in unseren Breitengraden. Ohne jede kulturkritische Attitüde bleibt festzuhalten, daß der Mensch von allen Arten auf dieser Erde in der künstlichsten aller Umwelten lebt. Von allen Lebewesen ist er das einzige, das sich kraft seiner Intelligenz und seiner Fähigkeit zur Intelligibilität in den Lebensbedingungen fast vollständig von den Lebensbedingungen aller anderen abgekoppelt hat. Überall stößt er auf die Spuren seiner eigenen Einwirkungen, seiner Fortschrittsmythen, seiner Veränderungen und Umgestaltungen. Er organisiert sein Leben weitgehend ohne Rücksicht auf die Bedürfnisse und Erfordernisse seiner Mitwelt.

Noch nie zuvor in der Geschichte der Erde und in seiner eigenen historischen Biographie ist dem Menschen aus seinem eigenen Handeln eine größere Bedrohung erwachsen als die des sanften Zugriffs auf sein Inneres. Der Raubbau an den Rohstoffen der Natur ist nur Ausdruck des Raubbaus an unseren Sinnen- und Seelenkräften, an Gefühl und Gemüt, an Phantasie und Tatkraft. Es sind dies Gefahren, die um so bedrohlicher sind, als wir sie nicht bemerken. Unsere technischen Erfindungen und Einrichtungen des sozialen Lebens, unsere politischen Impulse verändern ständig und schleichend unsere Wahrnehmung und unser Wissen, Denken und Empfinden ebenso wie Verhalten und Vorstellungskraft.

Wissenschaft ist der Versuch, die Natur zu verstehen und in ihre eigenen Fragen einzudringen. Doch sie ist zugleich eine grandiose Fehlleistung des Menschen, die dazu führt, die Natur zu manipulieren. Wissenschaft ist zum einen Entzauberung der Welt, sie ist aber auch ein Abenteuer, um – wie Serge Moscovici sagt – „alles, was sie berührt, zu erneuern, und alles, was sie durchdringt, zu erwärmen – die Erde, auf der wir leben, und die Wahrheiten, die uns das Leben ermöglichen." Die Wissenschaft führt immer tiefer in den Strudel einer turbulenten Natur, selten dazu, die von ihr befragte Natur als etwas Eigenwürdiges zu respektieren.

Wir alle sind von der Moderne infiziert. Die Naturwissenschaftler sind nur unsere Avantgarde. Erfolg hat als Naturwissenschaftler heute, wer auf sinnliche Berührung und emotionales Berührtwerden verzichtet. Die Folge davon sind wissenschaftliche Superleistungen – und lebensfeindliche Exzesse. Der ungehemmt forschende Blick macht aus sinnlicher Lebendigkeit kalte Registrierung. Die Objektivität wird zum Maß aller Dinge. Viele sind froh um diese Distanz zur Fülle des andrängenden Lebens. Andere leiden unter dem Abgeschnittensein von der erlebbaren Wirklichkeit.

Man mag solche Anamnesen als typische Arroganz und Verblendung des Geisteswissenschaftlers denunzieren, aber feststeht, daß die Abstraktheit und Instrumentalisierung unseres Wissens von der Natur eine unheimliche Entfremdung von den kreatürlichen Grundlagen des Lebens schafft. Faszinierend und erschreckend zugleich erscheint dieses akkumulierte Naturwissen, das bedeutet, etwas „im Prinzip herstellen" zu können, ungeachtet des Aufwands, ungeachtet der Folgen. Der Verlust an Berührung mit der Natur kennzeichnet die moderne Wissenschaftskultur, ihre Überangestrengtheit, ihre mangelnde Gelassenheit, ihre Denaturierung und ihre Abwehr von Fühlungnahme. Hinter dem kühlen Blick des objektivierenden Auges ist keine menschliche Subjektivität, kein Angetansein und keine Liebe zu den Dingen mehr zu finden. Das „Diktat der Kälte" gilt als besonderer Ausweis wissenschaftlicher Seriosität. Besorgnis, Angst, Liebe, alles was Menschen ins Leben einbringen, sind störend und „tun nichts zur Sache".

Was immer die Wissenschaft geleistet hat und noch leistet, den Ausdruck von Vertrauen in den Wärmestrom des Lebens kann sie nicht bieten. Offenkundig ist sie selber trost-los und wird immer trostloser, je besser und perfekter sie wird. Denn in ihrer Geschichte stehen ja nicht nur die Triumphe, welche die Erde mittels Motor, Elektronik und Television in ein Dorf verwandelten und die erfolgreich wie nie zuvor Krankheit, frühen Tod, Kälte und Hunger bekämpften. In ihrer Geschichte stehen auch Verbrechen in nie gekanntem Ausmaß: Hiroshima, Auschwitz und der Archipel Gulag zeigen exemplarisch, wie tief und wehrlos Wissenschaft sich in Zerstörungsfeldzüge verstricken läßt und in welchen Verblendungszusammenhängen sie arbeitet, wenn sie politisch mißbraucht wird. Die Neuzeit hat ihr grandioses Selbstbewußtsein nicht zuletzt in dieser Rationalisierung der Natur, in der Eroberung der ganzen Erde und in der gnadenlosen Ausbeutung von Natur und Kultur gefunden.

## 2. Die Wiederverzauberung der Natur

Die von der Vernunft der Aufklärung initiierte Säkularisierung und Entzauberung der Welt und des Kosmos hat spätestens mit der Romantik des 19. Jahrhunderts – und auch später immer wieder – Gegenbewegungen hervorgerufen: Resakralisierung der Natur, Wiederverzauberung der Welt, Naturmystik lauten ihre Stichworte. Diese Gegenbewegungen überführen den wissenschaftlich-technischen Naturbegriff seiner gefährlichen Oberflächlichkeit und versuchen, die durch ihn verdeckten Tiefenschichten wieder bewußtzumachen.

Diese Programme der Wiederverzauberung, der Zurückrufung des Heiligen in die Natur muten uns angesichts der faktischen Zerstörungsmentalität, des Nutzungs- und Herrschaftszugriffs auf die Natur, der universalen Verfügungsprozesse, in die noch die letzten, scheinbar unberührten Reservate der Natur verwickelt sind, heidnisch, wissenschaftsfeindlich und weltfremd an. Die auch im westlichen Kulturkreis erinnerten Zeugnisse archaischer Naturfrömmigkeit, schamanischer Künste, indianischen Animismus und pantheistischer Verehrung des Ursprünglichen und Kreatürlichen dokumentieren in unserem Kontext ein bewegendes Wissen um die ökologischen Verluste. Aber sie stehen merkwürdig sperrig zur Moderne, zu den Nutzungsinteressen, die wir vorrangig mit „Natur" verbinden. Sie ragen auch aus den Manuskripten der Wissenschaftler bisweilen wie erratisches Urgestein hervor, wie Erinnerung an ein verlorenes Leben: „Das kosmische Erlebnis der Religion ist das stärkste und edelste Motiv naturwissenschaftlicher Forschung." (Albert Einstein) Oder: „Wir müssen wieder Furcht und Zittern lernen und, selbst ohne Gott, die Scheu vor dem Heiligen." (Hans Jonas) Offensichtlich bestehen selbst in unserer modernen Mentalität noch Restbestände von Scheu, von Scham, von „Ehrfurcht vor dem Leben" (Albert Schweitzer), eine subversive, untergründige Ablehnung des zynischen Umgangs mit der Welt, ein Wunsch nach Behutsamkeit im Umgang mit den Dingen der Natur und eine geheime Anerkennung des lebenspendenden Gegebenseins.

Die von der Moderne – ich nenne sträflich verkürzend und vereinfachend den großartigen und den Nerv der westlichen Mentalität treffenden Optimismus von Aufklärung, Wissenschaft und Fortschritt – initiierte Austreibung Gottes hält zumindest vor der Natur noch einen vergeblichen Augenblick inne. Gott erscheint dann als das, was wissenschaftlich noch nicht erkannt und gewußt werden kann, als das Unverfügbare, das trotz aller industriell-technischen Eingriffskünste zu achten ist und zu einer säkularen Ehrfurcht vor dem Heiligen in der Natur anhält.

Die offiziellen Großkirchen und die mit ihnen verbündete Theologie denunzieren alle Versuche, Gott und Welt, Heiliges und Natur gleichzusetzen, als unzulässigen Synkretismus und gefährlichen Pantheismus. Die Moderne – und ich will wenigstens für den Augenblick die zeitgenössische Theologie dazuzählen – wehrt sich heftig gegen vermeintliche antiaufklärerische Tendenzen, gegen die Flucht in religiös-emotionale Bezirke, die sich gerade in Naturfrömmigkeit und -mystik ausdrückt, und gegen den angeblichen Rückschritt zu einem sinnstiftenden, vormodernen Naturbild. Dabei sind gerade Pantheismus und Panentheismus alles andere als Vorreiter des Rückfalls in mythisches Bewußtsein. Im Gegenteil: Sie erheben Anspruch auf radikale Diesseitigkeit, die jedoch im fortschrittsoptimistischen Projekt der Moderne und im Anspruch der Aufklärung nicht aufgeht. Naturwissenschaftliche Rationalität kann freilich mit Naturphilosophie, -weisheit und -mystik nichts Konstruktives anfangen; sie erlebt diese alten Traditionen des Wahrnehmens und Nachdenkens nur als abgetane, vormoderne Relikte des krumm gehenden Menschen. Günter Altner, der hellsichtigste unter den ökologischen Theologen, hat das Urteil, das im Prozeß der Neuzeit gesprochen wird, so zusammengefaßt: „Durch die radikale Bezweiflung jeder Naturphilosophie mittels Mathematik und Experiment geriet das menschliche Denken seit René Descartes in eine Herrschaftsstellung, die die Natur entzauberte und vom Dämonenglauben entrümpelte, gleichzeitig aber auch den Menschen gegenüber der Natur vereinzelte und in immer neue Gotteskomplexe trieb, die wiederum auf Mensch und Natur zerstörerisch zurückschlugen ... Es geht darum zu prüfen und zu fragen, was wir eigentlich tun, wenn wir Natur so und nur so dem menschlichen Erkenntnisdrang aussetzen und alle anderen Möglichkeiten der Naturerfahrung darüber zu kurz kommen lassen und abschneiden."

Was aber können diese „anderen Möglichkeiten der Naturerfahrung" sein? Sie mögen vielleicht darauf verzichten, die durch den Fortschritt der Technik und des Geistes ermöglichten Gewinne – den Zuwachs an Autonomie und Subjektivität – zu denunzieren. Aber sie können nicht gelten, ohne seine Verluste zur Sprache zu bringen, ohne die Erosionen, die die Bedingungen wissenschaftlicher Vernunft hervorgerufen haben, kritisch als Katastrophe der „großen Kollision" zwischen Mensch und Natur bloßzustellen. In diesem Sinn ist die „Wiederverzauberung der Welt" (Morris Berman) am Ende des Newtonschen Zeitalters, die radikale Ehrfurcht vor dem Heiligen in der Natur und damit vor dem Unantastbaren, Unverfügbaren allen Lebens, die Achtung vor dem, was wir nicht gemacht haben, ein kritisches Korrektiv zur Moderne und auch Ausdruck eines postmodernen Lebensgefühls.

Wie können wir wieder mit der Welt, der Natur, dem Leben in Fühlung kommen? Wie können wir zum Beispiel Steine umfassender wahrnehmen als Geologen dies gemeinhin tun, als zwar physikalisch und chemisch interessante Gebilde, die aber auch symbolische Werte tragen und eine ästhetische Sprache sprechen? Wie können wir mit dem Wissen von der Natur umgehen, ohne die Weisheit von der Natur auszublenden?

Der Berner Physiker Eduard Kaeser spricht von der „Zeit des kleinen Wissens", in der Natur selbst (wieder) zu etwas Körperhaftem wird, das man nur dadurch richtig kennenlernt, wenn man es berührt und sich von ihm berühren läßt: „Es ist unscheinbar, dieses Berührungswissen, aber es setzt sich in einem fest als Erfahrung am eigenen Leib, als Teil meiner selbst. In seiner eindrücklichen Unscheinbarkeit bleibt es haften bis hinauf in die abstraktesten wissenschaftlich-technologischen Höhen, bis auf das Parkett der globalen Politik."

Dieses „kleine Wissen" ist Vorstufe für größere Weisheit. Es ist Kultivierung sinnlicher, leibunmittelbarer Erfahrung gegenüber der abstrahierenden, instrumentellen Vernunft, um etwas wiederzugewinnen, was die Moderne fast vollständig verlernt hat: Fingerspitzengefühl für die Natur, für die Materie. Der sinnliche, gelassene und geduldige Umgang mit der Natur mutet fahrlässig naiv und zynisch an, wo Kernreaktoren durchbrennen und Chemielager in Flammen aufgehen. Die anstehenden Umweltprobleme sind ganz gewiß groß und dringend. Aber langfristig wird nur die Entwicklung eines neuen, grundsätzlich anderen Verhältnisses zur Natur die Voraussetzung bilden, daß sich die Würde der Natur mit der Hoffnung auf die menschliche Geschichte verbindet.

## 3. Die alteuropäische Mystik

Es ist schwierig, über das Mittelalter (und damit die Geburtsstunde der alteuropäischen Mystik) zu sprechen, ohne ihm etwas Modernes, Neuzeitliches unterzuschieben. Noch schwieriger ist es, die Gegenwart zum Hören auf das, was das Mittelalter in rudimentären Resten kundgibt, zu bewegen, und nicht zum Dazwischenreden: „Es sind unsere Fragen, die vom Staub der Archive erstickt werden, und unsere Antworten, die von den Toten in Frage gestellt werden." Mit diesem fast resignativen, ja pessimistischen Auftakt hat Arno Borst sein Buch „Barbaren, Ketzer und Artisten. Welten des Mittelalters" begonnen. Das Mittelalter war, um es wenigstens vor diesem neuzeitlichen Mißverständnis zu schützen, gerade wegen seiner Neigung zum Artistischen, Enthusiastischen und Religiösen kein Auswuchs an Irrationalität und ebensowenig ein Abbruch vernünftiger Geschichte. Es war von ungebrochener Vitalität und alles andere als finster. Die Rede vom dunklen Mittelalter erscheint angesichts der um ein Vielfaches größeren und grausameren Schrecken der neuesten Zeit absurd.

Doch nicht nur die Sehnsucht nach großen Gefühlen hält das Mittelalter lebendig. Es übt eine merkwürdige Faszination auf uns aus, merkwürdig deshalb, weil wir in ihm einen verlorenen Ursprung zu erkennen glauben. Die den mittelalterlichen Weltbildern (man muß hier den Plural gebrauchen) zugrundeliegende Vorstellung von der *ordo*, der geschlossenen und überschaubaren Ordnung religiöser und sozialer Gestaltungen, wirkt auf uns attraktiv gerade deshalb, weil etwas Ähnliches heute nirgendwo mehr erkennbar oder herstellbar ist.

Das Fühlen und Denken mit der Natur nimmt erst im späten Mittelalter seinen Ausgang. Hatte die Menschheit bis dahin fast ohne Distanz zur Natur gelebt, eingebunden in die Rhythmen der sie umgebenden Natur, hatte sie der Natur gegenüber weder ein ästhetisches Interesse noch irgendwelche Gefühle der Begeisterung entgegengebracht, so ändert sich die Situation im 13. bis 15. Jahrhundert grundlegend. Die Menschen erleben nun einen Bruch mit dem organischen, kosmischen Kreislauf der Natur, ausgelöst durch dramatische politische, gesellschaftliche und religiöse Entwicklungen, die Gefühle zunehmender Unbehaustheit, Angst und Desorientierung hervorrufen. Bis zum späten Mittelalter gibt es also keinerlei besonders ausgeprägte Bewunderung für die Schönheiten der Natur; die Verhältnisse zwischen Subjekt und Objekt, wie sie uns seit der beginnenden Neuzeit geläufig sind, kennt das Mittelalter noch nicht. Zwar empfindet sich der typische alteuropäische Mensch nicht mehr völlig in der Natur beheimatet, aber er stellt sich ihr auch noch nicht gegenüber.

Wir dürfen nicht übersehen, daß „Natur" im Mittelalter nicht die gleiche Bedeutung hat wie für uns. Sie ist ein Werk Gottes, die Materie eine Allegorie, eine Personifizierung und Verkörperung göttlicher Gedanken und Pläne. Der Mikrokosmos des alltäglichen Lebens, der Vertrautheit mit Menschen und Dingen ist als Abbild eines alles umgreifenden, in letzten Gewißheiten geborgenen Makrokosmos verstanden worden. Die mystische Liebe zur Erde erwacht in dem Augenblick, als diese fraglose Vertrautheit mit der Welt zerbricht. Die Erde ist fremd geworden, eine Frage, keine Gewißheit, ein Weg, keine Heimat.

An der Schwelle zur Neuzeit hat Blaise Pascal (1623–1662) dieses Erwachen noch einmal in knappen, eindringlichen Sätzen beschrieben: „Ich weiß nicht, was mich in die Welt gesetzt hat, ich weiß auch nicht, was diese Welt ist, noch, was ich selber bin. Ich lebe in Unkenntnis aller Dinge . . . Ich sehe mich von den unermeßlichen Abgründen des Weltalls umgeben und finde mich an einem winzigen Punkt inmitten seiner unermeßlichen Ausdehnung gefesselt, ohne zu wissen, warum ich hier und nicht anderswo bin und warum der winzige Zeitraum, der mir zu leben vergönnt ist, gerade an diesen und keinen anderen Punkt gesetzt wurde – der Ewigkeit, die vorangeht und mir folgt. Allerwärts sehe ich nur Unendlichkeiten, die mich wie ein Atom verschlingen, wie einen Schatten, der nur einen Augenblick dauert und der niemals wiederkehrt. Alles, was ich weiß, ist, daß der Tod mir gewiß ist. Ihn aber, dem ich nicht entgehen kann, kenne ich am allerwenigsten."

In einer ähnlichen Situation muß die mystische Liebe zur Erde erwacht sein: Mystik als Sehnsucht nach Erkenntnis, Beheimatung, letzter Evidenz, Mystik als Suche nach dem verlorenen Ursprung und der Einheit mit dem Kosmos. Sie vertraut der Kraft der Intuition, den Träumen und Visionen beim Aufstieg der Seele zu Gott. Jenseits der kalten Rationalität der Scholastik sucht die mittelalterliche Mystik nach der Identität, zumindest der Nähe von Gott und Welt. Sie bereitet einen fruchtbaren Boden für die nur wenig später einsetzende Naturphilosophie der Renaissance: Die meisten der naturphilosophischen Anschauungen des Mittelalters und der Renaissance entstehen nicht aus der ins Abstrakte zielenden Scholastik, sondern auf der Grundlage einer emotional gefärbten und zugleich rational klaren Mystik, die den abgründigen Dualismus zwischen Gott und Mensch, Natur und

Mensch im Erleben der Gottesgeburt in der menschlichen Seele aufzuheben sucht.

Vielleicht erhalten wir eine erste Vorahnung von mittelalterlicher Naturmystik in den Visionen der Hildegard von Bingen, eine ganz eigene kosmologische Schöpfung aus weiblicher Phantasie, die sich von Gott inspiriert weiß. Diese Visionen sind einerseits kosmische Träume voller Einklang mit dem Lebendigen und Geschaffenen, erfüllt von einem tiefen, warmen Gefühl für die Ordnung des Kosmos, andererseits prophetische Appelle zum richtigen, das heißt gottgemäßen Umgang mit der Schöpfung. In den Wahrnehmungen der Sinne, schreibt sie, „wird Gott, der alle Kreaturen geschaffen hat, vermittelt und abgebildet". Daraus resultiert eine durchgehende Ehrfurcht vor dem geschaffenen Kosmos, durch den sich Gott mitteilt: „Gott kann ja nicht direkt geschaut werden. Er wird vielmehr durch die Schöpfung erkannt."

Am Ausgang des 13. Jahrhunderts duftet die blaue Blume der durch Meister Eckhart repräsentierten niederrheinischen Mystik. Um diese Gestalt kommt keine Darstellung der mittelalterlichen Mystik herum, so zentral ist sie für das Lebens- und Glaubensgefühl einer ganzen Epoche. Die Wahrheiten des Meister Eckhart sind in erster Linie Gefühlsgewißheiten, weniger Glaubens- oder Vernunftwahrheiten. Seine Erkenntnisse gewinnt er aus scharfer Reflexion und Intuition, die ihn den alten scholastischen Dualismus von Gott und Welt überwinden läßt. Gott ist in meiner Seele unmittelbar da, „Gott ist mir näher, als ich mir selbst bin". Eckharts Gott ist intrapsychisch, um es mit einem modernen Begriff zu sagen. In der *scintilla animae divinae,* im göttlichen Seelenfunken, gipfelt die Welt. Man beweist dies nicht mehr, man erlebt es. Die Kreatur geht aus Gott hervor, und hier berühren sich Eckharts Gedanken mit dem Pantheismus. Die ganze Schöpfung ist gottdurchflutet, sie ruht in Gott wie die Phantasievorstellung im Geist des Künstlers. Die Welt ist eine einzige Theophanie, eine Erscheinung Gottes.

Meister Eckhart hat mit diesen Gedanken, die ihm die Inquisition auf den Hals hetzen, allerdings die Materie an sich nicht im Blick: Sein Auge sieht die geistigen Formzüge der Welt durch die kreatürlichen Dinge der Wirklichkeit hindurchrauschen. Ein geistiger Organismus ist seine Welt; der Geist Gottes taucht nieder in die Nebel des verwehenden Staubes. Die Gottheit ist in alle Dinge eingegossen. Die Welt ist ein einziges Sprechen Gottes. In der Seele leuchten die Wunder der Welt, weil und solange Gott in ihr leuchtet.

So tritt an die Stelle der verlorenen Natursichtigkeit etwas, das man „Seelensichtigkeit" nennen könnte, das „innere Auge". Mit dieser Lehre von der tiefen Erkenntnis- und Liebesfähigkeit der Seele erreicht die mystische Sehnsucht ihre Wurzeln in der Natur Gottes. Meister Eckhart hat eine Revolution der Naturwahrnehmung vorbereitet, indem er das innere Auge des Menschen geöffnet hat und das Licht einließ, das alles Leben beseelt.

Mit Paracelsus von Hohenheim tritt der Mensch schließlich vollends aus den dunklen Kirchen, geblendet von einem neuen Licht, dem Licht der Natur. Jetzt wird dem Menschen verlockend das Reich der Erde gezeigt, jetzt wird er eingewiesen in die Macht der geheimen Kräfte der Natur. Der Mensch übernimmt sich, mit einem raschen Griff will er erfassen, was nur lange Jahrhunderte exakter Wissenschaft allmählich und mühsam erobern können.

Die Wege der Seele zur Natur sind seit mehr als tausend Jahren unbeschritten gewesen. Angst *zur* Natur könnte man die typische Zeitkrankheit des 16. Jahrhunderts nennen. Unsicher sind noch die ersten Schritte. Alle Maßstäbe fehlen. Mutige Versuche, die Natur zu beherrschen, enden tragisch.

Paracelsus, der *Luther medicorum,* wandert durch Deutschland, durch halb Europa, oft auf der Flucht, die heilige Schrift der Natur im Herzen tragend, in Spelunken und auf Landstraßen übernachtend und überall seine Manuskripte ausstreuend, die Armen umsonst verarztend nach der neuen ärztlichen Ethik, die er im Brustton prophetischer Überzeugung verkündet, und die Straßen wählend, auf denen die Pest vor ihm herzieht. Denn dort ist die Natur, die große, göttliche, furchtbare Natur mit all ihren rätsel- und grauenhaften Wundern. Paracelsus – ein grenzenloser Idealist und penibler Rationalist in einem, ein Arzt in Lumpen, eine Mischung von Faust und Heiland, wie sie nur in Deutschland möglich ist, dieser Paracelsus strebt die Versöhnung des

Menschen mit der furchtbaren und feindlichen Natur an, wie Luther den Menschen mit dem fernen, dunklen und ängstigenden Gott zu versöhnen suchte.

Gleich zu Beginn des „Opus Paramirum", des Weltwunderbuches, heißt es, der Arzt müsse „durch der Natur Examen gehen", die Natur sei sein „Schulmeister", die menschliche Vernunft nur nichtig. Paracelsus ist sicherlich kein Mystiker im klassischen Sinn, aber seine Methodik des Erkennens ist von einer merkwürdigen Allianz von Mystik und Empirie. Das Geheimnisvolle, Unerklärliche des Naturgeschehens wird ständig geahnt und nicht zerstört durch eisigen Rationalismus. Zwei Seelen kämpfen in seiner Brust: ein unbändiger Wissensdurst und Erkenntniswille auf der einen Seite, ästhetische Freude am Großen, Unerklärbaren der Natur auf der anderen.

Die Auffassung der Natur und Anschauung der Welt ist jedoch alles andere als bloß irrational und pantheistisch. Paracelsus wird in seinem heftigen Bemühen, aufklärerisch zu wirken, nicht müde; es hat in der beginnenden Neuzeit keinen neugierigeren Forscher und ambitionierten Gelehrten gegeben als diesen landfahrenden Arzt. Aber trotz aller Akribie im Denken und Tüfteln erfährt er, daß sich die Natur nicht alle Geheimnisse ablisten läßt.

Alles erscheint Paracelsus wie eine Einheit – Mensch, Tier, Gewächs, Stein und Klima –, diese Konkordanz gilt es zu erkennen. Der Konkordanzgedanke ist seine große Leitidee, eine Vorstellung vom Mikrokosmos im Makrokosmos, in welcher der typische Harmonismus der Renaissance lebt, den wir auch bei Nikolaus von Kues beobachten können und der uns dann bei Agrippa von Nettesheim, Leibniz und Goethe wieder begegnet. Die Welt gipfelt im Menschen, und über Gott, den Schöpfer der „großen Ordnung", wird nicht spekuliert, sondern am Werk, an der Materie, am physischen Leib wird er anbetend abgelesen.

So zeigt sich Paracelsus als ein Denker der „Wendezeit" von Reformation und Humanismus, der die im Hoch- und Spätmittelalter vorherrschende Auffassung, das Erleben Gottes sei nur möglich in einer völligen Abkehr von Welt und Natur, umkehrt: Erst durch die Hinwendung zur Natur, zur Schöpfung, kann Gott erkannt werden. Mit Paracelsus beginnt die naturphilosophische Strömung der alteuropäischen Mystik. Valentin Weigel und Jakob Böhme haben sein Weltbild zur Grundlage ihrer mystischen Natur- und Gottesdeutung gemacht. Agrippa von Nettesheim kämpft mit Zaubermagie und Zweifel. Johann Wolfgang von Goethe entdeckt in der Weltfrömmigkeit den mystisch-sakramentalen Kern aller Naturreligion, das Gesetz des Daseins in der Natur. Sein „metaphysisches Leibgericht" ist Baruch de Spinoza, der ihn „Gott in der Natur, die Natur in Gott zu sehen unverbrüchlich gelehrt" hat.

## 4. Naturwissen und Naturweisheit

Wir haben das Mittelalter längst verlassen, aber es hat natürlich eine lange Wirkungsgeschichte. Die Begegnung mit dem Gott der Natur prägt als Zielvorstellung die Mystik und die Naturphilosophie der folgenden Jahrhunderte: das Naturdenken der italienischen Renaissance (Bruno, Cardano, Patritius, Campanella), die deutsche Theosophie (Weigel, Franck, Schwenckfeld, Böhme), den Humanismus (Erasmus, Reuchlin, Rufus, Agricola), die Romantik (Novalis, Arnim, Schlegel, Wackenroder, Baader, Schleiermacher). Sie taucht auf in der taoistischen, islamischen, jüdischen Mystik, im Schamanismus, in der Magie indianischer Naturreligion. Sie zieht ethische Linien bis zur Lebensethik Albert Schweitzers. Sie greift über zur Entwicklung einer Mystik der Materie, wie sie in dem grandiosen Versuch der Versöhnung zwischen Naturwissenschaft und Glauben durch Teilhard de Chardin zum Ausdruck kommt. Sie wirft ihren Schatten noch in den Entwurf zur kosmischen Religiosität eines Albert Einstein, der in der Natur ein im letzten nicht berechenbares und erschließbares Phänomen sieht, eine Kraft, in der anonym Göttliches zugleich erscheint und sich verbirgt.

In den letzten Jahren läßt sich eine überraschende Hinwendung zur Naturphilosophie gerade in den Wissenschaftsdisziplinen beobachten, die als besonders fortschrittlich gelten: in der Astrophysik, der Biologie, der Gentechnologie. Wie kommt es, daß die bislang so marginalisierte Naturweisheit wieder in den

Blick genommen wird? Die moderne Wissenschaft ist bekanntlich die Tochter der Philosophie, und so kann es nicht verwundern, wenn sie zunächst an Philosophie und Ethik wieder Anschluß sucht, von denen sie sich einst abgelöst und emanzipiert hatte. Sie trat an mit dem Zutrauen, das Weltbild aufzuklären, dem Dasein eine tiefe progressive Sinnhaftigkeit zu geben, also Aufgaben zu übernehmen, die vorher Philosophie und Religion erfüllt haben. Die Rückkehr zur Philosophie, wenn sie sich denn durchsetzen sollte, wird jedoch nicht dazu führen, die alten Ansprüche von neuem zu erheben. Sie kann nur zu größerer Vergewisserung, zur Verwurzelung im Humanen führen, zur Weisheit des Kreatürlichen und Lebendigen.

Nur eine tiefe Wahrnehmung der Natur in ihrem mystischen Milieu, in der „Gottunmittelbarkeit", nur ein Gefühl für kreatürliche Vorgänge und Seinsgrundlagen liefert uns auch Strategien, Natur zu erhalten, in ihrem Eigenwert zu erkennen. Das klingt simpel und naiv angesichts der wissenschaftlichen Komplexität der Moderne, aber so ist es tatsächlich. Die Natur, die belebte Welt *ist* eine Lehrmeisterin, auch wenn die oft ausgesprochene Forderung, wir müßten wieder so leben, wie die Natur es uns gezeigt hat, unzulässig vereinfachend ist. Technologiefeindlichkeit kann heute ebenso gefährlich sein wie unbesehenes Akzeptieren der Technologieentwicklung. Orientierung an der Natur aber – aus einer mystischen Intuition heraus, die noch beschrieben werden soll – ermöglicht eine Gesamteinsicht in die globalen Zusammenhänge aller Dinge, auch in die eine, ganze Wahrheit. Ich nenne dies: die sympathische Ader schlagen lassen. Wer die sympathische Ader in sich schlagen läßt, bringt ein grundsätzlich anderes, ja auch postmodernes Verhältnis zur Natur zur Geltung. Mit meinem kurzen Blick in die Landschaften der alteuropäischen Mystik wollte ich ein Stück zurückgehen, um kennenzulernen, worin dieses grundsätzlich andere Verhältnis besteht, warum es auch heute sinnvoll ist, naturmystische und -weisheitliche Traditionen wahrzunehmen und nicht einfach leichtfertig auszublenden oder zu den uns nichts mehr angehenden Akten der Geschichte zu legen. Nur in diesem Rahmen ist das Thema der Naturmystik heute zu vernetzen.

Das Wissen von der äußeren Natur hat jene Naturweisheit, das spirituelle Wissen bisweilen fast erstickt und überwuchert. Die moderne exakte Naturwissenschaft vermochte ältere weisheitliche und mystische Erkenntnis- und Erlebnisweisen allerdings nicht grundsätzlich zu widerlegen und zu überwinden. Sie wurden nur beiseite geschoben oder in den Untergrund abgedrängt, wo sie wie ein kryptischer, subversiver Strom jahrhundertelang wirksam geblieben sind, ohne allerdings den Gang der Welt an der Oberfläche, im gleißenden Tageslicht noch gestaltend beeinflussen zu können.

Die Suche nach naturmystischen und -weisheitlichen Traditionen kann als Versuch einer Archäologie der anderen Seite der Wirklichkeit bezeichnet werden, denn es ist alles nur halb wahr, was die Vernunft uns erkennen läßt. Die „andere Hälfte der Wahrheit" ist kaum zu entziffern, wie ein blind gewordenes Glas. Man entdeckt Spuren, die ins Ungewisse zurücklaufen, findet Namen, die nur im hermetisch abgeriegelten Binnenraum universitärer Spezialisten gehandelt werden wie gut gehütete Börsentips.

Ohne Einsicht in die neuzeitlichen Verwerfungen der Rationalität und des akkumulierten Naturwissens läßt sich Mystik als religiöse Naturweisheit heute nicht mehr verstehen. Ihre Geburtsstunde im Mittelalter ging einher mit der aufkommenden Rationalisierung der Realität, mit einem ausgeprägten Krisenbewußtsein, das auch wir heute wieder überdeutlich erleben. Das postmoderne Zeitalter, in dem die Wissenschaften ihre Unschuld längst verloren haben und in dem sich die Ambivalenz der technisch-rationalen Bewältigung der Wirklichkeit überdeutlich abzeichnet, trägt – mit aller Vorsicht gesagt – manche Züge, die auch das späte Mittelalter mit seiner Höllenangst und seinem Bewußtsein von einer brüchig gewordenen Welt geprägt hat.

Naturwissen und Naturweisheit: zwei Erkenntniswege, die wieder zusammengeführt werden müssen. Für den Prozeß einer Versöhnung zwischen Naturwissenschaft und Glaube steht der Name Teilhard de Chardin, eine faszinierende, oszillierende Gestalt: ein religiöser Mensch voll Elan für die wissenschaftliche Forschung, ein Naturwissenschaftler voll mystischer Intuition.

Ein Heimatloser, von Kirche und Theologie zeit seines Lebens beargwöhnt und mißtrauisch zum Schweigen gebracht. Ein Mann, der ständig unterwegs ist, den es als Paläontologen bis in die letzten Winkel der Erde treibt, der seine Gedanken nicht am Schreibtisch zu Papier bringt, sondern sie in kurze Essays und Briefe packt, auf dem Schiff, dem Expeditionsfahrzeug, auf dem Rücken eines Maultiers, in der Einsamkeit der Wüste. Ein Mann ohne Grenzen, aber auch ohne Zuhause. Ein Exilant, ein Verbannter, ein Suchender ohne festes Ziel, aber mit tiefen Wurzeln in seiner Religion. Von den meisten Naturwissenschaftlern auch heute noch nicht sonderlich anerkannt – darin sind sie sich mit den Theologen einig. Grenzgänger werden hier wie dort nicht geschätzt.

Gerade weil Teilhard als Ordenspriester auch Forscher, als Theologe auch Naturwissenschaftler (in den Disziplinen Biologie, Geologie und Paläontologie) ist, erfährt er besonders eindringlich, daß Welt und Wahrheit in zwei Hälften zerbrochen sind und das Bewußtsein des Menschen sich in religiöser Schizophrenie gespalten hat. Dieses „große Schisma" will Teilhard durch eine „Synthese von Himmel und Erde" überwinden, die Einheit der Wirklichkeit also gedanklich vollziehen.

Den Konflikt, der sich ihm zwischen dem traditionellen Gott der Offenbarung und dem „neuen Gott der Evolution" stellt, sucht Teilhard durch eine erneuerte Christologie zu lösen. Der auferstandene und kosmische, der „universale", der „größere Christus" ist für ihn das eigentliche Ziel der Evolution, der Punkt, auf den sich alles entwickelt. Damit gelingt ihm eine ungeheuer brisante Synthese von Schöpfung, Erlösung und eschatologischer Vollendung. Seine Vision von Schöpfung greift ins Unendliche aus: Schöpfung ist kein Ereignis der Vergangenheit, sondern in die Zukunft gerichtete Erlösung, eine zur Vollendung treibende und drängende organische Kraft.

Vieles in seinem Gedankengebäude mit tausend Zimmern ist ein Kind der Zeit, manches auch fragwürdig, einiges hält der Kritik nicht stand. Aber so einheitlich, wie die „Lehre" Teilhards anmutet, ist sie nicht; er hat sie auch so nicht verstanden: „Ich bin nicht, noch kann ich, noch will ich ein Meister sein.

Nehmen Sie von mir das, was Ihnen paßt, und bauen Sie Ihr eigenes Gebäude", sagt er seinen Schülern. Uns „paßt" seine mystische Intuition, darum nehmen wir sie hier auf: die synthetisierende Kraft seines Denkens, die faszinierende Dichte seiner Visionen, die leidenschaftliche Aufgeschlossenheit für die Würde der Materie.

Die Materie des Naturwissenschaftlers ist nicht die gewöhnliche metaphysische Materie, sondern die *materia formata,* die organisierte Materie, wenn man so will, die sogar im leblosen Zustand nicht wirklich unbeseelt bleibt. An solchen Feststellungen rüttelt auch die moderne Physik kaum mehr. Der Glaube aber geht noch einen entscheidenden Schritt weiter: Die Materie ist im Zustand der Schöpfung, sie umfaßt die Gegenwart Gottes, sie ist in Gott. Ihre ganze Selbständigkeit und Kraft geht nicht auf eine wirkliche Unabhängigkeit zurück, sondern darauf, daß sie in unauflöslicher Einheit den Geist und immer mehr den Geist enthält. So muß man den „Materialismus" eines Teilhard de Chardin auffassen: als naturwissenschaftliche Gedankenwelt, die von einer prophetischen Vision der Zukunft bestimmt ist. Teilhard akzeptiert die naturwissenschaftliche Erklärung zum Verständnis der wahren Natur der Welt und ihres Schöpfers. Die Einwirkung Gottes gibt keine Erklärung für naturwissenschaftliche Probleme. Der Glaube an Gott, auch dafür steht das Denken und Wirken Teilhards, macht die Forschung nach natürlichen Ursachen nicht überflüssig, aber er offenbart uns das, was Natur und Mensch an sich und essentiell sind. Wer wie Teilhard seine Wissenschaft in der Kommunikation mit Gott lebt, wird im Glauben nicht geschwächt, sondern begeistert. In sein Tagebuch notiert er am 5. Februar 1916: „– Beim Schreiben über die Welt darauf achten, mein Denken nicht durch Abstraktion verarmen und erkalten zu lassen; vielmehr muß ich ebenso, wie ein Künstler seinen Blick von Zeit zu Zeit auf dem Modell ruhen läßt, das ihn inspiriert, auch meine Seele wieder eintauchen, wieder sensibilisieren in dem oder jenem Schauspiel der Größe, der Poesie oder des Geheimnisses – mich wieder dem Problem stellen... Ich fühle mein Herz voll von dem, was ich nicht auszudrücken vermag. Mein Sein sucht offensichtlich etwas, sich daran festzuklammern: eine zu erwärmende

Liebe, einen auszuübenden Einfluß, eine zu schaffende Strömung
. . . In mein Streben zu Gott mischt sich, so fühle ich, eine große
Liebe zur Erde und ihrem greifbaren Werden, und mir scheint,
diese beiden Leidenschaften müssen sich verbünden."

Teilhard de Chardin steht für das Abenteuer der „Verbün-
dung" dieser beiden Erkenntniswege, für das Experiment, den
abendländischen Dualismus im Natur- und Existenzverständnis
ebenso zu überwinden wie die unselige Trennung zwischen
Theologie und Naturwissenschaft. Teilhard entwirft dazu eine
ganzheitliche Sicht der Welt, ein evolutives und prozeßhaftes
Bild von der Schöpfung, eine Vision der Einheit von Gott und
Natur, Geist und Materie, Himmel und Erde. Seine mystisch-sa-
kramentale Schau der Materie schafft die Grundlagen für ein
sympathetisches Denken *mit* der Natur.

Der naturwissenschaftliche Materialismus wird für Teilhard
zu einem mystischen Materialismus, zu einem Prozeß der
Schöpfung, zur Gegenwart Gottes in seinem Werk. Teilhard
sieht darin ein solches Wunder, daß er es als die Gegenwart und
Liebe Gottes in der Welt zu begreifen sucht: „Ein mit Liebe bela-
denes, in Evolution begriffenes Universum." Das Wunder liegt
für ihn nicht im Irrationalen, Staunenswerten, Zauberhaften,
sondern in den Tatsachen selbst, in Harmonie und Disharmonie,
die einer unvollkommenen Welt – unvollkommen, weil sie nicht
Gott ist – eigen sind.

## 5. Naturerfahrung in der Postmoderne

Lange schien jede naturwissenschaftliche Theorie ein Angriff gegen Glaube und Dogma zu sein und jede Kritik an der überliefer-
ten Weltauffassung mit dem Dogma unvereinbar zu bleiben.
Natürliche Theologie, Naturmystik und Naturwissenschaft haben sich nebeneinander her entwickelt, waren kaum in der Lage,
miteinander zu kommunizieren. Diese Zeit ist glücklicherweise
überwunden; vielleicht war das ein spezielles Problem der Moderne. Wir stehen heute mitten in einem historischen Prozeß ko-
existenter, toleranter, ja konvergenter und ökumenischer Ach-

tung vor der Wahrheit. Gerade in einer Zeit wachsender ökologischer Probleme und unabsehbarer Katastrophen braucht es diese neue Allianz von naturwissenschaftlichem und religiösem Denken. Die mystische Liebe zur Erde baut ständig Brücken.

Mystik verstehe ich also – nicht zuletzt mit Teilhard de Chardin – als einen Weg, der die zwei voneinander unterschiedenen Kontinente der Natur- und Wahrheitserfahrung miteinander verbindet. Mystik ist nur begrenzt tauglich zu konkreten Durchdringungen der Lebenspraxis, weniger noch zur Orientierung in komplexen Sachverhalten. Aber sie öffnet den Blick für die mögliche Welt, für die mögliche Rettung, auch für den möglichen politisch-ökologischen Zukunftsentwurf. Sie hilft uns, aus den sogenannten Sachzwängen und scheinbar unabwendbaren Entwicklungen heraus ganz unbefangen neue Wege zu finden.

Worin können die neuen Wege in der Epoche bestehen, die sich als ausdrücklich nach-modern begreift? Die Mystik berührt ja viele Gebiete, auch manche obskure Lehren und magische Praktiken, sie ist heute virulent in esoterischen Zirkeln, im New Age, in östlich inspirierten Therapien mit neuer Leiberfahrung, im Glauben an die Richtigkeit gewisser Ernährungsweisen und an natürliche Heilmethoden einer alternativen Medizin – und auch in der sogenannten Naturmystik, in der Zuversicht, die globalen und katastrophenträchtigen Zivilisationsprobleme in Zeiten allgemeiner Lebensgefahr könnten in der Schule der großen Lehrmeisterin Natur gelöst werden.

Diese Wege werden oft aus einer tiefen Verzweiflung heraus beschritten, und Verzweiflung mag vielleicht keine gute Ratgeberin sein. Aber in ihren Grundintentionen sollten wir der Mystik folgen in ihrem Vorschlag, durch das Erlebnis der Verbundenheit mit dem Grund des Seins die synthetisierende Erkenntnis, das Prinzip der Vernetzung, das es in der Natur selbst sehr ausgefeilt gibt, das organische Motiv des Zusammenseins auf alle Bereiche des Lebens *in* und *mit* der Natur auszudehnen, nichts *gegen* die Natur auszuspielen.

Die Motivation für das postmoderne Programm hat Teilhard de Chardin, hellsichtig, wie er war, vorgegeben: „Die Religion der Wissenschaft ist tot. Es muß eine neue Mystik geben, um sie abzulösen." Aber wo wäre diese neue Mystik zu suchen? Sie wäre zu entdecken, wenn die Forschung sich den Gesetzen des inneren Lebens öffnen würde. Sie wäre in der Absage an die stets zu befürchtende Mechanisierung des Daseins, in der Absage der brutalen Kraft, des geheimen Amoralismus zu suchen: „Im Grunde", schreibt Teilhard, „kann keine Mystik ohne Liebe leben. Die Religion der Wissenschaft hatte geglaubt, einen Glauben, eine Hoffnung zu finden. Sie ist gestorben, weil sie sich der Liebe verschlossen hat."

Keine Macht der Welt kann das Aufleuchten der Diaphanie Gottes erzwingen, aber ohne sie bleibt alles kalte Berechnung, blindes Hantieren an der Natur, empfindungsloses Benutzen und Beherrschen, ein Deuten und Bezeichnen und Hervorbringen ohne Sinn und Verstand. Ich weiß, daß solche Wahrnehmungen in unseren heutigen Wissenschaftsprozessen noch ziemlich obsolet sind. Doch mystische Erfahrungen können nicht nur das Naturgefühl beflügeln, sondern auch das rationale Denken – vielleicht ist auch das neu beflügelte Naturgefühl nachmodern. Sie verhindern, daß dieses Denken in einer berechnenden, abstrakten Bahn verläuft, ohne mit dem Grund des Lebens noch verbunden zu sein. „Ich stehe überall auf dem Gebiet der Natur", beschreibt Ralph W. Emerson seine sympathische Ader, „so schwindet auch schon der letzte Rest von Ichsucht dahin; ich selbst bin nichts, aber ich sehe alles; Ströme des Universums fließen durch mich, ich habe Anteil, ja ich habe teil an Gott."

Man muß es nicht in dieser Sprache sagen. Man muß das auch nicht Mystik nennen. Man muß nicht die christliche Begrifflichkeit Teilhards heranziehen, nicht einmal eine religiöse Terminologie. Man kann auch ohne Zurückrufung des Heiligen in die Natur ökologisch sensibel und politisch wach sein. Mir kommt es darauf an, das unendliche Berührtwerden, das uns in unseren tiefsten Gefühlsschichten trifft, zu integrieren in den Elan der Vernunft, mit dem alle Wissenschaft arbeitet. Mystik ist ein Gegenentwurf, ein Korrektiv zu unseren analytisch operierenden Paradigmen. Der Wissenschaftler ist besonders gefährdet, ohne Wahrnehmung des mystischen Milieus und gleichwohl an den Grenzen des Wissens und Begreifens zu handeln. Darum kann

Mystik für ihn eine besondere Therapie sein, der „anderen Hälfte der Wahrheit" ansichtig werden zu können, ohne auf den Elan seiner Forschung und auf die Freude am Entdecken verzichten zu müssen. Denn die Mystik der Wissenschaft ist nicht Teilen, sondern Zusammenfügen, nicht Analyse, sondern Synthese, nicht objektives Behandeln, sondern subjektives Innewerden. Ihr letztes Ziel ist nicht Begreifen, sondern Erkennen, nicht die Distanz zu den Dingen, die in Begriffen ihren Ausdruck finden, sondern Nähe und Einheit mit der Natur der Dinge, nicht Reflexion von Gründen, sondern Suche nach dem Grund des Seins.

Ich bin überzeugt, daß wir die Erde lieben müssen, wenn wir sie retten wollen. Was man nicht liebt, wofür man keine Gefühle aufbringt, was einem nichts bedeutet, das ist für immer ausweglos verloren. Ohne ein Gefühl für die Erde, ohne eine subjektiv gefärbte Inspiration und Motivation, ohne ein mystisches Wissen um die Zugehörigkeit des Menschen zur Biosphäre, wird der kleine blaue Planet an Hoffnungslosigkeit und Zerstörungswahn zugrunde gehen. Wir haben unsere modernen Siege auf Kosten der Natur errungen. Nur eines steht fest: Den letzten, unwiderruflichen Sieg wird die Natur davontragen. Wir können uns gegen sie stellen oder wir können uns für sie und damit auch für uns entscheiden.

*Carl-Friedrich Geyer*
Wahrheit oder Beliebigkeit?
Mythos und Logos am Ende des zweiten Jahrtausends

*Für Daniela*

„Der Mythos ist nicht die Wahrheit,
sondern die Auferstehung der
Erscheinungen."

Octavio Paz

## 1. Fin de millénaire

Auch die bevorstehende Jahrtausendwende wird wieder von jenen emotionalen Aufwallungen, Endzeitgefühlen und Erwartungen begleitet, für die die historische Forschung den Begriff vom ‚Millenarismus' bereithält. Vor tausend Jahren äußerte der Millenarismus sich in der Antizipation apokalyptisch-eschatologischer Szenarien. Im Rückgriff auf biblische Vorstellungen hielten sie dem gegenwärtigen Zustand der Zerrüttung das drohende Weltende vor Augen: Die Jetztzeit war Endzeit. Die rudimentäre Fundierung unseres Gegenwartsbewußtseins in religiösen Zusammenhängen läßt allenfalls noch Suchbewegungen in eine solche Richtung zu – dies freilich bei vergleichbarer Irritationsbereitschaft. Allerdings ist das, was im Mittelalter ‚reale' Szenerie war, inzwischen der postmoderner Attitüde folgenden Inszeniertheit aller Ereignisse gewichen. Nicht zuletzt nimmt sie Erwartungen, die auf eine Wendezeit und ein neues Zeitalter („New Age") gehen und von dem bevorstehenden Millenium Auftrieb erhalten, den Ernst, der mit der vergangenen Identifikation von kontingenter historischer Ereignisfolge und heilsgeschichtlicher Perspektive einherging. Es bleiben triviale Adaptionen der chiliastischen Literatur und eine Apokalypse-Angst, die des außergewöhnlichen Anlasses der Jahrtausendwende nicht bedarf: Im post-industriellen High-Tech-Zeitalter ist sie zur Alltagstatsache geworden.[1]

Die Rückseite der verwissenschaftlichten Welt des technologischen Zeitalters bildet ein weitgefächertes Spektrum von Irrationalismen, das über die diffusen Heilsversprechungen neofundamentalistischer Strömungen und neuer synkretistischer Religionsbildungen hinausreicht. Das ‚Irrationale‘ meint nicht einfachhin das ‚Widervernünftige‘, sondern auch das Emotionale und Intuitive. Es negiert also nicht nur geltende wissenschaftliche Ansprüche; es versteht sich auch als Kompensation ihrer offensichtlichen Defizite. Als solche reklamiert es für sich eine höhere, zumindest aber eine ‚andere‘ Vernunft als die des geltenden wissenschaftlichen Rationalismus.

Schon in dieser oberflächlichen Situationsbeschreibung wird deutlich, wie sehr hier mit einfachen Zurechnungen und konstruierten Oppositionsverhältnissen gearbeitet wird. Auch in den Wissenschaften selbst werden Zweifel an der Dominanz des rationalistischen Modells mit vergleichbarer Vehemenz laut, begleitet von dem Anspruch, die seriösere, weil weiterführendere Antwort auf jenes Desiderat zu sein, das sich in den Niederungen des Synkretismus nicht nur diffus, sondern vor allem regressiv äußere. Heißt das ‚millenaristische‘ Schlüsselwort hier Ganzheit/Holismus, so dort Paradigmenwechsel. Der überwiegend technische, auf Verfügbarkeit zielende und an Zweck-Mittel-Relationen orientierte Rationalitätstyp der Neuzeit soll ergänzt oder aber ganz von einem Pluralismus abgelöst werden, für den P. K. Feyerabend auf der Ebene der Wissenschaftstheorie die Parole des „Anything goes“ ausgegeben hat. Mit der wissenschaftsinternen Zertrümmerung und Auflösung des monolithischen Logozentrismus geht eine pluralistische Praxis einher, die nicht mehr vereinigungs- und konkordanzversessen, sondern kollisions- und irritationsbereit ist. Es hat den Anschein, als habe die Vernunft am Ende des zweiten Jahrtausends ihre Fähigkeit, *die* Erkenntnisquelle zu sein, verloren, um zu einem Medium kontingenter Konsensfindung neben anderen zu werden. Im Prozeß der Wahrheitsfindung, so die postmoderne These, mag sie, pluralisiert, den *modus procedendi* noch behaupten; für den *modus generandi* gelten andere Maßstäbe. Anders ausgedrückt: Vernünftigkeit/Rationalität bemißt sich nach der situativen Einsicht in die Regeln des Verfahrens, nicht nach der Fähigkeit zu apriorischer Einsicht, wie die Vernunft sie als von Empirie und Diskurs unabhängige Erkenntnisquelle für sich reklamiert.

### 2. Moderne versus Postmoderne – ein Streit um Worte?

Gesten wie die des Verabschiedens und Überwindens, die postmoderne Programmatiken begleiten, gelten nicht zuletzt einer Sicht der Moderne, in der diese als Endpunkt und Verabsolutierung einer Entwicklung aufscheint, die mit dem frühneuzeitlichen Cartesianismus eingesetzt hat: *Eine* universale Methode eröffnet den Zugang zu *allen* Wirklichkeitsbereichen. Technologieversessen und ausgrenzend tritt der Ausschließlichkeitsanspruch einer Rationalität hervor, die in der Weise der Verwissenschaftlichung die Welt okkupiert und Gedanken an alternative Zugänge zur Wirklichkeit gar nicht erst aufkommen läßt.

Noch vor der inhaltlichen Aufnahme der Kontroverse um Wahrheit oder Beliebigkeit als der aktuellen Verlängerung des einmal durch Nähe, einmal durch Distanz bestimmten Relationsgefüges von Mythos und Logos ist daher jenes Zerrbild der Moderne in den Blick zu nehmen, das auch dadurch nicht überzeugender wird, daß ein postmodernes Denken jene Attribute für sich reklamiert, die von Diagnostikern wie Verteidigern der modernen Kultur nicht erst gegenwärtig als genuiner Ausdruck neuzeitlich-moderner Denkweise und Lebenspraxis angesprochen worden sind. Bereits um die Jahrhundertwende sprach G. Simmel von der Abkehr von jedwedem Totalitätsdenken als der fundamentalen Voraussetzung der Moderne.

Sie vollzieht sich nach Auffassung Simmels – weitere Theoretiker ließen sich anführen – auf drei Ebenen:
– Auf der Ebene der Wissenschaften (der Verzicht auf unbedingte Wahrheiten, dem die Einsicht entspricht, daß technisch-wissenschaftlicher Fortschritt prinzipell sinnlos ist, weil er unser

Erkennen der fortwährenden Umgestaltung, Vermehrung und Korrektur preisgibt).

– Auf der Ebene der Lebensstile (die anwachsende Individualisierung in den sozialen Beziehungen, die Vielfalt der Stile und Anschauungsinhalte des Kulturlebens, das Verharren im Subjektiven, so daß Objektivität zu etwas ausschließlich Imaginierten wird, allenfalls noch präsent in den übertheoretischen Lebensmächten von Kunst und Religion).

– Auf der Ebene der Theorie/Philosophie (an die Stelle einer abstrakten Metaphysik, gründe sie nun im Sein, im Bewußtsein oder in der Sprache, bzw. monopolisierender Wirklichkeitszugänge und -annahmen treten Fragmentarität bzw. Begründungsfundamente, die auf Symbolismen verweisen: Eine letzte, das Ganze bestimmende Wirklichkeit läßt sich allenfalls mit der Horizontmetapher andeuten: in der vermeintlichen Annäherung an jenen weicht sie in Wirklichkeit zurück ins Unerreichbare).

Simmel zieht aus alledem den Schluß, „daß der Kern und Sinn des Lebens uns immer von neuem aus der Hand gleitet, daß die definitiven Befriedigungen immer seltener werden, daß das ganze Mühen und Treiben doch eigentlich nicht lohnen."[2] Es sind nicht ein aus der Übersättigung geborener Kulturpessimismus und eine daraus resultierende Verzweiflung, die dieses Urteil verantworten. Vielmehr ist es der Gang der Wissenschaften selbst, gerade auch in ihrer lebensbestimmenden Macht, die bevorzugt dort, wo sie – gemessen an den Standards von Technologie und Fortschritt – am überzeugendsten auftreten, den aufmerksamen Betrachter darüber belehren, wie sehr „die Gehalte der Erkenntnis, des Handelns, der Idealbildung aus ihrer festen, substantiellen und stabilen Form in den Zustand der Entwicklung, der Bewegung, der Labilität überführt werden ... Wir verzichten auf die unbedingten Wahrheiten, die aller Entwicklung entgegen wären, und geben unser Erkennen gerne fortwährender Umgestaltung, Vermehrung, Korrektur preis ... als Durchgangsprodukte einer ins Unendliche treibenden Evolution".[3] Schon hier darf angemerkt werden, daß ‚Evolution' bzw. ‚Evolutionismus' zu jenen Stichwörtern zählt, an denen gegenwärtig eine Synthese von mythischer und wissenschaftlicher Weltsicht festzumachen versucht wird. N. Luhmanns mit Pathos verkündete These, die Krater des Marxismus seien erloschen und das Feuer, das nun leuchte, sei das des Evolutionismus, findet ihre neo-mythische Entsprechung in Ganzheitsphantasien, in denen die Evolution in Analogie zu einem Organismus, der zugleich Kosmos ist, als letzte, das Ganze bestimmende Wirklichkeit aufscheint. Der Gipfel dieses kosmischen Organismus, der Mensch, wird zum Schnittpunkt von Endlichkeit und Unendlichem, ja, er vermag das Endliche auf das Unendliche hin zu überwinden: „Neomythisch verwandelt sich die Überwindung in einen innerkosmischen Prozeß, und es entstehen Wissenschaftsmythen, in denen sich die abstrakten Gesetzesaussagen ‚wissenschaftlicher‘ Erklärung nach dem Muster technischer Umsetzung von Naturwissenschaft zu Erlösungswissen aufladen."[4] In der Symbiose von Cherubim und Computer – eine mögliche Formel neomythischen Selbst- und Weltverständnisses – verwandelt sich der deskriptive, an Zweck-Mittel-Relationen orientierte Fortschrittsbegriff zum Gradmesser der Exekution der Heilsversprechungen einer verkappten Religiosität, die verständliches, wenngleich unerfüllbares Sinnverlangen an modische Ideen delegiert.

Die diskreditierte Moderne, deren Epitheta gegenwärtig zur Charakterisierung postmodernen Denkens in Anspruch genommen werden, begleitet die ins Unendliche treibende Evolution nicht mit Euphorie. Der Rest an Sinn, der sich vielleicht retten läßt, wird hier nicht im Einklang mit dem evolutionären Geschehen, sondern gegen es festgehalten. So hat sich Max Weber ausdrücklich dagegen gewehrt, den Fortschrittsgedanken, der am bloß Technischen hafte, „in die Sphäre der ‚letzten‘ Wertungen" zu erheben: „Ich halte nach allem Gesagten die Verwendung des Ausdrucks ‚Fortschritt‘ selbst auf dem begrenzten Gebiet seiner empirisch unbedenklichen Anwendbarkeit: für sehr inopportun. Aber Ausdrücke läßt sich niemand verbieten, und man kann schließlich die möglichen Mißverständnisse vermeiden."[5] Was diesseits ideenpolitischer Schlagworte und Etikettierungen, die ein Streit um Worte, nicht um die Sache sind, bleibt, ist die Aufgabe, „den Einzelnen [zu] nötigen, oder wenigstens ihm dabei zu helfen, sich selbst Rechenschaft zu geben über den letzten Sinn seines eigenen Tuns".[6] Das heißt nicht Sinn und Orientierung angesichts der großen, kalendarisch angesagten oder erwarteten Krise. Es geht vielmehr um die notwendige Selbstvergewisserung im Beziehungsgefüge jener Krise, die mit der Moderne selbst gegeben ist und immer schon mit ihr zusammenfällt, weil sie – die Krise – nicht Ankündigung des Endes der Moderne, sondern die Garantie ihres Fortbestandes ist. Jede denkbare Differenzierung ist eine neue Konkretisierung der Idee der Moderne, die sich noch zum Einspruch gegen sich selbst integrativ verhält. Noch in der Kritik an der Moderne sind wir Modernitätstraditionalisten.

### 3. Differenzdenken nach der Aufklärung

*Fragmentarität* ist einer der Grundzüge der Moderne. Wo sie in Frage gestellt wird, vielfach mit dem Hinweis auf sogenannte ‚Sinndefizite‘, dominiert die Übererwartung. Sie zu erfüllen hieße, die wissenschaftlich-distanzierende mit der holistisch-affektiven Sphäre zu verschmelzen. Beide stehen für ein tieferliegendes, fundamentaleres Oppositionsverhältnis, als es der eher konstruierte Gegensatz von Wahrheit und Beliebigkeit ausdrückt. Es ist keineswegs so, daß die gegenwärtig gängigen Infragestellungen der Moderne eindeutig dem Stichwort von der Beliebigkeit zugeordnet werden könnten, während das, was sie global in Zweifel ziehen, seinen Rückhalt in wie immer begründeten Wahrheiten fände. *Beliebig* sind die Versatzstücke, aus denen der neue Holismus sein Weltanschauungsgebäude zimmert, *nicht beliebig,* weil mit dem Gestus letzter Überzeugungen und Wertungen vorgetragen, sind die Verheißungen, die dieses diffuse Weltanschauungswissen verströmt. Unterhalb dieses Holismus melden sich Ersatzbildungen zu Wort, die Wahrheit und Beliebigkeit nicht immer eindeutig kontrastieren; ‚Postmoderne‘ scheint so beispielsweise als Rekurs auf die Prämoderne auf, als Hoffnung auf die Wiederkehr überkommener und dadurch schon bewährter Sinnkonstruktionen (etwa einer ‚neuen Gnosis‘ oder einer Philosophie, die zugleich Theosophie sein soll),[7] oder, in der anderen Variante, als Stilisierung der Beliebigkeit zur eigentlichen Wahrheit, als die Übersteigerung und Verabsolutierung des Differenzdenkens, das die Pluralität der Lebensformen und Weltentwürfe vorbehaltlos akzeptiert und – z. B. in der Insistenz auf der Heterogenität der Diskursarten – festhält und verteidigt.[8]

Auch auf die Moderne, die sich durchaus in der Forderung nach Anerkennung der Heterogenität der Diskursarten wiedererkennen kann, trifft der schlichte Gegensatz von Wahrheit und Beliebigkeit nicht zu. Komplexere Oppositionsgefüge verbieten eine klare Trennung in beide Bereiche, denn die wesentlichen Stadien sind – um nur einen Akzent zu setzen – ebenso sehr logozentristisch wie kritisch gegenüber jeder abschließenden Systematik und totalisierenden Perspektive. Desgleichen lassen sich mit guten Gründen gängige Kennzeichnungen der Neuzeit zu Signaturen von New Age und Gegenaufklärung umdeuten, ganz abgesehen davon, daß die vielbeschworene Pluralisierung, Leitmotiv der unterschiedlichen Dekonstruktionen der Moderne, als einer der wichtigsten Impulse neuzeitlicher Aufklärung angesprochen werden darf. Umgekehrt können scheinbar genuine Errungenschaften der Aufklärung wie die Fortschrittsidee jener Ganzheitseuphorie einbeschrieben werden, die ihre Aufklärungsresistenz aus der Negation der historischen Aufklärung ableitet. Und schließlich: Wenn eine postmodern konturierte Traditionskritik die Parole „Stop making sense"[9] ausgibt, um Spielräume für ein Denken zu eröffnen, das nicht mehr auf die Gesellschaft setzt, sondern in „mythischer Perspektive Punkte der Rettung vor dem Alltag der Katastrophe ... orten"[10] will, geht es keineswegs um die Forderung nach etwas Neuen; repetiert wird lediglich der entzaubernde Zugriff Max Webers – mit dem Unterschied, daß er in den Dienst erneuter Verzauberung gestellt wird. Als Rechtfertigung genügt offenbar der Verweis auf das Janusköpfige im Polytheismus der Gegenwart.[11]

Der Mythos vergegenwärtigt auf narrativem Wege ein Immergleiches. Wenn die Philosophie damit anhebt, dem Mythos den Logos entgegenzusetzen, dann geht es auch ihr um eine solche Vergegenwärtigung, allerdings nunmehr im Medium Theorie, ohne den Umweg über das vom Menschen ins Werk Gesetzte, Täuschungsanfällige, der Welt der Erscheinungen Zugehörige. In vernünftiger Rede und begrifflichem Ausdruck soll die ‚Sache selbst' zur Sprache kommen, ganz anders als im Mythos, der dem Begriff das Bild, dem tatsächlichen Sachverhalt die erdichtete Geschichte vorzieht.[12] In der Philosophie dominiert der selbstbestimmte Gebrauch der Vernunft über die täuschungsanfälligen Umwege und befreit sich von der Rücksichtnahme auf Bräuche und Traditionen, Üblichkeiten und Selbstverständlichkeiten. Alles wird problematisch.

Der Topos vom selbstbestimmten Gebrauch der Vernunft hat historische Wandlungen und tiefgreifende Modifikationen erfahren: von der ontologischen Situierung der Vernunft in einem unveränderlichen Sein über die Rückbindung des Logos an eine religiös konnotierte Transzendenz bis hin zu der neuzeitlichen Autonomieforderung, die aus Kants programmatischer Bestimmung der Aufklärung spricht. Im Vernunftgebrauch ohne fremde Anleitung entrinnt der Logos der Zeitlosigkeit eines An-sich, d.h. auch der Nähe zum Mythos, um zeitlich im Sinne von menschlich zu werden. Die konkreten geschichtlich-gesellschaftlichen Lebensverhältnisse sind ihm nichts Äußerliches mehr. Der ‚Logos der Neuzeit', der Zusammenhang von Aufklärung und Vernunft, ist nicht mehr abstrakte Theorie, sondern vernünftige Praxis mit lebensweltlicher Relevanz. Die richtigen Begriffe, auf die das Aufklärungsdenken zielt, sind – hinausgehend über theoretische Selbstvergewisserung und kritischen Vernunftgebrauch – auch, wie G. Chr. Lichtenberg[13] bemerkt hat, solche von unseren wesentlichen Bedürfnissen.

Was hier als Forderung und Programm aufscheint, ist – gemessen am Gegensatzpaar von Wahrheit und Beliebigkeit – weder ‚beliebig' im Sinne kontingenter Bedürfnisstrukturen noch ‚wahr' im Sinne einer Verankerung in einem ein für allemal Gegebenen, von dem her über Freiheit und Toleranz, Tugend und Gerechtigkeit, Selbstbestimmung und Menschenwürde in Analogie zur mittelalterlichen Transzendentalienlehre oder gar zum platonischen Ideenkosmos entschieden würde. Sowohl die Orientierung an der Zufälligkeit gerade aktueller Erfordernisse wie die an der Notwendigkeit feststehender und unabänderlicher Gegebenheiten zeugen von einer Heteronomie, über die jene Autonomie hinauswill, die sich in Reflexion und Kritik, d. h. in vorläufigen, revidierbaren Denkmodellen davor zu bewahren sucht, abstrakte Forderung zu bleiben.

Die Sicherheiten eines kollektiven übergeordneten Sinns und die Selbstverständlichkeiten, die in dem Immer-schon-Entschiedensein durch vorgängige Instanzen gründen, verfallen damit der Erosion und lösen sich auf. Dem ,So-ist-es' des Mythos oder des Rückzugs auf die Interpretation sogenannter ,Heiliger Schriften' wird die mühsame Entscheidungsfindung auf dem Wege irrtumsanfälliger Reflexion und fortgesetzter Hypothetisierung entgegengesetzt. Tiefgreifende Veränderungen im Verständnis von Wahrheit sind die Folge: Die Anerkennung einer autonomen Vernunft verabschiedet ,Wahrheiten', die sich der Hierarchisierung, Sakralisierung, Ontologisierung oder Hypostasierung verdanken, zugunsten einer Wahrheit, die nicht mehr sein kann als das lediglich formale Prinzip möglicher Orientierung. Nicht inhaltliche Bestimmungen entscheiden darüber, was wahrheitsfähig ist, sondern formale Kriterien, an denen inhaltlich formulierte Vorgaben kritisch gemessen werden – auch auf die Gefahr hin, daß sich die rationale bzw. wissenschaftliche Fundierung nicht mehr ohne weiteres mit den Erfordernissen konkreter Handlungsnormierung zur Deckung bringen läßt. Unsicherheiten sind unvermeidlich, und der Vorwurf, die Aufklärung erschwere das Leben und nähme ihm seinen Glanz, ist schnell zur Hand. Richtig ist aber auch, daß „die Wärme, die durch Verzicht auf die einmal belebten Reflexionen gewonnen werden soll, eine erlogene Wärme, und die Schönheit des Lebens, die man durch die Abkehr von der Aufklärung erlangen zu können glaubt, eine erlogene Schönheit ist".[14]

Der Rekurs auf tiefe Wahrheiten und Empfindungen, Antworten von gleichsam unendlicher Dauer auf sich immer wieder ändernde Befindlichkeiten, führt immer dann zur Beliebigkeit, wenn komplexe geschichtliche und gesellschaftliche Strukturen ernst genommen werden. Die irreversiblen Modernisierungsprozesse, deren Früchte selbst Fundamentalisten in ihrem Alltag nicht missen möchten, und die damit gegebenen Differenzierungen verflüchtigen statische Wahrheitsmonopole; indem sie sie auseinanderdividieren, lösen sie sie in Beliebigkeit auf.

Der Logos, der in der Frühzeit an die Stelle des Mythos trat, verhieß eine Sicherheit, die weit über die Verläßlichkeit hinausreichte, wie sie der Mythos zu gewähren schien. Die Vollgestalt des Logos, wie er im Denken der Aufklärung transparent wird, hat diese Sicherheiten widerrufen. Übrig bleibt „die Erkenntnis, daß wir in einem Feld von Ungewißheiten leben, die weder durch die theoretischen Versuche der philosophischen Rationalitätskonzeptionen noch durch Glauben oder gesellschaftlichen Konsens überwunden werden können".[15]

## 4. Mythologien der Vernunft

Einem den Traditionen der Aufklärung verpflichteten Denken wird vielfach Intellektualismus vorgeworfen. Mit diesem Vorwurf verbindet sich ein zweiter: jener des Elitären. Ein Weltbild, das sich an den Postulaten der Aufklärung orientiert, ist schwer zu vermitteln und offensichtlich nur wenigen zugänglich. Hinzu kommt der Hinweis auf einen Mangel an existentieller Wärme, die Klage über ein schwieriges, in eine Art Dauerproblematisierung verstricktes Leben, das zudem die ‚einfachen Lösungen', die den Alltag allererst lebbar machten, verächtlich mache. Der Ruf nach Befreiung der Seele von der kalten Umklammerung durch die Vernunft kommt leicht von den Lippen. Er ist keineswegs nur Ausdruck des jüngsten Unbehagens an der Moderne, sondern kommt aus der Philosophie selber. Nicht von ungefähr konnte eine ‚Philosophie der Mythologie' ihrerseits an die Aufklärung anknüpfen. In den gleichnamigen Vorlesungen Schellings wie im ‚ältesten Systemprogramm' des deutschen Idealismus begegnen Überlegungen hinsichtlich einer Zuordnung von Mythos und Logos, einer konstruierten Einheit von Wissenschaft, Religion und Gesellschaft, die einseitige Über- und Unterordnungen vermeidet. An dieser Einheit orientieren sich alle Versuche einer Revitalisierung des Mythos,

wie sie sich seit der französischen Revolution regelmäßig zu
Wort melden.

Bereits aus der Programmatik einer ‚Mythologie der Vernunft‘
erhellt, daß der Mythos nicht unbedingt Gegenteil der Vernunft
zu sein braucht; beide kennen ihre je eigene Wahrheit. Das Urteil
über den Mythos wie über die Vernunft erschöpft sich nicht in
der jeweiligen Etikettierung. Die Wahrheitsproblematik ist eine
der Inhalte; sie entscheidet sich an der Kohärenz von Frage und
Antwort. Der über die Tätigkeit der Vernunft gebildete Begriff
ist die äußerste Komprimierung an sich schon komplexer Gegebenheiten, der Mythos die Weise, in der einzelne und soziale
Gruppen Geschichten über sich selbst erzählen. Entscheidend
sind jedoch in erster Linie nicht diese eher äußeren Formen, in
denen Selbstvergewisserung und Weltdeutung sich vollziehen,
sondern das, was jeweils über sie transportiert wird. Von ihm her
entscheidet sich, ob Fragen, die wir gegenwärtig stellen, in der
betreffenden Erzählung, im jeweils konstruierten Begriff, ent-
sprochen wird oder nicht. Falsche Antworten sind ebenso möglich wie das generelle Verfehlen unseres Fragens. Denkbar sind
aber auch viele, einander ausschließende oder auch durchaus
miteinander zu vereinbarende Antworten. An diesen Inhalten
und nicht an der gerade favorisierten Form – variationsreiche Erzählung oder definiter Begriff – entscheidet sich das Problem von
Wahrheit oder Beliebigkeit.

Die ‚Mythologie der Vernunft‘, auf die das ‚älteste Systemprogramm‘ des deutschen Idealismus abhob, war vor allem Kritik an
einem nur zweckrationalen Umgang mit der Welt. ‚Mythos‘
meint daher nicht so sehr ‚Gegen-Rationalität‘, als vielmehr
Verständigung auf der Ebene von jenseits des ausschließlich
Zweckrationalen etablierten Diskursen. Der einfache Rückzug
auf Mythen der Vorzeit ist damit ausgeschlossen. Die Überwindung des archaischen Mythos durch den Logos wird nicht rückgängig gemacht. Vielmehr gilt das Interesse Erweiterungen des
Logos. Eine neue Verbindlichkeit orientiert sich am Paradigma
‚Mythos‘, statt durch den Logos überwundene Mythen wieder-
zubeleben. Der Mythos wird, wie es R. Barthes[16] formuliert hat,
ein (legitimes) Aussagesystem neben anderen; stereotype Sche-

mata der Über- oder Unterordnung treten hinter die prinzipielle Anerkennung gleichberechtigter divergenter Wahrnehmungsfelder und komplementärer Anschauungssysteme zurück.

Vieles von dem, was sich im Spektrum der sogenannten ‚neuen Mythologien' zu Wort meldet, nimmt sich als Diskursverweigerung und Drang nach einem Letzten im Gewande der Ideologie aus. Die veränderte Wahrnehmung des Mythos seitens der Philosophie setzt dagegen bewußt auf das diskursive Moment, etwa, wenn das Interesse am Mythos nach dem ‚Ende der Metaphysik' zum Medium wird, die ‚Wertbestände' der Gesellschaft, ihre letzten Grundhaltungen und Überzeugungen transparent werden zu lassen. Mit der Wahrnehmung der „Metaphysik-Funktion"[17] von Philosophie verbinden sich, wie der folgende Überblick zeigt, ideenpolitische Zielsetzungen.

Folgende Zugangsweisen lassen sich – ohne Anspruch auf Vollständigkeit – unterscheiden:
– Die bereits angesprochene Synthese von Philosophie, Religion und Poesie in einer ‚Mythologie der Vernunft' – mit der Tendenz zu einer weitgehenden Ästhetisierung des Mythos.
– Die Anerkennung des Mythos – u. a. bei F. Nietzsche – als der „unbewußten innerlichen Überzeugung … von der wahren, d. h. metaphysischen Bedeutung des Lebens".[18]
– Der Mythos als Alternative zu Rationalismus und Skeptizismus, eine Ordnung von Bildern, fähig, jene Gesinnungen zu mobilisieren, durch welche die zweifelnde und abwägende Haltung des Verstandes zumindest zeitweilig außer Kraft gesetzt wird (G. Sorel).
– Die Unterscheidung zwischen Mythos und Wissenschaft als unterschiedlicher, gleichwohl funktional äquivalenter Formsysteme mit je spezifischer Symbolisierungsleistung (E. Cassirer): der Mythos tritt als Ordnungsfaktor in Erscheinung, den u. a. Universalität und Systemcharakter auszeichnen.
– Möglichkeiten interpretatorischer Offenheit im Rückgriff auf präsentative Symbole, u. a. als neben dem Diskurs gleichberechtigte Weisen des Bedeutens und Darstellens.
– Die konservierende Funktion des Mythos, die ihn als „Wissenschaft vom Konkreten" ausweist; Hauptzweck dieser ‚struk-

turalen Betrachtungsweise' ist es, „Beobachtungs- und Denkweisen, wenn auch nur als Restbestände, bis heute zu erhalten, die einer bestimmten Art von Entdeckungen angemessen waren . . . jenen Entdeckungen, die die Natur zuließ, unter der Voraussetzung der Organisation und der spekulativen Ausbeutung der sinnlich wahrnehmbaren Welt in Begriffen des sinnlichen Wahrnehmbaren".[19]

– Nach H. Blumenberg hat die Metaphysik durch Dogmatisierung und Moralisierung die Offenheit des mythischen Denkens zerstört und seine Variationsbreite in „spielraumlose Dichte"[20] verwandelt. ‚Arbeit und Mythos' heißt daher, die Bedeutsamkeit und Vieldeutigkeit der mythischen Geschichten für die Selbsterhaltung des Menschen neu zu entdecken.

– Eine Radikalisierung der ‚Arbeit am Mythos' in Richtung eines „aufgeklärten Polytheismus", einmal als Konsequenz aus der Erschöpfung der sinnproduzierenden Funktion des Monomythos (logozentristische Philosophie und institutionalisierte Religion), zum anderen als Variante eines neuen Aufklärungsdenkens, das „spezifisch der modernen Welt zugehört" und die Freiheit eröffnet, „. . . ein Individuum zu sein".[21] Die moderne Befreiung des Menschen aus absoluten Kontroversen um das Absolute entlastet nicht nur von religiösen Absolutismen (‚Du sollst keine anderen Götter haben neben mir', Exodus 20,3), sondern auch von allen säkularen Ersatzformen. O. Marquards humanes Prinzip eines Polytheismus ohne Götter findet seine Konkretisierung in der politischen Gewaltenteilung, im lebensweltlichen Individualismus sowie im Pluralismus historischer und ästhetischer Geschichten.

– Eine Vielzahl eminent philosophischer Fragen, beispielsweise das Theodizeeproblem (Fragen des Leidens, des Negativen, des Bösen) kann nach Auffassung vieler unter Gegenwartsbedingungen nur noch über konkrete Symbole, nicht über abstrakte Spekulationen erschlossen werden. P. Ricoeur[22] erwartet von einer veränderten Wahrnehmung des Mythos eine ‚zweite kopernikanische Wende', in der die engen Schranken bewußtseinszentristischen Philosophierens gesprengt und Annäherungen an das ‚Absolut-andere' in den Blick treten: „Die Auflösung des

Mythos als eines Erklärungsversuchs ist der notwendige Weg zur Wiedereinsetzung des Mythos als eines Symbolgefüges."[23] Im Symbol gehen Unmittelbarkeit des Mythos und Vermittlung des Denkens eine neue Einheit auf höherer Stufe – jenseits des Gegensatzes von Wahrheit und Beliebigkeit – ein.

– K. Hübners These von der strukturalen Äquivalenz von Mythos und Wissenschaft stellt zwei unterschiedliche, jede auf ihre Art ontologisch fundierte Subjekt-Objekt-Beziehungen nebeneinander; für das ‚wissenschaftliche' Paradigma spricht dabei nicht etwa eine/seine übergeordnete Wahrheit. Es empfiehlt sich lediglich durch „die zahlreichen Erfahrungen und Erfolge, die wir der Wissenschaft verdanken".[24] Im Mythos begegnet den Wissenschaften die erschütterungsresistente Lebenswirklichkeit, das Ensemble der Bestimmungen und Bedingungen der ideellen Welt des Menschen.

– Unverhohlen metaphysikvergegenwärtigend ist L. Kolakowskis Plädoyer für den Mythos. Die Hinwendung zum Mythos ist nicht weniger als der (notwendige, den Wissenschaften verwehrte) Übergang vom hypothetischen zum definitiven Urteil. In der Abkehr von der Faktizität des Alltäglichen überwindet der authentische Mythos die Gleichgültigkeit der Welt in Richtung einer unbedingten, nicht-empirischen Welt. In dem Maße, „in dem wir die Fähigkeit verlieren, zum mythischen Verständnis des physikalischen Seins zurückzukehren, verlieren wir die Hoffnung auf seine Domestizierung, seine ‚Humanisierung', verbleiben wir in der Konfrontation mit den Dingen, die uns dank der Tatsache gehorchen, daß sie uns gegenüber grenzenlos gleichgültig sind".[25] Es sind die Menschheitsfragen von ‚Liebe' und ‚Tod', auf die keine andere als eine mythische Antwort möglich ist, auch aus dem Grunde, weil erst der Mythos die kontingente Verfaßtheit der Welt[26] aufbricht und Zufälligkeit in Notwendigkeit überführt.

Wenn die wissenssoziologische Prämisse richtig ist, daß „Modernität sowohl Institutionen wie Plausibilitätsstrukturen pluralisiert",[27] dann ist, gerade angesichts der offensichtlichen Verzweigungen und teilweise sehr gegenläufigen Tendenzen, das philosophische Interesse am Mythos nicht Ausdruck einer Sehnsucht nach prämodernen Denkformen, sondern Symptom einer nur auf dem Hintergrund der Moderne denkbaren Ausdifferenzierung, deren typische Gestalt, wie eingangs betont, die Fragmentarisierung ist. Die Aktualität des Mythos im philosophischen Kontext negiert nicht Rationalität, sondern ist dem Gang der okzidentalen Vernunft selbst einbeschrieben, beispielsweise als Reaktion auf die nihilistischen Potentiale unserer Lebenswelt und als Immunisierung gegen sie.

Die zunehmende Bürokratisierung und Ökonomisierung der Lebenswelt haben eine doppelte Rationalität im Gefolge, die lange Zeit als selbstverständlich und problematisierungsunbedürftig galt. Die ‚wissenschaftliche‘ Rationalität präsentiert sich im Gewande der ‚Hintergrund-Rationalität‘, z. B. als unreflektiertes Vertrauen in die Standards praktisch-technologischen Fortschritts ohne Kontrollmöglichkeiten. Zwei denkbare Konsequenzen zeichnen sich ab: Entweder gerät diese Hintergrund-Rationalität, proportional zu ihren Erfolgen, unter Irrationalismusverdacht, oder sie wird aufgefangen durch eine praktisch-ästhetische Intensivierung der Wahrnehmung, die sich u. a. auf jene mythischen Bestände stützt, denen „eine subreflexive Wirklichkeit entspricht . . . So entsteht ein Medium wechselseitiger Verweisungen, das zu einem steten Hinterfragen der Reflexion führt und dabei immer auf das nicht mehr hinterfragbare Leben stößt".[28] Es geht bei Verfahren wie dem philosophisch reflektierten Umgang mit dem Mythos, anders als es die Rede von den sogenannten ‚neuen‘ Mythologien nahelegt, nicht um etwas prinzipiell und um jeden Preis Neues. Die Probleme, auf die hier eine Antwort gesucht wird, lassen sich auch nicht in der Weise lösen, daß unser Wissen vermehrt würde, etwa durch neue Informationen über die Wirklichkeit. Dies fällt in den Aufgabenbereich der Einzelwissenschaften, vor allem der Naturwissenschaften. Ein spezifisch philosophisches Problem gibt sich im Unterschied dazu eher daran zu erkennen, daß wir anzuerkennen gezwungen werden, daß gerade solche Informationen zu einer Lösung nichts beitragen. Philosophische Probleme treten, wie L. Wittgenstein bemerkt, als Probleme auf, „die nicht gelöst werden, nicht durch Beibringen neuer Erfahrung, sondern durch

Zusammenstellung des längst Bekannten"[29] – bei Wittgenstein durch eine veränderte Wahrnehmung der Sprachprobleme. Ergänzen ließe sich, auf unseren Kontext bezogen: durch Umstellung vermeintlich selbstverständlicher, scheinbar bewährter Deutungsschemata wie etwa jenes eines kontinuierlichen Aufstiegs vom Mythos zum Logos.

## 5. Regression und Reduktionismus

Die Philosophie nimmt ihre Orientierungsfunktion in dem Maße wahr, in dem sie sich als explikative Praxis versteht, u. a. in der Auslegung eines nicht-beliebigen Bestandes an Bildern, Metaphern, Symbolen, Modellen, aber auch eines topologischen Begriffsbestandes, der wiederum eine auslegungs- und interpretationsbedürftige Geschichte hat. Der Verzicht auf eine Perspektive der Totalität, der aus einer solchen Funktionsbeschreibung von Philosophie spricht – sie muß hier notwendig skizzenhaft bleiben –, wird vielfach nicht nur als Selbstbescheidung, sondern häufiger noch als Ausbruch in die Belanglosigkeit verstanden: unbelangbar und deshalb belanglos. Die Wurzel des Vorwurfs von der Beliebigkeit muß hier gesucht werden. Die Modi der Explikation, denen die Aufmerksamkeit des Philosophen gilt, werden dann entsprechend nicht als Fixpunkte möglicher Orientierung, sondern als irritierende Provokation erfahren. Ein Denken, das sich der einen letzten Einsicht verweigert, treibt immer andere, letztlich viele Antworten hervor. Jede von ihr „entpuppt sich immer wieder und sozusagen gegen ihren eigenen Willen als ein anderes Verfahren, die alten Fragen in neuen Modi zur Diskussion zu stellen",[30] ein Perpetuum mobile, das den Einwand provoziert, ob denn von der Philosophie überhaupt Orientierung zu erwarten sei, jedenfalls von einem offenen Philosophieren, das ins Vorläufige, Unabgeschlossene weist.

Selbst heute wird dieser Offenheit bisweilen das Phantombild einer Philosophie entgegengehalten, die nur noch auf dem Hintergrund der vorkritischen Metaphysik überzeugen kann. Nur im Rückgriff auf deren bzw. auf vergleichbare Plausibilitätsstrukturen läßt sich z. B. begrifflichen Konstrukten ohne Rücksicht auf die reale Wirklichkeit ein unbedingtes Sein zusprechen. Gegen derartige hypostasierende Verfahren ist ganz schlicht einzuwenden, daß sie für Wünschbarkeiten stehen und mit unseren wirklichen Erfahrungen nicht übereinstimmen. Eine Welt, die sich in der Totale erschließt oder in einer ‚Einheit des Wissens‘, gleichsam als unbedingtes ‚An-sich‘ vor uns tritt, mag Ausdruck einer Sehnsucht nach Harmonie sein und durch ihre logische Geschlossenheit faszinieren – es ist nicht die Welt, in der wir leben. Es ist auch kein Zufall, daß Probleme, die gemeinhin als drängend oder beunruhigend erfahren werden, in einem solchen Denken allenfalls in der Sprechweise moralisierender Traktate vorkommen.

Unterhalb des offenen Philosophiebegriffs und dem skizzierten philosophischen Traditionalismus vergleichbar sind Verfahren angesiedelt, die sich unter dem Stichwort von der ‚reduktiven Synthese‘ zusammenfassen lassen. Hier nimmt das aktuelle Interesse am Mythos die Gestalt neomythischer Regression an. Die Forderung nach Einheit und Anschaulichkeit, die gefürchteter Beliebigkeit wie ausschließlich wissenschaftsfixierter Rationalität entgegenwirken sollen, wird – auf den ersten Blick widersprüchlich – an die Wissenschaften bzw. an das, was jeweils dafür gehalten wird, delegiert. Ziel ist eine ‚wissenschaftliche Weltanschauung‘, wie sie zuletzt, freilich unter anderem Vorzeichen, die real existierenden sozialistischen Gesellschaften geprägt hat. Der Wissenschaftsmythos wie die zwang- und ressentimenthafte Sehnsucht nach lebensweltlicher Erfüllung durch Neo-Romantizismen sind die beiden Gesichter der regressiven Variante des im Bannkreis reduktiver Synthesen wiederkehrenden Mythos. Reduktive Synthesen sind Orientierungsversuche im Spannungsfeld von Wissenschaft, Philosophie, Religion, Kultur und Lebenswelt, die kurzschlüssig glauben, die Spannung, das Disparate und Unvereinbare in Harmonie überführen zu können. Unter der Hand verwandelt sich ihnen vorläufige Erkenntnis und täuschungsanfällige Information in endgültiges Heils- und Erlösungswissen. Rationales, lineares, analytisches und fokussierendes Denken und Argumentieren sinken zur Vorform eines intuitiven Wissens herab, von dem F. Capra sagt, es beruhe „auf unmittelbarer, nichtintellektueller Erfahrung der Wirklichkeit, die in einem Zustand erweiterten Bewußtseins entsteht. Es ist ganzheitlich, ‚holistisch‘, nichtlinear und strebt nach Synthese“. Aus diesem Grunde brauchen „Wissenschaftler . . . nicht mehr zu zögern, ein ganzheitliches Bild zu übernehmen, wie sie es heute noch oft tun, aus Furcht, unwissenschaftlich zu sein. Die moderne Physik kann ihnen zeigen, daß ein solches Weltbild nicht nur wissenschaftlich ist, sondern in Übereinstimmung steht mit den fortgeschrittenen wissenschaftlichen Theorien über die physikalische Wirklichkeit".[31] Capra liefert selbst das beste Beispiel für den Denkrahmen reduktiver Synthesen, wenn er schreibt: „Die neue Sicht der Wirklichkeit . . . beruht auf der Erkenntnis, daß alle Phänomene – physikalische, biologische, psychische, gesellschaftliche und kulturelle – grundsätzlich miteinander verbunden und voneinander abhängig sind. Sie transzendiert die gegenwärtigen disziplinären und begrifflichen Grenzen und wird in neuen Institutionen zur Anwendung kommen . . . Man müßte dazu schrittweise ein Netz von ineinandergreifenden Ideen und Modellen formulieren . . . Keine dieser Theorien und Modelle dürfte wichtiger sein als die anderen und alle müßten miteinander übereinstimmen."[32]

Programme wie dieses sind mehr als bloß leere theoretische Forderungen. Wirtschaftswissenschaftler, Informatiker und praktische Psychologie folgern, daß Ganzheitsdenken und globale Vernetzung ebenso, wie sie zum Ausstieg aus dem technologischen Zeitalter motivieren, in den Dienst der Effizienzsteigerung von Produktions-, Markt- und Vertriebsstrategien gestellt werden können. Eine ‚ganzheitliche‘ Unternehmensführung verschmilzt Produktionsstätte, Produkt und Produzenten zu einer *corporate identity;* was der Gewinnmaximierung zugute kommt, kommt auch dem psycho-sozial-emotionalen Haushalt der Mitarbeiter zugute und umgekehrt. Spezifisch moderne Errungenschaften wie die Differenzierung von Arbeitswelt und Privatsphäre, Ökonomie und Kultur, bloß naturaler Selbsterhaltung und humaner Selbstbehauptung werden schrittweise rückgängig gemacht; das Recht auf die „Integrität unserer Individualität" gegen den „vielumstrittenen homo oeconomicus der neueren Wirtschaftswissenschaft"[33] wird preisgegeben. Der postmodern etikettierte Auszug aus der Entfremdung, wie sie die moderne Differenzierung und Fragmentarisierung angeblich perpetuieren, restituiert in Wahrheit prämoderne Lebens- und Produktionsstile.

Im Verhältnis zu den Einzelwissenschaften nimmt sich das Postulat der Unmittelbarkeit lebensweltlicher Gewißheiten als zeittypische Überbeanspruchung aus. Dabei läßt sich ein gegenläufiger Effekt beobachten: *Die Übererwartung an Theorie führt im Ergebnis zur vollständigen Diskreditierung von Theorie.* Gleichgültig, für wie stringent man das Konstrukt einer linearen Entwicklung vom Mythos zum Logos hält, der Prozeß wissenschaftlicher Entzauberung, der mit der ionischen Naturphilosophie (Thales von Milet) einsetzte, wird in sein Gegenteil verkehrt: „‚Lebenswelt' konnte zu einem Programmwort des Überdrusses an einem Zustand werden, den man in Umbildung und Erweiterung des frühesten gesicherten Wortes der Philosophie beschreiben könnte: Es sei alles voll von Theorien und daher Zeit fürs neue Einfache, wie jener Milesier alles aus und auf dem Wasser ließ. Höchste Zeit also für Dekomplexion auf ein Weltverhältnis hin, das jeder wieder in Totalität wahrnehmen, erleben und genießen kann, in Unmittelbarkeit."[34]

Der hervorstechende Zug des neuen Unmittelbarkeitspathos ist seine entdifferenzierende Tendenz, die am Beispiel des Verhältnisses von Philosophie und Religion kurz verdeutlicht werden soll.

Der Philosophiebegriff, von dem bisher gesprochen worden ist, ist u. a. durch den Verzicht auf jedwede Spekulation hinsichtlich eines gedachten, konstruierten oder gefühlten Absoluten gekennzeichnet. In anderen historischen Kontexten, z. B. in der klassischen Metaphysik, hatte das Desiderat eines absoluten Wissens seinen Ort und war, weil auf das wissenschaftliche Wissen bezogen, vernunftförmig. Die Leerstelle, die der für möglich gehaltene Ausgriff nach dem Absoluten mit dem Ende der klassischen Metaphysik hinterlassen hat, versucht ein Denken, das die Grenzen zwischen Philosophie und Religion verwischt, mit einem ,sublimeren Wissen' auszufüllen, das einmal als ,neue Metaphysik', einmal als ,Theosophie', dann wieder als ,neue Gnosis' oder ,wahres Christentum' bzw. ,wahre Religion', ,richtige Politik', ,vernünftige Praxis' etc. eingeführt wird. Diese Varianten eines universalen Heils- und Erlösungswissens bieten sich als Antworten auf die enttäuschten Utopien der Neuzeit an: als Reaktion auf das Scheitern der angeblich überzogenen Autonomieansprüche der Vernunft und als Alternative zum szientistischen Technizismus. Die neue, hier beschworene Konfliktsituation lautet: Physikalismus versus ,neue Metaphysik'. Das besondere Wissen, das diese Mischung aus Wissenschaft, Affektion und Devotion prätendiert, verfolgt das ehrgeizige Ziel, aus den Resten des modernen Menschen, des „aktivistischen Manipulateurs der Dinge", den nachmodernen Menschen zu formen, „ein die Dinge zu ihrem vollendeten Sein Versammelnder. Seine Erkenntniskraft ist Teil der Schöpferkraft und Mitwirkung am Schöpfungswerk Gottes. Was im Erkennen der Menschen aufblitzt, ist ein Göttliches, das vorher verschlossen oder verborgen war und das nur in seinem Erkennen offenbar wird".[35] Philosophisch ist solches Erkennen fraglich, weil es ein Wissen propagiert, das bewußt nicht auf Verallgemeinerungsfähigkeit, wie begrenzt auch immer, und rationalen Nachvollzug setzt, sondern auf Esoterik. Das vermittelte Wissen ist zugleich rettende Information, die nicht argumentiert, sondern beteuert.

Dem Gestus der Beteuerung sind auch die politischen Implikationen dieses Denkens verpflichtet. Das gilt vor allem in bezug auf die ,neognostische Wissenschaft', die auf eine Gruppe amerikanischer Naturwissenschaftler zurückgeht, die in den siebziger Jahren unter dem Namen der „Gnostiker von Princeton" bekannt wurden. Neue Forschungen aus der Physik, der Astronomie, Biologie und Medizin sollen, gestützt auf antike, christliche und fernöstliche esoterische Traditionen, den Beweis erbringen, daß nicht der Zufall, sondern ein denkendes, ordnendes Wesen den Kosmos regiert. Politisch entspricht der Forderung nach einer Überwindung der Kluft zwischen Natur- und Kulturwissenschaften (erinnert sei an Snows These von den zwei Kulturen)[36] ein elitärer Individualismus; er erstreckt sich, „da ein New Deal unmöglich ist –", darauf „zu versuchen, individuell auf einen Isolationismus zurückzukommen, auf einen provisorischen Protektionismus, auf ein Regime strenger Zensur und starker innerer Disziplin. Sie besteht auch darin, sich gegen seichte Kultur und gegen die Bombardierung mit Information . . . zu schützen" und „sich seelisch langsam, Stück für Stück, wieder neu aufzubauen und mittels der formalen Instinkte seinen psychischen Organismus und seine seelische Architektur auszubilden".[37]

Dergleichen affirmative Wahrheitsansprüche stehen im Dienste der Replausibilisierung vormoderner Strukturen. Ihre geheime Utopie ist ein Gesellschaftsmodell, das ungeachtet des diametral entgegengesetzten ideologischen Hintergrunds in die Nähe der gegenwärtig zerbröckelnden real existierenden Sozialismen rückt. Deren Untergang resultiert im letzten aus der Inkompatibilität von zu Selbstzweck erstarrtem Machterhalt und Moderne; ihre Repräsentanten sahen sich im Alleinbesitz der wissenschaftlichen Einsicht in den feststehenden Gesetzen folgenden Verlauf von Geschichte und Gesellschaft, Gesetze, die einen offenen Diskurs über gesellschaftliche Probleme, politischen Einfluß und konkurrierende Ordnungsvorstellungen nicht zuließen. Die Krise der real existierenden Sozialismen ist die Krise eines vormodernen politischen und sozialen, aber auch ideen-politischen Systems. Weil es seinem Selbstverständnis nach die Krise ausschließt, signalisiert eben diese Krise das Ende eines von seinen Prämissen her eigentlich erschütterungsresistenten Weltbildes. Die Lösung gegenwärtiger Probleme kann nicht darin bestehen, die Zuflucht bei einer vergleichbaren Erschütterungsresistenz zu suchen, auch wenn das motivierende Ideengerüst ein anderes ist.


## 6. Einheit und Vielheit

Die Faszination, die von vormodernen Strukturen ausgeht, ist das Ergebnis einer Verunsicherung, die Fragmentarisierung und Marginalisierung[38] sowie die daraus resultierende Vielheit als Unglück erfährt. Sie setzt eine allgemeine Stimmungslage in

Theorie um, die selbst da noch ihren Ausdruck findet, wo in der Tonlage suggestiver Unterstellungen Alternativen formuliert werden, die sich in dieser Weise bei einer differenzierten Betrachtung gar nicht stellen. Die Frage ‚Wahrheit oder Beliebigkeit?‘ ist eine solche Suggestion.

Im bisher Ausgeführten ist bereits mehrfach angeklungen, daß dort, wo angeblich sichere Wahrheiten gegen bedrohlich Beliebiges mobilisiert werden, diese ‚Wahrheiten‘ das Resultat eben jener Vielheit sind, die mit Beliebigkeit verwechselt wird. Deutlich wurde auch, daß der postmoderne Angriff auf eine monolithische Moderne ein Phantom jagt.

J. Habermas[39] hat kürzlich darauf hingewiesen, daß „die falschen Suggestionen eines vor hundertfünfzig Jahren verabschiedeten Einheitsdenkens ... immer noch die Folie" unserer Vorstellungswelt bilden, „so als müßten wir uns heute, wie die erste Generation der Hegelschüler, der Übermacht der großen Meister immer noch erwehren". Der Grund dieser Suggestion ist ein Selbstmißverständnis der Philosophie, die Diskursivität spätidealistisch immer noch mit Einheit, gar mythisch-überhöhter All-Einheit identifiziert. Dabei entgehen die Prozesse, die sich in einer immer komplexer und dynamischer werdenden Gesellschaft vollziehen, ihrer Wahrnehmung. Günstigstenfalls werden sie, wie bislang die Natur, den objektivierenden Einzelwissenschaften überlassen, in denen gerade nicht Einheit, sondern Widerspruch, Vielheit und Differenz regieren. Zweifel sind aber auch hinsichtlich des fundamentalphilosophischen Paradigmas erlaubt, das mit schwundstufenhaft geschichtsphilosophischer Begründung auf klassische Ontologie und idealistische Bewußtseinsphilosophie folgen soll. Die ihm zugetraute umfassende Einbindung von Lebenswelt und Wissenschaft einschließlich der ausdifferenzierten gesellschaftlichen Systeme in ein Geflecht kommunikativer Strukturen substituiert das bewußtseinsphilosophische Paradigma, ohne es abzulösen, und forciert eine ‚Verwissenschaftlichung‘ der Lebenswelt, die in der Logik des Einheitsdenkens der lediglich verdrängten Bewußtseinsphilosophie wurzelt. Sie bleibt so lange präsent, wie das angeblich veränderte Paradigma der „modernen Gesellschaft" die Perspektive „der projektierten Einheit eines intersubjektiv gebildeten gemeinsamen Willens" aufnötigt, den Willen „sprachlich verkörperter Vernunft".[40] Wie ich an anderer Stelle gezeigt habe,[41] wird damit jene Metaphysik – eine die einzelnen Wissenschaften wie die Lebenswelt übergreifende und darin ermöglichende Theorieform – restituiert, deren Überwindung das vorgelegte Programm dienen möchte.

Als Problemanzeige verweist die Leerstelle, die der Mythos als Metaphysik-Äquivalent markiert, auf eine neue vermittelnde Instanz, die nach Maßgabe sprachlich verkörperter Vernunft den alten philosophischen Vernunftprimat von neuem in seine Rechte einsetzte. Es geht darüber hinaus aber um anderes: um die Negation überkommener Hypostasierungen und in ihrem Gefolge von Hierarchisierungen, dies durchaus jenseits des Unmittelbarkeitspathos regressiver Mythologien. Recht verstanden kommt so vom Rückbezug auf den Mythos selber der vehementeste Einspruch gegen die totale Mythisierung bzw. Remythisierung. Eine sich absolut setzende Vernunft – sei sie ontologisch, im Rückgriff auf das Selbstbewußtsein oder sprachlich verkörpert – nimmt, wie Adorno hervorgehoben hat,[42] ihrerseits mythische Züge an. Die Entflechtung festgefügter Hierarchisierungen: hier die Vernunft, dort diffuse Unmittelbarkeit, hier helle Objektivität, dort dumpfes Fühlen und Erleben, erfordert mehr als nur eine Neubestimmung des Verhältnisses von Mythos und Logos, die ihrerseits noch einmal in sich und dann jeweils im Spiegel des je anderen differenzierter bestimmt und betrachtet werden müssen. An die Stelle von Wahrheit als festgefügtem unveränderlichen Gesetzen folgendem bzw. erfahrungsabhängigem Wissen und Vielheit als auseinanderdriftender Beliebigkeit tritt dann ein Wissen, das nachprüfbar, in gewisser Reichweite verallgemeinerbar und gleichzeitig auf die subjektive Interpretation eigener Wahrnehmungen, Empfindungen und Selbstverhältnisse bezogen ist. Seine Bezugsgröße aus philosophischer Perspektive ist das bewußte Leben.[43] Auf es bezogen ist die wiederkehrende Aktualität des Mythos in der Tat ‚Auferstehung der Erscheinungen'; allerdings lassen sie sich um einen ‚Wahrheitskern' zentrieren und auf ihn hin durchbrechen. Umgekehrt sind die ‚Wahrheiten' einer sich absolut setzenden Vernunft nichts anderes als Ausdruck eines tiefsitzenden ‚Menschlichen' – insofern auch Allgemeinen –, zu dem der Mythos, sofern er nicht regressiv ist, den Weg nicht versperrt.[44] In Anlehnung an Kant, jedoch ohne transzendentalphilosophischen Hintergrund, darf man formulieren: Der Mythos als Erscheinung kann kein ‚An-sich' sein; die Wahrheit hinter den Erscheinungen darf kein ‚An-sich' sein, das als solches seine Konstitutionsbedingungen widerriefe.

# Anmerkungen und Literaturhinweise

*Jürgen Audretsch:*
*Physikalische und andere Aspekte der Wirklichkeit*

## Anmerkungen

1 Zitiert nach K. V. Laurikainen, Beyond the Atom, the Philosophical Thought of Wolfgang Pauli, Berlin u. a. 1988, S. 153.

2 Joh 18, 37.38.

3 W. Heisenberg, Der Teil und das Ganze, München 1969, S. 185.

4 M. Born, Physik im Wandel meiner Zeit, Braunschweig 1966, S. 199.

5 „Die wissenschaftliche Bedeutung der Faradayschen Vorstellung vom elektrotonischen Zustand ist, unseren Intellekt dazu anzuhalten, eine Größe zu erfassen, von deren Änderungen die tatsächlichen Erscheinungen abhängen." J. C. Maxwell, A Treatise on Electricity and Magnetism, Bd. II, Cambridge 1973, S. 174.

6 „Nach Maxwell dachte man sich das Physikalisch-Reale durch nicht mechanisch deutbare, kontinuierliche Felder dargestellt, die durch partielle Differentialgleichungen beherrscht werden. Diese Veränderungen der Auffassung des Realen ist die tiefgehendste und fruchtbarste, welche die Physik seit Newton erfahren hat." A. Einstein, Mein Weltbild (Hrsg. C. Seelig), Frankfurt/M. 1959, S. 161.

7 „Dabei hatte ich Gelegenheit, eine, wie ich glaube, bemerkenswerte Tatsache festzustellen. Eine neue wissenschaftliche Wahrheit pflegt sich nicht in der Weise durchzusetzen, daß ihre Gegner überzeugt werden und sich als belehrt erklären, sondern vielmehr dadurch, daß die Gegner allmählich aussterben und daß die heranwachsende Generation von vornherein mit der Wahrheit vertraut gemacht ist." M. Planck, Wissenschaftliche Selbstbiographie, 5. Aufl., Leipzig 1970, S. 16.

8 D. Bonhoeffer, Widerstand und Ergebung. Briefe und Aufzeichnungen aus der Haft, E. Bethge (Hrsg.), München 1951, S. 275.

9 L. Wittgenstein, Tractatus logico-philosophicus, Nr. 6.52, in: Schriften, Frankfurt/M. 1960.

*Günter Altner:*
## Die Evolutionstheorie als historische und aktuelle Grundlage für das Gespräch zwischen Theologie und Naturwissenschaften

### Anmerkungen

1 Ch. Darwin, Die Entstehung der Arten durch natürliche Zuchtwahl, Stuttgart 1963, S. 678.

2 E. Haeckel, Freie Wissenschaft und freie Lehre, Stuttgart 1878, S. 9 f.

3 Th. H. Huxley, Zeugnisse für die Stellung des Menschen in der Natur, Stuttgart 1970, S. 143 f.

4 K. Lorenz, Kants Lehre vom Apriorischen im Lichte gegenwärtiger Biologie. Blätter für deutsche Philosophie 15, 1941, wiederabgedruckt in: I. Eibl-Eibesfeldt (Ed.): Konrad Lorenz. Das Wirkungsgefüge der Natur und das Schicksal des Menschen. Gesammelte Arbeiten. München/Zürich 1978, S. 89.

5 I. Prigogine u. I. Stengers, Dialog mit der Natur. Neue Wege naturwissenschaftlichen Denkens, München 1983, S. 21.

6 E. Jantsch, Die Selbstorganisation des Universums. Vom Urknall zum menschlichen Geist, München 1982, S. 253.

7 Fr. Cramer, Chaos und Ordnung. Die komplexe Struktur des Lebendigen, Stuttgart 1989.

8 P. Teilhard de Chardin, Das Teilhard de Chardin-Lesebuch (Hg. G. Schiwy), München 1989, S. 24 u. 43.

9 Vgl. dazu St. N. Bosshard, Erschafft die Welt sich selbst? Die Selbstorganisation von Natur und Mensch aus naturwissenschaftlicher, philosophischer und theologischer Sicht, Freiburg 1985, insbes. S. 210 ff.

10 Fr. Cramer, a. a. O., S. 293.

*Klaus Mainzer:*
## Der Krieg der Philosophen. Zum Verhältnis von Physik, Philosophie und Religion bei Leibniz bis zur Aufklärung

### Anmerkungen

1 I. Kant, Kritik der reinen Vernunft, B. 877 f.; ders., Prolegomena § 57.

2 I. Kant, Prolegomena § 36: „Selbst der Hauptsatz, der durch diesen ganzen Abschnitt ausgeführt worden, daß allgemeine Naturgesetze a priori erkannt werden können, führt schon von selbst auf den Satz: daß die oberste Gesetzgebung der Natur in uns selbst, d. i. in unserem Verstande liegen müsse, und daß wir nur die allgemeinen Gesetze derselben nicht von der Natur vermittelst der Erfahrung, sondern umgekehrt die Natur,

ihrer allgemeinen Gesetzmäßigkeit nach, bloß aus den in unserer Sinnlichkeit und dem Verstande liegenden Bedingungen der Möglichkeit der Erfahrung suchen müssen."

3 Zur Gründungsgeschichte vgl. auch A. Harnack, Geschichte der Königlich Preußischen Akademie der Wissenschaft zu Berlin, Bd. I, Berlin 1900.

4 Im folgenden auch die Ausgabe G. W. Leibniz, Die Theodizee, ed. u. übers. A. Buchenau, Leipzig 1925, Hamburg 1968², 1977.

5 Zur Geschichte dieser Begriffsbildung vgl. auch M. Jammer, Concepts of Space. The History of Theories of Space in Physics, Cambridge (Mass.) 1954, 1969²; J. Audretsch/K. Mainzer (Hg.), Philosophie und Physik der Raum-Zeit, Mannheim/Wien/Zürich.

6 G. Berkeley, Treatise Concerning the Principles of Human Knowledge, Dublin 1710, dt. Abhandlungen über die Prinzipien der menschlichen Erkenntnis, übers. F. Überweg, Berlin 1869, S. 84.

7 Dazu vgl. auch das Motto auf der Titelseite seiner Auseinandersetzung mit der Mathematik seiner Zeit: The Analyst, or, a Discourse addressed to an infidel Mathematician, wherein it is examined whether The Object, Principles, and Inferences of the Modern Analysis are more distinctly conceived, or more evidently deduced, than Religious Mysteries and Points of Faith, Dublin/London 1934.

8 Vgl. auch K. Mainzer, Geschichte der Geometrie, Mannheim/Wien/Zürich 1980, S. 177.

9 G. W. Leibniz, Hauptschriften zur Grundlage der Philosophie, Bd. I, übers. A. Buchenau, ed. E. Cassirer, Leipzig 1904, S. 123.

10 Vgl. auch K. Mainzer, G. W. Leibniz, Principles of Symmetry and Conservation Law, in: Symmetries in Physics 1600–1980, M. G. Doncel/A. Hermann/L. Michel/A. Pais (Hg.), Singapore/New Jersey/Hong Kong 1987, S. 69–75; ders., Symmetrien der Natur. Studien zur Natur- und Wissenschaftsphilosophie, Berlin/New York 1988.

11 Leibniz diskutiert das Beispiel in „Discours de Métaphysique" (22), dt. Metaphysische Abhandlung, übers. H. Herring, Hamburg 1958, S. 57.

12 Vgl. auch C. Carthéodory, Basel und der Beginn der Variationsrechnung, in: Festschrift zum 60. Geburtstag von A. Speiser, Zürich 1945, S. 1–18.

13 G. W. Leibniz, De rerum originatione radicali (23. Nov. 1697), in: Philosophische Schriften, VII, ed. C. I. Gerhardt, Berlin 1890, repr. Hildesheim 1978, S. 303 f. (dt. vom Verf.).

14 G. W. Leibniz, Brief an J. Hermann (16. Okt. 1708). Zitiert nach der Publikation von S. Koenig (s. Anm. 22). Zur Diskussion um die Echtheit dieser Briefstelle, die heute weitgehend angenommen wird, vgl. A. Kneser, Das Prinzip der kleinsten Wirkung von Leibniz bis zur Gegenwart, Leipzig 1928.

15 Vgl. J. Mittelstraß, Die Begründung des principium rationis sufficientis, in: Akten des Intern. Leibniz-Kongresses Hannover 1966, Wiesbaden 1969 (Studia Leibnitiana Suppl. III), S. 136–148; ders./E. J. Aiton, Leibniz: Physics, Logics, Metaphysics, in: Dictionary of Scientific Biography,

VIII, ed. C. C. Gillispie, New York 1973, S. 150–160; S. 166–168; N. Rescher, Leibniz's Metaphysics of Nature, Dordrecht/Boston 1981, S. 111.

16 Eine theologische Deutung der Extremalprinzipien vertritt auch H. Scholz, Leibniz, in: Mathesis Universalis, Abhandlungen zur Philosophie als strenger Wissenschaft, eds. H. Hermes/F. Kambartel/J. Ritter, Basel/ Stuttgart 1961, S. 137 ff.

17 G. W. Leibniz, Théodicée § 32 (dt. s. Anm. 4).

18 P. L. M. de Maupertuis, Les lois du mouvement et du repos, déduites d'un principe de métaphysique (Mémoires de l'Académie Royale des Sciences et Belles-Lettres de Berlin 1747), in: Oeuvres IV (réimprimé sous le titre Recherche des lois du mouvement), Lyon 1768, repr. Hildesheim 1965, S. 31 f.

19 Vgl. auch R. Dugas, Le principe de la moindre action dans l'oeuvre de Maupertuis, in: „Revue Scientifique", 80, 1942, S. 51–59.

20 P. L. M. de Maupertuis, Essai de philosophie morale, in: Oeuvres, I, (s. Anm. 18), S. 171–252.

21 Vgl. auch E. Koenig, Johann Samuel Koenig, Mathematiker und Jurist, in: „Berner Zeitschrift für Geschichte und Heimatkunde", 1967, Heft 4. Ebenso die Darstellung von J. H. Graf, Der Mathematiker Johann Samuel Koenig und das Prinzip der kleinsten Aktion, Bern 1889; I. Szabo, Geschichte der mechanischen Prinzipien und ihrer wichtigsten Anwendungen, Basel/Stuttgart 1977, S. 94 ff.

22 S. Koenig, De universali principio aequilibrii et motus, in viva reperto, deque nexu inter vim vivam et actionem, utriusque minimo, dissertatio, auctore Sam. Koenigio, Profess. Franeq., in: Nova acta eruditorum, Lipsiae 1751, S. 125–135, S. 162–176.

23 L. Euler, Methodus inveniendi lineas curvas maximi minimive proprietate gaudentes sive solutio problematis isoperimetrici latissimo sensu accepti. Additamentum II: De Motu proiectorum in medio non resistente, per methodum maximorum ac minimorum determinando (1744), in: Opera omnia ser. prim., XXIV, Bern 1952, S. 298–308.

24 Vgl. auch M. Raith, Der Vater Paulus Euler – Beiträge zum Verständnis der geistigen Herkunft Leonard Eulers, in: Leonard Euler 1707–1783. Beiträge zu Leben und Werk, Basel 1983, S. 459–470. Vgl. auch O. Spieß, Euler und Friedrich der Große, in: Leonard Euler. Ein Beitrag zur Geistesgeschichte des 18. Jahrhunderts, Frauenfeld/Leipzig 1929.

25 Eulers kritische Einstellung zur Philosophie Wolffs findet sich in L. Euler, Lettres à une princesse d'Allemagne sur divers sujets de physique et de philosophie, I–III, Petersburg 1768–1774; vgl. auch A. Speiser, Leonard Euler und die Deutsche Philosophie, Zürich 1934; W. Breidert, Leonard Euler und die Philosophie, in: Leonard Euler 1707–1783 (s. Anm. 24), S. 447–458.

26 Voltaire, Candide ou l'optimisme, ed. R. Pomeau, Paris 1966. Den veränderten Zeitgeist des friderizianischen Rokoko beschreibt sehr anschaulich E. Cyran, Preußisches Rokoko. Ein König und seine Zeit, Berlin 1979.

27  I. Kant, Kr. d. r. V. B 620 ff.

28  I. Kant, Kr. d. r. V. B 631 ff.

29  I. Kant, Kr. d. r. V. B 648 ff.

30  I. Kant, Kritik der Urteilskraft, Zweiter Teil: Kritik der teleologischen Urteilskraft (1790).

31  Vgl. auch M. Planck, Das Prinzip der Kleinsten Wirkung, ed. E. Lechner, Berlin 1925; R. P. Feynman, Lectures on Physics II, Reading (Mass.) 1964, Chapt. 19.

32  Zum veränderten weltanschaulichen Hintergrund des 19. Jahrhunderts vgl. auch W. Lepenies, Historisierung der Natur und Entmoralisierung der Wissenschaften seit dem 18. Jahrhundert, in: Natur und Geschichte, hg. von H. Markl, München/Wien 1983, S. 263–288.

33  Vgl. auch H. Hartmann, Max Planck als Mensch und Denker, Berlin 1964; K. Mainzer, Max Planck, in: Enzyklopädie, Philosophie und Wissenschaftstheorie, hg. von J. Mittelstraß, Bd. III, Mannheim/Wien/Zürich 1992; C. Liesenfeld, Philosophische Weltbilder des 20. Jahrhunderts. Eine interdisziplinäre Studie zu Max Planck und Werner Heisenberg, Würzburg 1992.

34  N. M. Wildiers, Teilhard de Chardin, Freiburg 1963.

35  J. Monod, Zufall und Notwendigkeit. Philosophische Fragen der modernen Biologie, München 1971.

36  M. Eigen/R. Winkler, Das Spiel. Naturgesetze steuern den Zufall, München/Zürich 1975, S. 197.

## Hans Albert:
## Wissenschaftliche Erkenntnis und religiöse Weltauffassung

### Anmerkungen

1  Vgl. S. Freud, Die Zukunft einer Illusion, in: S. Freud, Das Unbewußte. Schriften zur Psychoanalyse, Frankfurt 1960, S. 287–337.

2  Vgl. H. Lübbe, Religion nach der Aufklärung, Graz/Wien/Köln 1986.

3  Lübbe, a. a. O., S. 14 ff.

4  Vgl. dazu mein Buch: Kritik der reinen Erkenntnislehre. Das Erkenntnisproblem in realistischer Perspektive, Tübingen 1987, S. 150 ff., sowie meinen Beitrag: Zur Kritik der reinen Religion. Über die Möglichkeit der Religionskritik nach der Aufklärung, in: Kurt Salamun (Hg.), Aufklärungsperspektiven. Weltanschauungsanalyse und Ideologiekritik, Tübingen 1989, S. 112 f.

5  Vgl. S. Freud, Die Zukunft einer Illusion, a. a. O., S. 301.

6  Es gibt allerdings eine starke Gegenströmung, die – von Kierkegaard ausgehend – mit einer Kritik der modernen Kultur verbunden ist. Sie hat vor allem seit dem Ende des Ersten Weltkriegs auch die Entwicklung der eu-

ropäischen Philosophie beeinflußt und zur konservativen Revolution im europäischen Denken beigetragen.

7  Vgl. F. Schleiermacher, Über die Religion. Reden an die Gebildeten unter ihren Verächtern (1799), Meiner-Ausgabe, Hamburg 1958.

8  Vgl. H. A., Traktat über kritische Vernunft, Tübingen 1968, 5. verb. u. erw. Auflage 1991, V. Kap. Glaube und Wissen.

9  Vgl. S. Freud, a. a. O., S. 315.

10  A. Schweitzer, Die Religionsphilosophie Kants von der Kritik der reinen Vernunft bis zur Religion innerhalb der Grenzen der bloßen Vernunft, Freiburg 1899.

11  Beide Richtungen hatte ich in meinem oben erwähnten Buch (s. Anm. 8) attackiert, und zwar unabhängig davon, was sie für die moderne Theologie bedeuten.

12  Vgl. dazu K. Hübner, Die Theologie R. Bultmanns im Lichte der modernen Mythos-Rezeption, in: P. Koslowski (Hg.), Die religiöse Dimension der Gesellschaft, Tübingen 1985, S. 249–263; sowie ders., Die biblische Schöpfungsgeschichte im Lichte moderner Evolutionstheorien, in: J. Audretsch/K. Mainzer (Hg.), Vom Anfang der Welt. Wissenschaft, Philosophie, Religion, Mythos, München 1989. Hübner vertritt hier in bezug auf wissenschaftliche und mythische Denkformen eine radikale Inkommensurabilitätsthese, die er vorher in seinem Buch: Die Wahrheit des Mythos, München 1985, präsentiert und untermauert hat. Die historistische Wissenschaftslehre, die zu dieser These führt, ist im Gegensatz zur Auffassung ihres Autors dem Einwand des Relativismus ausgesetzt. Sie basiert überdies auf problematischen Annahmen über die menschliche Wahrnehmung und kann keineswegs, wie er behauptet, logische Wahrheit für sich in Anspruch nehmen; vgl. dazu mein oben in Anm. 4 erwähntes Buch, S. 112 ff., sowie: R. Boudon, Should we believe in relativism? in: A. Bohnen/A. Musgrave (eds.), Wege der Vernunft, Tübingen 1991, S. 114–117.

13  Vgl. dazu aber G. Andersson, Kritik und Wissenschaftsgeschichte. Kuhns, Lakatos' und Feyerabends Kritik des Kritischen Rationalismus, Tübingen 1988.

14  Für eine Erläuterung dieser Auffassung vgl. meine oben in Anm. 4 und 8 erwähnten Bücher.

15  In der Theologie wurde vor allem Karl Barth durch Kierkegaard beeinflußt, in der Philosophie Martin Heidegger und Karl Jaspers, aber auch – wenn auch weniger offenkundig – Ludwig Wittgenstein. Vgl. dazu W. Baum, Ludwig Wittgenstein und die Religion, Philosophisches Jahrbuch, 2/79. Albert Schweitzer dagegen, der sich selbst einmal einen kritischen Rationalisten genannt hat, schrieb über Kierkegaard an Martin Buber (Brief vom 27. 11. 1936): „Warum setzen Sie sich des langen und breiten mit diesem armen Psychopathen auseinander? Das ist doch kein Denker . . . Er ist erst durch alles, was man über ihn schrieb, zum Denker gemacht worden."

16 Darin besteht die Pointe des durch das Denken Karl Poppers inaugurierten kritischen Rationalismus. Vgl. dazu z. B. K. Popper, Conjectures and Refutations. The Growth of Scientific Knowledge, London 1963.

17 Z. B. die verschiedenen Arten von Engeln, Teufeln und Dämonen, deren Existenz im katholischen Glauben, soweit ich sehe, immer noch postuliert wird.

18 Vgl. dazu A. Grünbaum, Die Schöpfung als Scheinproblem der physikalischen Kosmologie, in: A. Bohnen/A. Musgrave (Hg.), Wege der Vernunft, a. a. O., S. 164–191.

19 Vgl. dazu S. Freud, Über eine Weltanschauung, in: Neue Folge der Vorlesungen zur Einführung in die Psychoanalyse, Frankfurt 1978, S. 130.

20 Vgl. dazu mein oben (Anm. 4) angef. Buch: Kritik der reinen Erkenntnislehre, S. 152 ff.

21 Vgl. Anm. 4. Man braucht nur einen religiösen Verhaltenskodex in Augenschein zu nehmen, um das festzustellen, z. B. den vom österreichischen Gesamtepiskopat approbierten großen „Katechismus der katholischen Religion", St. Pölten 1911, der mit größter Präzision auf mehr als 200 Seiten sagt, was man zu tun und zu lassen hat, um der ewigen Seligkeit teilhaftig zu werden. Da geht es keineswegs nur um Kontingenzbewältigung im Sinne Lübbes.

22 Allerdings spielen auch hier Deutungen natürlicher Ereignisse oft eine wesentliche, mitunter sogar dramatische Rolle für das Schicksal der Individuen, die im Einflußbereich einer Religion zu leben gezwungen sind. Vgl. dazu etwa St. Andreski, Syphilis, Puritanism and Witch Hunts, Houndsmills/London 1989, zur Deutung der Syphilis als Strafe Gottes und anderen für die Bewohner der betreffenden Gebiete höchst gefährlichen Deutungen in der Zeit des Hexenwahns.

23 Für eine gründliche Analyse der Problemsituation vgl. H. Groos, Christlicher Glaube und intellektuelles Gewissen. Christentumskritik am Ende des zweiten Jahrtausends, Tübingen 1987; vgl. auch Kap. V. und VI. meines Buches: Die Wissenschaft und die Fehlbarkeit der Vernunft. Tübingen 1982.

24 Zur Bedeutung solcher Argumente – der „tu quoque-Argumente" – für die philosophische Diskussion vgl. W. W. Bartley, Flucht ins Engagement, 2. erweiterte Auflage, Tübingen 1984, S. 75 ff. und passim. Das Buch ist gerade auch wegen der in ihm enthaltenen Theologiekritik interessant.

25 Vgl. dazu das V. Kapitel des oben in Anm. 8 erwähnten Buches.

26 Vgl. dazu Simmels relativistische Antwort auf das Münchhausen-Trilemma in: G. Simmel, Philosophie des Geldes, 6. Auflage, Berlin 1958, S. 64 ff., und meine Kritik in meinem Beitrag: Georg Simmel und das Begründungsproblem, abgedruckt als Anhang II in dem in Anm. 8 erwähnten Buch.

27 Vgl. zu dieser Problematik das in Anm. 8 erwähnte Buch.

28 Vgl. dazu z. B. J. L. Mackie, The Miracle of Theism. Arguments for and against the Existence of God, Oxford 1982; deutsch: Das Wunder des Theismus, Stuttgart, Reclam 1985; vgl. auch N. Hoerster (Hg.), Glaube

und Vernunft. Texte zur Religionsphilosophie, Stuttgart 1985. Zur Kritik des Küngschen Versuchs vgl. mein Buch: Das Elend der Theologie. Kritische Auseinandersetzung mit Hans Küng, Hamburg 1979, sowie mein oben in Anm. 23 erwähntes Buch, S. 142–153.

29 Vgl. dazu N. Hoerster, a. a. O., 3. Kapitel, S. 94 ff. und G. Streminger, Gottes Güte und die Übel der Welt, in: A. Bohnen/A. Musgrave (Hg.), Wege der Vernunft, a. a. O., S. 192–224.

30 Hans Jonas hat daraus die Konsequenz gezogen, daß wir von der Vorstellung abzugehen haben, daß Gott allmächtig ist. Sein Gott ist offenbar gezwungen, ohnmächtig dem Weltgeschehen zuzusehen. Vgl. dazu H. Jonas, Der Gottesbegriff nach Auschwitz. Eine jüdische Stimme, in: Otfried Hofius, Reflexionen finsterer Zeit, Tübingen 1984, S. 61–86. Das ist zumindest der Versuch einer rationalen Lösung des Theodizeeproblems, aber natürlich keine befriedigende Antwort auf die Frage, warum man überhaupt die Existenz eines Gottes dieser Art annehmen sollte.

31 Moralische Einwände aber gibt es ohne Zweifel gegen die Gottesvorstellung, die im Alten Testament vorherrscht, in dem bekanntlich ein Gott auftritt, der unter anderem das von ihm auserwählte Volk zu Vernichtungskriegen auffordert und es bestraft, wenn es solchen Befehlen nicht nachkommt. Auch der Gott des Neuen Testaments, der sich offenbar nicht scheut, das Urteil ewiger Verdammnis für unzählige Menschen auszusprechen, dürfte insofern kaum ohne weiteres den Titel eines Gottes der Liebe beanspruchen. Da für den auf die Bibel – und zwar auf die ganze Bibel – gegründeten christlichen Glauben die Identität des biblischen Gottes mit dem Gott, dem man Glauben und Gehorsam schuldet, außer Frage steht, entsteht hier ein Problem für christliche Theologen, das ohne fragwürdige Umdeutungsversuche – um es deutlicher zu sagen: ohne eine korrupte Hermeneutik – kaum zu lösen ist. Vgl. dazu die kritische Analyse in: R. Robinson, An Atheist's Values, Oxford 1964, S. 140–155 und passim; vgl. S. 150 f.: „I shall never forget the first time I read the Old Testament after I had acquired the habit of independent judgement. I was horrified at its barbarity, and bewildered that it had been widely held up as a store if ideals . . .“ Und was das neutestamentliche Gebot der Nächstenliebe angeht: „. . . this precept is overshadowed . . . both by the harsh unloving behaviour of the preacher, and by its absolute subordination to the unreasonable commands to love God and believe in Jesus“. Zur Frage der Identität des jüdischen und des christlichen Gottes vgl. neuerdings: R. Rendtorff, Hat denn Gott sein Volk verstoßen?, München 1989, S. 9 f. und S. 57 ff.

32 Vgl. dazu das oben erwähnte Buch von H. Groos, Christlicher Glaube und intellektuelles Gewissen, Zweiter Teil, S. 177–411.

33 Zu Albert Schweitzer vgl. das Buch von H. Groos, Albert Schweitzer Größe und Grenzen. Eine kritische Würdigung des Forschers und Denkers, München/Basel 1974, das eine tiefgehende Analyse aller Aspekte des Schweitzerschen Werkes enthält.

# Hans Weder: Glauben und Denken

## Anmerkungen

1 Zum Problem G. Ebeling, Dogmatik des christlichen Glaubens, Band I. Prolegomena. Erster Teil: Der Glaube an Gott den Schöpfer der Welt, Tübingen 1979, S. 140–157 (§ 7, „Glaube und Denken"). Zur mittelalterlichen Theologie besonders S. 143–145.

2 Dazu Ebeling, a. a. O. (Anm. 1), S. 144: „Der prinzipielle Vorrang von Offenbarung und Glaube vor der Vernunft sicherte eine harmonisierende Subordination."

3 Dazu E. Jüngel, Gott als Geheimnis der Welt. Zur Begründung der Theologie des Gekreuzigten im Streit zwischen Theismus und Atheismus. Tübingen [1]1977 ([5]1986), S. 138–203.

4 Zum Folgenden vgl. H. Weder, Neutestamentliche Hermeneutik, Zürich [1]1986 ([2]1989), S. 68–107.

5 Dieser Prozeß beginnt schon im Neuen Testament selbst, sofern schon dort eine Theologie notwendig wird, die den Glauben zu reflektieren hat. Zum Problem vgl. R. Bultmann, Theologie des Neuen Testaments, Tübingen [9]1984, S. 1 f.

6 Mit dieser selbstkritischen Funktion des Denkens für den Glauben hängt es zusammen, daß die Aufklärung nicht etwa wie ein böses Schicksal über die Theologie hereingebrochen ist. Die Theologie hat sich im Gegenteil am Prozeß der Aufklärung entschieden mitbeteiligt, wofür gerade die Wechselwirkung zwischen der neutestamentlichen Exegese und der Entwicklung des historischen Denkens einen instruktiven Beleg darstellen; vgl. G. Ebeling, Die Bedeutung der historisch-kritischen Methode für die protestantische Theologie und Kirche, in: ders., Wort und Glaube (I), Tübingen [3]1967, S. 1–49, besonders S. 27–49.

7 Zum Folgenden vgl. H. Conzelmann, Der erste Brief an die Korinther, Göttingen 1969 (KEK 5), S. 274–291; ferner H. Weder, Die Gabe der hermeneia (1 Kor 12 und 14), in: H. F. Geisser/M. Mostert (Hg.), Wirkungen hermeneutischer Theologie. Eine Zürcher Festgabe zum 70. Geburtstag Gerhard Ebelings, Zürich 1983, S. 99–112.

8 Zu diesem schwierigen Abschnitt vgl. die wichtigsten Kommentare: E. Käsemann, An die Römer, Tübingen [2]1974 (HNT 8 a), S. 32–47; H. Schlier, Der Römerbrief, Freiburg/Basel/Wien 1977 (HTK VI), S. 47–66; U. Wilckens, Der Brief an die Römer (Röm 1–5), Zürich/Neukirchen [2]1987 (EKK VI/1), S. 94–121.

9 Dieser Zusammenhang wird gerade im Anschluß an den oben zitierten Text aus dem Römerbrief deutlich: in Röm 1,23–25 zeigt Paulus, daß mit der Gottesfrage nicht nur das Problem transzendenter Wirklichkeit, sondern die Wahrnehmung der Dinge im Vordergrund der Welt auf dem Spiel steht.

10 Zur neutestamentlichen Wunderüberlieferung im Kontext der antiken Welt vgl. G. Theissen, Urchristliche Wundergeschichten. Ein Beitrag zur formgeschichtlichen Erforschung der synoptischen Evangelien, Gütersloh 1974 (StNT 8).

11 Zum Folgenden vgl. H. Weder, Wunder Jesu und Wundergeschichten, in: VuF 29/1/1984, S. 25–49.

12 Vgl. G. Theissen, Wundergeschichten (s. oben Anm. 10), S. 274–277.

13 So der Beelzebub-Vorwurf in Mk 3,22, vgl. Lk 11,15 und das Jesuswort in Lk 11,20 (Logienquelle): „Wenn ich mit dem Finger Gottes die Dämonen austreibe, ist das Reich Gottes zu euch gekommen (eigentlich: hat das Reich Gottes seine Wirklichkeit bis zu euch hin ausgedehnt)."

14 Besonders augenfällig wird dies bei einem Vergleich zwischen den alten Wundergeschichten aus der synoptischen Tradition und den jüngeren im Johannesevangelium (den sogenannten Semeia-Erzählungen wie zum Beispiel Joh 11, die Auferweckung des Lazarus).

15 Mit glasklarer Konsequenz analysiert Rudolf Bultmann diese Konstitution des Wunderverständnisses in der Neuzeit. Dazu R. Bultmann, Neues Testament und Mythologie. Das Problem der Entmythologisierung der neutestamentlichen Verkündigung, in: Kerygma und Mythos I, Hamburg 1954, S. 18: „Krankheiten und Heilungen haben ihre natürlichen Ursachen und beruhen nicht auf den Wirkungen von Dämonen bzw. auf deren Bannung. *Die Wunder des Neuen Testaments* sind damit als Wunder erledigt, und wer ihre Historizität durch Rekurs auf Nervenstörungen, auf hypnotische Einflüsse, auf Suggestion und dergl. retten will, der bestätigt das nur. Und sofern wir im körperlichen und seelischen Geschehen mit rätselhaften, uns noch unbekannten Kräften rechnen, bemühen wir uns, sie wissenschaftlich greifbar zu machen."

16 Klopstock, „Frühlingsfeier", Oden 1, 135 (zitiert nach Grimm, Deutsches Wörterbuch, 30, Sp. 1795).

17 Wer die Erzählung von der Rettung im Schilfmeer genauer betrachtet, kann sogar feststellen, daß es in ihr zwei unterschiedliche Schichten gibt. Die eine, ältere Erzählschicht (der sogenannte Jahwist) ist recht nahe an den natürlichen Ereignissen (sie spricht zum Beispiel auch von einem heftigen Wind, der das Meer ausgetrocknet habe), während die andere, jüngere Erzählschicht (der sogenannte Elohist), das Wunderbare jenes Geschehens viel stärker in den Vordergrund stellt (sie spricht zum Beispiel von haushohen Wassermauern, zwischen denen Israel trockenen Fusses durchs Meer schritt). Zum Problem vgl. G. von Rad, Theologie des Alten Testaments I. Die Theologie der geschichtlichen Überlieferungen Israels, München [4]1966, S. 190.

18 Dazu G. Theissen, Wundergeschichten (s. oben Anm. 10), S. 297: Die Wundergeschichten „sprechen eher aller bisherigen Erfahrung ihre Gültigkeit ab als menschlicher Not das Recht, beseitigt zu werden".

19 Zur hermeneutischen Bedeutung des Motivs vom fremden Gast vgl. H. Weder, Hermeneutik (s. oben Anm. 4), S. 428–435.

## Anmerkungen

1 M. Luther, Werke, Weimarer Ausgabe (WA), VII, 838.
2 Josua 10, 12 f.
3 C. Link in: G. Picht (Hg.), Theologie – was ist das?, 1977, S. 485.
4 Vgl. 2. Buch Mose 14,15 ff.; 1. Buch der Könige 17,7 ff.; 2. Buch der Könige 2,23 ff.; Matthäus 11,1 ff.
5 1. Buch Mose 1,28; Römerbrief 8,18 ff.
6 I. Kant, Der Streit der Fakultäten, in: Schriften zur Anthropologie, Geschichtsphilosophie, Politik und Pädagogik, 1964, S. 285.
7 M. Luther, WA, XVIII, S. 685.
8 M. Luther, WA, XXX, S. 136.

## Literaturhinweise

G. von Rad, Theologie des Alten Testaments, I, 1958 u. ö.; II, 1960 u. ö.
Ders., Weisheit in Israel, 1970.
R. Bultmann, Das Urchristentum im Rahmen der antiken Religionen, 1949 u. ö.
G. Bornkamm, Die Häresie des Kolosserbriefes, in: Das Ende des Gesetzes – Paulusstudien, 1952, S. 139–156.
D. Bonhoeffer, Widerstand und Ergebung, 1951 u. ö.
C. Link, Die Welt als Gleichnis, 1976.
O. Bayer, Schöpfung als Anrede, 1986.
G. Altner, Die Überlebenskrise der Gegenwart, 1987 (Literaturhinweise!).
H. Aichelin/G. Liedke (Hg.), Naturwissenschaften und Theologie, 1974.
H. Dembowski, Gott im Wort, 1982.
Ders., Martin Luther, NZSyTh 31, 1989, S. 125–140.
Ders., Natürliche Theologie und Theologie der Natur, in: G. Altner (Hg.), Ökologische Theologie, 1989, S. 30–58.
Ders., Tod und Leben im Blick auf die Auferstehung Jesu Christi, in: R. Kakuschke (Hg.), Auferstehung – Tod und Leben, 1977, S. 11–40.
Ders., Gedanken zur Zeit. Erwägungen eines Theologen, in: W. C. W. Clasen/G. Lehnert-Rodiek (Hg.), Zeit(t)räume, 1985, S. 89–120.

## Carl-Friedrich Geyer: Wahrheit oder Beliebigkeit? Mythos und Logos am Ende des zweiten Jahrtausends

### Anmerkungen

1 Vgl. hierzu D. Schümer, Das Geschäft mit den Stimmungen. Aspekte des Millenarismus, in: Neue Rundschau 101 (1990), S. 39–46, sowie: J. Beaudrillard, Das Jahr 2000 findet nicht statt, Berlin 1990.

2 G. Simmel, Das Geld in der modernen Kultur, in: Schriften zur Soziologie, hg. von H.-J. Dahme und O. Rammstedt, Frankfurt 1983, S. 78–94, 85.

3 Ebd., S. 92.

4 H. Schrödter, Neo-Mythen. Überlegungen zu Begriff und Problem einer mythischen Kehre, in: Information Philosophie 18 (1990), S. 5–14, 13.

5 M. Weber, Soziologie – universalgeschichtliche Analysen – Politik, hg. von J. Winckelmann, Stuttgart ⁵1973, S. 298.

6 Ebd., S. 333.

7 Vgl. P. Koslowski, Die postmoderne Kultur. Gesellschaftlich-kulturelle Konsequenzen der technischen Entwicklung, München 1987.

8 Vgl. J. F. Lyotard, Philosophie und Malerei im Zeitalter des Experimentierens, Berlin 1986, S. 97 ff.

9 N. Bolz, Stop making sense!, Würzburg 1989 (der Titel verdankt sich dem gleichnamigen Song der ‚Talking Heads‘, EMI 1984).

10 Ebd., S. 132.

11 Vgl. ebd.

12 Vgl. W. Nestle, Vom Mythos zum Logos, Stuttgart ²1942, S. 9, sowie: A. Waehlens, Le mythe de la démythification, in: E. Castelli (Ed.), Mythe et Foi, Paris (Aubier) 1966, S. 251–261.

13 G. Chr. Lichtenberg, Aphorismen (Sudelbücher), München/Wien 1974, S. 163 (=J 246).

14 L. Nelson, System der philosophischen Ethik und Pädagogik, Hamburg 1972, S. 282.

15 O. Weinberger, Angst vor der Vernunft. Ein Plädoyer für Zweifel und kritische Vernunft, in: A. Grabner-Haider/K. Weinke (Hg.), Angst vor der Vernunft? Fundamentalismus in Gesellschaft, Politik und Religion, Graz 1989, S. 7–19, 18.

16 „Da der Mythos eine Aussage ist, kann alles, wovon ein Diskurs Rechenschaft ablegen kann, Mythos werden ... Es gibt formale Grenzen des Mythos, aber keine inhaltlichen" (R. Barthes, Mythen des Alltags, Frankfurt ³1974, S. 85).

17 Vgl. R. Specht, Zur Metaphysik-Funktion der Philosophie, in: H. Lübbe (Hg.), Wozu Philosophie? Berlin/New York 1978, S. 163–180, 168 ff.

18 F. Nietzsche, Werke in drei Bänden, hg. von K. Schlechta, München ⁹1981 f., I, S. 127.

19  C. Lévi-Strauss, Das wilde Denken, Frankfurt 1968, S. 29.

20  H. Blumenberg, Arbeit am Mythos, Frankfurt 1979, S. 688.

21  O. Marquard, Abschied vom Prinzipiellen, Stuttgart 1981, S. 106 und 108.

22  Vgl. P. Ricoeur, Symbolik des Bösen, Freiburg/München 1971, S. 300 ff.

23  Ebd., S. 390.

24  K. Hübner, Die Wahrheit des Mythos, München 1985, S. 47.

25  Vgl. L. Kolakowski, Die Gegenwärtigkeit des Mythos, München ²1974, S. 98.

26  Eine auf Genese und gegenwärtige Bedeutung von ‚Kontingenz' sich er-
    streckende Definition gibt H. Blumenberg: „Das mittelalterliche Weltbe-
    wußtsein ist charakterisiert durch einen der wenigen Begriffe, die es sich
    originär geschaffen hat . . . ‚Kontingenz' ist die ontische Verfassung einer
    aus Nichts geschaffenen und zum Untergang bestimmten, nur durch den
    göttlichen Willen in ihrem Bestehen festgehaltenen Welt, die an der Idee
    eines notwendigen Seienden gemessen wird und sich dabei als indifferent
    zu ihrem Dasein zeigt. Wählt man eine andere Sprache, so kann man auch
    sagen, der Bestand der Welt habe ‚Gnadencharakter' angenommen"
    (H. Blumenberg, Die Genesis der kopernikanischen Welt, Frankfurt
    1975, S. 168).

27  Vgl. P. Berger, Der Zwang zur Häresie, Frankfurt 1980, S. 30.

28  A. Wildermuth, Rationalität und Mythos – Versuch einer Orientierung
    am Leitfaden des Nihilismus, in: H. Holzhey/J.-P. Leyvraz (Hg.), Ratio-
    nalitätskritik und neue Mythologien (= Studia philosophica 42 [1983]),
    Bern/Stuttgart 1983, S. 14–36, 31. Vgl. auch meine Ausführungen in: Ra-
    tionalitätskritik und ‚neue Mythologien', in: Philosophische Rund-
    schau 33 (1986), S. 210–241.

29  L. Wittgenstein, Philosophische Untersuchungen, Frankfurt 1971, S. 66
    (§ 109).

30  G. Kohler, Jenseits der Wissenschaft, diesseits der Weisheit. Über das Är-
    gerliche der Philosophie, in: H. Holzhey/J.-P. Leyvraz (Hg.), Philosophie
    und Weisheit (= Studia philosophica 47 [1988]), Bern/Stuttgart 1988,
    S. 117–123, 119. Zu diesem Thema s. meine Beiträge: Weisheit – Überfor-
    derung oder Vollendung der Philosophie?, in: Tijdschrift voor Filoso-
    fie 51 (1989), S. 427–443, und: Philosophie im Spannungsfeld von Weis-
    heit und Wissenschaft, in: Jahrbuch der Ruhr-Universität Bochum, 1989,
    S. 101–110.

31  F. Capra, Wendezeit. Bausteine für ein neues Weltbild, Bern/Mün-
    chen/Wien 1983, S. 35 und 48.

32  Ebd., S. 293.

33  R. Dahrendorf, Homo Sociologicus. Ein Versuch zur Geschichte, Bedeu-
    tung und Kritik der sozialen Rolle, Opladen ¹⁴1974, S. 14 f.

34  H. Blumenberg, Lebenszeit und Weltzeit, Frankfurt 1986, S. 55 f.

35  P. Koslowski, Gnosis und Gnostizismus in der Philosophie. Systemati-
    sche Überlegungen, in: ders. (Hg.), Gnosis und Mystik in der Geschichte
    der Philosophie, Zürich/München 1988, S. 368–399, 397.

36  Vgl. Ch. P. Snow, The two cultures and the scientific revolution, New York [11]1963.

37  R. Ruyer, Jenseits der Erkenntnis. Die Gnostiker von Princeton, Wien/Hamburg 1977, S. 216 f.

38  Vgl. H. R. Schlette, Der Marginalismus ist ein Humanismus, in: Orientierung 41 (1977), S. 135–138 und 153–155.

39  J. Habermas, Die Einheit der Vernunft in der Vielfalt ihrer Stimmen, in: ders., Nachmetaphysisches Denken, Frankfurt 1988, S. 153–186, 180.

40  Ebd., S. 131 f.

41  Vgl. C.-F. Geyer, Religion und Diskurs. Die Hellenisierung des Christentums aus der Perspektive der Religionsphilosophie, Stuttgart 1990, S. 118–121.

42  „Konsequente Aufklärung jedoch schlägt zurück in Mythologie an der Stelle, wo sie den Nominalismus verabsolutiert, anstatt auch seine These dialektisch zu durchdringen; dort, wo sie im Glauben an ein letzthin Gegebenes die Reflexion abbricht." (Th. W. Adorno, Negative Dialektik, Frankfurt 1973, S. 132).

43  Vgl. H. Poser, Mythos und Vernunft. Zum Mythenverständnis der Aufklärung, in: ders. (Hg.), Philosophie und Mythos. Ein Kolloquium, Berlin/New York 1979, S. 130–153, 152.

44  Ich selbst habe einen Versuch solcher Zentrierung und Ausbalancierung vorgelegt in meinem Beitrag: Philosophie – Mythologie – Wissenschaft, in: O. Bayer (Hg.), Mythos und Religion. Interdisziplinäre Aspekte, Stuttgart 1990, S. 18–30. Desgl.: Metaphysik zwischen Wissenschaft und Lebenswelt, in: W. Oelmüller (Hg.), Metaphysik heute?, Paderborn/München/Wien/Zürich 1987, S. 9–23.

# Die Autoren

*Jürgen Audretsch*, geb. 1942, ist Professor für Theoretische Physik an der Universität Konstanz. Seine Arbeitsgebiete sind Allgemeine Relativitätstheorie, Kosmologie, Quantenmechanik und Quantenfeldtheorie sowie insbesondere die Bereiche, in denen diese Theorien gemeinsam zur Anwendung kommen. Veröffentlichungen u. a.: Schwarze Löcher – Das Schicksal schwerer Sterne (1976); Philosophie und Physik der Raum-Zeit (1988, mit K. Mainzer); Vom Anfang der Welt. Wissenschaft, Philosophie, Religion, Mythos (1989, ²1990, mit K. Mainzer); Quantum Mechanics in Curved Space-Time (1990, mit V. de Sabbata); Wieviele Leben hat Schrödingers Katze? Zur Physik und Philosophie der Quantenmechanik (1990, mit K. Mainzer).

*Hans Albert*, geb. 1921, war von 1963–1989 Professor für Soziologie und Wissenschaftslehre an der Universität Mannheim. Veröffentlichungen u. a.: Traktat über kritische Vernunft (1968, ⁵1991); Traktat über rationale Praxis (1978); Die Wissenschaft und die Fehlbarkeit der Vernunft (1982); Kritik der reinen Erkenntnislehre (1987); Transzendentale Träumereien (1975); Theologische Holzwege (1975); Das Elend der Theologie (1985); Freiheit und Ordnung (1986).

*Günter Altner*, geb. 1936, Biologe und Theologe, ist Professor für evangelische Theologie an der Universität Koblenz-Landau. Veröffentlichungen im Grenzbereich zwischen Geistes- und Naturwissenschaften, u. a.: Der Darwinismus – Die Geschichte einer Theorie (1981); Tod, Ewigkeit und Überleben – Todeserfahrung und Todesbewältigung im nachmetaphysischen Zeitalter (1981); Die Überlebenskrise in der Gegenwart – Ansätze zum Dialog mit der Natur in Naturwissenschaft und Theologie (1987); Naturvergessenheit – Grundlagen einer umfassenden Bioethik (1991).

*Hermann Dembowski*, geb. 1928, ist seit 1970 Professor systematischer Theologie an der Universität Bonn. Er arbeitete über Fragen des Gottesverständnisses, der Christologie und des Dialogs von Theologie und Naturwissenschaften in den Perspektiven der ökologischen Krise. Veröffentlichungen u. a.: Grundfragen der Christologie (1969); Gott im Wort (1982); Menschliches Leiden und der dreieinige Gott (1978).

*Carl-Friedrich Geyer*, geb. 1949, ist Privatdozent für Philosophie an der Ruhr-Universität Bochum sowie Philosophiedozent am Studium fundamentale der Universität Witten-Herdecke. Seine Hauptarbeitsgebiete sind Geschichte der Philosophie, Religionsphilosophie und Metaphysik sowie Grenzfragen im Umkreis von Philosophie, Theologie und Humanwissenschaften. Buchveröffentlichungen u. a.: Einführung in die Philosophie der Antike (1978, ³1992); Aporien des Metaphysik- und Geschichtsbegriffs der Kritischen Theorie (1980); Kritische Theorie (1982); Leid und Böses in Philosophischen Deutungen (1983); Religion und Diskurs (1990).

*Hermann Lübbe*, geb. 1926, ist Honorarprofessor an der Universität Zürich, Fachgebiet Philosophie und Politische Theorie. Buchveröffentlichungen u. a.: Politische Philosophie in Deutschland (1963, ²1974); Geschichtsbegriff und Geschichtsinteresse. Analytik und Pragmatik der Historie (1977); Religion nach der Aufklärung (1986, ²1990); Der Lebenssinn der Industriegesellschaft. Über die moralische Verfassung der wissenschaftlich-technischen Zivilisation (1990).

*Günther Ludwig*, geb. 1918. 1963 folgte er der Berufung an die Universität Marburg als o. Professor und Direktor des Instituts für Theoretische Physik. Veröffentlichungen u. a.: Projektive Relativitätstheorie (1951); Grundlagen der Quantenmechanik (1953); Einführung in die Grundlagen der theoretischen Physik, 4 Bde. (1974–79); Foundations of Quantum Mechanics, 2 Bde. (1983–85); An Axiomatic Basic for Quantum Mechanics, 2 Bde. (1985–87); Grundstrukturen einer physikalischen Theorie (²1991).

*Klaus Mainzer*, geb. 1947, ist seit 1988 Ordinarius für Philosophie und Wissenschaftstheorie an der Universität Augsburg. Veröffentlichungen u. a.: Geschichte der Geometrie (1980); Grundwissen Mathematik I (1983, ²1988, engl. 1990, mit H. Hermes, F. Hirzebruch u. a.); Philosophie und Physik der Raum-Zeit (1988, mit J. Audretsch); Symmetrien der Natur. Ein Handbuch zur Natur- und Wissenschaftsphilosophie (1988); Vom Anfang der Welt. Wissenschaft, Philosophie, Religion, Mythos (1989, ²1990, mit J. Audretsch); Wieviele Leben hat Schrödingers Katze (1990, mit J. Audretsch); Die Frage nach dem Leben (1990, mit E. P. Fischer); Natur- und Geisteswissenschaften. Erfahrungen und Perspektiven mit fachübergreifenden Ausbildungsinhalten (1990).

*Jürgen Moltmann*, geb. 1926, ist seit 1967 o. Professor für ev. Theologie in Tübingen. Veröffentlichungen u. a.: Theologie der Hoffnung (1964); Der gekreuzigte Gott (1972); Kirche in der Kraft des Geistes (1975); Trinität und Reich Gottes (1980); Gott in der Schöpfung (1985); Der Weg Jesu Christi (1989); Der Geist des Lebens (1991).

*Johannes Thiele*, geb. 1954, studierte Philosophie, Theologie und Germanistik, Publizist und Lektor, ist seit 1991 Cheflektor Sachbuch im Hoffmann und Campe Verlag, Hamburg. Herausgeber und Autor zahlreicher Veröffentlichungen, u. a.: Die Erotik Gottes (1988); Die mystische Liebe zur Erde (1989); Die Heiligkeit der Erde (1992).

*Hans Weder*, geb. 1946, ist Ordinarius für Neutestamentliche Wissenschaft an der Theologischen Fakultät und Mitglied der Leitung des Hermeneutischen Instituts der Universität Zürich. Hauptarbeitsgebiete: Neutestamentliche Hermeneutik; Kommentar zum Johannesevangelium; Theologie des Neuen Testaments. Veröffentlichungen u. a.: Die Gleichnisse Jesu als Metaphern (1978, ⁴1990); Das Kreuz Jesu bei Paulus (1981); Die „Rede der Reden". Eine Auslegung der Bergpredigt heute (1985, ²1987); Neutestamentliche Hermeneutik (1986, ²1989); Die Sprache der Bilder (Hrsg., 1989).

# Naturwissenschaft, Philosophie, Religion

*Jürgen Audretsch/Klaus Mainzer (Hrsg.)*
## Vom Anfang der Welt
Wissenschaft, Philosophie, Religion, Mythos
2. Auflage. 1990. 234 Seiten, 52 Abbildungen.
Gebunden

*Friedrich Wilhelm (Hrsg.)*
## Der Gang der Evolution
Die Geschichte des Kosmos, der Erde und des Menschen
1987. 270 Seiten, 85 Abbildungen.
Gebunden

*Uwe Schultz (Hrsg.)*
## Scheibe, Kugel, Schwarzes Loch
Die wissenschaftliche Eroberung des Kosmos
1990. 360 Seiten, 63 Abbildungen.
Gebunden

*Pierre Teilhard de Chardin*
## Der Mensch im Kosmos
92. Tsd. 1981. 326 Seiten, 4 Abbildungen.
Leinen

*Gernot Böhme (Hrsg.)*
## Klassiker der Naturphilosophie
Von den Vorsokratikern bis zur Kopenhagener Schule
1989. 458 Seiten, 4 Abbildungen, 24 Porträtabbildungen.
Leinen

Verlag C. H. Beck München